Brandon Sanderson

布蘭登・山德森

Brandon Sanderson

布蘭登・山德森

BEST 嚴選
奇幻基地出版

迷霧之子

執法鎔金：自影

Mistborn: Shadows of Self

Brandon Sanderson

BEST嚴選

緣起

在繁花似錦的奇幻文學花園裡，你或許還在門外徘徊，不知該如何抉擇進入的途徑；也或許你已經置身其中，卻因種類繁多，或曾經讀過不合口味的作品，而卻步、遲疑。

BEST嚴選，正如其名，我們期許能透過奇幻基地對奇幻文學的瞭解，以及對讀者的理解，站在出版者與讀者的雙重角度，為您精選好作家與好作品。

他們是名家，您不可不讀：幻想文學裡的巨擘，領域裡的耀眼新星。

它們最暢銷，您怎可錯過：銷售量驚人的大作，排行榜上的常勝軍。

這些是經典，您務必一讀：百聞不如一見的作品，極具代表的佳作。

奇幻嚴選，嚴選奇幻。請相信我們的眼光，跟隨我們的腳步，文學的盛宴、幻想世界的冒險，就要展開。

excellent bestseller classic

謹以此書獻給編輯莫許・費德（Moshe Feder），
感謝他相信我，願意放手一搏。

目錄

致謝

這本小說的完成有個小小祕辛：我是利用寫另一本書的空檔，來完成此書的前三分之一。當時我正在等編輯對另一本書稿的回覆，那應該是《時光之輪》最後一集，所以後來我必須中斷本書進度，全心投入另一本書中。

等我再回來創作這本小說時，對瓦、偉恩、瑪拉席三人的系列故事卻有了全然不同的視野，因此費了很大的工夫一邊繼續創作，一邊大幅修改前三分之一劇情，以符合後來三分之二的風格和情節發展。這段期間，我大力仰仗許多人給我的絕佳建議，他們是我的編輯Moshe Feder，經紀人Joshua Bilmes，編輯助理Peter Ahlstrom。同時，要特別感謝我的英國編輯Simon Spanton。

此外，我的寫作會成員永遠是我的稀世珍寶：Emily Sanderson，Karen and Peter Ahlstrom，Darci and Eric James Stone，Alan Layton，Ben（這次不要再寫錯我的名字）Olsen，Danielle Olsen，Kathleen Dorsey Sanderson，Kaylynn ZoBell，Ethan and Isaac Skarstedt以及Kara and Isaac Stewart。

我們做了一次狂風掃落葉式的全面試讀，一些細心的人提供了絕妙的評論，他們是Jory Phillips，Joel Phillips，Bob Klutz，Alice Arneson，Trae Cooper，Gary Singer，Lyndsey Luther，Brian T. Hill，Jakob Remick，Eric James Stone，Bao Pham，Aubree Pham，Steve Godecke，Kristina Kugler，Ben

Olsen，Samuel Lund，Megan Kanne，Nate Hatfield，Layne Garrett，Kim Garrett，Eric Lake，Karen Ahlstrom，Isaac Skarstedt，Darci Stone，Isaac Stewart，Kalyani Poluri，Josh Walker，Donald Mustard III，Cory Aitchison和 Christi Jacobsen。

過去幾年來，看到作品的插圖不斷推陳出新，我的心中雀躍不已。我一直有個天馬行空的願望，想在小說裡增加更多的藝術篇幅，盡可能把我拿到的圖都放進去。這本書的美國版封面畫家Chris McGrath，我愛死了他對主角的到位揣摩。我的好友兼藝術總監Isaac Stewart爲我創作地圖和符號，以及傳紙上畫龍點睛的美術設計。至於傳紙上的繪圖，則出自永遠最棒的Ben McSweeney之手。

謝謝JABberwocky經紀公司的Eddie Schneider，Sam Morgan，Krystyna Lopez，和 Christa Atkinson。也爲英國John Berlyne of the Zeno經紀公司獻上掌聲。

誠心感謝Tor Books出版社的Tom Doherty，Linda Quinton，Marco Palmieri，Karl Gold，Diana Pho，Nathan Weaver，Edward Allen和 Rafal Gibek。校對者Ingrid Powell，校訂者Terry McGarry，有聲書則由我個人最愛的說書人Michael Kramer錄製完成，以及其他專業說書人Robert Allen，Samantha Edelson，和 Mitali Dave 協助。我新來的行政助理Adam Horne，這是他的名字第一次印在書上。幹得好，Adam！

最後，再次大大地感謝我的家人，我溫柔體貼的妻子和三個兒子。三個小男孩到現在都還搞不清楚，爲什麼爹地寫的書，圖畫總是那麼少。

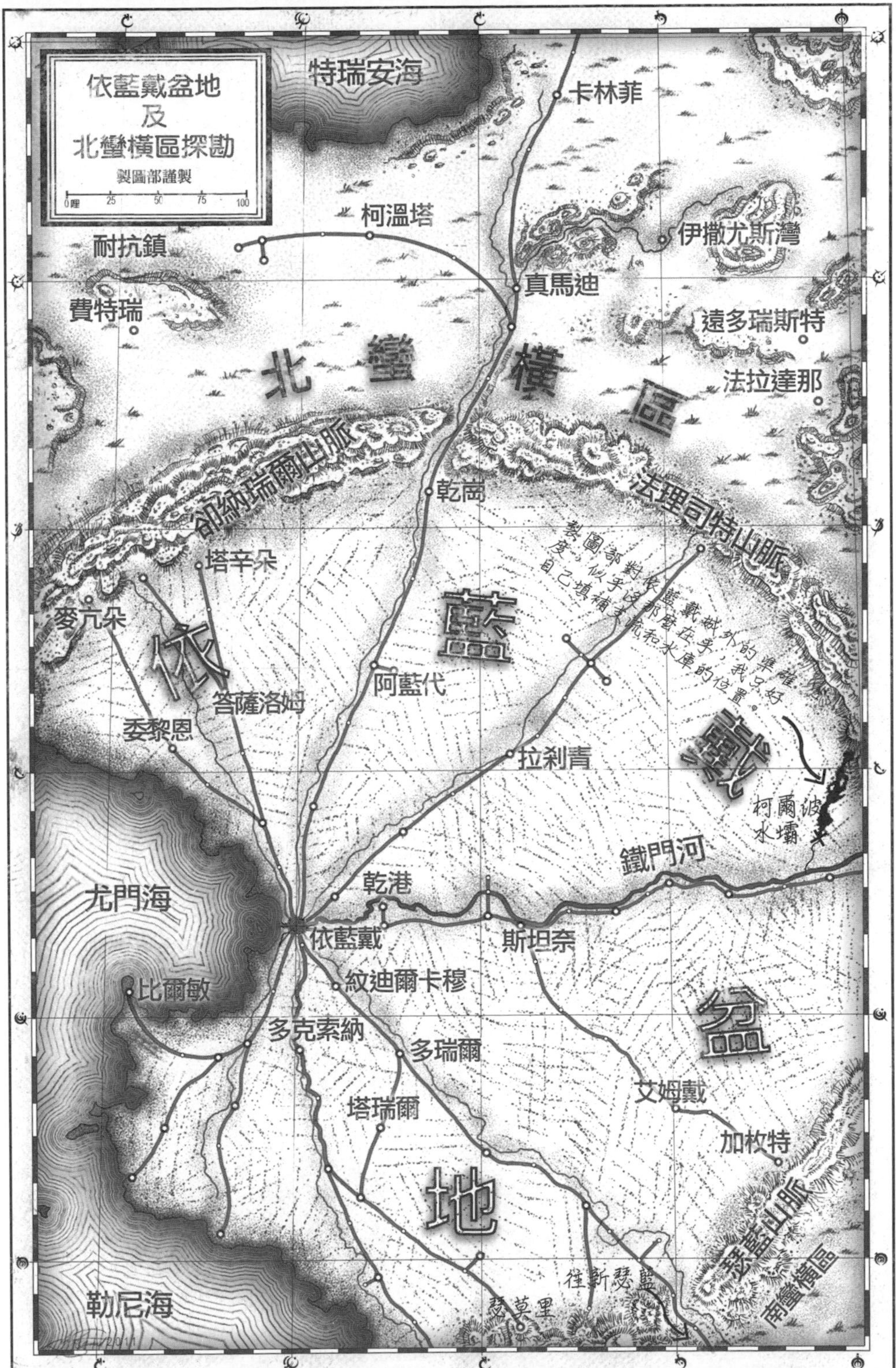
依藍戴盆地
及
北蠻橫區探勘
製圖部謹製
0哩 25 50 75 100
特瑞安海
卡林菲
柯溫塔
耐抗鎮
伊撒尤斯灣
真馬迪
費特瑞
遠多瑞斯特
北蠻橫區
法拉達那
卲納瑞爾山脈
乾崗
法理司特山脈
製圖部對依藍戴城外的準確度，似乎沒那麼在乎，我只好自己填補支流和水庫的位置。
塔辛朵
麥亢朵
依藍戴盆地
阿藍代
答薩洛姆
委黎恩
拉刹青
柯爾波水壩
鐵門河
乾港
尤門海
依藍戴
斯坦奈
紋迪爾卡穆
比爾敏
多克索納
多瑞爾
塔瑞爾
艾姆戴
加枚特
瑟藍山脈
南蠻橫區
往新瑟藍
瑟莫里
勒尼海

第一捌分區
麥迪恩大道
大學
雷司提波廣場
總督宅邸
哈姆德人行道
鐵門河
重生之野
溫斯汀「小屋」
第四捌分區倖存者教堂
波頓區
拉德利安宅邸
廷朵步道
第四捌分區警察廳
雷貝兒塔
第四捌分區
親愛的朋友
我又一次按照你的指示，
把位置都標記出来了
—納哲
2011

依藍戴城
與近郊
出自
實地探勘
341年製
製圖部謹製
哈姆達灣
第一捌分區
突圍區
圖示參照
道路
鐵路
地下鐵
火車站
碼頭
區
公園
農田
一哩比例尺
0
1/4
1/2
3/4
1 哩
地圖分割單位為哩

楔子

私家執法者瓦希黎恩·拉德利安（Waxillium Ladrian）飛身下馬，轉身面對那家酒館。

「喲，」另一個年輕小子一邊躍離胯下的馬，一邊說：「這次你的靴刺終於沒有卡到馬蹬，害你直接摔下來了。」

「我也就摔過那麼一次。」瓦希黎恩說。

「是啊，但那次實在笑死人了。」

「留下看馬。」瓦希黎恩把韁繩丟給年輕人。「別把毀滅拴起來，我隨時可能需要牠。」

「遵命。」

「還有，別偷東西。」

現年十七歲的年輕小伙子，嬰兒肥的臉龐儘管留了好幾個星期的鬍子，仍然連個鬍渣也沒有，他認眞地點點頭說：「瓦，我保證絕不碰你的東西。」

瓦希黎恩嘆口氣，「我不是那個意思。」

「可是……」

「算了，你乖乖待在這裡看馬就行了。別跟任何人說話。」瓦希黎恩搖搖頭，推門走進酒館，腳下突然一陣輕盈。他少量塡補了金屬意識（metalmind），將體重減輕了一成。幾個月前，他在第一次高額賞金獵捕行動中，把儲存的重量都消耗殆盡，所以最近養成了稍稍減輕體重的習慣。

酒館裡想當然耳地遍地骯髒。蠻橫區（Roughs）基本上到處都是灰塵，舉目所見不是破舊不堪，就是毀損報廢的器物。出城來這裡五年了，他仍然無法習慣這樣的髒亂。沒錯，這五年來，他大部分時間都省吃儉用，依靠辦事員的薪資糊口，甚至爲了避免被認出來，一次次地搬家，離人群密集區越搬越遠。但在蠻橫區，就算是人口較多的中心地帶，依然比家鄉依藍戴城（Elendel）的鬧區還汙濁。

而在這個人口密集地帶的邊緣，更非髒亂兩個字足以形容。他往裡面走去，客人一個個都跟沒了骨頭似地癱坐著，看也不看他一眼。這是蠻橫區的另一大特色，無論是人或植物，都更加難搞且多刺，還都往地上長去，越長越低，甚至連偶爾拔高的扇形洋槐也是一副苦哈哈的模樣。

他的雙手撐在臀上，眼神看過去又看過來，希望能引起注意，結果徒勞無功。這情況實在令人頭疼。他還特地穿了剪裁合身的高級西裝，打上淡紫色的領結，竟然沒人注意，眞是畫蛇添足！不過，至少這家酒館的客人不像前一家那樣低聲竊笑。

他一手按著手槍，緩步朝吧檯而去。酒保有副高個子，從修長的身形看來，他絕對有泰瑞司人血統。若是讓他那些在盆地區的高尚親族們看到他一手拿著油膩膩的雞腿啃食，另一手拿馬克杯爲客人上酒，肯定驚嚇掉半條命。瓦希黎恩壓下反胃噁心的感覺，此地居民的衛生習慣是另一項他到現在都無法適應的事。在這裡，所謂的講究禮貌也只是記得先用手擦擦褲子，再和你握手而已——但總是比不擦、直接拿挖過鼻孔的手來得衛生許多。

瓦希黎恩等了又等，才清清喉嚨，出聲示意。酒保終於漫不經心地走了過來。

「怎麼？」

「我在找一個男人，」瓦希黎恩低聲說，「人們叫他冷血喬（Granite Joe）。」

「不認識。」酒保說。

「他是這一帶無人可及的大惡人。」

「不認識。」

「可是——」

「爲了活命，最好別認識喬那種人，」酒保撕咬一口雞腿肉，「不過我倒是有個朋友。」

「哦？還眞令人意外啊。」

酒保瞪了他一眼。

「呃，抱歉，請繼續。」瓦希黎恩說。

「我這位朋友有可能結交了別人不敢結交的麻煩人物。不過要聯絡上他，得花點工夫，需要一些跑腿費。」

「我是個執法者，」瓦希黎恩說，「一切依法行事。」

酒保眨眨眼，似乎費了很大的力氣想搞懂這句話的意思，「所以……你會給我跑腿費？」

「是的，我會付你錢。」瓦希黎恩嘆口氣，默默心算自己在獵捕冷血喬這個任務上已經投了多少金錢。都到了這個地步，不能再撲空。毀滅需要換一副新馬鞍，還有他的西裝在蠻橫區這裡的磨損速度要命得快。

「好。」酒保打個手勢示意瓦希黎恩跟著他走。兩人從餐桌之間穿行，經過兩張桌子與柱子中間的鋼琴。那架鋼琴似乎閒置了多年，琴蓋上放了一排髒兮兮的馬克杯。瓦希黎恩跟著酒保走進樓梯旁邊的小房間，鼻子裡聞到的全是塵土味。

「等著。」酒保示意後，走出去關上門。

瓦希黎恩雙手交抱，直盯著房裡唯一一張椅子瞧。那上頭的白漆或翻起或剝落，他確定只要一坐上去，半數的白漆必會沾黏在褲子上。

若不是這些特別的生活習慣，他早就能自在地跟蠻橫區的居民相處。幾個月追逐賞金的生涯下來，他在此區認識了一些好人，可是他們都固守著宿命論，相當地認命。他們不信任官方，看到執法者就躲得遠遠的，卻願意忍受冷血喬這種人的恣意蹂躪。若不是鐵道公司和礦產公司出資懸賞，事情不會出現轉圜空間——

窗戶突然一陣顫動，瓦希黎恩一僵，立刻拔出腰側上的手槍，燃燒鋼，體內湧起一股強烈的暖流，彷彿剛喝下滾燙的熱水。從胸口冒出的藍色線條朝附近的金屬物激射而去，其中數條藍線指向百葉窗外，其餘的則朝下而去。原來這家酒館有地下室，這在蠻橫區相當罕見。

若遇到緊急狀況，他可以在藍線上使勁一推，利用藍線盡頭的金屬物借力移動。不過現在，他只是盯著那根從窗縫插進來的細枝條往上挑起了窗閂，窗扇喀嗒一聲，彈開了。

一名穿著黑褲的年輕女子跳了進來，一隻手上拿著步槍。她的身材修長，國字型臉，還咬著一支未點燃的雪茄，瓦希黎恩覺得她似曾相識。她站起來，一副志得意滿地關上窗扇，然後才注意到瓦希黎恩的存在。

「要命！」她嚇得倒退幾步，雪茄也掉下來，瞬間舉槍就位。

瓦希黎恩也舉起槍，預備施展鎔金術（Allomancy），設法避開子彈。他可以鋼推子彈，沒錯，可是那樣仍然不夠快，絕對來不及阻止對方開槍，除非他能在女子扣下扳機前鋼推掉她的步槍。

「喂，」女子透過步槍的瞄準器覷著他，「你是那個幹掉黑手派瑞特（Peret the Black）的傢伙？」

「在下是瓦希黎恩．拉德利安，私家執法者。」

「你都是這樣自我介紹的？」

「是的，有問題嗎？」

女子沒有回應，視線仍然沒離開瞄準器，繼續打量著他。一會兒後，她才說：「領結？不會吧？」

「這算是我的個人標誌，」瓦希黎恩解釋，「紳士賞金獵人。」

「一個賞金獵人要『個人標誌』做什麼？」

「名號很重要。」瓦希黎恩抬高下巴，「歹徒們也都有，像冷血喬這種人的名頭響遍蠻橫區，無人不知，無人不曉，爲什麼我不能有？」

「因爲樹大招風，容易成爲標靶。」

「值得冒險一試。」瓦希黎恩說，「不過說到標靶……」他揮揮手槍，下巴朝女子的步槍一揚。

「你想緝捕喬，拿賞金？」女子說。

「當然。妳也是？」

女子點點頭。

「妳我聯手，賞金一人一半，如何？」瓦希黎恩說。

女子嘆口氣，放低了步槍。「可以，不過殺掉喬的那個人拿兩份。」

「我打算活捉他……」

「好啊，這樣我就有更大的勝算先殺掉他。」女子朝他嘻嘻一笑，然後悄悄朝門走去。

「我叫蕾希（Lessie）。所以冷血在這裡？你看到他了？」

「不，還沒有。」瓦希黎恩一邊說，一邊也朝門走去，「我向酒保打聽喬的消息，結果酒保把我帶到這裡。」

女子轉過去看著他，「你向酒保打聽他？」

「是啊，」瓦希黎恩說，「小說裡不都這麼寫，酒館無所不知，還……妳怎麼在搖頭？」

「這家酒館裡的人全是喬的手下，領結先生。」蕾希說，「見鬼了，這座城半數以上的人都是他的。你向酒保打聽他？」

「我剛才已經回答過妳了。」

「鐵鏽啊！」她砰的一聲打開門，朝外一瞥，「你到底是如何幹掉黑手派瑞特？」

「事情沒那麼糟吧，酒館裡不會每個人都……」

他朝門外一瞥，上句話的尾音拖得長長的。高個兒酒保並未去找人，他就站在吧檯那兒，一邊指著側間的門，一邊催促流氓們起身做好武裝準備。流氓們看起來一臉遲疑，有些還氣憤地比手畫腳，不過有更多人已拔出手槍。

「可惡。」蕾希暗罵。

「跳回窗外去？」瓦希黎恩問。

女子的回應是極其謹慎地關上門，然後推開他，朝窗戶匆匆跑去。她抓住窗臺，正要爬出去的時候，槍聲響起，窗臺木屑霎時飛濺開來。

蕾希低聲咒罵一句，朝地上撲去。瓦希黎恩也在她身旁蹲了下來。

「狙擊手！」他斷聲說。

「你的眼力一直都這麼好嗎，領結先生？」

「也不是，只有在我變成槍靶的時候。」他抬眼從窗臺邊緣瞥出去，附近有數十處可供槍手藏身的地方。「這是個問題。」

「好個剃刀般銳利的眼力。」蕾希朝門口爬去。

「不是，我說狙擊手是指兩個意思。」瓦希黎恩蹲著身子潛行。「對方在這麼短的時間內就安排了一位狙擊手？他們早就知道我今天會來，整間酒館是個陷阱。」

蕾希輕輕咒罵一聲，瓦希黎恩已到了房門前，悄悄地打開了門。流氓們正指著這扇門，低聲爭執著。

「他們滿看重我的，」瓦希黎恩說，「噢！他們被我的名聲震懾了，妳看看？他們很害怕的樣子呢！」

「恭喜。」女子說，「你想，如果我開槍殺了你，他們會給我賞金嗎？」

「我們得上樓去。」瓦希黎恩一邊說，一邊望著門外的樓梯。

「爲什麼？」

「首先，拿著武器想殺我們的人全都在樓下，我可不想待在這裡。那些階梯比這個房間更容易防身，更何況，我們很有可能在屋子的另一側找到窗戶溜出去。」

「是啊，除非你想直接跳下二樓。」

跳樓對一位射幣（Coinshot）鎔金術師來說不是問題。瓦希黎恩可以反推某個掉落的金屬，以減緩下墜的速度，平安落地。同時他也是個掠影（Skimmer）藏金術師，可以運用金屬意識大大地減輕體重，讓自己飄在空中。

然而很少人知道瓦希黎恩會使用這些技藝，他也希望繼續保持低調下去。他聽過關於自己奇蹟存活下來的故事，很喜歡其中的神祕意味。有人推測他是金屬之子（Metalborn），是沒錯，但只要人們不知道他真正的能耐，他就佔了上風。

「聽著，我現在要朝樓梯衝去了，」他對女子說，「如果妳想自行殺出一條生路，很好，這樣剛好可以掩護我。」

女子看著他，笑著說：「好，就照你說的做。不過如果我們被子彈射傷，你就要請我喝酒。」

她怎麼有點似曾相識，瓦希黎恩心想。他點了點頭，輕輕數到三，迅速起身朝門外衝去，舉槍瞄準最靠近他們的流氓。流氓往後跳開，瓦希黎恩連開三槍，全沒射中，子彈全命中鋼琴，奏起了三聲刺耳的琴聲。

蕾希匆匆跟著他朝樓梯而去。烏合之眾驚叫出聲，舉槍反擊。瓦希黎恩把手槍往背後一丟，以免干擾他施展鎔金術，再輕輕在射向流氓槍枝的藍線上一推。流氓們紛紛開槍，但在瓦希黎恩的輕推之下，子彈全都飛偏了。

瓦希黎恩跟著蕾希爬上樓梯，逃離一樓的槍林彈雨。

「見鬼的要命，」蕾希說著，兩人上到了樓梯的中間平臺，「我們還活著。」她回頭看瓦希黎恩一眼，雙頰通紅。

瓦希黎恩的回憶像門鎖被打開那般喀嚓一聲，「我以前見過妳。」

「才沒有，」女子移開了視線，「我們繼——」

「在哭泣公牛酒吧！那個跳舞的女孩！」瓦希黎恩說。

「噢，未知神啊，」女子一邊說，一邊帶頭往上跑，「你想起來了。」

「我就知道妳是假扮的。就算是魯斯柯也不會請個手腳不協調的人，妳的腿再美也沒用。」

「我們趕快找扇窗戶跳吧，拜託？」女子偷瞄一眼二樓，查看有無敵人。

「妳爲什麼去那裡？追捕犯人領賞？」

「差不多。」

「妳眞的不知道他們打算要妳——」

「換個話題吧。」

他們踏上二樓，瓦希黎恩等了一會兒後，牆上出現一道人影，宣告有人跟上來了。他朝現身的人開了一槍，結果又沒射中，只逼得對方退下樓去。樓下的人粗口飆罵，還吵了起來。冷血喬或許收攏了這間酒館的人，但他們並不會為他賣命。領頭上樓的人九成會先被射殺，所以沒人願意冒險。

敵人互踢皮球給了瓦希黎恩機會。蕾希推門走進一個房間，跑過一張空床和床邊的一雙靴子。她推開窗戶，發現被狙擊手守住的窗口已遠在酒館的另一側。

耐抗鎮（Weathering）的景色在視線所及之處展開，荒涼的店鋪和住家蹲踞在下，期盼著遙遙無期的鐵路有一天能延展到小鎮來。遠處，簡陋房屋之外，幾隻長頸鹿慵懶地遊蕩，牠們是那片遼闊草原上唯一的動物跡象。

窗外沒有其他的屋簷，一跳出去，必定筆直墜落。蕾希警覺地看著地面，瓦希黎恩屈起手指往嘴裡一放，發出尖聲口哨。

沒有任何動靜。

他又吹了一聲口哨。

「你幹麼？」蕾希問。

「叫馬過來，」瓦希黎恩又吹了一聲，「我們跳上馬鞍，逃離此地。」

蕾希看著他，「你不是開玩笑吧？」

「誰開玩笑。我們練習很多次了。」

底下的街道走出來一個人影，是瓦希黎恩的跟班。「呃，瓦（Wax）？」少年抬頭嚷嚷，「毀滅動也沒動，只是低頭喝牠的水。」

「可惡。」瓦希黎恩低咒一聲。

蕾希看著他，「你為你的馬取名——」

「牠的個性太溫和了，可以吧？」瓦希黎恩怒氣沖沖地爬上了窗臺，「我想幫牠取個能激勵牠的名字。」他圈起雙手放到嘴前，對著下面的男孩大叫，「偉恩（Wayne）！拉牠過來這裡，我們兩個要跳下去！」

「誰要跟你跳下去，」蕾希說，「難道你以為馬鞍有神力，能撐住我們兩個的重量，不壓斷你的馬背？」

瓦希黎恩遲疑了一下，「我在書上讀到有人這麼做……」

「是、是。我有個點子，」蕾希說，「你乾脆把冷血喬叫出來，你們兩個就在馬路上來個傳統的決鬥，如何？」

「妳覺得行得通？我——」

「鬼才行得通，」她輕斥一聲，「誰會笨到去找他決鬥？腦袋鏽掉！你到底是怎麼幹掉黑手派瑞特的？」

兩人互望一眼。

「哎呀……」瓦希黎恩張口說。

「噢，見鬼，你趁他上廁所的時候逮到他的，對吧？」

瓦希黎恩一笑，「沒錯。」

「那你是從背後射殺他的？」

「和別人一樣勇敢地從背後暗殺。」

「呵呵，你的潛力無窮啊。」

瓦希黎恩的下巴朝窗子一揚，「跳不跳？」

「跳啊，寧可摔斷雙腿，總比在這裡等著吃子彈好？或許還會是全餐，領結先生。」

「我們不會有事的，粉紅吊帶襪小姐。」

女子挑眉。

「既然妳用我的服飾稱呼我，我也只能有樣學樣。」他說。

「我以後不會再那樣叫你了，」女子深吸了一口氣，「如何？」

瓦希黎恩點點頭，驟燒起鋼準備拉著她減緩墜地的速度，只要裝成他們是奇蹟地安全落地即可——然而就在他驟燒時，注意到其中一條藍線移動了，光線微弱但很粗，直直指向對街。

磨坊的窗户。窗裡有某件事物在陽光下閃耀。

瓦希黎恩立刻拉著蕾希蹲下。眨眼間，一顆子彈從頭上飛過，射中房間另一頭的房門。

「又一個狙擊手。」女子低聲說。

「妳的眼力眞是——」

「閉嘴，」女子說，「現在怎麼辦？」

瓦希黎恩皺起眉頭思考。他瞥了門上的子彈一眼，計算著彈道。狙擊手瞄準得太高了，就算他沒蹲下，也不會被射中。

爲什麼瞄得那麼高？從那把槍射出來的藍線顯示狙擊手是一邊跑，一邊開槍的。只是因爲瞄準得太匆忙？或者，有詭計？想等我跳出窗外，在半空中射殺我？

樓梯上傳來腳步聲，但沒看到藍線。他咒罵一聲，爬過去，往外偷瞄。一群男人躡手躡腳地走上樓梯，已非樓下那些尋常流氓。這些人穿著緊身白上衣，留著一字鬍，拿著十字弓，身上沒有任何一絲金屬。

鐵鏽啊！他們知道他是射幣，冷血喬安排了暗殺小組，等他上鉤。

他潛回房間裡，抓著蕾希手臂問：「妳的線報提到冷血喬就在這棟樓裡？」

「對，」蕾希回答，「他絕對在。人馬聚集時，他喜歡就近指揮、監控手下。」

「這棟樓房有地下室。」

「……所以？」

「所以抓好。」

他抓住女子的雙手，往地上一滾，女子嚇得尖叫，跟著又咒罵一聲。他把女子翻到他身上，然後增加身體的重量。

經過幾個星期的儲存，現在他體內的金屬意識已經有相當的存量，此刻全數汲取出來，瞬間增加數倍體重。木頭地板負重的嘎吱響起，隨後猛地在他們身下炸開。

瓦希黎恩掉了下去，高級西裝啪地裂開，蕾希被他拉著也往下墜落。瓦緊閉雙眼，鋼推背部下方地板上的鐵釘所發散出來的幾百條藍線，引導它們往下把地板炸開，炸出通往地下室的破口。

兩人轟然撞進地板開口，激起一陣塵煙和碎屑。雖然瓦希黎恩已鋼推減緩下墜速度，但仍然重重撞上了地下室的桌子。

瓦希黎恩痛哼一聲，忍痛強迫自己翻身，抖掉身上的木屑。沒想到地下室是由高級硬木鑲嵌而成，四處布置亮晃晃的曼妙女體油燈。兩人撞上的桌子原本鋪著潔白的桌布，現在皺成了一團，桌腳也顫巍巍的，桌面傾斜。

一個男人坐在桌子的主位。瓦希黎恩手撐著地從碎屑堆裡站了起來，立刻舉槍瞄準那傢伙。對方的五官厚實，深藍灰色的肌膚顯示他擁有克羅司（Koloss）血統。正是冷血喬。瓦顯然打斷了他的晚餐，只見他的領口還塞著餐巾，面前歪掉的桌子上，湯汁灑得到處都是。

蕾希呻吟一聲，翻過身去，拍掉衣服上的木屑。她的步槍似乎掉在樓上了。瓦希黎恩緊握著手槍，兩眼緊盯著冷血喬身後穿著長風衣的一男一女保鑣，早就聽說他們是手足同胞，也都是狙擊手。男女保鑣肯定是被他們的從天而降嚇到，因爲他們的手雖然放在武器上，卻沒有拔出來。

瓦的槍口直指喬，看似占了優勢——但如果他開槍，那對保鑣絕對在眨眼間就會要了他的命。看來這次他的攻擊策略想得不夠清楚。

喬拿著湯匙刮舀破碗裡的殘肴，灑在桌布上的紅色湯汁暈開來，像畫框一樣環繞著喬。他總算舀起了一些，送到嘴邊說：「你，」他啜了口湯，「該死。」

「你樓上那些手下太差，」瓦希黎恩說，「該另請高明了。」

「與他們無關，」喬說，「你到蠻橫區這裡來撒野多久了？兩年？」

「一年。」瓦希黎恩說。他來這裡不只一年，但是最近才開始如喬所說的「撒野」。

冷血喬咂舌，「你以爲這裡是最近才出現你們這種人的，小伙子？你們來蠻橫區改造我們的不文明，每年還來幾十個，最後不是識時務被收買，就是成氣候前被宰了，獨獨漏掉了你。」

他在拖延時間，瓦希黎恩想，他在等著樓上的手下過來。

「放下武器！」瓦希黎恩用槍指著喬，「放下，否則我開槍了！」

兩位保鑣一動也不動。*右邊那個沒有放射出藍色金屬線*，喬也沒有，瓦希黎恩研判情勢。左邊那個有手槍，也許會自以爲拔槍速度能快過射幣。瓦確定另外兩個人的槍套裡，必定有精妙的手動十字弓，由木頭和陶土打造的單發武器，專門設計用來刺殺射幣。

就算施展鎔金術，他也不可能殺了那三人，還可以全身而退。汗水滑下瓦的太陽穴。他很想扣下扳機，但那樣自己必死無疑。對手也知道情勢僵持，而且*他們的援兵就要到了*。

「你不屬於這裡，」喬傾身向前，雙肘撐在歪掉的餐桌上，「我們會來這個地方安身，就是爲了躲避你們這種人，躲避你們的規距和自以爲是。我們不要你在這裡。」

「如果是那樣，」瓦希黎恩沒想到自己的聲音如此平穩，「就不會有人跑來找我哭訴你殺了他們的兒子。你們也許不需要依藍戴的律法，但不表示你們完全不需要法治，也不表示你這種人可以爲所欲爲。」

冷血喬搖搖頭，站了起來，一隻手按在槍套上。「這兒不是你的地盤，小伙子。這裡每個人都有一個身價，沒有的人，就表示他們不適合待在這裡。把一頭獅子丟到你的城市，牠會慢慢地、痛苦地斷氣。我會讓你像獅子那般死亡，這是今天我對你的慈悲。」

喬抽出十字弓。

瓦希黎恩連忙鋼推右手邊牆上的燈臺。那幾盞燈臺牢牢地固定在牆上，於是鎔金術將瓦往左推去，他一轉身，開槍反擊。

喬射出一枝弩箭，但射空了，箭朝瓦希黎恩原本站立的地方而去。瓦的一顆子彈實實在在地擊中了剛抽出十字弓的女保鑣。女子倒地，瓦希黎恩撞上了牆壁，再次鋼推——在男保鑣開槍時打掉他手裡的槍。

這次鋼推讓手槍滑了出去，朝男保鑣直直翻飛而去，擊中了他的右臉，將他擊倒在地。

瓦希黎恩穩住身子，抬眼望著對面的喬，喬不可置信地瞪著倒下的保鑣。瓦見機不可失，立刻朝人高馬大的克羅司人衝去。若能拿到合適的金屬做武器，或許能——

身後一樣武器喀嚓一響。瓦希黎恩停止動作，回頭一望，看到蕾希舉著一支小型手動十字弓瞄準他。

冷血喬說：「在這裡，每個人都有一個身價。」

瓦瞪著弩箭的黑曜石箭尖。她把十字弓藏在哪裡？他緩緩地用力吞嚥口水。

這是苦肉計，她讓自己身陷險境，跟著我爬上樓梯！她怎麼可能……

喬知道他有鎔金術，所以蕾希也知道。蕾希在跟著他上樓逃生之前，就知道他能干擾樓下那群流氓的射擊。

喬說：「終於啊。妳能解釋一下爲什麼沒在那間房裡就殺了他嗎？酒保到底是把他引到哪裡？」

蕾希沒回應，只是打量著瓦希黎恩。「我警告過你了，酒館裡的人全是喬的手下。」她說。

「我……」瓦希黎恩再次用力吞嚥，「我仍然覺得妳的腿很美。」

蕾希直視他的眼睛，嘆了一口氣，微微移動十字弓，弩箭接著射穿了冷血喬的脖子。

瓦希黎恩眨眨眼，看著那位高壯的男人摔倒在地，發出咯咯的喉音，鮮血汨汨流了一地。

蕾希火大地瞪著他，「『妳的腿很美』？你只能想得到這句話來跟我求饒？不會吧？你在這裡是活不下去的，領結先生。」

瓦希黎恩大大地鬆了一口氣，「噢，和諧啊（Harmony）。我眞的以爲妳要殺了我。」

「我眞應該斃了你，」蕾希咕噥說，「眞不敢相信——」

樓梯響起腳步聲，樓上的流氓終於鼓起勇氣衝下來。足足有六個武裝流氓湧進了地下室。

蕾希朝倒下保鑣的手槍撲去。

瓦希黎恩的腦筋飛轉，採取了最理所當然的行動。他在一片狼籍中擺了一個誇張的姿勢，抬起一隻腳，冷血喬的屍體以及兩個倒地的保鑣就躺在他身後。粉塵依然從天花板的破洞飄落，在樓上窗戶灑下來的陽光中閃爍飛旋。

幾個流氓猛地打住，瞧著下方倒地的老闆屍體，又目瞪口呆地望望瓦希黎恩。

最後，他們一個一個像是在廚房偷餅乾被逮個正著的孩子，放低了武器。帶頭的流氓往後退，想擠出一條路逃之夭夭，一群人瞬間士氣潰敗，慌忙逃回樓上。反應最慢的酒保孤伶伶地落了單，連忙拔腿跟上去。

瓦希黎恩轉身朝蕾希伸出一隻手，蕾希握住他的手，讓瓦希黎恩把她拉起來。她望著敗退的流氓們，耳裡全是靴子慌張踩踏木板的逃亡聲。沒一會兒，整棟樓房就安靜得沒有一點聲響。

蕾希說：「哈，你眞是跟一頭會跳舞的驢子般令人刮目相看，領結先生。」

瓦希黎恩回應：「跳舞有助於打響江湖名號。」

「是嗎，那你覺得我也應該來個江湖名號？」

「江湖名號，是我決定來蠻橫區很重要的理由之一。」

蕾希緩緩地點點頭，「你到底在說什麼，我完全聽不懂，但感覺有些下流。」她的目光越過瓦希黎恩，望著兩眼無神、躺在自己血泊之中的冷血喬。

瓦希黎恩說：「謝謝妳手下留情。」

「呃，反正我終究是要斃了他，拿他去領賞。」

「沒錯，但如果不是情況危急，妳應該不會在這個封閉的地下室，當著他手下的面斃了他。」

「眞的。我的確太笨了。」

「那爲什麼還要冒這麼大的風險？」

蕾希看著屍體，「我在喬的手下做了很多違背良心的壞事，但我很清楚，我殺的人全都是死有餘辜。至於你……殺了你，就好像也毀掉你所堅持的理想。你明白我的意思嗎？」

「我能理解。」

蕾希搓揉脖子上流著血的傷口，那是墜落時被木片劃傷的。「不過，下次千萬別再搞得這麼翻天覆地。我喜歡這間酒館。」

「我盡力而為。」瓦說，「我想改變這裡，就算不能影響整個蠻橫區，至少也要改變這座小鎮。」

「噢，」蕾希一邊說，一邊朝冷血喬的屍體走去，「我確定如果有邪惡的鋼琴膽敢攻擊這座城市，最好先想一想，因為你的槍法實在是太高超了。」

瓦希黎恩難堪得臉部扭曲，「妳……都看到了？」

「如此精采的槍法，難得一見。」蕾希在屍體旁邊跪了下來，一一翻找喬的口袋。「射擊三發，擊中三個不同的琴鍵，卻一個流氓也沒射中，眞是了不起，普通人還做不到呢。你可能要少花點時間想你的江湖名號，多花點時間玩你的槍。」

「妳這句話聽起來就有些下流了。」

「很好。我討厭粗俗的黃色雙關語。」她抽出喬的皮夾，微微一笑，往上一拋，再接住。頭頂上，瓦希黎恩壓出來的破洞中，探出一顆馬頭，跟著又探出一個少年小小的臉蛋，他還戴了一頂過大的圓頂禮帽。他是從哪兒找來的大帽子？

毀滅高聲嘶鳴，跟瓦希黎恩打招呼。

「你現在才來，」瓦希黎恩說，「笨馬。」

「我倒覺得牠很聰明，」蕾希說，「知道在槍戰中，要離你遠一點。」

瓦希黎恩微微一笑，朝蕾希伸出手。蕾希握住他的手，瓦希黎恩一把拉她過來，抓著一條藍線往上升去，帶著兩人離開這一片混亂。

PART I

1

十七年後

溫斯汀看著落日，暗自微笑。這眞是個把自己拍賣掉的好夜晚。

「我的避難室準備好了？」溫斯汀輕輕握住了陽臺欄杆，「以防萬一？」

「是的，爵爺。」弗洛格戴著蠢斃的鑾橫區帽子，搭配一襲長風衣——儘管他本人從未離開過依藍戴盆地。除了令人倒胃口的時尚品味，弗洛格是個稱職的保鑣，但溫斯汀仍然照樣拉了拉他的情感，稍稍增強他的忠誠度。謹愼永遠都不嫌少。

弗洛格朝背後的宴會廳瞥了一眼，「都齊全了，爵爺。您準備好了嗎？」

溫斯汀望著落日，豎起一隻手指放在嘴唇上，示意保鑣噤聲。這座位於依藍戴第四捌分區的陽臺，俯瞰著底下的運河和市中心，也因此有極佳的視野眺望重生之野。青翠蔥鬱的公園裡，昇華戰士和末代帝王雕像的長長黑影斜劈而去；根據神話傳說，他們的遺體在落灰之終和最後昇華時期被發現。

西方幾哩外的哈姆達灣吹來習習涼風，稍稍緩和了空氣裡的悶熱。溫斯汀的手指輕敲著欄杆，耐心地傳送出鎔金術的能量，將背後宴會廳裡賓客的情感具體化，最起碼那些蠢到沒戴鉛線帽的人，絕對逃不過他的魔法。

現在隨時……

空氣開始出現針孔般的斑點，迷霧逐漸在他面前聚集起來，結霜似地遍布在一扇窗戶上，觸手延展開來，又彼此纏繞，形成了小溪，最後變成幾條流動的河水。滾滾的迷霧覆蓋、吞沒了整座城市，徹底將它吞噬。

「黑夜又遇上起大霧，」弗洛格說，「眞是運氣不好。」

「別傻了。」溫斯汀邊說邊調整領結。

「祂正看著我們，」弗洛格說，「迷霧就是祂的眼睛，爵爺。我指的是滅絕（Ruin）。」

「怪力亂神，胡說八道。」溫斯汀轉身朝宴會廳走去，跟在後面的弗洛格趕在迷霧溜進宴會之前，關上了門。

連同不可或缺的保鑣在內，約有二十幾位賓客正談笑風生著。他們都是被精挑細選出來，不只是身分地位顯要，同時也彼此制衡，但臉上全都帶著做作的微笑隨意閒談。溫斯汀喜歡他的拍賣會，客人劍拔弩張，旗鼓相當。讓他們會彼此，讓每個人都好好體會失去他的恩惠的代價。

溫斯汀往中間一站。雖然他親自向每位賓客保證過不會有人帶安撫者（Soothers）或煽動者（Rioters）來參加舞會，但許多人仍然戴著帽子，讓帽上的鋁線保護他們不受情緒鎔金術影響。而他當然不會自打自招，截至目前爲止，與會的客人都以爲他不是鎔金術師。

他掃視全廳，視線停在負責吧檯的布洛梅身上。後者對他搖搖頭，所以宴會廳內沒有人燃燒金屬。

太好了。

溫斯汀走到吧檯前，轉身高舉雙手，吸引所有人的注意。這個姿勢展示出燙得筆挺的白襯衫上閃閃發光的鑽石袖釦。當然，袖釦的鑲嵌底座是木製的。

「各位先生女士們，」他說，「歡迎蒞臨這場小小的拍賣會。現在，我宣布競標開始，當我聽到最滿意的出價時，競標即會終止。」

話說太多，會毀了這齣戲。溫斯汀接下侍從遞上的酒杯，走進人群招待客人。他四下張望，遲疑了一下，低聲問：「愛德溫·拉德利安（Edwarn Ladrian）沒來？」他不願用「套裝先生」（Mister Suit）這個俗氣的綽號來稱呼那個男人。

「沒來。」弗洛格說。

「你不是說所有人都到了！」

「回覆會出席的人，都、都到了啊。」弗洛格支支吾吾地回答。

溫斯汀抿起嘴，除此之外看不出他的失望。他原本很有把握能引得愛德溫上鉤。或許那個人已經收買現場某個作奸犯科的貴族……這值得好好推敲一番。

他朝宴會廳中央的桌子走去，那張桌上正擺著今晚掩人耳目的主角。斜倚在畫中的女人，是溫斯汀親手繪製的，他的繪畫技巧已更上層樓。

儘管那張畫一文不值，不過舞會上的男男女女仍然會出高價競標。

第一個過來找他的是道澤，第五捌分區的走私品大多是由他引進的。這男人臉頰上三天未刮的鬍渣隱藏在圓頂禮帽的陰影下，他居然沒把帽子留在衣帽間，就這樣大剌剌地戴著進來參加舞會。就算有位美女勾著他手臂陪伴在旁，就算身上是最時髦的高級西裝，也難以漂白道澤這種無賴散發出來的氣息。溋斯汀嫌惡地皺皺鼻子。宴會廳裡的賓客大多是人渣，但大家都有自知之明，知道要以高雅的舉止來掩飾邪惡的內心。

「醜得要命，」道澤看著畫作，「你居然要我們『競標』那個鬼東西，不覺得丟臉？」

「你眞是個直腸子，道澤先生？」溋斯汀說。「難道你覺得四處嚷嚷『給我錢，明年議會選舉就投你一票』比較好？」

道澤四下張望，彷彿擔心警察隨時會闖進來。

溋斯汀微微一笑，「你看看畫中女人的臉頰泛灰，不就是落灰之終以前遍地灰燼的生活寫照？這是我截至目前爲止最得意的作品。你要喊價嗎？」

道澤一言不發，不過他終究會喊出一個價的。廳裡的每一個人在同意出席之前，都花了幾個星期裝模作樣。他們半數以上，都是道澤這類壞事幹盡的貴族，而另一半的上主貴女，則跟溋斯汀一樣出身豪門世家，只不過行事做人稍微沒那麼墮落腐敗。

「你不害怕嗎，溋斯汀？」勾著道澤手臂的女子問。

溋斯汀皺眉一看，女子很眼生，身材纖細，一頭金色短髮，眼睛又大又黑，非常高䠷。

「親愛的女士，我害怕？」溋斯汀問，「怕這廳裡的人？」

「不，」女子說，「是怕你的兄弟發現……你的所作所爲。」

「我向妳保證，瑞普拉爾很清楚我的一舉一動。」溫斯汀說。

「總督的親生兄弟，涉嫌賄賂買票呢。」女子說。

「親愛的，如果這就嚇到妳了，」溫斯汀說，「那妳眞是朵溫室裡的小花。市場上，多得是比我還要大條的魚，等下一波魚貨上岸，妳就知道了。」

道澤聞言表情一震。溫斯汀瞧著他眼中精光一閃，似乎動起了歪腦筋，爲此微微一笑。沒錯，我就是在暗示我兄弟本人或許會接受你的行賄。這可能正中道澤下懷。

溫斯汀朝侍從走去，在盤子裡拿了一些紅蝦鹹派，「道澤身邊的女人是個密探，」溫斯汀低聲對形影不離的弗洛格說，「可能是警方派來的臥底。」

弗洛格大驚，「天啊！我們檢查又檢查過每一位客人，才放他們進來的。」

「那就是你們粗心漏了一個，」溫斯汀沉聲說，「我敢用全部的財產跟你打賭。舞會結束後，跟蹤她。如果她跟道澤分道揚鑣，你就看著她是否遭遇不測。」

「是的，爵爺。」

「還有，弗洛格，」溫斯汀說，「直接了當地跟蹤她，不需要躲躲藏藏，否則迷霧會阻擋你的視線，明白嗎？」

「是的，爵爺。」

「很好。」話一說完，溫斯汀就帶著大大的微笑朝休斯．恩特隆爵爺緩步而去，這位爵爺可是恩特隆家族族長的堂弟兼密友。

溫斯汀花了一個小時往來應酬，才漸漸有人喊價。有些人出價出得不情不願，其實他們希望私底下一對一向他出價，然後神不知鬼不覺地潛回依藍戴最齷齪的地方。這些貴族，無論正邪都喜歡拐彎抹角，不愛公開表態，但仍然照常喊價，而且價錢都相當漂亮。第一輪交際結束後，成果十分輝煌，溫斯汀必須竭力克制內心的興奮，以免太喜形於色。他終於不必再節制開銷了，如果他的兄弟能——

槍響來得太過突然，一開始他還以爲是僕人打破了杯盤。但那聲音太尖銳，震耳欲聾。他以前從沒在室內聽過開槍的聲音，不知道會是如此令人膽戰心驚。

被抖出的酒水從溫斯汀的指縫間滑下，他的眼睛慌張地搜尋槍響的出處。又是一聲槍響，接著又一聲，四面八方全是槍林彈雨，滿耳淨是吵雜喧囂的死亡之音。

弗洛格趕在他出聲求救之前抓住他的臂膀，拉著他朝樓梯衝去，打算逃到樓下的避難室。一位保鑣站在門口搖搖欲墜，圓睜著眼瞪著襯衫上暈開的鮮血。溫斯汀呆若木雞地瞪著那個垂死的男人，弗洛格使勁地把他拖走，推著他躲進樓梯間。

「這到底是怎麼回事？」另一位保鑣砰的一聲關上樓梯間的門、上了鎖後，溫斯汀才找回說話的能力。幾位保鑣簇擁著他跑下昏暗的樓梯，樓道內只有幾盞間隔老遠的電燈照明。「誰開的槍？這到底是怎麼回事？」

「不清楚，」弗洛格說話時，樓上仍然槍林彈雨，「事情來得太突然了。」

「有人開了一槍，」另一位保鑣說，「很可能是道澤。」

「不對，是達姆。」另一位說，「我聽見第一道槍聲從他的人那裡發出來。」

無論是誰幹的，都是災難一場。到手的財富就在頭頂上的腥風血雨中一去不復返了。終於逃到樓梯盡頭，來到一扇拱門前的溫斯汀，失魂落魄地被弗洛格硬推進門內。

弗洛格說：「我上去看看能不能挽回局勢，或者找出凶手。」

溫斯汀點點頭，關上了拱門，從房裡上了鎖，心煩意亂地找了張椅子坐下，愁眉苦臉地等待消息。這小小的地下碉堡儲藏了美酒和飲酒相關用品，但他現在不能分心。他絞著雙手，擔憂他的兄弟會怎麼痛罵他？鐵鏽的！傳紙又會如何報導這件事？他必須想辦法封鎖消息。

拱門終於響起了敲門聲，溫斯汀從窺視孔看到弗洛格就站在門外，身後還有一小群的保鑣看守著樓梯口。看來樓上停戰了，只不過下面這裡仍然聽得到隱隱約約的槍響。

溫斯汀打開了門，「如何？」

「全死了。」

「全部？」

「一個活口都沒有。」弗洛格一邊說，一邊走進了地下碉堡。

溫斯汀重重地癱坐在椅子上，「這樣也好，」他試圖在這場黑暗的大災難裡，尋找一絲光亮，「這樣就沒人可以指證我們。我們可以悄悄溜走，掩滅一切痕跡。」

但仔細一想，他不可能撇得一乾二淨。他是這棟宅邸的主人，和這件凶殺案脫不了干係。他需要不在場證明。該死，這表示他必須去找手足串供。就算成功封鎖案情，瞞住了社會大眾，瑞普拉爾也保不住席位了。他的雙肩一垮，挫敗地問：「你怎麼看呢？」

回應他的是一雙猛地抓住他的頭髮的手，往後一扯，刀子俐落地劃過顯露出來的脖子。

2

小書上寫著，我意識到應該把這些事寫下來，闡明自己的觀點，而不是任由歷史學家來爲我發言。我不認爲他們能精準地理解我的想法，甚至不知道是否能期望他們眞正瞭解我。

瓦用鉛筆的尾端輕敲書本幾下，隨即在一張紙上潦草地寫下筆記。

「我想邀請包里斯兄弟參加婚禮。」坐在瓦對面沙發上的史特芮絲（Steris）說。

瓦嘀咕幾聲，注意力仍然停留在書上。

小書接下來寫著，我知道阿沙（Saze）並不認可我的所作所爲，但他要我怎麼辦？得知我知曉……

「包里斯兄弟，」史特芮絲繼續，「他們跟你很熟，不是嗎？」

「我開槍射殺他們的父親。兩次。」瓦頭也沒抬地說。

我不能讓它失傳，小書寫著，這樣不對。如今我認爲血金術是好的法術。阿沙現在不就是存留和滅絕雙方力量的合體嗎？滅絕已經不存在了。

「他們會殺你報仇？」史特芮絲問。

「那個老么發誓喝乾我的血，」瓦說，「老三——對，就是老么的哥哥，先別問，聽我說完——發誓……他發了什麼誓？啃光我的腳趾？他不是個聰明人。」

我們可以好好運用它。應該的。應該嗎？

「既然如此，我就把他們列入賓客名單了。」史特芮絲說。

瓦嘆口氣，抬起頭說：「妳這是在邀請我的死對頭，」他的語氣冷淡，「參加我們的婚禮。」

「我們總得邀請某人啊。」史特芮絲說。坐在瓦對面的她，金髮盤成一個圓髻，統籌婚禮的相關文件一疊疊地圍繞著她，一副要上法庭打官司的模樣。樣式時髦的藍色花紋洋裝把她包得密不透風，還有那頂正經八百的帽子緊緊地扣住她的頭髮，像是被釘子牢牢釘上去。

「除了這些巴望我早點死的人，一定還有更適合的人選。」瓦說，「聽說按照傳統，婚禮都會邀請親人出席。」

「就我所知，」史特芮絲說，「你現存的親人都希望你死掉。」

瓦被反駁得一時語塞。「唔，那就我所知，妳的親人並不希望妳這樣，所以妳可以多邀請一些親人來塡滿婚宴。」

「能邀的我都邀了，」史特芮絲說，「身分地位值得出席婚宴的熟人，也都在名單上了。」她伸手從旁邊抽出一張紙，「而你，只給了我兩個人名，一個是偉恩，還有一個名叫拉奈特（Ranette）的女人——你還特別注明，這個女人應該不會在婚禮上槍殺你。」

「她的確不會那麼做，」瓦附和，「她已經有好多年沒動腦筋要我的命，起碼沒有一定要致我於死地。」

史特芮絲嘆口氣，放下那張紙。

「史特芮絲……」瓦說，「我很抱歉，我不是故意敷衍妳。拉奈特不會惹事的，我們雖然愛開她的玩笑，但她是個很好的朋友，不會破壞婚禮的，我保證。」

「那誰會搞破壞？」

「什麼？」

「我認識你整整一年了，瓦希黎恩爵爺，」史特芮絲說，「我能完完全全接納原本的你，但我不是天真爛漫的小姑娘。我們的婚禮一定會出事，會有壞人衝進來，開槍掃射，再不然就是在聖壇發現炸藥；又或者賓神父莫名其妙變成你的世仇，不主持婚禮而是拿刀追殺你。事情必定會演變成不可收拾的局面，我得事先做好準備，到時才能應變。」

「妳不是認真的吧？」瓦微微失笑，「妳打算邀請我的敵人，好讓妳能計劃一場美人救英雄？」

「我依照危險程度和聯繫的難易分類了。」史特芮絲翻弄著文件說。

「等等，」瓦起身朝她走去，傾身看著她的文件。每一頁上，都是鉅細靡遺的個人資料。「艾普・曼頓……達許男孩……鐵鏽啊！里克・史徹吉，我都忘了這個人了。妳是從哪裡找來這些資料的？」

「你的戰績本身就是一份公開個資的檔案。」史特芮絲說，「一一瞭解這些人後，我對這個社會越來越有興趣了。」

「這些花了妳多少時間？」瓦一邊問，一邊翻弄那疊文件。

「要做就做得徹底一點。這能幫助我思考，更何況，我想瞭解你平常都在忙些什麼。」

眞是貼心，儘管她瞭解人的方法還眞古怪。

「那就邀請道格拉斯・文澤，」他說，「他算是一個朋友，但只要一碰到酒就停不了。妳絕對可以信任這個人會在後續派對搗亂。」

「太好了，」史特芮絲說，「那男方的其他三十七個座位怎麼辦？」

「邀請我家裡的裁縫師領班和鐵匠工頭，」瓦說，「還有各捌分區的警察局長。這些客人都算體面。」

「很好。」

「如果妳希望我幫忙籌備婚禮——」

「你以書信邀請賓神父前來主持婚禮，已經完成婚前協議上對你的唯一要求。剩下的籌備工作，我能應付得來，而且這些細節也滿有趣的，讓我有事可做。不過總有一天，我想要知道那本你愛不釋手的小書裡到底寫了什麼。」

「我——」

樓下的大門砰的一聲飛開，樓梯上傳來重重的腳步聲。一會兒後，書房的門也飛開，偉恩幾乎是摔了進來。管家達里安斯一臉歉意地跟在偉恩背後。

精瘦、身高中等的偉恩，一張圓臉刮得乾乾淨淨的，和平常一樣穿著蠻橫區款式的舊衣服，史特芮絲至少為他準備了三種場合穿的新服飾，都沒派上用場。

「偉恩，能不能勞駕你高抬貴手按門鈴。」瓦說。

「才不要，那樣管家不就知道有人來了。」偉恩說。

「本來就是要讓管家知道有人到訪。」

「滑溜的小畜生，」偉恩當著達里安斯的面關上了門，「不能信任他們。喂，瓦，我們得出發了！神射手（Marksman）行動了！」

終於！瓦說：「我去拿外套。」

偉恩瞥了史特芮絲一眼，點點頭跟她打招呼，「啊囉，瘋子。」

「哈囉，白癡。」她回點了一個頭。

瓦在背心和領結齊具的整套高級西裝外套上了槍帶，並且扣好，再披上迷霧外套。「走吧。」他一邊說，一邊檢視彈藥裝備。

偉恩粗手粗腳地推開房門，衝下樓梯。瓦在史特芮絲端坐的沙發邊停了下來，「我……」

「男人就應該有嗜好。」史特芮絲拿起另一張紙閱讀，「我能理解，瓦希黎恩爵爺——不過請你小心，千萬別讓子彈射中你的臉，我們今晚要畫婚紗畫像。」

「我會謹記於心。」

「照顧好我妹妹。」史特芮絲說。

「這次的追捕很危險，」瓦一邊說，一邊朝房門快步而去，「瑪拉席（Marasi）應該不會插手。」

「要是你真的這麼想，那就不夠專業了。就是因爲危險，她才會想辦法插手。」

瓦停步在門邊。他回頭瞥了史特芮絲一眼，史特芮絲也抬眼遇上了他的目光，感覺這次的道別夾雜了情人依依不捨的意味。

史特芮絲似乎也感覺到了，但兩人都沒開口。

瓦仰頭乾了一小杯威士忌和金屬片，隨即衝出房門，飛身越過欄杆，蹤身一躍，鋼推門廳大理石地板上的鑲嵌銀花紋，以減緩墜落的速度，靴子躂地踏上了大理石。達里安斯拉開面前的大門，瓦衝了出去，要加入在馬車旁等待的偉恩，共赴……

他在門階前愣住，「那是什麼鬼東西？」

「汽車！」已坐入後座的偉恩回答。

瓦呻吟一聲，快步走下階梯，朝那輛機械走去。瑪拉席就坐在操控裝置正後方，一身亮眼的淡紫色蕾絲洋裝，讓她看起來比同父異母的姊姊史特芮絲年輕了許多，雖然她們只差五歲而已。

她現在算是一位警員了，是本區警察總隊長的助手。她從沒解釋過爲何離開律師本行，轉行到警界，不過起碼她沒有淪落到當巡警的地步，而是擔任負責分析的行政助理。既然是行政助理，就不應該牽扯進危險的任務。

但她偏偏出現在這裡。她轉頭過來，眼神閃著熱切，躍躍欲試。「你到底上不上車？」

「妳在這裡幹麼？」瓦一邊問，一邊不情願地拉開車門。

「開車啊。難道你想讓偉恩開？」

「我寧願坐駿馬拉的馬車。」他坐上車去。

「老古板，」瑪拉席一邊說，一邊動腳，身下的新型機械突地往前一跳，「神射手搶劫了第一工會，如你預料。」

瓦死命地抓牢。他原本推測神射手會在三天前搶銀行，但搶案並未發生，他還以爲那個人逃去蠻橫區了。

「瑞迪大隊長認爲神射手會躲到第七捌分區。」瑪拉席駕車繞過一輛馬車。

「瑞迪錯了，」瓦說，「朝突圍區（Breakouts）開去。」

瑪拉席沒有爭辯，汽車一路顛顛簸簸，直到開上了鋪石子路的新開發區才緩和下來。此區的街道平坦，汽車加速往前疾馳而去。這輛是最新型的汽車，傳單上大力促銷的車型，配有橡膠車輪和燃油引擎。

整座城市都爲了侍奉這些汽車而改頭換面。*勞師動眾的，就爲了駕駛這些新玩意兒，*瓦心裡很不是滋味。騎馬就不需要平坦的道路——瑪拉席沒有減速地轉了一個彎，他不得不承認這輛車過彎過得眞是漂亮。

但它仍然帶來天崩地裂的破壞。

「妳不應該出現在這裡。」瓦對瑪拉席說話時，她又駕車轉了一個彎。

她目不轉睛地盯著前方。坐在他們後面的偉恩從車窗探出頭去，一隻手緊壓著頭上的帽子，笑容可掬。

「妳學的是法律，是要當律師的人。」瓦說，「妳屬於法庭，而不是上街追捕殺人犯。」

「我之前不是把自己照顧得好好的，你也沒嫌棄過。」

「之前是不得已，是破例。結果妳得寸進尺，又跟來了。」

瑪拉席握住推桿往右一打，更換汽車排檔。瓦覺得自己這輩子都不可能學得會開車。瑪拉席駕車超越了幾匹快馬，驚嚇得其中一位騎士破口大罵。瓦被晃動的車身甩到一旁去，不高興地嘀咕了一句。

「你最近是怎麼了？」瑪拉席問，「老是抱怨東、抱怨西的，抱怨這輛車、抱怨我跟來這裡，還抱怨早餐的茶太燙，讓人以爲你是不是做了什麼大錯特錯的決定，爲此後悔莫及。我很好奇那是什麼樣的決定。」

瓦盯著前方，從後視鏡看到偉恩把頭縮回到車內，挑著眉說：「她說得有理，老兄。」

「你在幫倒忙。」

「我不是故意的。」偉恩說，「不巧的是，我僥倖知道她說的是哪個決定。你眞的應該買我們上星期看到的那頂帽子。那是頂幸運帽，我對這種事有第五感。」

「第五感？」瑪拉席問。

「是啊，聞不到東西。我——」

「那裡。」瓦傾身向前，往擋風玻璃外望去。一個人影從街邊跳了出來，在空中滑行片刻，落在街道上，又飛身朝他們前方的大街滑翔而去。

「你猜對了，」瑪拉席說，「你是怎麼猜到的？」

「神射手喜歡被人看到，」瓦抽出槍套裡的問證手槍，「還幻想自己是俠盜。妳盡可能把這新玩意兒穩住。」

瓦不知道瑪拉席回答了什麼，因爲他已推開車門，跳了下去。他往前開了一槍，鋼推那顆子彈，讓自己飛起來。再鋼推經過的一輛馬車，造成馬車左右劇烈晃動，把瓦往一旁推去，等他再落下時，正降落在瑪拉席汽車的木製車頂上。

他一手抓住車頂的前沿，另一手舉槍在頭側，大風吹得迷霧外套在身後喇喇作響。前方的神射手以一連串的鋼推飛下大街。

瓦感覺體內心深處有一股燃燒金屬的暖流。他將自己推離汽車，飛到馬路上空。

神射手一向在大白天行搶，然後沿著最繁忙的馬路逃亡。越多人目睹他的惡行，他越高興，可能因此覺得自己所向披靡、無人能敵。鎔金術師在平常人面前，的確有這等本事。

瓦接連幾個蹤躍越過一輛輛汽車和馬車，道路兩旁的平民公寓不斷往他身後退去。勁風和高高在上的開闊視野，都令他神清氣爽，心情平靜，就像被安撫者碰觸那般。原本的憂慮全部一掃而空，此時此刻，他眼裡只剩下前方在逃的搶犯。

神射手身穿紅衣，臉上戴著街頭藝人使用的老舊黑面白獠牙面具，活脫脫是一個從傳說中跑出來的深闇（Deepness）。根據瓦從叔叔那兒偷來的職務說明書記載，神射手和「組織」（Set）有關聯。雖然這幾個月下來，瓦不再那麼依賴那本書，但書中仍然有一些寶貴的參考價值待發掘。

神射手一路鋼推，朝工業區而去。瓦尾隨在後，從一輛汽車跳到另一輛上，驚喜地發現如此在午後的半空中飛躍，居然比被包覆在那些可怕的機械盒子裡，更令他的安全感倍數飆高。

神射手在半空中一個轉身，放出幾件暗器。瓦鋼推路燈，往旁一閃，神射手的錢幣斜掠而過，瓦在錢幣上一推，推著錢幣偏離馬路，剛好閃過下方的一輛汽車。那輛汽車猛地一扭一甩，朝運河衝去，汽車駕駛失控了。

鐵鏽滅絕的！瓦生氣地鋼推，朝那輛汽車而去。他啟動金屬意識，將體重增加二十倍，再讓自己往汽車車蓋掉落下去。

他重重地撞上車蓋。

車頭被撞進土裡，在他的重壓之下刮擦著石子地，前衝的力道立刻減緩下來，最後在千鈞一髮之際打住，沒有翻落河裡。他瞥了車內驚魂未定的乘客一眼，隨即卸掉金屬意識，再一鋼推，朝神射手追去。他差點追丟了人，幸好紅衣顯目刺眼。瓦看到神射手在一棟低矮建築上借力飛撲而上，再鋼推上了一棟不算太高的大樓，立馬跟了上去，又望見那個人鋼推進頂層的一扇窗戶，估計就在上方十二到十四層樓高的距離。

瓦仰衝而上，幾百扇窗戶在他眼前飛掠而下，依藍戴城在四周鋪展開來，白煙從燃煤機械、煤礦工廠和密密麻麻的住家盤旋升起。他來到神射手進入的頂層左側窗戶前，輕盈地降落在石砌窗臺上，朝已被神射手鋼推過的窗戶射出一枚錢幣。

錢幣擊打在玻璃窗上，卻引來子彈從窗內瘋狂射出。與此同時，瓦增加體重貼在窗戶上，用力擠破玻璃，倒入大樓內。他乘著碎玻璃往前滑行，舉起問證手槍朝阻擋在神射手之前的灰泥牆開槍。

瓦周遭全是半透明的藍線，連接著四面八方的金屬物質，標示出每一片金屬的位置，包括他背後辦公桌內的釘子——一個穿著西裝的男子就縮在桌子後——以及牆上連接到各盞檯燈內的數條金屬線。但最關鍵的幾條藍線穿透牆壁，直指隔壁的房間。這些藍線並不明顯，因爲他的鎔金術法力會受到障礙物的影響而減弱。

其中一條藍線抖動起來，隔壁房間內有人轉身舉起了槍。瓦撥轉問證手槍的彈匣，上膛。這是殺霧者子彈（Hazekiller Round）。

瓦開槍，再一鋼推，驟燒鋼操控子彈以最大的力道往前飆去，牆壁像薄紙般應聲被戳破。隔壁的那把金屬，鏗鏘落地。瓦朝牆壁撲去，增加體重，灰泥牆轟然裂開。他再用肩膀一撞，破牆而入，舉著槍搜尋目標。

但他只找到一灘滲進地毯裡的血跡，和一支丟在地上的半自動機關槍。這個房間看來是辦公室，有幾個男女趴在地板上瑟瑟發抖。其中一個女人抬手朝房門指去，瓦對她點點頭，在門旁半蹲下來，謹慎地瞥了門外一眼。

一個檔案櫃吱嘎刺耳地滑過走廊，朝他而來。瓦縮回門內，一等檔案櫃滑過，立刻跳出，舉槍瞄準。

但手槍卻往後一彈，瓦用雙手緊握住槍，然而第二道鋼推將他槍套裡的第二支手槍推了出來。他的腳開始滑行，被他的槍拖著往後退去，他怒吼一聲，決定丟開問證手槍。手槍翻飛，掉到撞毀在牆上的檔案櫃旁。他決定等收拾掉神射手後，再回來撿槍。

神射手就站在走廊的另一頭，整個人沉浸在柔和的電燈光芒下，一側的肩膀流著血，臉龐隱藏在黑面白獠牙面具之後。

「依藍戴有那麼多比我更窮凶極惡的罪犯，」面具後發出一個悶悶的聲音說著，「而你卻來追捕我，執法者，爲什麼？我是人民的英雄。」

「你幾個星期前就不再是了，」瓦邁步向前走，迷霧外套窸窣作響，「你殺了一個孩子。」

「那不是我的錯。」

「是你開的槍，神射手。雖然你沒瞄準那個女孩，但是你開的槍。」

搶犯往後退一步，肩上的布袋可能是被瓦的子彈或銳利物劃破，袋內的鈔票掉了出來。戴著面具的神射手瞪著瓦，在電燈的光芒下，幾乎看不到他的眼睛。他往旁一閃，壓著肩膀衝進另一個房間。瓦鋼推檔案櫃，疾速衝下走廊，在神射手潛進的房門前煞住，再一個鋼推背後的藍線，推得藍線彎向牆壁，人已衝進房裡。

窗戶是敞開的。瓦從辦公桌上抓了幾支鋼筆，飛身向窗外撲去，在十幾層樓的高空中，看著鈔票在空中飛舞，神射手筆直往下墜去，鈔票一張張飄了出來。瓦增加體重，想要加快墜落的速度，但找不到可以鋼推的物品，增加的體重也只能稍稍抵銷氣流的阻力。所以神射手仍然比他早一些落地，再鋼推用來減速的錢幣，往旁飛開。

從空中掉落的兩支鋼筆，金屬筆尖被鋼推插進地面，剛剛好減緩瓦的重力加速度。神射手在路燈上借力，幾個蹤躍飛奔逃開。他身上沒有任何金屬，瓦無法偵測他的蹤跡，但他的速度明顯減慢，還處處留下了血跡。

瓦跟了上去。神射手打算投奔突圍區，那個貧民窟的居民仍然掩護他，不在意他的打劫已變本加厲，傷害到他人，甚至頌揚他是伸張正義，搶了該搶的人。

不能讓他躲進那個地方，瓦鋼推一根路燈，把燈柱往後推去，以增加速度，趕上了獵物，神射手慌張地回頭一瞥。瓦舉起一支鋼筆，估算射中神射手的腿的機率，他並不想殺人，這個人身上有他需要的線索。

貧民窟出現在眼前。

下一個蹤躍，瓦做了決定，握好鋼筆備戰。人行道上的路人仰頭觀看鎔金術師的追逐戰，他不能冒險傷害到他們，他必須——

其中一張臉好熟悉。

瓦的鋼推失焦了，整個人被剛才瞥見的畫面震懾住，只及時在快撞上路面時迴護住自己以免骨折，整個人在碎石子上翻了幾滾，終於停下來時，迷霧外套的布條流蘇包覆住他全身。

他撐地跪起。

不，不可能，不。

他爬行過街，無視於一匹噠噠踏來的黑色駿馬以及騎士的咒罵。那張臉，那張臉。最後一次看到那張臉時，他開槍射中他的額頭。那是血腥譚（Bloody Tan）的臉。

那個人殺了蕾希。

「有誰看到剛才站在這裡的人？他的手腳修長，頭髮稀疏，骷髏臉。有誰看到他？」瓦聲嘶力竭地吼叫著。

路人瞪著他，彷彿看到一個瘋子。也許他真的瘋了。瓦高舉一隻手在頭側。

「瓦希黎恩爵爺？」

他猛地轉身，瑪拉席把汽車停在附近，和偉恩一起下了車。難道她能跟得上飛簷走壁的他們？不對……不對，他跟她提過神射手很可能會躲進突圍區。

「瓦，老兄？」偉恩憂心地喊著他，「你還好吧？他做了什麼？把你從空中打下來嗎？」

「差不多。」瓦咕噥著，最後一次掃視人群。

鐵鏽啊，我真的給自己太大壓力了。

「這麼說來，他逃掉了。」瑪拉席邊說邊雙手交抱，一臉不悅。

「沒有。」瓦說，「他在流血，鈔票也漏了出來，我們跟著血跡和鈔票就能找到他。走吧。」

3

「我們進去貧民窟就可以了，你留在這裡。」偉恩刻意加重語氣，斬釘截鐵地說：「不是我不需要你的幫助，我的確需要你，但裡面太危險了。我需要知道你待在安全的地方。沒有商量的餘地，對不起。」

「偉恩，」瓦走了過去，「別再跟帽子說話了，過來。」

偉恩嘆口氣，拍拍帽子後，一咬牙把它放下，留在汽車裡。瓦是個很好的好人，但很多事是他無法理解的：女人是其一，帽子也是。

偉恩小跑步過去，瓦和瑪拉席正在窺探突圍區，那裡頭似乎是另一個不同的世界。半空中掛著曬衣繩，破破爛爛的衣褲像被吊死般懸空飄蕩。從裡頭吹拂出來的風，開開心心地竄逃，伴隨各種曖昧不明的氣味，有烹煮到一半的食物、半香半臭的體味，和街道上淡淡的垃圾腐臭味。

即使是午後時分，那些小型廉價公寓依然投射出黑漆漆的陰影，彷彿黑暗趕在夜晚值班之前，先來小酌一番。

「你知道的，迷霧之子大人（Lord Mistborn）並不希望看到這座城市裡有貧民窟的存在，」瑪拉席一邊說，一邊跟著另外兩人進入貧民窟，「他想方設法阻止這裡擴大，為窮人修建房子，試著讓他們舒……」

瓦點點頭，一枚硬幣在他手背指縫間滾動遊走，他好像在某個地方弄丟了手槍。他以前曾低聲下氣跟瑪拉席借過一些硬幣來用嗎？不公平。偉恩每次跟人借硬幣時，都要大吼大叫的，有時甚至問都不問，直接搶了就走，不過都會留下合理的補償，完成皆大歡喜的以物易物。

三人越往裡走，偉恩逐漸落後，他一心想著*我需要一頂好帽子*……帽子很重要。

這時，他聽到了咳嗽聲。

啊……

那男人蜷縮在一扇門的旁邊，一塊破爛的毛毯覆蓋在膝上。每個貧民窟都找得到這樣的男人，蒼老，像站在懸崖邊那般緊緊抓住生命不放，肺裡卻有一半裝著噁心黏稠的液體。老人乾咳到全身震動，臉往戴著手套的手裡栽去。這時，偉恩爬上階梯，在他身旁蹲了下來。

「幹啥，」老先生說，「你是誰？」

「幹啥，」偉恩學他說話，「你是誰？」

「無名氏，」老先生側頭吐了一口痰，「外來鬼，我什麼都沒做。」

「無名氏，」偉恩一邊學他說話，一邊從風衣口袋抽出弧形薄酒壺，「外來鬼，我什麼都沒做。」

好口音，深沉的男低音，包藏了年代久遠、古色古香的韻味。偉恩閉上眼睛聆聽，幾乎能勾勒出那個年代的人們樣貌。他把裝著威士忌的酒壺遞過去。

「你想毒死我？」老先生咬牙切齒，氣急敗壞地問。

「你想毒死我？」偉恩好像嘴裡塞滿了石子正在奮力咀嚼，模仿老人說話的方式。這口音裡，必定混有北方的口音。他張開眼睛，傾斜威士忌酒壺，老人聞了聞酒香，啜了一小口，又喝了一大口，接著抓住酒壺猛灌。

「唔，」老人問，「你是傻子嗎？我有個兒子就是傻子，眞正的傻子，生下來就那樣子了。唔，你看起來很正常啊。」

「唔，你看起來很正常啊，」偉恩一邊說，一邊站起來，伸手摘下老人頭上的舊棉帽，朝威士忌酒壺打了個手勢。

「交換？」老人問，「天啊，你眞是個傻子。」

偉恩戴上了無邊棉帽，「你能不能對我說一個『ㄏ』開頭的字？」

「蛤？」

「鐵鏽的棒啊。」偉恩跳下階梯，把風衣還有決鬥杖塞進街道牆上的一道縫隙，這是不得不的決定。不過他把木指節留在身邊。

他在風衣之下穿著道地的蠻橫區服裝，與貧民窟這裡的打扮沒什麼差別，都是排釦襯衫、褲子，外加一組吊帶。他一邊走，一邊捲起衣袖，襯衫上有一塊塊的補丁。就算拿全世界來換這件襯衫，他也絕對不換，這可是好多年的積累才有這樣歷盡風霜的歲月質感。

身上衣服太過新鮮光亮的人，在這裡很難取得信任。從事一般工作的人，衣裝不可能總是新穎、潔淨。

走在前面的瓦和瑪拉席，停下來跟幾位頭包圍巾、手臂也包得厚厚的老太太講話。偉恩隱約聽到他們的聲音。

我們什麼都不知道。

他幾分鐘前才從這裡跑過去，瓦會這麼說，妳們確定——

我們什麼都不知道，什麼也沒看到。

偉恩朝一群坐在骯髒布篷下啃著傷痕累累蘋果的男人走去。「那些外地人是誰？」偉恩一邊問，一邊坐了下來，用的是剛剛從老人那兒學來的口音。

那群男人完全沒有起疑，像這樣的貧民窟，人口過於龐大，根本不可能認識每個人，不過依然能輕易辨別出本地人或外地人。對他們來說，現在的偉恩是本地人。

「一定是條子。」一個男人說。他的腦袋瓜像個倒扣過來的碗，光頭，而且太過平坦。

「他們在找人。」另一個男人說。鐵鏽滅絕的，那傢伙的臉好尖，都可以用來犁田了。

「條子只有在抓人的時候才進來這裡，他們從不關心我們，永遠不會。」

「如果他們關心，」碗頭男說，「就不會任由那些工廠和發電廠把廢料灰燼傾倒在這裡。我們不應該住在灰燼裡。這些話是和諧說的，眞的。」

偉恩點點頭，說得好。這裡的牆覆滿了灰塵，外面的人關心嗎？不，他們只要一離開這裡，就不再關心了。他沒有遺漏掉瞪視瓦和瑪拉席的目光，無論是經過的路人，或是樓房上關窗戶的人，都不歡迎他們。

不妙，非常不妙，偉恩心想，必須向瓦示警。但眼前有事待辦，「他們在找東西。」

「別管閒事。」碗頭男說。

偉恩嘀咕著：「或許能賺點小錢呢。」

「你要出賣自己人？」碗頭男怒斥，「我認得你，你是艾迪普的兒子，對不對？」

偉恩移開目光，敷衍過去。

「聽好，小伙子，」碗頭男用一隻指頭指著他，「絕對不要相信條子，也不要當叛徒。」

「我才不是叛徒，」偉恩氣惱地說。他不是，但人總會有手頭很緊的時候。「他們是來找神射手的，我偷聽到了。他的頭，值一千張鈔票。」

「他在這裡長大，」犁臉男說，「是自家人。」

「他殺了那個女孩。」偉恩說。

「那是騙人的。」碗頭男說，「你不要跟條子說話，小伙子，我不是跟你開玩笑。」

「好、好，」偉恩一邊說，一邊準備起身，「那我就去——」

「你給我坐下，」碗頭男說，「否則我打爆你的頭，不信你就等著瞧。」

偉恩嘆口氣，坐了回去，「你們這些老人家就知道教訓我們，都不知道現在日子多難過。在那些工廠裡工作，眞不是人幹的事。」

「我們吃過的鹽，比你吃過的飯多。」碗頭男遞給偉恩一顆撞傷的蘋果，「吃吧，別惹麻煩。你就留在我的視線內，別跑掉。」

偉恩嘀咕幾聲，還是坐了回去，咬了一口蘋果。蘋果嚐起來只有一些些過熟，他一下就啃光了，接著又自動拿了兩顆來吃。

事情來得迅雷不及掩耳，啃蘋果的人們忽地一下子就鳥獸散，留下偉恩孤伶伶地陪伴著裝滿果核的袋子。那些人一邊走一邊互開玩笑，四個人都聲稱自己有要事待辦。

偉恩在口袋裡各塞了一個蘋果，起身悠哉地跟上碗頭男。他沒有引起任何側目，隨興地跟路人點頭打招呼，對方也回點了一個頭，彷彿眞的認識他。這都要歸功於頭頂上的帽子。只要戴上別人的帽子，那個人的思維就會圍著你轉，徹底改變你的行爲舉止。一個穿著碼頭工人服的男人走過去，雙肩垮下，吹著口哨，曲調哀傷。偉恩學了起來，在碼頭上討生活，做的都是辛苦的勞力活，每天不是搭運河船通勤，就是在港灣濱水處隨便找個地方席地而睡，同時餵餵蚊子。

他的童年就是那樣度過的，身上的傷疤足以證明。不過那個小伙子長大了，厭煩了爲搶個小角落睡覺而打架的生活，也不想再和老是記不住他名字的女人交往。

碗頭男鑽進一條小巷子，唔，其實這裡每一條荒涼的髒亂街道感覺都像小巷子。碗頭男進入的是小巷中的小巷。偉恩閃到小路側邊，燃燒起彎管合金。鎔金術眞是實用，這樣燃燒彎管合金能在他周身形成一個小小的速度圈。他漫步繞過轉角，仍然待在速度圈中，速度圈不會跟著他移動，但他能在圈子裡移動。

太好了，碗頭男就在前面，正蹲在垃圾堆旁邊，以確認是否被人跟蹤。偉恩不小心把速度圈拉得過大，差點也把碗頭男包了進來。

大意，大意，若換作是在碼頭上，出這麼一個小錯是能要人命的。垃圾堆現在已包在速度圈內，他在裡面找到一塊破爛的毛毯，抽了出來，然後回到剛才那個轉角，撤下速度圈。他在速度圈內的移動飛快，碗頭男只會感到有東西閃過去——如果圈內的時間加速真的有那麼快的話。偉恩確定碗頭男絕對不會起疑，如果他的判斷錯了，他就吞掉帽子，唔，吞掉瓦的帽子。

偉恩發現一道臺階，走了過去，開始偽裝自己。他把帽子拉低，半遮住眼睛，然後悠悠哉哉地偷溜到牆邊，再用毛毯包住自己。貧民窟內，此時又多了一個醉醺醺的流浪漢。

碗頭男十分謹慎，在小巷內等了整整五分鐘才悄悄溜出，來回張望後，快步潛行到對街一棟建築物。他敲敲門，咕噥了一句，隨即被放行進了門。

偉恩打了個呵欠，伸伸懶腰，把毛毯丟到一邊。他過街朝那棟建築物走去，一一探勘闔上了百葉窗的窗子。這些古式木百葉窗真的很老舊，一個大噴嚏就足以震倒它們。他一扇扇地竊聽，留心不讓百葉窗上的裂口劃傷臉頰。

貧民窟的人都有特異的道德價值觀，極講義氣，絕對不向警察出賣自己人，甚至賞金也打動不了他們。不過，還是那句老話，人都要吃飯。神射手這種人難道不想知道朋友們對他到底多有義氣？

「……是一對男女條子，沒錯。」偉恩在一扇窗窗外竊聽，「一千張鈔票，是筆大數目，神射手。很大的大數目。我不是要你別相信那些小伙子，我們幫裡當然沒有老鼠屎，但我相信小小的獎勵能幫助他們守住義氣。」

出賣朋友：十惡不赦。

敲詐朋友：唔，就只能算是很有生意頭腦而已。

而且如果神射手沒有表現出感激涕零的樣子，那他根本就不算是朋友了。偉恩嘻嘻一笑，戴上了木指節，又往後退開幾步，接著朝房子衝去。

他以肩膀朝百葉窗撞去，整個人摔了進去，在落地的同時，拋出一個速度圈。幾個翻滾後，在神射手面前爬了起來，把他也納入了速度圈中。那個男人依舊穿著紅褲子，不過摘下了面具，肩膀也上了繃帶。他猛地抬頭，一臉驚訝，濃眉、大嘴。

鐵鏽啊，難怪這傢伙都要戴面具。

偉恩一拳擊中他的下巴，打得他倒地不起。再猛一回身，豎拳備戰，但屋內其他六人，包括碗頭男都凍結在速度圈之外。實在是僥倖。

他嘻嘻一笑，把神射手扛到肩膀上，再拔掉木指節，塞回口袋內，拿出一顆蘋果，咬了滿滿一口甜香的汁液，朝目光吊滯、全身凍結的碗頭男揮手道別，然後把神射手往窗外丟去，自己也跟著跳出去。

他一離開速度圈，圈子就自動崩解。

「那是什麼鬼啊！」碗頭男在屋內又叫又喊。

偉恩又一肩扛起昏迷的神射手，一邊沿原路打道而回，一邊大口吃著蘋果。

「我再去找人問看看，」瑪拉席說，「也許能打聽出什麼消息。」

她感覺得到瓦希黎恩正盯著她瞧，他一定以爲她又想要表現自己。以前，她的確是，但現在她已經是市政府任用的警察了，有警察證可資證明。如今這是她的工作職責所在。儘管瓦希黎恩不贊同她的決定，但她不需要他的認同。

兩人一起朝幾位坐在貧民窟階梯上的年輕人走去。那三個男孩眼神警戒地盯著他們兩個，全身都髒兮兮的，身上的衣褲又大又鬆，在腰上和腳踝上打了結，一看就是道地的街頭小混混，嗅聞著手上菸斗裡飄出的菸味。

瑪拉席走過去說：「我們在找一個人。」

「如果妳想男人了，」一個男孩邊說邊上下打量她，「我就在這裡啊。」

「噢，拜託，」瑪拉席說，「你……多大了，九嗎？」

「嘿，她知道那話兒有多長！」男孩大笑著抓抓褲襠，「妳一直在偷看我，姑娘？」

這下尷尬了，一點都不專業，瑪拉席心想。

幸好她跟偉恩打交道有一段時間，也習慣他偶爾冒出的黃色笑話，尷尬算是家常便飯。她進一步追問，「那個人不到一個小時前從這裡衝過去，受了傷，流著血，全身紅衣。我相信你們知道我在找誰。」

「對，時空人！」一個男孩說著大笑開來，他提的是一個童話故事裡的人物。「我知道他啊！」

把他們當成好鬥難纏的目擊證人。假裝現在是在法庭上。讓他們一直說下去。她必須學習面對面地和這種人打交道，不能只是待在無菌練習室裡。

「對，時空人，」瑪拉席說，「他去哪兒了？」

「幽暗邊界啊，」男孩說，「妳沒聽過那個故事？」

「我喜歡聽故事。」瑪拉席從錢包裡拿出一些錢幣遞過去。雖然行賄有作弊嫌疑，唔……畢竟不是在法庭內。

三個男孩死盯著錢幣，眼神閃現一抹貪婪，但很快按捺下來。也許她不該在這種地方讓錢財露白。

「我想聽故事。」瑪拉席說，「就講這個……時空人可能住在哪裡好了。如果你們願意說說——幽暗邊界的位置，在這些公寓的哪一處。」

「我們也許知道，」一個男孩說，「但妳也知道，故事值不少錢，比那些多多了。」

她背後有東西叮噹一響，瓦希黎恩也拿出了幾枚錢幣。男孩瞥了那些錢幣一眼，目光饑渴，瓦希黎恩把一枚硬幣往上一拋，再鋼推它直到硬幣完全消失。

男孩們瞬間啞口無言。

「好好跟女士說話，」瓦希黎恩輕輕的口氣中帶著一絲嚴厲，「別再浪費我們的時間。」

瑪拉席轉身望著他，背後的男孩們立刻做了決定，瞬間哄然而散，顯然不願意和鎔金術師打交道。

「你還眞是幫了一個大忙，」瑪拉席雙臂交抱，「太謝謝你了。」

「反正他們一定會說謊，」瓦希黎恩回頭瞥了一眼，「而且我們有點太招搖。」

「我當然知道他們會騙人，」瑪拉席說，「但我打算將計就計。最棒的審訊技巧之一，就是戳破對方的謊話。」

「事實上，」瓦希黎恩說，「最棒的審訊技巧，就是一個抽屜，外加那個人的手指。」

「事實才不是那樣，」瑪拉席說，「研究顯示嚴刑拷問只會屈打成招。你今天到底是怎麼了，瓦希黎恩？你最近老是這樣，一副『老子是蠻橫區的鐵血執法者』——」

「我沒有。」

「你有，」瑪拉席說，「我知道你在想什麼。在蠻橫區的時候，你就表現出紳士的模樣，你自己親口告訴我你忠於文明教化，絕對不會忘了應有的禮節風範。而在這裡，身處豪門貴族之中，你卻一副『禮教吃人』快把你淹死了的模樣，所以就拿出『蠻橫區鐵血執法者』的架勢，想在這座城裡行俠仗義，做個大英雄。」

「妳在這方面想太多了。」瓦希黎恩說完，轉過頭去掃視街道。

鐵鏽滅絕的。這個人還眞以爲她爲他著迷，茶不思，飯不想啊。自大，粗俗……白癡！她氣鼓鼓地走掉了。

她才不是著迷。瓦希黎恩的意思很明白，他們之間不會有男女之情，他已經跟她姊姊訂婚了，這件事沒得商量。那現在他和她之間算是夥伴關係嗎？

偉恩懶洋洋地斜躺在附近一棟屋子前的階梯上看著他們兩個，隨興地亂啃蘋果。

「你跑到哪兒去了？」瑪拉席朝他走過去。

「吃不吃蘋果？」偉恩另外拿了一顆蘋果遞上去，「還算沒熟到爛。」

「不了，謝謝。有人忙著找凶手，有人忙著找吃的。」

「噢，這個嘛，」偉恩踢了踢身旁地上的一團事物，那東西藏在階梯陰影中，瑪拉席沒注意到，「我替你們解決了。」

「你解決……偉恩，躺在你腳邊的，是一個人啊！鐵鏽的！他在流血！」

「是啊，」偉恩說，「又不是我的錯，雖然我的確揍了他一拳。」

瑪拉席抬手摀住嘴。是他。「偉恩，哪裡……怎麼……」

瓦希黎恩輕輕推開她，她沒看到他走了過來。瓦希黎恩跪下來檢視神射手的傷口，然後抬眼望著偉恩，點點頭，兩人交換了一個眼神。她經常看到他們這樣交流，她猜測那眼神的意思可能是：「幹得好」或「你這個飯桶搶了我的功勞」。

「把他帶到警察局去吧。」瓦希黎恩一邊說，一邊扛起昏迷中的神射手。

「對，好。」瑪拉席說，「但你不問問他是如何抓到人的？剛才又去了哪裡？」

「偉恩有自己的辦法，」瓦希黎恩說，「在這種地方，他的方法比我管用。」

「所以你早就知道。」瑪拉席指著瓦希黎恩的鼻子說，「你早就知道我們根本打聽不到消息，都在做白工！」

「我猜想結果可能會是那樣，」瓦希黎恩說，「而偉恩需要試試身手——」

「——看在我這麼有能力的份上，」偉恩接下去補充。

「——我只好靠自己想辦法找出神射手——」

「——想到他可能無法接受我在這方面比他行——」

「——以防偉恩失手。」

「我才不會失手。」偉恩嘻嘻一笑，咬了一口蘋果，跳下階梯，走到瓦希黎恩身旁，「除了那次而已，噢，還有另一次，但那都無關緊要，因爲我經常被打頭，全想不起來了。」

瑪拉席默默地嘆口氣，跟上他們的步伐。他們共同經歷了很多事，默契十足，彷彿一對在舞台上搭擋表演無數次的舞者。

「那麼，」瑪拉席對偉恩說，「至少告訴我，你做了什麼啊，讓我長長見識。」

「不了。」偉恩說，「我的方法不適合妳，妳太漂亮了，只適合我這種不美的人。我們別再繞過那棵樹了。」

「偉恩，我有時候眞拿你沒辦法耶。」

「只是有時候？」瓦希黎恩問。

「我不能把所有絕招都教給她，老兄。」偉恩說著將兩隻拇指伸進吊帶下，「得留一手給其他人，無論身分地位、性別或心智高低，我全都一視同仁。我就是個爛聖人。」

「可是到底是怎麼辦到的呢？」瑪拉席說，「你是怎麼找到他的？又是如何讓這些人鬆口透露線索？」

「不對，」偉恩說，「我並沒有讓他們鬆口。他們可厲害了，這應該是練出來的。」

「妳應該上上課。」瓦希黎恩補充說。

瑪拉席嘆了口氣。這時，三人已快到達貧民窟的出口。稍早聚集在樓梯和小巷裡的貧民，已全消失得不見蹤影，也許是擔心被幾位執法者盯上——

瓦希黎恩突然全身一僵，偉恩也是。

「怎麼——？」瑪拉席的話沒說完，就看到瓦希黎恩丟下神射手，伸手到迷霧外套的口袋裡。偉恩把她往旁邊撞去，半空中一樣事物咻地射下來，鏗鏘撞上他們剛才站立的石板路上。接著，又是一陣子彈飛來，她根本來不及看，就被偉恩拉到屋子旁邊的隱蔽處躲藏，兩人同時抬頭搜尋上方的狙擊手。瓦希黎恩拋出一枚硬幣，踩著它騰空而去，迷霧外套翻飛的布條流蘇如黑影般掠過。這時候的他，就像古老年代傳說中的迷霧之子，不像執法者，倒像是前來索命的夜之神。

「噢，糟糕。」偉恩的下巴朝神射手揚去。那個人癱倒在道路中央，身上插著一枝木桿。

「箭？」瑪拉席問。

「十字弓的弩箭，」偉恩說，「好多年沒見了，現在又重出江湖。它只在和鎔金術師決鬥中才派得上用場。」他抬頭一望。上方的瓦希黎恩正朝大樓的頂層飛去。

「待在這裡。」偉恩說完，衝進一條小巷子裡。

「等——」瑪拉席抬手喊著。

但他已經消失無蹤。

眞是的，這兩個人，讓她一肚子氣。顯然有人不希望神射手落到警方手裡，所以前來人滅口。也許她能從弩箭或屍體上找到一些線索。

她在屍體旁邊跪下來，先確定他眞的斷了氣，以免弩箭沒有完成使命。不幸的是，他眞的斷氣了，弩箭直挺挺地插在他腦袋上。沒想到弩箭居然能射穿頭骨？瑪拉席搖搖頭，從手提袋中抽出筆記本，記錄屍體的姿勢。

嗯，她想，刺客很幸運，他們溜得太快，根本來不及確定暗殺是否成功。如果我想確認神射手是否死亡，我一定會……

背後一聲喀嚓響起。

……回來確認。

瑪拉席慢慢轉身，看到一個衣衫襤褸的男子從小巷子現身，手裡拿著一架十字弩，漆黑的雙眼打量著她。

接下來發生的事，快如閃電。瑪拉席還來不及反應，男子已經朝她衝過來，隨即舉起十字弩往後射了一箭，小巷中有人痛呼了一聲，聲音好像是偉恩，男子隨即緊抓住企圖逃跑的瑪拉席的肩膀。

他用力一扳，一個冰冷的物件抵住她脖子。是玻璃匕首。瓦希黎恩降落在他們面前，長外套大大撐開，隨風飄揚。

兩個男人彼此瞪視，瓦希黎恩的右手拿著一枚硬幣，拇指來回摩挲著。

妳學過挾持人質的應變，快想！大部分歹徒都是在絕望之下，才會挾持人質。她現在能施展鎔金術嗎？她能減緩身邊時間流逝的速度，可以將速度圈外的時間加速，與偉恩的法術作用相反。

但她今天還沒有呑鍋，笨蛋！他們兩個就不會犯這種錯。她不能再以自己的法術太弱而自慚形穢，她只是需要利用機會多多練習。

男子氣息粗喘，他的臉緊靠著她，她感覺得到歹徒臉頰和下巴的鬍渣戳刺著她的臉。

挾持人質的歹徒其實都不希望殺人，因為這不在計畫之中。妳可以說服他、安撫他，先找到共通點，以此為基礎進行談判。

但她完全沒照做，而是把手從手提袋抽出，手中握著的正是放在其中的單發小手槍。她甚至還沒意識自己在幹什麼，就已經把槍口抵在男子的下巴上，扣下扳機……

子彈立時從下巴進，頭頂出。

4

瓦看著躺倒在瑪拉席身旁的屍體，放下了拿著手槍的手。瑪拉席的子彈轟掉好大一部分的面孔，使得辨識屍體身分的工作難以進行。

不過就算他五官完整，也很難辨認其身分。眾所周知，套裝的爪牙一向行跡迷離，難以追蹤。

現在別糾纏這些了，瓦抽出手帕，走過去遞給仍圓睜著眼，呆立在原地的瑪拉席。她臉上濺著點點的血跡，直勾勾地瞪著前方，看都沒看手帕一眼，接著手一鬆，手槍掉了下去。

「那……」她的眼睛仍然死盯著前方，「那……」她深深吸了一口氣，「我做到了，對不對？」

「妳做得很好。」瓦說，「歹徒都以為人質會任他們宰割，想要脫身，最好的辦法就是回擊。」

「什麼？」瑪拉席終於拿走了手帕。

「妳在自己的頭旁邊開槍，」瓦說，「那會影響妳的聽力。鐵鏽啊……妳很可能把自己的耳朵震聾，希望情況不會太糟。」

「什麼？」

瓦指著她的臉，她看看手帕，彷彿這才看到它。瑪拉席眨眨眼，視線往下面的屍體移去，又立刻轉開，然後用手帕擦拭臉頰。

偉恩嘴裡嘀嘀咕咕的，一拐一拐從小巷子走了出來，肩上的衣物破了一個洞，手上拿著一枝弩箭。

「審訊他的代價眞高。」瑪拉席扮了一個鬼臉。

「沒事，」瓦說，「活著比較重要。」

「……什麼？」

瓦安撫地對她一笑。偉恩朝終於來到的幾位警察招手，他們紛紛往貧民窟內衝去。

「爲什麼每次都是我？」瑪拉席問，「對，我知道我聽不到你們的回答，但這……簡直是……已經第三次了，每次都抓我當人質？難道我看起來很好欺負嗎？」

是啊，妳是。瓦沒把心裡話說出口。那是好事，因爲可以讓別人低估妳。瑪拉席相當堅強，儘管內心有些排斥，還是能在那麼大的壓力下冷靜思考，並且做了該做的事。不過她同時也很講究穿著，很會妝扮自己。

蕾希就完全不是這麼回事了。瓦只看過幾次她穿著洋裝，是他們偶爾去柯溫塔參觀道徒公園的時候。他微微一笑，想起蕾希有一次還在裙下穿著褲子。

「拉德利安爵爺！」瑞迪警官快步而來，身穿大隊長制服，身材修長，八字鬍修剪得整整齊齊。

「瑞迪，」瓦對他點點頭，「亞拉戴爾（Aradel）來了嗎？」

「總隊長正在調查另一件案子，爵爺。」瑞迪精神抖擻地回答。爲什麼每次跟這個人說話都讓他想揍人呢？這個人從未失禮，總是畢恭畢敬的。或許問題就出在這裡。

瓦朝屋舍指去，「也許你可以派人包圍那一區，讓我們進行盤查，或許會有奇蹟出現，能查出剛才被科姆斯貴女射殺之人的身分。」

瑞迪抬手敬禮，但其實他沒必要這麼做。瓦在那間警局裡享有特殊尊榮，因此能……唔，破例攜帶武器在城裡飛躍，並且開槍。即使他並不屬於管理階層的一份子。

其他警察都按照吩咐離開去辦事。他瞥了神射手一眼，好不容易才克制住滿腔怒火。事情發展到這個地步，追蹤愛德華叔叔的線索斷了，他手上只剩下一種很微妙的感覺，能感應到叔叔的企圖。

這足以讓所有人都成爲鎔金術師……就算我們不使用，別人也會。

鐵眼之書是這麼教導他。

「精采，爵爺。」瑞迪平靜地說，下巴朝神射手揚去，屍體身上的衣服鮮明顯眼，「又解決了一個惡人，您的效率還是那麼高。」

瓦沉默以對。他所謂的「精采」只不過又是一個死結。

「喂，你看！」

站在附近的偉恩說：「我好像找到那傢伙的一顆牙齒！運氣很好，是吧？」

瑪拉席看起來好像站不太穩，她走到旁邊的階梯坐了下來。瓦想過去關心一下，但又怕她會錯意，他不想耽誤她。

「爵爺，能否談一下？」瑞迪說。此時，更多的警察蜂擁進來。「我剛才提到總隊長正在處理另一樁案子，本來就要找您，剛好聽到您追捕犯人來了這裡。」

瓦轉過去面對他，立刻警覺起來，「出了什麼事？」

瑞迪皺了皺臉，表情很不尋常，「大事，爵爺，」他的音量變小了，「有政府官員捲入。」

這麼說來，套裝也捲進來了，「繼續說。」

「這案子，唔，和總督有關，爵爺。他的兄弟，您知道的那位，昨晚舉辦了一場拍賣會。結果，呃，你最好親自去瞧瞧……」

瑪拉席沒有錯過瓦希黎恩抓住偉恩的肩膀，朝一輛待命中的警務馬車指去的畫面。他沒過來找她。那個可惡的男人到底什麼時候才會把她當成同事看？同事？同伙？搭擋？都一樣啦。

她一臉挫敗地朝馬車走去，卻不幸地撞上了瑞迪大隊長。他對著她說話，她則盡力豎起嗡嗡作響的耳朵，邊猜邊聽他說什麼。

「科姆斯警官，妳沒穿制服。」

「是的，長官。」她說，「我今天休假，長官。」

「可是妳人在這裡，」他一邊說，一邊把手放到背後交握，「妳怎麼老是讓自己捲進這種官兵抓小偷的場合？妳又是如何讓自己捲進來的？我們不是很清楚地告訴過妳，妳並非外勤執法警員？」

「純粹只是巧合，剛好撞上，長官。」瑪拉席說。

瑞迪大隊長冷笑一聲。有趣。他通常都趁瓦希黎恩不注意時才敢這樣冷笑。他嘀咕了幾句，瑪拉席根本聽不到他在說什麼。瑞迪的下巴朝她駕駛過來的汽車揚了揚，那輛汽車其實就是警察的公務用車，警局要求她精通駕駛汽車，並向總隊長匯報它們的效能。總隊長正考慮淘汰馬車，把警務車全換成汽車。

「長官？」她說。

「顯然妳今天已受夠了，警官。」瑞迪的音量加大了，「別跟我爭論，回家去，好好洗個澡，明天再向我報告。」

「長官，」瑪拉席說，「我想先簡要地向亞拉戴爾總隊長報告這次追蹤神射手的經過，以及犯人的死亡，以免模糊掉細節。總隊長會感興趣的，他一直親自關注這案子的進度。」

她直視瑞迪的眼睛。沒錯，瑞迪的職位是高於她，但他不是她的頂頭上司，他們兩個都直接對亞拉戴爾負責。

「總隊長，」瑞迪的聲音明顯不太情願，「現在不在警局。」

「既然如此，那我就直接向他報告，由他打發我回家，長官。」瑪拉席說，「如果那是他的意思的話。」

瑞迪默默地咬牙，又咕噥了幾句，但一個警員的叫喊轉移了他的注意力。他朝汽車揮揮手，瑪拉席逕自把他的意思解讀為「照妳的意思辦吧」。因此，瓦希黎恩駕馬車離去時，她也開車跟了上去。

這段路程結束在一棟俯瞰市中心的豪宅之前，她才從震驚中恢復過來。她仍然在發抖，不過希望別人看不出來；她的左耳可以清楚聽見聲音，但另一邊，也就是開槍那一側的耳朵，依然聽不見。

下車時，她意識到自己拿著手帕在擦拭臉頰，但她早就把血跡擦乾淨了。她的洋裝算是徹底毀了，於是從後座抓出警察外套穿上，遮掩住上半身的髒汙，然後衝過去加入走下馬車的瓦希黎恩和其他人。

宅邸前，只有另一輛警用馬車，她掃視豪宅的車道，下了判斷。看來無論這裡發生什麼大事，亞拉戴爾都不想高調現身。瓦希黎恩朝正門走去，四下張望，這才看到她，隨即招手要她過去。

「妳知道大概出了什麼事嗎？」他輕聲問，而瑞迪和其他幾位警察則聚集在那輛馬車附近討論事情。

「不知道，」瑪拉席說，「他們沒告訴你？」

瓦希黎恩搖搖頭。他垂眼打量她粗獷厚實的棕色外套下血跡斑斑的裙子，但一句話也沒說，就跟著偉恩爬上階梯。

一對男女警員在大門前站崗，在瑞迪趕上瓦希黎恩時抬手敬禮，明顯是故意忽視瑪拉席的存在。他們引領大家進入豪宅前門。「我們已經嚴密封鎖了消息，」瑞迪說，「但因為牽扯到溫斯汀爵爺，怕是守不了太久。鐵鏽啊，這會是一場惡夢。」

「總督的兄弟？」瑪拉席問，「這裡出了什麼事？」

瑞迪指著一道樓梯，「我們先去宴會廳找亞拉戴爾總隊長。我事先提醒妳，現場可不適合嬌弱的胃。」他瞥了瑪拉席一眼。

瑪拉席挑眉說：「不到一小時之前，我才近身開槍轟掉一個男人的腦袋，大隊長。我不會有事的。」

瑞迪沒再多說什麼，帶頭爬上了樓梯。瑪拉席注意到偉恩撿起地上一個裝飾用的小小雪茄盒塞進口袋裡——是公僕牌的——然後在原地放了一顆爛蘋果。她一定要知道偉恩未來用這個雪茄盒又換了什麼。

樓上的宴會廳內躺滿了屍體。瑪拉席和瓦希黎恩在門口停下腳步，望著裡面的災難。死者身上全是高級服飾，不是時髦的晚禮服，就是合身的黑西裝。從頭上翻滾下來的帽子躺在各具屍體旁，鮮血把高檔棕褐色地毯染成一灘灘紅色塊，彷彿有人把一整籃雞蛋撒向天空，摔破的蛋清和蛋黃流得一地都是。

第四捌分區的克勞德·亞拉戴爾警察總隊長，正在案發現場檢視屍體。從許多方面來看，他都不太像警察。長方形的臉龐上蓄著留了許多天的紅色鬍渣，只在心血來潮時才會刮乾淨；皮革般堅韌的肌膚上有犁溝一樣深的皺紋，顯示日日夜夜外出執勤的習性，不是一個坐辦公室的人。他很可能快六十歲了，但堅決不願透露眞實年齡，即使在捌分區的戶口名薄上，生日欄內依然是一個問號。唯一肯定的是，亞拉戴爾身上沒有任何一丁點的貴族血統。

他在十年前無預警地離開了警界。謠傳說是因爲身爲平民的他，職業生涯已經碰到了那面無形的天花板，毫無升遷的可能。不過十年會改變很多事情，前任總隊長布列廷去年在百命邁爾斯被處決後退休，新任警察總隊長的榮譽就落到了亞拉戴爾頭上。已退休十年的他重出江湖，接下了這個職位。

「拉德利安，」原本在查看屍體的亞拉戴爾抬起頭，「你來了，很好。」他穿過宴會廳，途中瞥了向他敬禮的瑪拉席一眼，並沒有免了她的禮。

「噢，」偉恩朝廳內瞄了進來，「好熱鬧啊，可惜已經結束了。」

瓦希黎恩走進宴會廳，握住亞拉戴爾伸過來的手，「那是祺浦．艾瑞凱，對不對？」瓦希黎恩的下巴朝最近一具屍體揚去，「好像是第三捌分區的走私販？」

「沒錯。」亞拉戴爾說。

「還有伊莎貝琳．弗雷力亞，」瑪拉席說，「鐵鏽的！警察局裡關於她的檔案都跟偉恩一樣高了，但檢察官就是沒辦法起訴她。」

「這裡有七位死者跟她一樣惡名昭彰，」亞拉戴爾一邊說，一邊指著那七具屍體，「其他大多都是犯罪集團的人，只不過有一些來自名門望族……他們都是黑白兩道通吃，半邪半正的角色。至於其他死者，也都是重要幫派有頭有臉的人物，所以我們手上有將近三十具身分顯赫的屍體，同時還有他們的隨身保鏢。」

「看來依藍戴一半的要犯都在這裡了。」瓦希黎恩輕聲說，在一具屍體旁蹲下來，「起碼是。」

「全是警方緝捕多年，仍然逍遙法外的要犯，」亞拉戴爾說，「可不是我們沒用心。」

「這是好事啊，大家怎麼苦著一張臉？」偉恩問，「我們應該舉行慶功宴，大大慶祝吧？既然有人代勞，我們樂得輕鬆。」

瑪拉席搖搖頭，「黑道之間的角力十分凶險，偉恩。這是一場野心很大的謀殺行動，有人一舉殲滅了所有敵人。」

亞拉戴爾看著她，點頭贊許，一股驕傲感湧上瑪拉席心頭。就是這位總隊長從十幾份履歷表挑中、聘用她的。其他應徵者個個都是資深警察，有豐富的辦案經驗，亞拉戴爾卻獨獨挑中她這個剛從法學院畢業的社會新鮮人。總隊長當然是看出了她很有潛力，而瑪拉席也下定決心要證明他沒看錯人。

「怎麼會有人如此行事？」瓦希黎恩說，「這麼大幹一場，把依藍戴的黑社會搞得天翻地覆，對誰都沒有好處，這種事應該只會出現在通俗小說裡。如此高調屠殺，只要消息一出，所有殘存下來的幫派和派系就會結盟報仇，傾巢合力揪出凶犯。」

「除非是外來的人，」瑪拉席說，「為了某種原因籌劃這場謀殺，試圖一舉擊潰黑道幫派的體系，然後從中獲利。」

亞拉戴爾嘀咕了一些話，瓦希黎恩點頭表示同意。

「但這些人是如何辦到的？」瓦希黎恩低語，「這裡的保安布置是依藍戴最頂尖的系統，無人可與之匹敵。」語畢，他朝遠處走去，這邊檢視、那邊看看一些屍體，偶爾跪下來查看時，嘴裡還唸唸有詞。

「長官，瑞迪說這件凶殺案也牽連到總督的兄弟？」瑪拉席問亞拉戴爾。

「溫斯汀．英耐特（Winsting Innate）勛爵。」

溫斯汀爵爺，英耐特家族的族長。他擁有依藍戴議會的投票權，這個特權是他的兄弟升任總督後才取得的。但他收賄貪汙、膽大妄為，瑪拉席和其他警察都心知肚明這件事。追溯他過去的所作所為，瑪拉席認為他會捲入這樣的紛爭中是必然的事，她一直在調查溫斯汀，相當瞭解他。

至於那位總督……唔，或許她辦公桌上那份充滿暗示、臆測、線索的絕祕檔案，意義重大。

「溫斯汀？」她問亞拉戴爾，「他也……？」

「死了？」亞拉戴爾問，「是的，科姆斯警官。根據目前的調查顯示，這場以拍賣會名義舉行的宴會就是由他主辦。我們在地下避難室找到了他的遺體。」

這段話吸引了瓦希黎恩的注意。他站起來直視他們，但又咕噥了幾句，朝另一具屍體走去。他到底在找什麼？

偉恩悠哉地朝瑪拉席和亞拉戴爾走過來，拿著刻有字母縮寫的銀製酒壺，仰頭灌了一大口。瑪拉席忽略不問酒壺是從哪具屍體上拿來的。「看來，我們這個小小一家之主，對壞人很友善，招待周全，是吧？」他說。

「我們早就懷疑他和黑道有瓜葛，」亞拉戴爾說，「但人民很擁戴他的家族，而且他的兄弟也費盡心思包庇他，沒讓他的小奸小詐曝光。」

「亞拉戴爾，你說得沒錯，」瓦希黎恩從遠處喊了過來，「這案子很棘手。」

「我不瞭，」偉恩說，「也許他並不知道這些客人有問題。」

「不太可能。」瑪拉席說，「就算他眞的不知道，也不重要。一旦傳紙登出……『總督的同胞兄弟，斃命於躺滿罪犯的豪宅之中，背後疑點重重』的標題？」

「這麼說來，」偉恩又灌了一大口酒，「我錯了，熱鬧並沒有結束。」

「這裡很多人是拿槍互射而死。」瓦希黎恩說。

大家都轉過去看著他。他就跪在另一具屍體旁邊，研究死者倒下的過程，又抬頭看看牆上的彈孔。

身爲執法者，尤其是在城外的蠻橫區打滾過，使他練就了一身的才藝，既是私探、執法者、領袖，同時也是一名科學家。瑪拉席閱讀過十幾份不同學者關於他這個人物的側寫，這些學者專門研究當今傳奇人物的心路歷程。

「什麼意思，拉德利安爵爺？」亞拉戴爾問。

「有好幾個幫派在這裡槍戰，」瓦希黎恩抬手指了出去，「如果是外面的人出其不意衝進來攻擊——科姆斯貴女說得對，這是最合理的猜測——別人就會以爲死者是在闖入者的猛攻之下被害。但屍體狀態顯示並不是那麼回事。這是彼此射擊的狀況，當時一片大亂，每個人都胡亂開槍。我認爲槍戰的爆發點，是有人站在中央朝外開槍。」

「所以槍戰是宴會裡的人引發的。」亞拉戴爾說。

「或許是。」瓦希黎恩說，「從屍體倒下的姿勢以及鮮血噴濺的痕跡，只能看出這麼多了。但有件事很奇怪，非常奇怪……他們全是被射殺的嗎？」

「不是，有些人是背後中刀而死。」

「你們確認所有死者的身分了嗎？」瓦希黎恩問。

「大部分都確認了。」亞拉戴爾回答，「我們想保持現場，所以避免大動作移動屍體。」

「我想看看溫斯汀爵爺。」瓦希黎恩說著站了起來，迷霧外套因他的動作窸窣作響。

亞拉戴爾朝一位年輕警員點點頭，那位女警引領他們從一個出口離開宴會廳。這是祕密通道？出口外面充滿霉味的樓梯間，狹窄到只容一人行走，在前的警員拿著一盞提燈帶路。

「科姆斯貴女，」瓦希黎恩輕聲說，「像這種規模的暴力犯罪，警方的統計數字怎麼說？」

噢，現在要用姓氏來稱呼彼此了是嗎？「過往發生次數很少，五根手指頭就能數完。我想先找出這些死者彼此之間的關聯。他們全是走私販嗎，亞拉戴爾總隊長？」

「不是。」總隊長的聲音從後面傳來，「一些是走私販，一些專搞勒索敲詐，另一些是賭界巨亨。」

「那麼就不是某個犯罪領域在玩合縱聯盟，整併地盤了。」瑪拉席說話的回音在潮溼的石塊樓梯間迴蕩開來，「只要找出他們之間的共同交集，就能知道他們爲何成爲凶犯的目標，但目前可能性最高的幕後主使者也死了。」

「溫斯汀爵爺。」瓦希黎恩說，「妳的意思是他引誘所有人到這裡，打算一網打盡，就地處決，沒想到出了岔子？」

「只是一個推測而已。」

「他不是那種滑頭的人。」走在隊伍後方的偉恩說。

「你認識溫斯汀？」瑪拉席回頭問。

「也不算認識。」偉恩說，「他是政治人物，政客的滑頭和一般人的滑頭不一樣。」

「我認同這個說法，」亞拉戴爾總隊長說，「但我不會這麼生動有趣地看這件事。我們都知道溫斯汀走上了歪路，但圖謀的都是一些蠅頭小利。譬如，販賣貨運船位給互相配合的走私販，私下進行見不得人的房地產買賣，或是議員之間的政治交易。

「最近有謠言說他利用議會的投票權做買票交易，我們進行過調查，但沒找到證據。無論謠言是否屬實，射殺這些願意付錢買票的財主，就如同只爲了找到金礦拿火藥炸掉銀礦脈那麼荒謬。」

他們走到樓梯盡頭，這裡又躺了四具屍體，一看就是保鑣，都是頭部中槍而亡。

瓦希黎恩跪下來，「全是從背後開槍射殺，是從避難室射出來的。」他低聲說，「連開四槍，發發命中。」

「被處決的嗎？」瑪拉席問，「狙擊手是如何讓他們排排站好，再開槍射殺的？」

「他並沒有讓他們站好，」瓦希黎恩說，「是他動作太快，這四個人來不及反應。」

「是藏金術師，」偉恩輕聲說，「該死的。」

他們被稱爲鋼奔（Steelrunners），是能夠儲存速度的藏金術師，可以先慢速移動，再瞬間提取儲存的速度。瓦希黎恩抬頭望出去。瑪拉席在他眼裡看到了獵捕的饑渴。他認爲此案應該與他叔叔有關，每次一有金屬之子作奸犯科，他都會聯想到他叔叔。感覺瓦希黎恩無論走到哪裡，總是被籠罩在套裝先生的陰影之下，永遠擺脫不了那鬼魅般的糾纏。

他們盡了全力調查，猜測瓦希黎恩的姊姊仍然在套裝先生手中。然而，瑪拉席知道的並不多，瓦希黎恩也不願意多說。

他站起來，表情嚴肅，朝倒在門後的屍體而去。瓦猛力推開門，走了進去，瑪拉席和偉恩緊跟上去，房裡一具孤伶伶的屍體癱坐在中央一張舒適的椅子上。屍體遭到割喉，鮮血浸透了胸前，衣服都已經乾涸了，此刻看起來很像繪畫顏料。

「凶器應該是某種長刀或匕首，」亞拉戴爾說，「但詭異的是，他的舌頭被割走了。我們已經派人去找外科醫生來檢驗，或許能從傷口找到一些線索。眞不知道凶手爲什麼沒用槍。」

「因爲那個時候，門外那些保鑣還沒死。」瓦希黎恩輕聲說。

「什麼？」

「是門外那些保鑣讓凶手進來的。」瓦希黎恩看著門板說，「凶手是他們信任的人，很可能就是自己人，所以才放行凶手進避難室。」

「也可能是凶手的身手太快，閃過保鑣，衝進房間。」瑪拉席說。

「或許。」瓦希黎恩表示同意，「但那樣房門必須不能從裡面上鎖，而現場沒有破門而入的跡象，門上也有窺視孔。看來是溫斯汀讓凶手進來的，如果那四位保鑣被射殺在前，溫斯汀絕對不會放他進門。他當時應該平靜地坐在椅子上，所以沒有掙扎的痕跡，接著被人從背後一刀斃命。這表示有兩種可能，不是他不知道背後有人，就是他很信任凶手。從門外保鑣倒地的姿勢看來，保鑣是面對著樓梯，全神戒備，企圖守住樓梯口。直覺告訴我，凶手是他們自己人，是他們放進來的那個人殺了溫斯汀。」

「鐵鏽啊，」亞拉戴爾輕輕地說，「但……一位藏金術師？你確定？」

「是的，」站在門口的偉恩說，「這不是速度圈。如果是速度圈，就不能開槍殺人了，老兄。這些保鑣死前連轉身都來不及，瓦說得對，如果不是藏金術師，就是這個傢伙破解了從速度圈內開槍殺人的祕訣——這一點，我們也好想知道。」

「若有人以藏金術的速度移動，樓上那些被刀刺殺的死者就說得通了。」瓦希黎恩一邊說，一邊站了起來，「在大家拿槍射來射去的混亂之際，拿刀揮那麼幾下，刀法又快又準，卻能在槍林彈雨之中全身而退。總隊長，我建議你全面調查溫斯汀的朋友和家丁護衛，看看有哪些人應該躺在這宅邸中卻不在場的。金屬之子這塊由我來負責，鋼奔很少見，就算是在藏金術師裡也一樣。」

「報刊媒體方面？」瑪拉席問。

瓦希黎恩看著亞拉戴爾，後者聳聳肩，「封鎖不了的，拉德利安爵爺。這案子牽扯的人太多了，消息必定會洩漏出去。」

「隨他們去吧，」瓦希黎恩嘆口氣，「但我感覺這就是整件案子的目的。」

「抱歉？」偉恩說，「我以為目的是殺人。」

「這裡可是死了一大堆人啊，偉恩，」瓦希黎恩說，「絕對會掀起依藍戴城的權力更替鬥爭。樓上那些人眞的是幕後主使者的目標嗎？又或者，目標是總督本人，先朝他的家人下手，做爲警告？凶手要暗示英耐特總督，連他也逃不出他們的操弄……」他抬起溫斯汀的頭，看入那被挖空的嘴巴。瑪拉席連忙移開視線。

「他們割走了舌頭，」瓦希黎恩低語，「爲什麼？你到底想做什麼，叔叔？」

「什麼？」亞拉戴爾問。

「沒什麼。」瓦希黎恩放下了頭顱，讓它回復到垂掛的姿態，「我跟人約好了要畫肖像。我想你掌握了此案的相關細節後，願意擬一份報告給我？」

「沒問題。」亞拉戴爾說。

「好，」瓦希黎恩一邊說，一邊朝房門走去，「噢，還有一件事，總隊長？」

「什麼事，拉德利安爵爺？」

「做好心理準備，迎接一場即將到來的風暴吧。凶手大張旗鼓，就是要大肆張揚，鬧到眾所皆知。這是挑釁，他們不會就此罷手的。」

PART II

5

偉恩扯扯頭上的幸運帽。那是一頂馬車夫戴的帽子，有點類似寬沿的圓頂禮帽，只不過後面沒有上翹的花稍樣式。他對著鏡子裡頭的自己點點頭，又抹了鼻子一下，吸吸鼻水。昨天看了那些屍體後，他決定開始認眞地儲存健康。

他的金屬意識裡，原本就儲備了足夠的療癒資源，做爲保護生命的緩衝墊。但最近無法派上用場，每次嚴重宿醉，就必須躺在家裡好幾天，讓他總是千分痛苦，萬分淒慘。昨天親眼目睹那些被殺害的大人物屍體，讓他嗅到一股不祥的氣息，預感不久後會需要動用儲備的健康，所以最好趕緊盡全力加厚它。

但今天他必須消耗一些了。因爲，今天，他需要幸運之神的光臨。他打算把這一天列爲這輩子最悲慘的一天，只不過這麼做又太誇張。這輩子最悲慘的一天，應該是他死翹翹的那天。

但那一天，很可能就是今天哩。他把皮帶打結，再一一把決鬥杖插進去，又抹了鼻子一下。說不定噢。每個人都難逃一死。每次想到有許多人活到高齡才上天堂，他就覺得很神奇。

按邏輯想，這些人應該都做了最大的努力讓自己死不掉，長壽就是他們的人生目的。

他走出了寄宿在瓦的豪宅裡的房間，安逸地嗅聞從廚房飄出來的早餐麵包香氣。他很慶幸自己能住在那樣的房間裡，但其實他是爲了免費吃食才留下來的。唔，瓦也是一個原因啦。那個怪人需要一個同伴，免得變得更怪。

他走下鋪著地毯的走廊，聞到打磨光亮的木頭傢俱氣味，瞄瞄閒著沒事幹的僕人。這棟豪宅的確不錯，不過說實在的，一個人不該住在這麼大的地方，這只會提醒他，自己有多麼渺小。只要給偉恩一個足以容身的好地方，他就能再快樂一點。僅僅如此，他就覺得自己像個國王，擁有了金山銀山。

他在瓦的書房外逗留了一下。這個放在門旁架子上的玩意是什麼？一座嶄新的純金燭臺，底下還墊著一片白色蕾絲巾。*正是他需要的*東西。

他連忙在口袋裡翻找著。有錢人眞是沒道理，這座燭臺值得好大一筆數字，瓦居然就這麼把它杵在這裡。偉恩又翻翻另一個口袋，想找個東西來交換它，結果翻出一塊懷錶。

啊，這個啊。他晃晃懷錶，錶內有東西震動著。它到底停了多久？他拿起燭臺，把墊在底下的蕾絲巾塞進口袋裡，再把掛著懷錶的燭臺放回原位。這場交易還滿公平的。

我一直想找條新手帕。他抽出蕾絲巾，摀住鼻子擤完鼻涕後，才推開房門，走了進去。

瓦站在畫架前面，瞧著被他塡滿錯綜複雜藍圖的大型素描本。「你一夜都沒睡吧？」偉恩打了一個呵欠問，「鐵鏽的，老天，這下我想偷個懶也不成了。」

「我失眠跟你想偷懶有什麼關係，偉恩。」

「你讓我顯得很不負責任。」偉恩的視線越過瓦的肩膀望去，「完美的偷懶需要同伴。一個人閒著不做事，叫懶惰；兩個人閒著不做事，就叫午休。」

瓦搖搖頭，走到旁邊看著幾張大幅面的紙，偉恩傾身插了進來一起瞧著。紙上寫了長長一列的解決辦法，其中幾項有連接的箭頭，同時還描繪了宴會廳和避難室裡的屍體倒臥姿態。

「這些又是什麼？」偉恩拿起鉛筆畫了一個朝屍體開槍的火柴人。在畫火柴槍的時候，他的手抖了起來，不過火柴人還是畫得不錯。

「鋼奔涉案的證據。」瓦說，「你仔細看看宴會廳內屍體躺倒的模式，其中四位最有權勢的大人物是被同一把槍射殺的，而且樓上只有他們四個是被這把槍殺害，這把凶器也殺害了避難室外的保鑣。我打賭樓上四位最先被射殺，而且是在一眨眼間全數死亡，這速度之快，可能聽到槍聲的人都以爲只是一聲拖長了的槍響。然而從傷口判斷，每一槍都射自不同的方位。」

偉恩對槍枝的瞭解不多，他一拿槍，手就抖得像是坐在一輛跑過崎嶇大路的馬車上，但瓦的推斷還滿合理的。偉恩拿著鉛筆移到下方，在圖畫中央又畫了幾位袒胸的火柴女人，不過瓦走過來抽走他手中的鉛筆。

「那是什麼？」偉恩輕敲著素描本的中央，瓦在那裡畫了一堆直線。

「凶手殺人的模式，難倒我了。」瓦說，「他在宴會廳射殺的四個人，都是在和別人閒談時被射殺，你可以從他們倒下的姿勢得知；至於其他死者，卻死在後來的槍戰中。這四個人被射殺的時候，宴會仍然在進行，但凶手爲什麼要從不同方向射殺他們？我推測凶手首先在這裡開槍，射殺了蕾婷貴女——她灑倒的酒水在接下來的幾分鐘，被踐踏了很多次；然後凶手飛快移動到這裡，從另一個方向開槍，接著再移到這裡，和這裡。爲什麼要跑到四個不同的方位開槍？」

「誰站在他開槍的地方？」

「當然是他要射殺的人。」

「不，我的意思是，他開槍的時候，誰在他身邊。不是他要射殺的人，而是他開槍時站在誰身邊？」

「啊……」瓦說。

「是的，在我看來，他在煽風點火，」偉恩擤擤鼻涕，「好讓宴會廳裡的人開槍互射。懂嗎？就像在酒吧鬧事一樣，你先朝一個人丟酒瓶，連忙轉身對旁邊的人大喊『喂，你幹麼丟酒瓶欺負那個好人？鐵鏽的，他又高又壯，他來找你了，你——』」

「我知道那一套。」瓦沒好氣地說。他輕敲著素描本，「你還滿有料的嘛。」

「少口是心非的。」

瓦微微一笑，在素描本的邊緣寫下注記。「所以凶手是在散播紛亂的種子……他在廳內跳來跳去，就是爲了啓動一場混戰，製造幫派火拚的假象。這些參加宴會的人物原本就互相猜忌，神經已經很緊繃……」

「是的，我眞是一個天才。」

「不是因爲借刀殺人剛好也是你的專長？」

「正如我所說的，天才一個。那你現在打算如何找出凶手？」

「唔，我想請你跑一趟村莊（The Village）去——」

「今天不行。」偉恩說。

瓦轉過去，挑眉看著他。

「今天是這個月的第一天。」偉恩說。

「啊，我忘了。但你不需要每個月都去。」

「需要。」

瓦打量著他，似乎在等他進一步說明，或來句俏皮話，但偉恩沉默以對。所以他是認眞的。瓦緩緩地點頭，「我明白了。那你爲什麼還沒出發？」

「唔，你知道，」偉恩說，「就像我常掛在嘴邊的……」

「用微笑迎接每個早晨，就算日子再苦再難，也要開開心心？」

「不，不是這個。」

「對待每個女人要像她有個比你強壯的哥哥，直到確定她沒有那樣的哥哥爲止？」

「不，不……等等，我有那麼說過嗎？」

「沒錯，」瓦一邊說，一邊轉回去看著筆記，「那種時刻，你眞像個男子漢。」

「鐵鏽啊，我眞應該把這些句子都寫下來。」

「我相信這句話你也經常掛在嘴邊。」瓦做了一個記號，「不幸的是，你得先學會寫字。」

「嘿，你這樣說，很不公道噢。」偉恩邊說邊朝瓦的書桌走去，拉出一個個抽屜翻找著，

「我會寫字——我知道整整四個字母，其中一個還沒在我的英文名字裡呢！」

瓦微微一笑，「你現在是不是要說出另一句老是掛嘴邊的話了？」

偉恩在最底層的抽屜內找到一個瓶子，高高舉起，再把剛才換來的蕾絲巾丟進抽屜中。

「闖難關之前，最好先來瓦的房間逛逛，換一瓶他的蘭姆酒再說。」

「你以前沒說過這句話。」

「我剛才說了。」偉恩灌了一大口蘭姆酒。

「我……」瓦皺眉，「無話可說。」他嘆口氣，放下鉛筆，「既然你要去被人嫌棄，我只好自己跑一趟村莊了。」

「抱歉，我知道你討厭那個地方。」

「我會活下來的。」瓦扮了一個鬼臉。

「想聽聽一個小小建議嗎？」

「你給的？還是不要吧。但你請便。」

「出發之前，最好先到瓦的房間逛逛，」偉恩一邊說，一邊朝房門走去，「偷點他的蘭姆酒帶著走。」

「你不是才把我的蘭姆酒塞進口袋裡？」

偉恩遲疑了一下，抽出口袋裡的蘭姆酒，「啊，老兄，抱歉啦，算你倒楣了。」他搖搖頭，眞是個可憐的傢伙。關上了房門，他又灌了一大口酒，接著跑下樓梯，走出了宅邸。

瑪拉席拉高外套的領子，享受徐徐吹來的海風。身上的警察制服足夠保暖，白色女用襯衫，搭配與棕色外套同色的裙子，相當適合今日這樣的天氣。

然而，身旁的報僮就不像她那樣感激海風了。他低咒一聲，拿起一塊似乎是從車軸上拆下來的沉重鐵塊，丟在手邊一疊傳紙上。大街上，因爲塞車而車行緩慢，汽車駕駛和馬車夫忙著互相叫罵。

「午休就這麼毀掉了，都怪那個提姆．瓦希，」報僮看著車陣嘟囔抱怨，「和他的機器。」

「和他無關吧。」瑪拉席一邊說，一邊低頭翻找著手提袋。

「就是他的錯，」報僮說，「汽車的確是個不錯的工具，如果是在鄉下地方或酷熱的夏天午後駕車上路，完全剛剛好。但現在那該死的東西便宜到每個人都能買一輛開上街！我騎馬才跑了兩個街區，就可以被撞五、六次。」

瑪拉席拿錢幣買了一份傳紙，叫罵聲平息下來，原來塞住的地方打通了，馬匹和汽車再次順暢地行駛過石板路。她拿起對摺的傳紙，瀏覽當天的報導。

報僮說，「妳不是才剛來這裡？」

「我只是需要午報的報導。」瑪拉席心不在焉地回答，說完就走開了。

頭條寫著：「**街頭怒吼　哭喊正義**」

怒吼像折彎的金屬一般響徹依藍戴，人民蜂擁上街，嚴斥政府的貪汙腐敗。總督以七百七十五張得票數，否決了所謂的勞工權益宣言。一個星期後，他的兄弟溫斯汀・英耐特被發現陳屍於一群頭號要犯的屍體之中，顯然與黑道交易有所牽扯。

溫斯汀是在自家宅邸遭到殺害，也許是意外死於警方的攻堅行動。罪大惡極的道澤・馬林也在死亡名單之中，多年來他涉嫌走私礦砂進入依藍戴，以及暗中破壞良心商人的正當買賣。警方明確表示與此案無關，試圖劃清關係，但這宗撲朔迷離的案子已引發群眾反彈。

瑪拉席從手提袋抽出同一家傳紙的早報，頭條寫著：「**溫斯汀自家豪宅爆發謎案**」。

警方透露，總督的兄弟溫斯汀勛爵，昨晚被發現陳屍在自家宅邸內。這起命案疑點重重，有待深入調查，然而謠傳指出尚有多位名流的遺體也在其中。

早午兩版報紙的其他新聞內容大同小異，只有一則關於東部水災的報導，多了一行字，以更新預估的死亡人數。溫斯汀案的相關報導還擠掉了兩則新聞，不過某種程度上，還是因爲頭條那幾個字佔據了大幅版面之故。《依藍戴日報》在盆地內不算是最具公信力的報紙，不過它很瞭解報刊市場，知道只要報導公眾認同或害怕的新聞，就能收獲最高銷量。

瑪拉席在第四捌分區警察局的階梯前停下腳步，掃視一圈。人行道上，行人匆匆，神色焦慮，個個都低垂著頭。還有一些人在附近徘徊遊蕩，穿著車夫的黑色外套，雙手插在口袋內，用帽沿遮住眼睛。

失業，瑪拉席想，*太多無業遊民了*。汽車和電燈在短時間內改變了依藍戴人的生活，速度之快，令人無所適從。曾經代代相傳的工作突然消失，一夜之間就讓人頓失所依，同時還有煉鋼廠的勞資糾紛也……

總督最近才對這些失業勞工發表過聲明，承諾將在鐵路到不了的地方，興建更多足以與鐵路媲美的馬車專用道，以及提高比爾敏進口貨物的關稅。這些大多是空頭支票，但絕望的人們只能緊緊抓住一絲希望，然而溫斯汀的死亡拆穿了這些承諾的眞相。百姓若是開始起疑瑞普拉爾·英耐特（Replar Innate）總督是否和他的兄弟同流合汙，不知會有什麼樣的後果？

*看來，依藍戴即將星火燎原。*瑪拉席覺得幾乎能感受到手中傳紙所散發出來的熱氣。

她轉身走進警察局，依舊擔憂溫斯汀爵爺的死，帶給依藍戴的傷害將遠比他活著的時候更大——這可不是她杞人憂天。

瓦走下馬車，對馬車夫點了點頭，示意他先回家，不需要留在這裡枯等。

他戴著鋁線帽，樣式是蠻橫區流行的寬沿，跟風衣外套同色，風衣之下則是質感良好的襯衫和領結。這一身寬沿帽和迷霧風衣外套的搭配，給人一種裝備著霰彈槍前來參加械鬥的錯覺。而他身邊來來往往的，都是打著吊帶、戴著無邊便帽的勞工，身穿背心、單片眼鏡裝扮的銀行職員，以及頂著鋼盔或圓頂禮帽，外著軍警大衣的警察。

除了他，完全找不著別的鑾橫區寬沿帽。也許偉恩是對的，他向來看重帽子的重要性。瓦做了一個深呼吸後，邁步踏進了村莊。

這條路，以前很可能是一般的都市大街，寬闊無比，但仍然只是條街。那都是大樹長出來之前的事了，現在一棵棵大樹頂開了石板路的磚石，在天空形成茂密的樹冠層，覆蓋住整條大街。

這裡始終給人一種感覺，彷彿眼前的景象不該是它應有的樣貌。它不只是公園，而是一座森林，沒有任何人爲雕琢，質樸而原始。無論是馬車或汽車都不能進入村莊，就算沒有樹林，地面也太過堅硬，無法被鏟平、鋪成馬路。大街兩旁的房子已被吞沒，成爲村莊的資產。他不禁納悶若是沒有了人類的干涉，依藍戴是否也會變成這個樣子。和諧使盆地的土壤富饒多產，所以那裡的人不需要太辛苦就能收穫豐美。

瓦整裝出發，往前走去，一副上戰場的架勢。問證和史特瑞恩兩把手槍就插在臀後，大腿槍套內則是短柄霰彈槍，而金屬就在他體內熊熊燃燒。他拉低帽沿，進入了另一個世界。

孩童穿著簡單的白色罩衫在大樹之間玩耍，年齡再大一點的孩子則穿著錫褡（Tinningdar），也就是泰瑞司人獨有的前襟繡著V的長袍，站在屋子的門階看著他走過去。這裡的空氣嗅聞起來很柔和，是一種溫柔的空氣。這樣形容有點蠢，但那是他眞實的感受。這氣息令他想起了母親。

周遭的耳語像春天的幼苗爭先恐後冒了出來，他把目光鎖定在前方，戰戰兢兢地走過漉溼的地面。村莊的出入口並沒有設立大門，但沒有人可以悄悄地潛進或潛出。事實上，他剛入村沒多久，就有一位年輕女子飄揚著金髮跑在前頭，去昭告天下有外人進來了。

他們在這裡找到了屬於他們的平靜。他們過著自己的生活，你不能怪他們。

又走了一會兒，出了樹林，三個泰瑞司人雙臂交抱胸前正等著他，三人全都穿著蠻力（Brate）長袍，所以他們是能增加力量的藏金術師。他們的長相明顯不同，沒有人會認爲他們有血緣關係。其中二位有著泰瑞司人的身高，另一位的膚色較深，某些泰瑞司人的始祖就是深色肌膚，瓦黝黑的膚色應該是來自這一脈。不過這裡的人，沒有一個擁有祖先畫像裡瘦長的相貌，這是個謎團。

「村外的人，你來幹麼？」其中一個男人說。

「我來找席諾德（Synod）主祭。」瓦說。

「你是警察？」男人上下打量著瓦。附近大樹後面探出了孩子的頭，直盯著瓦瞧。

「算是吧。」瓦說。

「泰瑞司人有自己的警察，」另一個男人說，「我們自有安排。」

「我知道這個規矩，」瓦說，「我只是來找席諾德主祭談談，或者弗瓦菲達長老（Elder Vwafendal）長老，也行。」

「這裡不是你應該來的地方，執法者。」帶頭的男人說，「我——」

「沒關係，拉薩爾。」附近一棵大樹的陰影裡，傳來一個疲倦的聲音。

三位泰瑞司人同時轉身，恭敬地對著一位老太太鞠躬。神態威嚴的白髮老婦，膚色比瓦還深，攙著一根她不需要的拐杖走了過來。弗瓦菲達老太太目不轉睛地盯著瓦瞧，讓瓦不知不覺汗水淋漓。

仍然躬著身子的拉薩爾固執地說：「我們正要趕他走，長老。」

「他有權利來這裡。」弗瓦菲達說，「他身上流著的泰瑞司血脈跟你一樣多，甚至比這裡的大部分人更純正。」

那位泰瑞司鑽力吃了一驚，直起身子，瞄了瓦一眼，「您不會是指……」

「是的，」弗瓦菲達的神情透著疲憊，「就是他，我的孫子。」

偉恩仰頭高高舉著蘭姆酒壺，設法將最後幾滴倒入嘴巴裡，然後把酒壺塞進外套口袋。這酒壺是個好東西，應該能換點別的戰利品。

他跳下運河船，朝船夫紅赤一揮手。那是個好傢伙，願意讓他用一個故事換取免費搭船。偉恩吐出一直藏在嘴巴後面的一枚錢幣，朝紅赤拋去。

紅赤接住錢幣後問，「怎麼溼溼的？你剛才把它含在嘴裡？」

「把錢幣含在嘴裡，鎔金術師就沒辦法鋼推它了！」偉恩大喊回去。

「你喝醉了，偉恩！」紅赤大笑一聲，船竿一撐，船身離開了碼頭。

「醉得還不夠，」偉恩大喊回去，「瓦那個小氣鬼一點都不厚道，居然沒把酒壺裝滿！」

運河船回轉一圈，紅赤撐竿將船划回水道中，微風吹得他的領子輕輕翻飛。偉恩離開了標誌著運河停泊處的標柱，面對著這輩子最嚇人的場景：依藍戴大學。

這是偉恩面對三大考驗的時候了。

他伸手去拿蘭姆酒，又想起酒已經被他喝光，現在腦袋都有些迷迷糊糊了。「鐵鏽滅絕啊。」他嘟噥著，剛才不應該把酒喝得一滴不剩的。不過話說回來，這樣他才能忽略鼻塞的不舒服，待會兒被擊垮時，臉上就算被揍個一、二拳也不會有感覺。這也算是一種金鋼不壞之身了——很遜的那種。不過偉恩本來就不是一個追求完美的人。

他朝大學大門走去，雙手插在外套口袋中。大門上的碑銘以上皇族語刻著：「**求知若渴**」。好深奧的句子。他聽過這句話的白話文翻譯是：「知識是饑渴的靈魂，永恆的追求」。不過偉恩感到饑渴的時候，想的是司康餅和酒。這個地方全是一些聰明的孩子，跟他不是同一路。

兩個穿著黑外套的男子悠閒地倚靠在大門上。偉恩遲疑了一下，所以他們這次派人在大門口堵他？第一個考驗，太讚了。

唔，他想起自己聽過的偉人故事都有一些共同點，考慮到這點，於是決定想辦法避開這個試煉。趁對方還沒發現，他趕緊低頭潛到一旁，沿著宏偉的牆邊往前走。這鬼東西宛如碉堡，包圍了整座大學。他們是害怕知識像游泳完畢、水從耳朵流出去那般外洩嗎？

他伸長脖子，尋找突圍的機會。學校已砌了新磚塡補他上次潛入的破口，另一次他是爬樹跳進去的，但那棵樹也被砍了。詛咒那些下手的人。他決定追隨偉人面對困境的另一項傳統，想辦法調虎離山。

他看到迪姆斯在附近一個角落逗留。那個小伙子戴著圓頂禮帽，繫著領結，但襯衫的袖子被扯破了。他是這一區某個大型街頭幫派的頭目，但出手搶劫時都會適可而止，從不過分傷人；敲詐勒索時，也相當有禮貌，算是個模範市民。

「哈囉，迪姆斯。」偉恩說。

迪姆斯看著他說：「偉恩，你今天是條子嗎？」

「非也。」

「啊，很好。」迪姆斯在階梯上坐了下來，從口袋抽出一樣物品——是個小小的鐵盒。

「嗯，」偉恩抹了鼻子一下，「那是什麼？」

「口香糖。」

「口香糖？」

「對的，放到嘴裡嚼的。」迪姆斯給了他一塊。那東西捲成球狀，軟軟的，外面還塗了一層粉。

偉恩看著小伙子，暗自下定決心嚐嚐看。他接過來，放到口中嚼了嚼。

「滿好吃的。」他嚥了下去。

迪姆斯放聲大笑，「不能呑啦，偉恩。這東西是用來嚼的。」

「什麼鬼東西啊？」

「嚼一嚼，很爽啊。」他又拋了一粒給偉恩。

偉恩接到往口中一丟，「事情是這樣的，你和補鞋匠……？」

補鞋匠是迪姆斯在這一區的敵對幫派。迪姆斯和手下以撕裂的袖子爲幫派象徵，而補鞋匠則是光腳丫，這兩項標誌都相當符合街頭小混混的身分，因爲幫中許多孩子都是無家可歸的窮小孩。偉恩總會多花些心思看顧他們，全都是好孩子，他自己曾經就是其一。

但後來他的人生船舵轉了方向，朝不好的那個方向駛去。走錯路的孩子，都需要有人爲他們指引正確的人生方向。

「噢，你知道的，」迪姆斯說，「馬馬虎虎啦。」

「你們之間沒再鬧事了吧？」偉恩問。

「你不是說你今天不是條子！」

「我哪是，」偉恩的口音不知不覺受到迪姆斯的感染，換上了小混混的色彩，「就只是關心朋友啊，迪姆斯。」

迪姆斯哼了一聲，轉開視線，不過還是有誠意地嘟噥回應了：「我們又不是笨蛋，偉恩。我們都很冷靜，你知道我們會保持冷靜的。」

「很好。」

迪姆斯的視線又移回到正在坐下的偉恩身上，「你帶錢來還我了？」

「我有欠你錢嗎？」偉恩問。

「你玩牌輸的啊！」迪姆斯說，「兩個星期前？鐵鏽的，偉恩，你喝醉了？現在還不到中午耶！」

「我沒醉，」偉恩吸了一下鼻水，「我是在研究人不清醒時，會有什麼樣的狀態。我欠你多少錢？」

迪姆斯頓了一下，「二十。」

「我看看，」偉恩一邊說，一邊在口袋裡翻找，「我清楚地記得，我借了你五元。」他抽出一張鈔票，是五十元。

迪姆斯挑眉，「有事求我？」

「我想進大學。」

「大門開開的。」迪姆斯說。

「我不能從前門進去，他們認得我。」

迪姆斯點點頭。這類事在他的世界見怪不怪。「你要我做什麼？」

一會兒後，一個男子穿戴著偉恩的外套和帽子，拿著決鬥杖，朝大學的前門走去。他一看到那兩位黑衣男就跑開，黑衣男立刻追了上去。

偉恩挪挪眼鏡，看著三人遠去，然後搖搖頭，這些流氓居然想混進大學！真是可恥。他走進了大門，領口繫著領結，手上還抱著一疊書本。另外一些躲起來的男人，眼睛全都緊盯追著迪姆斯跑走的同伴，看都不看偉恩一眼。

是眼鏡的功勞，眼鏡就像是聰明人戴的帽子。他把書本丟在廣場上，然後經過一座噴泉，上面的女郎雕像衣不蔽體，不過他只流連了一下子，就朝女宿舍帕夏冬大樓走去。那棟三層樓的樓房看起來像監獄一樣可怕，每一層樓只有小小的窗戶，再加上石塊結構和鐵門，一副警告著「走開，男孩，如果你珍惜下體的話」的氣勢。

他逕自推開前門，準備好應付第二項考驗：帕夏冬的暴君。那個女人就坐在辦公桌後方，身材如牛一樣壯碩，再配上一張完全相稱的臉龐，甚至連頭髮也捲得像兩隻牛角。她是這所大學的固定裝備之一，偉恩是這麼聽說的。也許她帶著水晶吊燈和沙發一起進入學校工作。

坐在入口辦公桌的女人，抬起了頭，瞬間激動地跳了起來，「你！」

「哈囉。」偉恩說。

「你是怎麼通過警衛室的！」

「我丟了一顆球給他們，」偉恩邊說邊摘下眼鏡，塞進口袋內，「大部分獵犬都喜歡追東西。」

暴君轟隆隆地繞過辦公桌。偉恩感覺自己好像看到輪船正想辦法駛入都市的運河中。女舍監戴著一頂小帽，企圖追趕時尚。她總愛把自己裝扮成上流社會一員，其實她也算是了，也住在擁有花崗岩門階的街區，只要擁有和總督豪宅一樣石材的門階，地位都跟政府官員差不多吧。

「你，」她一根手指指著偉恩，「我不是叫你別再來了。」

「我沒理妳啊。」

「你喝醉了？」女人嗅著氣味。

「沒有，」偉恩說，「如果我醉了，妳就不至於醜成這樣了。」

女舍監氣呼呼地轉開，「真不敢相信你如此放肆。」

「真的？我之前也很放肆啊？其實，我每個月都來放肆過一次。這樣看來，放肆不傷大雅，可以多多益善。」

「我不會讓你進去的。這次絕對不會。你這個流氓。」

偉恩嘆口氣，故事裡的英雄不必跟同一頭野獸纏鬥兩次，他卻必須每個月都面對同一頭，好像有點不公平。「聽著，我只是想看看她好不好。」

「她很好。」

「我有錢，」偉恩說，「要給她的。」

「你把錢留在這裡就行了。那女孩都是被你害的，壞蛋。」

偉恩走上前，抓住暴君的肩膀說：「我不想搞成這樣。」

女人看著他，沒想到她的指節居然喀啦作響。哇噢。偉恩趕緊伸進口袋裡，拿出一張門票。

偉恩連忙說，「這是總督春季晚宴和演講，兩人份的票。就在今晚，宙貝兒貴女的豪華公寓內舉行的舞會。這張門票上沒有標明姓名，任何人都可以憑票入場。」

女舍監的眼睛睜得大大的，「你從哪裡偷來的？」

「拜託，」偉恩說，「這是有人送來我家的。」

他說的是實話，門票是送給瓦和史特芮絲的。因爲他們高貴的社會地位，送來的邀請函上就沒有標明姓名，如此一來，客人就能隨自己的意願指派代理人赴宴。如瓦那般身分貴重的人，就算只是他的親朋好友代替他出席，主人的面子也十足了。

雖然暴君不是瓦的親朋，也不是他的好友，但偉恩覺得瓦一點都不想參加那種狂歡舞會。更何況，偉恩拿自己手上最漂亮的葉子來交換了。那片葉子，眞是鐵鏽的美麗。

暴君猶豫不決，偉恩拿著門票在她眼前晃來晃去。

「我想……」女舍監說：「這是最後一次放你進去。儘管我不應該讓非親非故的男子進入會客室的。」

「我算是親人吧。」偉恩說。校方小題大作，在宿舍區硬是要求男女分開，偉恩一直無法理解。這裡到處都是聰明人，難道沒人明白男孩女孩在一起要幹麼？而在這裡又能幹麼？

暴君放行他進入會客室，再指派辦公桌邊的一位女孩去叫歐琳安卓。偉恩坐了下來，情不自禁地抖起腳。他一關關地闖過來，卸下了武器、行賄的門票，甚至連帽子都送了人，現在感覺全身光溜溜的，不過他還是撐到最後一關了。

幾分鐘後，歐琳安卓出現了，還帶了兩個同年齡二十出頭的女孩壯膽。聰明的女孩，偉恩感到很驕傲。他站了起來。

「潘弗女士說你喝醉了。」歐琳安卓站在門口說。

偉恩啓動金屬意識，汲取療癒能量。沒多久，身體就燒掉了體內的不潔之物，癒合了傷口。人體把酒精認作是毒藥，這個錯誤的認定顯示人不能總是相信自己的身體，但今天他沒得抱怨。原本的鼻塞暫時被清理掉，不過等一下會再復發就是。金屬意識很難根治疾病，箇中原因至今不明。

清醒過來的他，感覺像是被磚頭打中臉頰。他深吸一口氣，覺得全身更是赤裸裸的。「我只是喜歡逗逗她。」偉恩的咬字清楚了起來，眼神也能專注了。

歐琳安卓目不轉睛地盯著他瞧，一會兒後才點點頭。她仍然沒有走進會客室。

「我帶了這個月的例錢。」偉恩抽出一個信封，放到身旁的玻璃矮桌上，然後站了起來，倜促不安地把身體重心一下換到這隻腳，一下子又換到另一隻腳上。

「眞的是他嗎？」其中一個女孩問歐琳安卓，「他們說他和蠻橫區的曉擊（Dawnshot）共事。」

「是他。」歐琳安卓的視線仍然鎖定在偉恩身上，「我不要你的錢。」

「妳媽要我送錢給妳。」偉恩說。

「你不必親自送來。」

「我必須親自送來。」偉恩輕聲說。

兩邊都沉默下來，沒有一個人移動。最後是偉恩打破僵局，他清了清喉嚨，「妳的功課還好嗎？他們待妳好吧？妳有沒有別的需要？」

歐琳安卓伸手到手提袋內，拿出一個大項墜盒。她打開盒子，盒內是一個男人色彩鮮明的肖像畫。他留著落腮鬍，眼睛閃閃發亮，長長的面龐很親切，頭頂上的頭髮日漸稀疏。那是她的父親。

偉恩每次來，她都要偉恩看看這個項墜盒。

「告訴我你做了什麼。」歐琳安卓的聲音如嚴冬一樣冰冷。

「我不——」

「告訴我。」

第三個考驗。

「我殺了妳爸爸。」偉恩看著畫像輕輕地說。「我在一條小巷子裡搶了他的皮夾。我槍殺了一個比我好的好人，因此，我不該活在這個世界上。」

「你知道你罪無可赦。」

「我知道。」

「你永遠得不到赦免。」

「我知道。」

「那我就收下你的骯髒錢。」歐琳安卓說，「我的功課還不錯，如果你真心想知道的話。我未來打算讀法律系。」

偉恩期望未來的某一天，他直視女孩的眼睛時，能在其中看到一絲情緒，也許是憎恨吧，總比現在這樣空空洞洞來得好。

「滾。」

偉恩低垂著頭，朝外走去。

在依藍戴市中心，不應該有這樣一棟茅草圓木小屋，然而它就在這裡。瓦彎腰進入小屋中，彷彿一下子穿越回到幾百年前，空氣裡飄浮著陳舊毛皮的氣味。

小屋中央的大篝火，在氣候溫和的依藍戴城內根本不適用。而今天，篝火的正中央有一小簇火苗，文火煨燉著一只泡茶用的小熱水壺。篝坑內的焦黑石頭，顯示屋主偶爾會燃起大火。這篝火、毛皮，和牆上的古畫，畫中風雨凍結、山坡上簡單幾筆點出幾個小人，全都是一個神話的片段場景。

泰瑞司古國，一個傳說中冰雪覆蓋的地域，白毛獸和精靈在冰凍的風雪中出沒無常。在落灰之終後的初期，從泰瑞司逃出來的難民以白紙黑字保存記憶中的故鄉風貌，只因爲沒有一個守護者（Keeper）存活下來。

瓦在外祖母的篝火邊坐了下來。有人說古泰瑞司人一直在等待守護者重出江湖，說他們正藏身在這個和諧打造出來的新世界一角。說實話，這個新世界也算是天堂吧；一個充滿敵意的冰凍天堂。住在一個盛產果實的蒼翠大地，人們幾乎是不勞而獲，價值觀很容易扭曲。

弗祖母在他的對面坐了下來，但她並沒有添加木柴升火，「你這次進村前，有把槍留在外面嗎？」

「沒有。」

弗祖母哼了一聲，「眞沒禮貌。你不在的這些日子，我經常想著不知蠻橫區是否能柔軟你的心。」

「沒有，他們讓我變得更頑固。」

「那是酷熱的死亡之地。」弗祖母說。她捲起一把藥草和玉米片，丟進杯子上方的濾茶器內，倒入蒸汽騰騰的熱水，粗糙的手拿了杯蓋蓋住。

「你全身都沾著死亡的惡臭，亞辛修（Asinthew）。」

「父親幫我取的不是這個名字。」

「你父親沒有幫你取名的權利。我本來想要求你卸下槍枝，但仔細一想，又覺得於事無補。你用一枚錢幣就能殺人，一顆鈕釦或這把水壺在你手中也一樣能行凶。」

「鎔金術沒有妳想的那麼邪惡，外祖母。」

「力量也不邪惡。」她說，「但把各種力量混合，就很危險。你的天性並不是你的錯，但我忍不住視它爲一個徵兆，未來的另一個暴君。你太強大了，會帶來死亡。」

坐在這棟小屋內……嗅聞外祖母的藥草茶香……回憶一把勒住瓦的衣領，抓著他面對自己的過去。少年的他，永遠弄不清楚自己的身分定位，他是鎔金術師或是藏金術師？是貴族還是低下的泰瑞司人？父親和叔叔把他推向這邊，外祖母又拉他到另一邊。

「昨晚有個藏金術師在第四捌分區大開殺戒，外祖母。」瓦說，「那人是個鋼奔。我知道妳調查過城內帶有藏金術師血統的人，我需要那份名單。」

弗祖母嗖嗖地轉動茶杯，「你回到城內後，因爲有事只來過村莊……三次？將近兩年來，在今天之前，你只抽空來探訪你的外祖母兩次。」

「妳怪我嗎？但想想那幾次見面的結果？外祖母，坦白說，我知道妳是怎麼看我的，我們又何必彼此折磨？」

「你對我的印象，仍然留在二十年前的我，孩子。人會改變的，就算是我也不例外。」她啜了一口茶，又添加一些藥草到濾茶器內，再把濾茶器沉入熱水中。藥草沒泡出味道來，她是不會喝的。「但這顯然不包括你。」

「妳這是在笑話我，外祖母？」

「不，我比較擅長羞辱人。你沒變，仍然搞不清楚自己是誰。」

又要爲同一個話題爭吵了。兩年來，探訪她兩次，每一次她都要提起這件事。「我不會穿著泰瑞司長袍，輕聲細語對著群眾引經據典的。」

「你反倒是會拿槍射殺他們。」

瓦做了一個深呼吸。空氣中，充斥著數種香味混雜在一起的氣味。是藥草茶的味道嗎？像剛割過草的青草味。他想起在父親的莊園內，自己坐在草地上，聆聽父親和外祖母的爭執。

瓦只在村莊住了一年。父親也只承諾讓他住一年，即使只有一年，也是破例了。愛德溫叔叔一直希望瓦和他的姊姊遠離這個地方。叔叔的正式繼承人，也就是已故的辛思頓．拉德利安爵爺在瓦十八歲那年出生，但在他出生之前，愛德溫幾乎罷佔了哥哥的孩子，親自撫養他們長大。在瓦的腦袋裡，父母和叔叔總是混在一起，很難區隔開來

在森林裡的一年生活，瓦被規定在村莊內禁用鎔金術，不過卻收穫了更上一層樓的認知：即使如泰瑞司這樣的世外桃源，也不能倖免於作奸犯科的罪行。

「我只在一種情況下，才清清楚楚知道自己的身分，」瓦抬眼望向外祖母，正好遇上她的目光，「那就是穿上迷霧外套，腰掛著槍，追捕狂徒的時候。」

「你不該拿你的所作所爲來定義自己，應該用你是什麼才對。」

「人的所作所爲就代表了那個人。」

「你來，是要找一個藏金術師殺手？那你只需要看看鏡子，孩子。如果所作所爲能代表一個人……想想你都做了些什麼吧。」

「我殺的全都是死有餘辜的罪人。」

「你百分之百確定嗎?」

「當然。倘若我殺錯了人，將來有一天也會遭到報應。妳嚇唬不了我的，外祖母。搏鬥並不違反泰瑞司的傳統，而且和諧自己也殺生。」

「他只殺野獸和怪物，從不殺同類。」

瓦呼出一大口氣，又來了?鐵鏽啊，真應該強逼偉恩代替我來的。他說過外祖母很喜歡他。

另一股陌生的新香味迎面襲來。是壓花的氣味。在這昏暗的小屋內，他又想起自己站在泰瑞司村莊的森林中，抬頭望著一扇殘破的窗戶，感覺著手裡子彈的形狀。

他微微一笑，以前想起這個回憶就覺得痛苦，一種被孤立的痛苦。而現在，他只看見一個少年執法者，回想起曾經感受到的使命感。

瓦站了起來，抓起帽子，迷霧外套窸窣作響。他心裡有些懷疑屋裡的香味和那些回憶，都是外祖母的刻意安排。誰知道她到底放了什麼進茶水裡?

「我要去追捕兇手了。」瓦說，「妳不肯幫我，如果他在我阻止他之前又殺了人，妳要負一部分的責任。到時候，希望妳還能睡得安穩，外祖母。」

「你會殺了他嗎?」她問，「能瞄準腿部開槍的時候，卻朝胸口射擊?你身邊的人都死盡了，別想否認。」

「我沒有否認。」瓦說，「扣下扳機，就是為了殺人。如果對方也有槍，我就會瞄準胸口。這樣才能保證死在我手上的人，都是該死的。」

弗祖母盯著水壺瞧，「你在找的人，叫做艾達胥薇。她不是男人。」

「鋼奔？」

「沒錯。她也不是個殺手。」

「但是——」

「她是我唯一知道可能牽扯這類事的鋼奔。大約一個月前，她消失了，失蹤之前的行為……很詭異。一直說她死去哥哥的靈魂來找她。」

「艾達胥薇，」瓦以泰瑞司語的腔調發音，感覺四個字在他嘴裡混濁不清，又讓他想起以前在村莊的生活。泰瑞司語曾經失傳，不過和諧的檔案裡有這個語言的紀錄，現在有許多泰瑞司人從小就開始學習母語，「我發誓我聽過這個名字。」

「你的確認識她，很久以前。」弗祖母說，「那天晚上你就是和她在一起。其實，之前……」

啊，對，纖瘦、金髮、羞答答的，話很少。*我不知道她是藏金術師。*

「你一點都不覺得羞愧。」弗祖母說。

「的確，」瓦說，「若妳想的話，就恨我吧，外祖母。但跟妳一起住的那些日子，改變了我的人生，正如妳所說的。我不會因為這個不在妳預期之中的轉變，而感到羞愧。」

「你……試著把她帶回來吧，亞辛修。她不是殺手，只是腦子糊塗了。」

「他們全都是。」瓦說完就朝屋外走去。一直站在小屋外面的三個男人，不滿地瞪著他。瓦輕扣著帽沿朝他們一點頭，接著拋出一枚錢幣，朝兩棵樹之間飛撲，穿過樹冠，沖天而去。

瑪拉席每次一進入警察局，都有些激動。

那是一種混雜了澎湃洶湧的期待，又害怕受傷的激動。這裡是此捌分區的警察行政組織中心，感覺卻像是商業辦公室，即使這間辦公室與想像中有些出入，單單一想到她能在這裡，整個人就興奮無比。

她原本不屬於這樣的生活。她是聽著蠻橫區故事長大的孩子，打從心裡崇拜執法者和壞蛋之間的對決，做夢都會夢到六發左輪槍和驛馬車，甚至還學會了騎馬和步槍射擊。但後來，因爲對現實生活的考量而放棄了夢想。

她出生於貴族世家，屬於特權階級。沒錯，她是私生女，但父親慷慨提供的優渥生活費，令她和母親得以有不錯的住所安身立命。父親也保證供她讀書受教育，就因爲這項慈愛的應許，再加上母親堅持她應該在工作上努力表現給父親看，所以她不能從事警察這類低下的職業。

但她還是在這裡了。太奇妙了。

她穿過滿是辦公桌的辦公大廳，每張桌子前都有人在工作。雖然這棟辦公大樓與監獄相連，但監獄有自己的出入口，而且她也很少過去。一路上遇到的許多警察，大半時間都花在辦公桌前辦公。她自己的辦公桌則在亞拉戴爾總隊長辦公室附近，一個舒服的僻靜角落內。

總隊長的辦公室宛如一個大衣櫥，他也很少待在裡面，反倒經常像巡視地盤的獅子在辦公大廳逗留。

瑪拉席把手提袋放到辦公桌上，就放在一疊去年的犯罪報告旁邊。她會利用空閒時間，練習判斷轄區內哪種程度的小型犯罪事先預告了重大案件的發生。閱讀這些，總比讀母親寫來、語意委婉的抱怨信要好多了，那些信就躺在報告的最底下。她朝總隊長的辦公室內瞥了一眼，看到他的背心被丟在辦公桌上，背心旁是一疊待簽核的經費報表。瑪拉席微微一笑，搖搖頭，從長官背心的口袋內挖出懷錶，然後走出去尋人。

辦公大廳內人人忙碌，但不像律師事務所辦公室那般鬧哄哄的。當年，她在戴尤士手下當實習生時，那裡的每個人好像都很躁動。他們日以繼夜地工作，一有新案子公告出來，每一位助理律師都會連忙衝過去，一堆紙啊、外套和裙子亂成一團，個個拉長脖子查看案子由誰負責，又需要幾位助理律師。

在那裡，功成名就、大富大貴的機會遍地都是，但她總是擺脫不掉每個人都在裝忙的感覺。事務所本身對待案件有明顯的差別待遇，一些不受到矚目的案子，結案一拖再拖，而另外一些名流顯貴委託的訴訟，則刻不容緩、積極辦理。這些助理律師蜂擁向前搶案子的動機，也大多和撥亂反正、伸張正義無關，他們一心只想讓資深律師看見自己比同事更積極、更熱情。

若不是遇到了瓦希黎恩，她可能還待在那裡。之前她一直順從母親的意思，母親童年時期都在尋求身分認同，想證明（或許吧）即使出生卑微，她也有本事嫁給哈姆司爵爺——若這種事有可能發生的話。瑪拉席搖搖頭。她敬愛母親，但母親顯然是閒得異想天開。

而這裡的氛圍和律師事務所簡直天差地別。在這裡，大家目標明確，而且都是經過審慎評估、徹底考量的目標。警官會靠著椅背跟同事描述線索，尋求協助以積極破案。基層警員在辦公室穿梭，分送茶水、傳遞檔案、交辦差事。她在事務所感受到的激烈競爭，在這裡幾乎不存在，或許就是因爲這裡沒有什麼功成名就、大富大貴的機會吧。

她發現亞拉戴爾捲著袖子，一隻腳踏在椅子上，正在騷擾卡貝瑞兒中隊長。「不對，不對，」亞拉戴爾說，「我是說，我們要增派人手上街。尤其是晚上的酒吧附近，鑄造廠工人在罷工隊伍解散後都會到那裡聚聚。不過白天就別去站崗了。」

卡貝瑞兒中隊長沉穩地點點頭，但瑪拉席朝她走去時，她迅速對瑪拉席翻了個白眼。亞拉戴爾管理手下的確有些鉅細靡遺，但至少他很認眞，也很熱心。就瑪拉席的觀察看來，大家都還滿喜歡他的，雖然仍會被煩到翻白眼。

一位基層警員端著茶盤，正要送水到各個辦公桌去，他經過時，瑪拉席拿走了一杯茶。警員快步離去，眼睛直視前方，但瑪拉席仍然感覺他瞪了她一眼。唔，她不必送茶水，直接坐上這個位置，掛著中隊長職階，又不是她的錯。

好吧，她啜了一口茶，走到亞拉戴爾身旁，也許這裡還是有一點點的競爭存在。

「那妳會親自監督囉？」亞拉戴爾問。

「當然，長官。」卡貝瑞兒回答。她是這個地方少數禮遇瑪拉席的人，或許因爲她們都是女性的緣故。

與律師界相比，警界的女性職員更是少之又少。有人推測原因在於女性對暴力事件不感興趣，但她待過這兩個地方，很清楚哪個職業比較血腥，絕對不是攜帶槍枝的那項工作。

「好、好，」亞拉戴爾說，「我要去聽瑞迪大隊長的簡報，在……」他輕拍著口袋。

瑪拉席遞上他的懷錶，亞拉戴爾一把抓過去，查看時間。

「……十五分鐘後。啊，沒想到我還有那麼長的空檔。妳在哪裡拿的茶，科姆斯？」

「需要我請人送茶給您嗎？」她問。

「不用，不用，我可以自己去拿。」他一說完，就匆匆離開。瑪拉席朝卡貝瑞兒點點頭，然後趕了上去。

「長官，」她說，「您看了下午的傳紙嗎？」

亞拉戴爾朝她伸出手，瑪拉席把午報放了上去。他拿起傳紙一邊看，一邊快步朝爐子和茶水走去，沿途差點連番撞上三個警察。「糟糕，」他咕噥著，「我原本以為媒體會繞著我們打轉。」

「我們？長官？」瑪拉席吃了一驚。

「是啊。」亞拉戴爾說，「貴族斃命，警方拒絕向媒體透露案情。乍看這些報導，媒體似乎把焦點放在警方身上，但筆鋒一轉，卻集中火力炮轟溫斯汀，而不是我們。」

「他們不炮轟我們，就掩蓋不住貴族的醜聞，這會讓案子變得很糟糕？」

「糟糕透了，中隊長。」他苦著臉說，伸手拿了一個杯子，「人民本來就討厭條子。我們是磁鐵，是避雷針，把怒氣發在我們身上，總比發在總督身上好。」

「那也要總督值得我們賣命，長官。」

「妳這麼說很危險，中隊長，」亞拉戴爾拿起放在媒炭爐上保溫的大甕，倒了一杯熱氣騰騰的熱茶，「而且不合身分。」

「您知道的，有人說他貪汙。」瑪拉席低聲說。

「我只知道，我們是人民公僕。」亞拉戴爾說，「外面已經有足夠多的人習慣以道德標準監督政府，我們的工作是維持和平。」

瑪拉席皺皺眉，沒再說什麼。她幾乎能確定英耐特總督的確貪贓枉法。他的決策有太多的巧合、太多怪事。但她這麼斷定並非有事實根據，只不過見微知著，觀察事態發展的走向，本來就是她的專長，也是熱情所在。

她並非下定決心要揭發所有依藍戴的領袖，以及城內上流精英利益輸送的惡行，不過一旦嗅聞到一丁點跡象，就十分迫切渴望深入挖掘眞相。她的辦公桌上，有一本被小心藏在一疊工作報告下的筆記，裡面全是她蒐集到的相關資料。雖然沒有找到任何確鑿的證據，但那些資料所勾勒出來的輪廓已經相當清楚，但她也心知肚明，這些資料在別人眼裡，根本和犯罪搭不上邊。

亞拉戴爾打量著她，「妳不同意我的看法，中隊長？」

「閃避棘手的難題無法改變世界，長官。」

「那妳自便，去問問題吧。不過請在心裡問，中隊長，別說出來——尤其別當著警察局外的人民。我們不能讓老闆以爲我們在背後搞破壞。」

「這很吊詭，長官。」瑪拉席說，「我以爲我們是爲依藍戴全體人民工作，而不是他們的上司而已。」

冒著蒸汽的茶杯在亞拉戴爾的嘴巴前面打住，「就當我說錯話吧。」他喝下一大口茶，搖搖頭。他並沒有被燙到，辦公室裡的人都推測，早在多年前他就燙壞了味蕾。「走吧。」

他們在辦公桌間穿梭，朝亞拉戴爾的辦公室而去，途中經過了瑞迪大隊長的辦公桌。身材修長的大隊長正要起身，亞拉戴爾擺擺手要他坐下，抽出懷錶說：「我還有……五分鐘才要找你，瑞迪。」

瑪拉席朝大隊長微微一笑，以示歉意，但給她的是一張臭臉。

「總有一天，」瑪拉席說，「我要搞清楚那個男人為什麼恨我。」

「嗯？噢，因為妳搶了他的工作啊。」亞拉戴爾說。

瑪拉席踩空了一步，踉踉蹌蹌跌進阿爾斯托中隊長的辦公桌內，「什麼？」她趕緊追上亞拉戴爾，「長官？」

「原本我的助理應該是瑞迪。」亞拉戴爾說。這時，他們已經來到他的辦公室。「他的呼聲最高，我正打算聘請他時，就收到了妳的履歷。」

瑪拉席覺得好窘，「為什麼瑞迪想當你的助理，長官？他是外勤警官，是一個資深警探。」

「大家都以為要想升官就必須多待在辦公室裡，而不是在街頭辦案。」亞拉戴爾說。「這是個愚昧的不成文傳統，但就連別的捌分區也遵循這樣的傳統。我不要我的精英幹員變成只會賴在辦公桌前的懶鬼。我希望這個助理位置由認真負責的新人擔當，並藉由這份工作培育新人，不讓經驗老道的警探閒在這裡發霉。」

一切都豁然開朗了。原來同事對她的敵意，並不只是因為她空降就任中階職位，反觀許多高階警官都是從低階職位一步步爬上來的。更多的因素，是他們在為瑞迪抱不平，為被長官忽視的朋友叫屈。

「那……」瑪拉席做了一個深呼吸，想抓個東西穩住自己，「您覺得我是個有責任感的人囉？」

「當然。不然我幹麼僱用妳？」邁都警佐走了過來，敬了一個禮，亞拉戴爾把捲成一團的傳紙朝他的臉丟去，「在辦公室裡不必敬禮，邁都。每次我經過，你就打自己的額頭，總有一天你會把自己打昏。」他回頭瞥了瑪拉席一眼，邁都咕噥著道歉後，連忙拔腿就溜。

「妳是有理想抱負的人，科姆斯。」亞拉戴爾對她說，「我不是指妳的高學歷，我不在乎妳的成績，也不在乎律師事務所裡的毒舌對妳的評價。而是妳在履歷上寫的，想要改變這座城市的理念，令我印象深刻，打動了我。」

「我……謝謝您的讚美，長官。」

「我並不是在討好妳，科姆斯。我說的都是實話。」他朝房門指去，「傳紙上說，總督今天下午會向全體市民致詞。我賭第二捌分區會請求我們的支援，以維持群眾的秩序，他們每次都這樣，所以我必須去安排人員的布置。妳跟他們一起去，去聽聽演講，然後回來向我匯報英耐特總督的致詞內容，還有，多花些心思注意民眾的反應。」

「是的，長官。」瑪拉席說完，即時克制住抬手敬禮的反射動作，連忙朝辦公桌跑去，抓了手提袋就往外快跑。

議　院

開盤

艾比斯證 +0.5
商品交易 -2.1

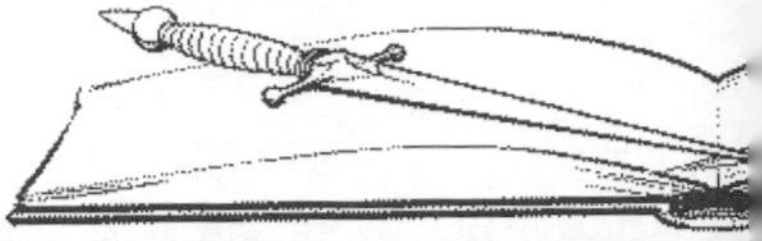

百四十二年多西爾月一日，上午版

文明、社會、

噴泉市的賈克紳士

第六部

「不祥的舞會」

精明的讀者，當然不需是醒你們上星期的專欄在一場危機中，但大大的閱讀品味，已引領你開貧民窟不體面的報章，來到高尚的議會紀現在請容我先做個簡短要。

由我的舌燦蓮花和警察說的思緒，我獲允參加特貴女在新瑟藍舉辦的舞宴。她打算在宴會上幾顆稀有的鈕釦，這些來頭可不小，是迷霧之子大人最愛的煙霧外套僅存的。含德維，我忠誠的泰瑞司管家，攔截到一個消息，消息透露圓石會的頭子計劃在當晚偷天換日，以幾可亂真的贗品換走真品。

含德維在展品桌外監視那些錫鈕釦，而我則和拉文特貴女以及她的核心集團交際，他們都覺得我相當討喜。也就在這個時候，穿著條紋白西裝的男人拿槍指著我。（待續！）

依藍戴城感柯爾波水壩水

物價上漲，重創市場效能

盆地主要穀物產區之一，正在奮力重建，在柯爾波附近水壩潰堤釀災之後，事故原因待查，盆地高層政權依舊如坐針氈。阿爾金一歐爾金融中心，依藍戴最大、最有名望的銀行家委員會，以及另外幾位財政領袖，召開了災難應變會議，討論支援受災區事宜。金融中心最大的擔憂在於，金錢和物產的投資是否衝擊大宗物資市場，在穀物將較去年豐收一倍半的預言下，金錢和物產的投資已出現走弱趨勢。

「補給品的庫存量足以應付接下來四個月大部分的需求，」契莫特．海菲爾斯勛爵說，他是金融中心會員之一，和柯爾波有很深的淵源，「但在那之後，大部分穀物將湧進出價最高的投標人。假使你經營麵包糕點店，應再三考慮調高一條麵包的售價至五夾幣，一瓶威士忌四十夾幣。」

民意論壇：
丑心射幣的擾民行為

過去一年又四個月以來，我更換了三支燈柱、一扇鐵門和兩根尖塔，全是在我位於麥迪恩大道上的房子。我居住在第六捌分區，相當接近市中心，就位於射幣出入

異次元世界訪客

不祥的晚宴！

我描述過攻擊我的人穿著條紋白西裝，但這樣還是太過籠統。

在依藍戴，那一身的裝扮就像是在一群克羅司劉中鳴下

6

瓦沖天而起，翱翔在依藍戴的天空，帽子被綁在脖子上的繫帶固定住，迷霧外套在背後像旗子一般飄揚。下方的城市，哄鬧忙亂，人們紛紛往主要道路湧去。有人抬頭注視他，不過大部分的人都視若無睹。鎔金術師在這裡稀鬆平常，不像在蠻橫區那般罕見。

這裡所有的人，瓦鋼推聚集在和諧高舉雙手之間的噴泉狀迷霧，那尊青銅雕像的腕甲金光閃閃。女人坐在雕像的石座上，孩童在戲耍噴泉水，汽車和馬車繞過雕像後，各自駛上不同的道路，繼續為生計奮鬥，那是城市生活永恆不變的首要任務。

數量如此龐大的人群——而且在第四捌分區人口佔比高得驚人的百姓，竟然都是他的責任。先不談別的，他直接支付部分百姓的薪資，同時監督其他支付薪水的管理者；他的房子已做了抵押，數以萬計人民的收入是否穩定，完全依賴他的償債能力。這還只是其中一個面向而已。他是議會議員之一，代表了所有為他工作的員工，以及那些依靠他的財產為生的人。

議會分成兩大單位。其一為專業人士組成，由選舉產生，議席按照人民的需求做調整。另一半是貴族議席，議員資格為世襲，終身擁有，因此不會受到民意左右。總督由議員投票選舉產生，管理整個議會。

這是很不錯的政治管理體系，但也表示瓦必須照顧成千上萬的陌生人。他的眼睛抽動起來，一轉身，鋼推突出於廉價公寓牆壁的幾根鋼筋。

蠻橫區的小城鎮比較有人情味，大家彼此都認識，關心他們也就順理成章，同時還能真正感受到自己做出的一番成績。瑪拉席必定會從統計學角度跟他爭辯，認為管理他的資產才能為更多人帶來幸福，也更有效率。但瓦本人並不崇拜數字，只憑直覺行事，而直覺需要認識他所服務的人群。

瓦降落在一座大水塔上。這座水塔靠近此捌分區規模最大的倖存者教堂的玻璃圓頂，信徒會在教堂內做禮拜，更多人會在黃昏時分前來等待迷霧。這座教堂崇敬迷霧，雖然人們可以透過玻璃圓頂觀看，卻仍然隔開了人和迷霧。瓦搖搖頭，又一次鋼推，沿著附近一條運河的河道飛去。

*他現在應該辦完事了，*瓦心想，*可能就在附近某座碼頭上，聆聽浪濤拍岸……*

他繼續沿著河道飛翔，河道上塞滿了船隻。河岸旁的廷朵步道擠滿了人，比平日更擁擠許多。到處都是人。他很難擺脫被這座大城市吞沒的感覺，它令人渺小，不知所措。在都市之外的蠻橫區時，瓦不單純只是執法者，他需要為人民解說法律，甚至在必要時做一些更動。他本人就是法律。

然而在這裡，他必須與自尊心和祕密周旋。

他一路尋找著目標碼頭，沒想到順帶找出了步道壅塞的原因：行人費力地嘗試從一大群高舉著標語牌的示威者之中穿行。瓦從人群頭頂上飛過時，吃了一驚，沒想到示威者之內還夾雜了一小群此區的警察。憤怒的示威者激動地揮動標語牌，毫不客氣地推擠被包圍的警察。

瓦垂直降落，再輕輕鋼推步道板的釘子，以減緩重力加速度的力道，最後落在附近一塊開闊地時，全身呈蹲伏姿勢，迷霧外套喇叭狀展開，槍枝鏗鏘作響。

示威者久久地看著他，隨即一下子鳥獸散。他甚至連開口都不必，沒多久，被圍困的警察就成功脫身出來，那場景就像埋在平地下的石頭在一場暴雨後被沖刷，終於破土而出。

「謝謝您，先生。」警察隊長是一位年長女性，不到三公分的金色直髮從警帽下露出來，緊貼著頭顱。

「他們失控了？」瓦看著最後一位示威者溜走的背影。

「警方勸導民眾離開步道，他們一不高興，就失控了，」女警打了一個哆嗦，「沒想到事情會發展到這個地步，而且來得如此之快……」

「我不怪他們。」另一位警察發話，他的脖子活脫脫就像一支長管手槍槍管。同事們都轉頭看著他，讓他被看得有點畏縮，「你們敢保證那群人之中沒有你的親朋好友？你們敢保證沒聽過他們抱怨？這座城市需要改變，我只是想說這個。」

「他們就算再不滿，」瓦說，「也沒有權利堵住一條大街，影響其他人的用路權。回到你們的管轄區後，向上司完整報告，還有，下次多帶一些人手。」

他們點點頭，全體離去，剛才被堵在步道上的行人也緩緩疏散開來。瓦搖搖頭，心裡有些擔憂。參加示威遊行的人，的確很有理由發牢騷。他自己的工廠也有相同的問題，工人工時過長，工作環境危險，他因此解聘了好幾位工頭。之後換上來的工頭，都願意僱請更多的工人，以減少每人輪班的工時，反正現在依藍戴市內多的是失業人口。但他也必須提高薪資，這樣工人才能以較少工時所賺取的收入來維持生活，結果就是造成商品價格的提高。時局艱難，但面對這些難題，他尚未找到解決方法。

他在步道上走了一小段，引來更多的瞪視，卻很快就發現剛才尋找的對象。偉恩就坐在附近一道狹窄的碼頭上，鞋襪都脫掉了，正光腳泡在河水裡，眼睛呆望著河道下游。「哈囉，瓦。」他看也沒看，就跟走近的瓦打招呼。

「情況很慘？」瓦問。

「跟以前一樣。好奇怪，我通常都能瀟灑地做自己，今天卻不行。」

瓦蹲了下去，一隻手搭在年輕男子的肩上。

「你有沒有想過，當時和約恩發現我的時候，」偉恩問，「就應該乾脆拿槍斃了我？」

「我沒興趣朝無力反擊的人開槍。」瓦說。

「我很可能是裝的。」

「不會，你不可能。」

偉恩被瓦和死手指約恩（Jon Deadfinger）——後者是帶領瓦入行的執法者——發現蜷縮在一棟房子底下狹小的空間時，只有十六歲，當時他摀著耳朵，用骯髒的斗篷裹住身體，低聲啜泣。他把槍枝和彈藥都丟到井裡。就連被死手指拉出來的時候，偉恩還在哭訴剛才的槍戰，說他只聽得到從井裡迴蕩出來的槍響……

「撞在我們手裡，被我們取走性命的男孩，」偉恩說，「都可能跟我是一樣的狀況。爲什麼只有我得到重生的機會，他們沒有？」

「你運氣好。」

偉恩轉頭看著瓦的眼睛。

「如果可以，我願意給那些青少年重生的機會，」瓦說，「或許他們在午夜夢迴時，曾經懷疑、後悔自己的所作所爲。但被我們射殺的青少年，都沒有棄械投降的意思，也沒有躲起來，更別提願意接受我們的招徠，反倒是狠下心殺人。如果多年前，我發現你的時候，你正拿槍搶劫，我也一定會殺了你。」

「你沒騙我，對不對？」

「當然沒騙你。我會直接對著你的腦門開槍，偉恩。」

「你眞是一個好朋友。」偉恩說，「謝謝，瓦。」

「我保證會殺你，你反倒眉開眼笑起來。」

「你並沒有保證會殺我，」偉恩邊說邊穿上襪子，「你只是說，在那個情況下一定殺了我。你用的是假設語氣。」

「你在語言上的悟性很驚人，」瓦說，「而你卻常常濫用它。」

「沒有人比肉販更瞭解牛了，瓦。」

「算你有理……」瓦站了起來，「你認識一個叫艾達胥薇的女人嗎？她是藏金術師。」

「鋼奔？」

瓦點點頭。

「不認識。」偉恩說，「每次我去村莊拜訪的時候，都會被他們趕出來。他們超難搞的。」

就瓦對他的瞭解，很清楚他在瞎說。他知道偉恩有時會披上泰瑞司人的長袍，模仿他們的口音，潛藏在村莊內，和他們共同生活幾天。他的確會因爲對年輕女子說話太過輕佻而惹上麻煩，但從未被趕出來過。他總是能聲東擊西，把他們耍得團團轉，化解掉危機。每次都是他玩夠了，無聊了，才自動拍拍屁股走人。

「我們來看看能找到什麼。」瓦一邊說，一邊對一艘小河船招手。

「一籃蘋果要五張鈔票！簡直就是強盜嘛！」

瑪拉席在街上逗留徘徊。她開車來到總督即將發表演說的圓環中心，把車停好，並付費給看車和加油的馬車夫，剩下的路程決定步行，圓環中心現在很可能已擠得水洩不通。

因此她才會來到這個販賣水果的小巷市場。她看到一個水果攤，明目張膽告示一籃蘋果要價五張鈔票時，簡直不敢相信自己的眼睛。一籃蘋果，最貴也不可能超過半盒金。她是看過一籃要價一把夾幣的。

「你這個價錢，我在依藍戴市場都可以買好幾籃了！」客人說。

「那你可以去看看他們還有沒有賣剩的？」攤車主人窘迫地說。客人氣呼呼地掉頭走開，留下攤車主人和那面寫著荒唐價格的標牌。瑪拉席不解地皺皺眉頭，朝擺著攤販、大桶子和手推車的市場望去。

這裡賣的應該都是低檔貨。她往標著高價的手推車主人走去，女人立刻正經八百地立正站好，兩條辮子顫抖著，雙手塞進圍裙的口袋裡，「警官。」她敬畏地說。

「五張鈔票，那就是高檔貨了，妳不認爲嗎？」瑪拉席一邊問，一邊拿起一顆蘋果，「除非這裡面灌了天金。」

「我做錯了什麼嗎？」女人問。

「妳當然有權利隨意定價，」瑪拉席說，「我只是好奇，妳似乎知道別人不知道的事。」

女人沒有答腔。

「貨船進貨遲了？」瑪拉席問，「蘋果收成不好？」

女人嘆口氣，「不是蘋果的問題，警官。從東方運穀物過來的貨船，根本沒到，水災造成的。」

「現在就漲價，會不會有點早？」

「請原諒我，警官，但妳知道這座都市每天要吃掉多少食物嗎？我們只剩下一船的存糧，接下來就要餓肚子了，眞的。」

瑪拉席又一次朝前方的攤位望去。就眼前所見，大部分的食物都銷售得很快，而且全是賣給同一群客人，投機客正在大肆收購水果和一袋袋的穀物。依藍戴城並不像手推車主人說的那般即將鬧饑荒，城裡尚有糧食庫存，但壞消息傳播的速度總是比冷靜理智的風吹得還快。所以這個女人的算盤打得精明，她的確可以高價販賣蘋果，直到幾天後供貨情況恢復正常爲止。

瑪拉席搖搖頭，放下了蘋果，繼續往圓環中心走去。這裡總是交通擁擠，人行道上的行人以及馬路上的車輛，全都鑽來鑽去想方設法繞過圓環。今天就更不用說了，前來聽演說的人潮讓原本就很忙亂的交通堵塞得更糟，也使得瑪拉席沒辦法第一時間在萬頭鑽動中看見巨大的昇華戰士雕像，以及她在重生之野內向外張望人群的丈夫。

瑪拉席走過去加入另一群剛剛抵達的警察，他們遵從亞拉戴爾的命令，將馬車停在她的汽車後面，步行穿越街道朝行政大樓走去。總督偏愛站在大樓臺階上向人民發言，那裡再往前走幾條街，就進入第二捌分區。

一行人很快來到行政大樓前的大廣場。這裡更是擠得水洩不通，幸運的是，此區派出的警力已經就定位，並用繩子將前排和廣場的三面分隔成好幾個區塊。達官顯要和貴族就坐在其中一塊露天看臺上，準備聆聽演講。第二捌分區的警察聚集在另一區內監視人群，以防止示威者衝上臺階，闖入國家檔案館。其餘的警力則在人潮中穿梭，警帽上的藍色羽毛，讓人一眼就能辨識出來。

瑪拉席和負責此次外勤任務的中隊長賈非斯，一起朝國家檔案館走去，第二捌分區的同事直接放行兩人通過。這裡是由一位滿臉大鬍子的年長警察負責，他夾在手臂下的警帽配有兩根羽毛，所以官階是大隊長。他一看到瑪拉席、賈非斯和前來支援的人力，眼睛立刻發亮。

「啊，看來亞拉戴爾終究還是派人來支援了，」他興奮地呼喊著，「鐵鏽的讚啦。你們這些小伙子負責看守廣場東邊，直到隆加德街。鑄造廠的工人逐漸往那裡聚集，臉色都不太好看。我敢說，這裡絕對不是他們想搞示威的地方，也許看到這麼多穿制服的警察，他們會收斂收斂。」

「長官，」賈非斯喊了一聲，行個禮，「那群人正往行政大樓的臺階推擠而去！我尊敬的長官，難道不需要我們過去處理？」

「那裡由總督的衛兵負責，中隊長，」年長的大隊長說，「如果我們在大樓地界內出手干涉，他們會把我們打回來的。一群可惡的白鑞臂大漢。每次總督打算公開發言時，都不示警一下，然後又把最難搞的工作丟給我們，要我們在混亂中維持秩序。」

賈非斯行禮告退，領著隊伍小跑走了。

「長官，」留下來的瑪拉席說，「亞拉戴爾總隊長要我直接向他報告總督的發言內容。我能上看臺找個位置觀看嗎？」

「應該沒位置了，」大隊長說，「議員的姪女和保姆都佔了一個位；如果我送個不相干的人上去，他們會宰了我。」

「還是謝謝您，長官。我試試看能不能擠到最前面去。」瑪拉席轉身想走開。

「等等，警官，」老人家說，「我是不是認識妳？」

瑪拉席回頭一看，臉紅了起來，「我是——」

「哈姆司勛爵的女兒嘛！」大隊長說，「他的私生女，對了！別害臊。我並沒有羞辱妳的意思，孩子。只是很單純地說出妳的身分，私生女就私生女，沒什麼大不了的。我喜歡妳父親，他玩牌時夠賊的，跟他交手太有趣了，但他下賭注都非常小心，害我贏得都不過癮。」

「長官。」她的出生曾經沒人在意，現在卻傳遍了整個上流社會，全拜瓦希黎恩所賜，這也是和他來往過密的下場。母親在來信中表達的不滿，其來有自。

瑪拉席其實滿能接受自己的出身，但不表示她想和別人當面談論。年老的達官和貴人卻特別喜歡不理會她的感覺，雖然……唔，在他們那個時代，他們可以隨心所欲談天論地，尤其是對自己的下屬。

「我們留了位置給記者，小哈姆司，」他朝前指去，「靠近北邊那裡。雖然不是很理想的位置，但因為那裡有臺階，能夠聽得很清楚。妳過去跟封鎖線的威爾斯警員說是我叫妳過去的，順便幫我跟妳父親問好。」

她行禮告退，心裡仍然糾結不已，又是羞愧，又是氣憤。他是無心的，但鐵鏽滅絕啊，她這大半輩子過的都是遮遮掩掩、經濟拮据的日子，只因為父親拒絕公開承認她這個女兒。現在她已經是警官了，難道不能以工作上的成就來定位她，然後放過她不名譽的出身嗎？

但她仍然無法拒絕老人家所提供的位置，只好繞過廣場，朝那一區走去。

那是什麼？正在探問一群乞丐的瓦，猛地轉身朝那個方向張望。

「瓦？」在另一群人中打探的偉恩喊了一聲，「怎麼——」

瓦沒理會他，從街上的人群中擠出，朝剛才一閃而過的那張臉追去。

不可能。

他的莽撞引來一些人的怒罵，不過其他人都只是乾瞪眼而已。貴族，甚至是鎔金術師，令人不敢逼視的年代已經過去了。他最後踉踉蹌蹌闖進一小塊空地，連忙轉身四處張望。到哪裡去了？他的內心迫切焦急，感官火力全開，拋出一枚彈殼，鋼推，當下往上彈了十呎高，視線全力掃射，轉身再找，迷霧外套的布條流蘇啪地展開。

廷朵步道上擁擠的人潮持續朝圓環中心移動，顯然總督又要在那附近發言了。這樣的人潮相當危險，他分心注意到這個危機。下面有太多人穿著破爛的外套，太多人的表情憔悴，勞工問題越來越嚴重了。依藍戴半數以上的人工時過長，工資卻過低，至於另外半數的人甚至連工作都沒有。好奇怪的二分法。

他不斷看到有人在角落裡逗留，後來又融入人潮，往前移動。他們會造成危險的激流，就像河水遇上石頭。瓦往下降落，砰砰的心跳宛如行軍時的鼓聲。這一次，他相當確定在人群中看到的，就是血腥譚。那張一閃而過的熟悉臉孔，正是那個殺手。他是瓦回到依藍戴之前，在蠻橫區追殺的最後一位罪犯。

也是這個人，害死了蕾希。

「瓦？」偉恩趕了上來，「瓦，你沒事吧？怎麼一臉像是剛吞下從排水溝裡找到的蛋？」

「沒事。」瓦說。

「啊，」偉恩說，「那你的表情……是不是想到和史特芮絲的婚期快到了？」

瓦嘆口氣，轉身離開人群。是我的幻想吧。一定是我想像出來的。「我希望你不要老是拿史特芮絲開玩笑，她不像你說的那樣。」

「你不也是交待我，不要拿你買的那匹馬開玩笑——記得嗎？那匹只會咬我的馬？」

「那是玫瑰之境的眼光好。你有什麼發現？」

偉恩點點頭，帶頭遠離擁擠的人流。「鋼奔小姐搬到這附近，一切正常。」他說，「她找了一份工作，在前面珠寶商那裡當簿記，卻已經一個多星期沒去上班了。珠寶商派人去她的住處關心，但沒有人應門。」

「你問到住址了？」瓦問。

「當然，」偉恩一臉不滿，雙手插進風衣口袋裡，「同時還換到一塊新懷錶。」他拿出一塊純金懷錶，表面是蛋白石製的機芯。

瓦嘆口氣，於是他們走了一小段路，回到珠寶商那裡歸還懷錶。偉恩口口聲聲說他以為那東西是要賣的，因為懷錶就孤伶伶地立在一堆玻璃中。然後，兩人才朝波頓區前進。

這裡屬於高級住宅區，這就表示此區沒有什麼特色。門前沒有曬著隨風飄揚的衣褲，也沒有人會坐在門階上，反倒只有白色連棟的三層樓房，以及一排排的公寓，它們的上層窗戶外都有尖尖的鐵欄杆裝飾。兩人拿著地址向當地一位報僮問路，後來才發現他們就站在目標公寓前面。

「總有一天，我也要住在這樣高級漂亮的地方。」偉恩滿懷希望地說。

「偉恩，你現在住的可是一棟豪宅。」

「那才不是高級漂亮，而是華麗富裕。差別很大的。」

「差在哪裡？」

「最大的差別在於你是用什麼樣的玻璃杯飲酒，牆上掛的又是哪一類畫作。」瓦又惹得偉恩不高興了，「瓦，像你這種暴發戶，該學學這些生活品味了。」

「偉恩，你自己也很有錢啊，偵破消賊案的賞金可不少吧。」

偉恩聳聳肩，他並沒有動用那筆錢在生活享受上，其中大部分的賞金用在和邁爾斯與其手下大戰時盜竊的鋁做抵銷。瓦帶頭爬上了樓房外面的階梯。艾達胥薇住在頂樓後方的一間小公寓，從樓梯間內看出去，只看到其他建築的背面。瓦抽出槍套裡的問證，敲敲門，然後往旁一站，以防有人從裡面開槍。

沒人回應。

「好門，」偉恩輕輕說，「好木頭。」他一腳踹開了大門。

瓦平舉著問證，偉恩一溜煙地潛入屋內，隨即貼牆而立，不讓屋外的亮光照到他，暴露行蹤。他很快就找到了開關，打開屋內的電燈。

瓦曲肘舉槍在頭側，槍口對準天花板，也跟著潛了進去。公寓內的陳設簡單陽春，角落裡那堆疊起來的毛毯，應該是拿來當做睡床用的。透過鋼製瞄準器，他並沒有看到任何移動的金屬塊。一切都靜止不動。

他瞥了浴室一眼的同時，偉恩朝公寓剩下的另一個房間走去。原來那是廚房。浴室有室內抽水馬桶，再加上電燈，實在是個頂級精緻的住處。大部分泰瑞司人都聲稱喜愛簡樸的生活，是什麼原因讓她願意花大錢住在這樣一間公寓裡？

「噢，該死，」走到廚房的偉恩輕呼一聲，「這一點都不好玩。」

瓦朝他的方向移動，來到角落時，平舉著手槍，敏捷地探頭瞥了廚房一眼。廚房的大小剛好允許一個人平躺著，而地板上就躺著一具血淋淋的屍體。她的胸口正中央有一個大洞，無神的眼睛直瞪著上方。

「看來我們需要從頭沙盤推演了，瓦，」偉恩說，「這個已經沒救了。」

結果，瑪拉席聆聽總督發言的位置完全符合老人家所說的情況。那地方位於行政大樓前庭的側梯邊，還擠了一群人，而她就塞在其中一個狹小的缺口。四周全是抓著鉛筆和筆記本，渾身呈備戰狀態的媒體記者，準備簡單速記下或許能成爲聳動頭條的重要句子。這裡，只有她一個警察，但制服上的中隊長官階並沒有引來太多記者注意。

擋住他們視線的，不只是寬大的石階，還有總督的護衛。那一排黑西裝黑帽的男女衛兵，雙手揹在背後，沿著臺階就定位。只有兩位站在記者團角落的畫家，擁有最好的視野可以直視立在階梯上的講臺。

瑪拉席並不受這情況影響。她不需要看到英耐特的人，也能消化和轉述他的發言。更何況，這個位置讓她可以盡情觀察群眾，比看英耐特有趣多了。工廠工人全身沾滿了髒兮兮的煤灰；一身疲憊的女人，拜電力的出現所賜，被迫花更長的時間工作，加班到夜深，否則就會被開除。但他們的眼神裡仍然閃著希望之光，期待著總督能給一點激勵，並且保證解決依藍戴城內高漲的沉重壓力。

美拉貝爾定律，瑪拉席暗自點點頭。美拉貝爾是三世紀時的統計學家兼心理學家，專門研究某些人必須比他人更辛苦工作的原因。研究結果指出，無論男女，若能全心投入工作，也就是如果他們能對工作產生認同感，並且看到工作的意義和價值，較有可能提高工作效率。她的研究顯示，人若能體會到自我價值，對所屬團體有歸屬感，犯罪率就能降低。

這定律直指問題核心，而現代社會正在朝違背這些觀點的方向發展。人們似乎認定人生苦短，不斷地更換工作變成常態，這是一百年前不曾有的現象，卻是社會進步造成的。如今的依藍戴對馬車夫的需求，早已不像汽車技工那麼大了。

人必須適應它，不斷向前，做出改變。這些都很好，卻足以對自我價值、社會關係和生命意義構成威脅。總督的護衛帶著敵意掃視群眾，低聲咒罵他們是社會敗類，彷彿眼前全是正等著尋釁鬧事，製造暴動，大肆搶奪一番的暴民。

但事實正好相反，這些人尋求的是安定，追求的是能維持生存，甚至能打造出另一番社會新氣象的穩定。暴動的成因，很少是因爲人民索求過多，反倒經常是被挫敗和絕望挑起。

總督終於現身，他從行政大樓走了出來。瑪拉席從護衛一雙雙的腿之間，瞥見他的片段身影。英耐特是位俊帥的男人，和他的兄弟截然不同，瑪拉席總覺得後者有些矮胖。他臉上的鬍子刮得乾乾淨淨的，顯得很清爽，微捲的灰髮，時髦的眼鏡，是第一位戴著眼鏡畫官用畫像的總督。

他明白嗎？他能理解群眾的心情並安撫他們嗎？他墮落成爲貪汙官員之一，但尚在容忍範圍之內，只停留在自肥和利益輸送的程度。或許他的良心還在，仍然真正關心他的人民，即便他總是利用職權填滿自己的荷包。他站上講臺，一個穿著綠色套裝的嬌小女人快步走過去，調整大大的圓錐形設備，它們的開口全部面向著群眾。瑪拉席好像見過那位綠衣女子，她還算是個少女，有著長長的金髮，瘦削的臉蛋。我是在哪裡遇過她的？

瑪拉席思索了一下，然後悄悄往一位記者靠過去，從後面偷瞄對方的筆記。「和風徐徐叭啦叭啦……「空氣中飄蕩著凶暴的氣息」管它在說什麼……就是這個！「在緋聞對象蘇菲·塔索小姐，也就是發明家的女兒的陪同下登場」。

蘇菲·塔索。她曾經在傳紙的社論版發表過關於她父親的文章，當代最偉大的發明家，因而掀起一陣風波。但瑪拉席在讀過報上那些社論之前，並沒聽說過或在報章雜誌上見過這個名字。

「依藍戴的人民們，」英耐特總督響亮的聲音清楚地迴蕩在廣場上，令瑪拉席吃了一驚。顯然是那些設備製造出來的效果。「傳紙想方設法慫恿你們相信，今晚我們就站在危機爆發的邊緣，但我向你們保證，問題並不存在。我的兄弟不是報上所宣稱的罪犯。」

噢，英耐特，瑪拉席一邊暗暗嘆氣，一邊寫筆記，那不是民眾聚集在這裡的原因。沒人想聽溫斯汀的事。這座城市真正面臨的難題呢？

「我絕不容許他人任意誹謗我親愛兄弟的人格，」英耐特繼續說，「他是個好人，一個真正的政治家，也是一個慈善家。你們也許已忘了三年前，是他首開先例，帶頭以裝飾藝術美化圓環中心的事蹟，但我沒……」

他繼續自說自話。瑪拉席仍然盡職地爲總隊長寫下筆記，卻忍不住搖起頭。她知道英耐特圖的是什麼，總督想要捍衛家族名譽，尤其在意那些重要投資者和達官顯要的看法，同時想順便安撫一下民眾的激憤。但這根本是徒勞無功。人民才不在意溫斯汀的醜聞，他們關心的是更多高層的貪贓枉法以及政府的無能，將會毀掉這座城市。

總督繼續費力申述溫斯汀的善心和善行，瑪拉席覺得沒必要記下類似的廢話，於是趁機一步步往旁邊移動，想找個較佳的視野，看看英耐特如何面對群眾？他是個有魅力的男人，單單他的臺風，就相當迷人。也許他私底下下了很大的工夫琢磨口才，但這場發言的內容實在是無比空洞。

「我會下令警方全力調查本案，」英耐特說，「我不相信他們口中關於我兄弟的死因。我有可靠消息指出，此案是一次拙劣的官方突襲，卻意外失誤的結果。他們利用我兄弟當餌，企圖誘捕嫌犯。若這消息屬實，他們便陷我兄弟於險境，卻又不肯承認，所有相關的當事人都必須給大家一個交代。」

瑪拉席移到了旁邊，但一位護衛往前站到她面前，擋住了視線。討厭，她又往旁邊移去，另一位護衛又移過來擋住了她。若不是護衛背對著她，她會以爲他是故意的。

「至於東方發生的水災，政府已調動人力和物資過去支援，你們在那邊的親朋好友，將會得到最大的援助。我們會和他們一起共度難關。」

不好，瑪拉席動筆寫著，人民才不希望聽到物資流出依藍戴，管他事態有多緊急，城內都自身難保，每況愈下……瑪拉席又開始移動。亞拉戴爾想知道民眾的反應，但她必須先找到視線較好的地方。

她的不安分惹得一位記者發了火，低聲咒罵一聲，不過最後她還是找到可以看見站在講臺上的英耐特的位置。他的話峰一轉，轉而攻擊媒體。也許剛剛那名發火的記者，就是因爲總督的責罵而緊張，才會那麼易怒。她當然會……

瑪拉席皺起眉頭，剛才移過來擋住她視線的護衛又過來了，她看到他的表情相當奇怪，似乎痛得臉部肌肉全扭在一起。而且他在說話——至少他的嘴巴在蠕動。其他人都專注地聆聽演講，似乎都沒注意到他。

也因此，瑪拉席是第一個尖叫出聲的人。因爲她目睹那個護衛從外套下抽出手槍，瞄準了總督。

偉恩在那個死掉的女人的房間四處搜尋。這房間太乾淨了。人住的地方，應該要有一定程度的雜亂才有人味。看來這位鋼奔小姐，很少待在這裡。

瓦則在廚房驗屍。偉恩對撥弄屍體的內臟不感興趣，但瓦口口聲聲說這個步驟相當重要，那就讓瓦去負責吧。他自己則去調查其他比較有趣、關於死者的生活軌跡。他的第一個發現是一處貯藏了瓶瓶罐罐的櫃子，櫃子就在浴室洗手檯下方。各式各樣的酒，全都是烈酒，每一瓶都少了一點。除了這一瓶，一滴不剩。偉恩用力一聞，是波特葡萄酒。

不意外。偉恩心想，他拿起威士忌，灌了一大口。呃，口感太嗆，又太烈了。他又灌了一大口，走到主臥室轉了一圈。這些高級社區就是太安靜了，外面應該要有人鬼吼鬼叫，才像一座城市嘛。他打開死者床墊旁的大皮箱檢視，箱裡放了三套衣服，全都乾乾淨淨的，而且仔細摺疊整齊。泰瑞司長袍放在最底下，每件都有明顯的摺痕，顯然很少拿出來穿用。另外兩套都是時裝，上面那套比下面的更露骨大膽。

他又灌下一大口威士忌，踱步走回躺著屍體的廚房。瓦已經脫掉帽子和外套，一身背心和便褲跪在屍體旁邊。

「看來你發現那些酒了。」瓦說，「眞不尋常。」

偉恩咧嘴一笑，把酒瓶遞過去，瓦接下酒瓶，啜了一小口。「嗯，」他把酒瓶遞回去，「這件凶殺案有些棘手，偉恩。」

「我相信她也有同樣的感覺。」

「疑點太多了。她爲什麼離開村莊？爲什麼選擇住在這裡？這不是泰瑞司人的作風。」

「噢，我可以告訴你，她爲什麼在這裡。」偉恩說。

「嗯？」

「想像你是四十歲的她，一個被庇護的泰瑞司女人。」偉恩說，「錯過了年少輕狂、放縱撒野的機會，現在年紀大了，開始渴望大膽冒險。」

「泰瑞司人才不會想要撒野，」瓦一邊檢驗死者的傷口，一邊在小本子上寫筆記，「他們沒那個膽量，極端保守。」

「我們不也是泰瑞司人嗎？」

「我們是異類。」

「每個人總會在某方面展現出異類的特質，瓦。這個女人，離開了村莊，來這裡找到了全新的世界。她的個性裡必定藏有冒險的因子。」

威士忌。

「她是。」瓦表示同意，「我跟她不熟，但她小時候會偷偷溜出村莊，那是很久以前的事了。」

「她現在又離開了啊。」偉恩說，「這說明村莊太過乏味，讓一位抄寫員忍無可忍，失去理智。要命啊，連史特芮絲都會恨那個地方的。」

「偉恩……」

「我們的這位小姐，」偉恩拿著瓶酒朝死者一指，「一開始還維持守舊的思想，才找了一個書記的工作，這倒是很適合泰瑞司人。她說服自己租個好公寓，讓自己在鄰居不多的地方能住得比較安心，因此值得多花一些錢。她太單純了。

「接著珠寶商那裡的同事帶她出去找消遣，然後她開始允許自己喝酒。她喜歡喝酒，讓她想起小時候溜出去喝酒的往事。她想要更多，於是胡亂買了一大堆各式各樣的酒回來。噢，對了，她最喜歡的是波特酒。」

「有道理。」瓦說。

「我們又發現她的衣服越來越大膽，越來越暴露，這也表示她晚上出去的次數越來越多。我看，再多給她幾個月的時間，她就會變成敢玩樂、懂情調的女伴了。」

威士忌。

「她並沒有得到那幾個月的時間。」瓦輕輕說，從口袋拿出某個東西遞給偉恩。那是一本書，皮革書皮，口袋書大小。「讀一次。」

偉恩接下書本，翻了幾頁，「這是什麼書？」

「死神交給我的書。」

瑪拉席的尖叫聲被總督結束發言時所引發的騷動淹沒。高官達人們有禮地鼓掌喝采，大部分勞工則又叫又罵。她的叫聲像驚濤駭浪中的一個漣漪，被喧嘩吵鬧聲給掩蓋。

她連忙翻找手提袋，與此同時，那位穿著黑外套的護衛平舉著槍，正在瞄準總督。不。沒時間開槍了，必須另外想辦法。

她朝那個男人撲去，打算減緩時間的速度。

這次她手邊有了金屬——早上出糗後，她特地做了準備，以防重蹈覆轍。她用鎔金術製造一個大大減緩時間的速度圈，套住了自己、槍手和幾位聽眾。

她抱住護衛的雙腿，但眞正發生效用的，是把男人困住的速度圈——圈外的一切則快得模糊朦朧。男人扣下扳機，在怪圈內爆出的槍響聲音扭曲變調，和圈外的人聽到的不同。男人的另一位護衛同僚也被困在圈內，他吼叫著示警。

子彈撞上速度圈的邊緣，彈頭偏向一邊，朝影像不清的群眾飛去，而總督早已不見蹤影，一如瑪拉席的猜測，他逃命去了。瑪拉席的力氣不足以撲倒那位殺手，只好半趴在階梯上，死抱著那個人的雙腿，心裡覺得自己的模樣好糗。到後來，是他的同僚使出全力才將他撞倒在地。

她撤下速度圈，爬起來，再往後跳開，卻又被群眾突然爆出的怒吼聲給淹沒。被制服在地上的男人奮力掙扎，又吼又叫，其他護衛紛紛跳到他身上壓制他。

「基本上，藉由這個……血金術（Hemalurgy），」瓦說，「你就可以讓某人變成金屬之子。」

偉恩一邊吸鼻水，一邊翻閱書本，臉頰上還冒出一些疹子。他在儲存健康，瓦心想。每次偉恩在儲存健康的時候，都會出疹子。他們後來在公寓的主臥室內坐了下來，離開了那具蓋著被單的屍體。驗屍工作只進行了一下，兩人便差遣了報僮去報警。

瓦咬牙切齒，艾達胥薇的傷口……和書上描述的一模一樣。有人用利器刺穿她的胸口，竊取她的藏金術能力。書上是這樣描述奪取「扯下那人大量的靈魂」的過程。透過那支利器，可以輕易將扯下來的靈魂附著到另一人身上，同時轉移死者的能力。

在遠古年代裡，鋼鐵審判者會用金屬錐刺穿死刑犯的身體後，再刺進承接能力的人體內，以防止能力的失傳。顯然在新型利器上塗上鮮血，可以達到同樣的效果。

瓦思索著，他很清楚，鐵眼早就知道血金術會捲土重來。這本書是迷霧之子大人在很久以前完成的，爲眾所周知的血金術技藝留下文字紀錄。雷司提波恩在自己的書中提到，他認爲這項技藝不合法，因此和諧的自傳《創始之書》才特地遺漏有關這種邪惡法術的記載。

「所以我們的凶手知道血金術這玩意兒？」偉恩說。

「是的。」瓦說，「凶手以利器竊取艾達胥薇的藏金術能力，再運用此項能力刺殺溫斯汀勳爵以及他的賓客。我們還必須假設這個凶手原本同時擁有多項技藝，也許兼備了鎔金術，或是藏金術，甚至是二者皆有。」

偉恩輕輕吹了一聲口哨。

「你勘察房間的時候，還有別的發現嗎？」瓦問。

「不多。」

「我明白這裡的殺人動機，」瓦瞥了廚房的屍體一眼，「但想不透溫斯汀案。也可以說……唔，我想到的可能性太多了，才找不到正確的動機。」

「你在殭屍的口袋裡有找到什麼嗎？」

瓦遲疑了一下。

「你沒洗劫口袋？」偉恩吃驚地問，「瓦，你眞是個差勁的盜墓賊！」

「我有些分心，注意力都放在驗屍上，」瓦一邊說，一邊起身，「否則早就搜查口袋了。」

「分心」不足以形容他的心情，他其實深感震驚。幾個月來，那本書都只是書房裡的一個擺設而已，但現在，書中的白紙黑字突然不再只是文字，反倒成爲凶手謀殺的動機。

我們爬出了井底，瓦心想，轉身回到廚房。爬進了神祇的國度，和諧、鐵眼、迷霧之子大人……

偉恩掀開被單，女人胸上的破口展露出來，就位於胸骨。誰會知道這種轉移能力的方法？和諧會讓哪些人知道這個方法？

「這裡，」偉恩翻找女人上衣的口袋，找到一份摺起來的紙張。他打開紙張，咕噥說：「啊，是給你的。」

瓦的心一沉，偉恩緩緩地把紙張轉過去。那是從帳本上撕下來的，上面寫滿了數字和總和。數字上面，不同的筆跡潦草地寫著一行簡單的句子，一行熟悉的句子。是血腥譚說的話，就在他拉著蕾希爲他擋住瓦的子彈之前，就在他害瓦親手殺死自己心愛的女人之前。

執法者，有別人在移動我們。

7

「聽我說，瓦，」偉恩邊說邊和瓦進入拉德利安宅邸，「當初我是親眼看到譚的屍體。你的子彈正中他眉心。那傢伙比狩獵小屋裡被做成標本的獅子死得更徹底，不會是他的。」

「如果他是不爲人知的金屬之子呢？」瓦問，「邁爾斯的頭部中槍，照樣活得好好的。」

「不一樣啊，老兄。」偉恩關上了門，把外套丟向達里安斯，外套正中管家的臉。「製血者能在頭部中槍的當下，就讓傷口癒合。一旦他斷氣，能力就消失了，無論鎔金術或藏金術都一樣。」

「我眼睜睜看到他，兩次。」一次是在追神射手時，另一次就在今天，在來這裡的路上。

「主人，」達里安斯一邊說，一邊摺好偉恩的外套，「拉奈特小姐給您的新設備已經送到了，她想請您試用看看。」

「噢，滅絕的！」偉恩說，「我居然錯過了她？她有留言給我嗎？」

「她……說我要打你一掌。」達里安斯照實轉述。

「噢，她真的很在乎嘛。看到沒，瓦，她在乎！」

瓦心不在焉地點點頭，偉恩則忙著強迫達里安斯打他的背，但他也搞不清楚這是不是拉奈特的意思。

「爵爺，」達里安斯丟下偉恩接下來的要求，轉身說，「除此之外，哈姆司貴女在起居室等您。」

瓦猶豫了一下，一想到要上樓，就很沒耐心。他需要靜一靜，好好想一想，最好是能戴上耳環協助思考，再打開拉奈特的包裹測試。每次她送來的設備都相當有意思。

但他不能丟下史特芮絲不管。「謝謝，達里安斯。」瓦說，「請你寫封短箋送去村莊給我外祖母，內容就寫我們找到了那位失蹤的泰瑞司女子，但有人在我們之前先找到她，並且殺了她，我感到很遺憾。告訴她，警方會向她說明案情，同時可能會問一些問題。」

「沒問題，爵爺。」

瓦推開門進入起居室。史特芮絲起身迎接他，瓦牽起她的手親吻，「我的時間不多，史特芮絲。」

「看來，你卯足勁了。」她上下打量著他，「此案會帶來許多好處。如果能逮到殺害總督兄弟的凶手，你的仕途一定前途無量。」

「那也要我能拉一些屍體癱在陽光下才行。」

「也許我們能想想辦法。」她說，「宙貝兒貴女的宴會，你還打算跟我一起參加嗎？」

鐵鏽的，他完全忘了這件事。

「我們的邀請函不見了，應該是偉恩的傑作。但不重要。你是名門望族的爵爺，他們不會拒絕我們入內。」

「史特芮絲，我不知道我有沒有時間……」

「總督會參加噢，」史特芮絲說，「你可以跟他談談他兄弟的案子。」

又要聽一堆廢話，跳著沒完沒了的舞，耍耍政治手腕了。瓦想去工作，想去追捕凶手。血腥譚。他的眼角抽動起來。

「有人說總督可能不會出席，」史特芮絲說，「稍早之前的演說出了事。但我有相當可靠的消息來源說他必定出席，在這種敏感時刻，他不想讓人以為他畏首畏尾。」

瓦皺著眉頭，「等等，今天出了什麼事？」

「有殺手想暗殺總督，」史特芮絲說，「你真的不知道？」

「我一直在忙，鐵鏽的！有人想殺他？誰？」

「一個瘋子，」史特芮絲說，「他的腦袋不太正常。我聽說警方已抓住他了。」

「我得跟這位嫌犯談談，」瓦朝房門走去，「兩個案子可能有關。」

「他不足以構成威脅，」史特芮絲說，「所有報導都說他的槍法很糟，距離目標受害者也很遠，無法近身傷害總督。瓦希黎恩？」

「偉恩！」瓦推開房門，「我們要——」

「我看到了，」偉恩從桌上拿起一份傳紙，那是瓦訂閱的。傳紙頭條是「大膽狂徒光天化日偷襲總督」。偉恩從衣帽架上取下瓦的帽子，丟給他，然後對管家打了一個響指。正在把偉恩的風衣外套掛到玄關衣櫃內的管家，嘆了一口氣，又把風衣拿出來，送了過去。

「我會盡量趕回來參加舞會，」瓦一邊對史特芮絲說話，一邊戴上帽子，「如果我沒趕上，妳就自己去。」

史特芮絲雙手交抱，「哦？那我是不是可以請管家代替你陪我出席？」

「也可以。」

「小心，史特芮絲，」偉恩補上一句，「瓦的管家超喜歡出風頭。」

瓦瞪了他一眼，隨即與他快步出門，朝馬車衝去。

「你還需要一個人靜一靜，好好想想嗎？」偉恩問。

「對。」

「要是我，我才不花腦筋想那麼多，」偉恩說，「會頭痛。嗨，霍德，我能上去跟你跑一段路嗎？」

新來的馬車夫聳聳肩，往旁邊一挪，空出位置給偉恩。偉恩爬了上去，瓦則進入馬車廂內。雖然這麼安排不甚理想，但也沒其他辦法了。他拉上窗簾，坐上椅子，馬車同時往前移動。

他從口袋拿出道教耳環。這對耳環獨一無二，是有人在一種玄奇的情況下親手交給他的。但最近，他一直盡量避免戴它，因爲書上清楚寫著它以前的身分。在古老的年代裡，透過這種小小的金屬錐，可以與古昔的神祇滅絕和存留溝通。它就是血金術。

這麼說來，這對耳環是製造來殺人的？

他猶疑地把耳環戴上。

遺憾的是，腦海裡一個聲音說，你的懷疑是對的。你的確應該害怕這耳環。它是血金術金屬錐。

瓦跳了起來，施展鎔金術將車門推開，打算隨時跳車，同時抽出問證手槍。鐵鏽的！剛才那個聲音，活生生就像有人坐在身旁跟他說話。

開槍沒用的，那聲音又說，就算你能看到我，朝我開槍，也只會毀掉車廂內的陳設，葛萊姆小姐下星期送修時，還得花費八十四盒金。被子彈射毀的壁板會換上嶄新的木板，但新舊壁板的斷層不協調永遠都會存在。

瓦做了一個深呼吸，「和諧。」

「祢在這裡，就在我的馬車內。」

什麼事？那聲音說。

嚴格來說，我無處不在。

瓦開始顫抖，嘴唇發乾。他強迫自己關上門，坐回椅子上。

跟我說說，腦海裡的聲音說，在被我打斷之前，你戴上這對耳環的時候，原本期望什麼？

「我……」瓦把問證插回槍套內，「我沒想到會這麼……快，就得到回應。而我最近的本能反應，似乎就是跳開。嗯……聖神。」

你可以稱呼我和諧，或者「聖主」，如果你覺得一定要用正式稱謂的話。那聲音似乎笑了，現在，說說你原本想談什麼？

「祢已經知道了。」

還是聽你親口說出來比較好。

「讓祢親耳聽我說比較好？」瓦問，「還是，讓我聽聽自己說的話，比較好？」

兩者皆是。

「我是不是瘋了？」瓦問。

如果你瘋了，這個對著幻想出來的虛無說話的症狀，也無法確診你就是瘋子。

「祢這算是幫忙嗎？」

那就問一些有用的問題，瓦希黎恩。

瓦向前傾身，「我……」他的雙手交握在面前，「眞的是祢。」

你一直都能聽到我的聲音，也一直追隨我的「道」（Path）。

「我壓力大的時候，還有困惑不安的時候，是有聽到一些低語聲，」瓦說，「但我一直不能很肯定那就是祢。這次不同，這次……感覺眞實多了。」

看來，你眞的需要親耳聽我證實，是不是？那個聲音聽起來清晰而平凡，就像是有個正常人，看得到的人，坐在身旁，跟他說話。很好。我是和諧，永世英雄，曾經叫做沙賽德。在一個世界滅亡時，承接了存留和滅絕的力量，成爲世界重生後的看護人。我就在這裡，瓦希黎恩，我來告訴你，你並不是瘋子。

「血腥譚還活著。」

不完全是。

瓦皺起眉頭。

這個世界有一種……生物存在，牠既不是人類，也不是克羅司，而是介於兩者之間，你們稱之爲無相永生者（Faceless Immortals）。

「坎得拉（Kandra），」瓦說，「例如坦迅，那名捍衛者。還有給我這對耳環的人。」

牠們能附身於屍體上，喬裝成死者。簡單來說，牠們是把屍體穿在身上，就像你穿上衣服一樣，同時還可以隨意穿脫。牠們是統御主以血金術創造出來的生物。

「祢在聖書中很少提到當時的統治體制，」瓦說，「但大家都知道無相永生者是祢的僕人，不是殺手。」

所有生物都有權選擇，和諧說，甚至是克羅司也有選擇的權力。而這一位……附身在血譚身上的生物……所做的選擇不太妥當。

「他是誰？」

她是第三代坎得拉，而你啊，別總是以爲危險人物全是男人，這個想法要改一改了。我們叫她盼舞，但她自稱索血者（Bleeder）。瓦希黎恩，索血者是千年妖物，在世界滅絕前就已經存在，差不多在最後帝國成立時，她就被創造出來了。她的存在甚至比我還早，只是沒有比我的力量古老。她狡猾、謹慎，而且十分精明，我擔心她已經走火入魔。

馬車繞過一個轉角。

「祢的一位古昔老僕，」瓦說，「走火入魔，四處殺人。」

對。

「那麼阻止她啊！」

沒那麼簡單。

「自由選擇？」瓦氣呼呼地說。

不是，這次的情況不同。我可以直接操控運用過度血金術拿金屬錐自刺的生物。而我會採取行動，是因爲索血者違反了她和我的立約，靈性出現裂縫，引來天譴，自作自受。但可惜的是，事情出了差錯。

「什麼樣的差錯？」瓦問。

聖主沉默了一會兒，我還不知道。

瓦感到全身一陣冰冷，「怎麼可能？」

事實就是如此。索血者找到了躲避我的方法。我偶爾能看到她，但也只在她明目張膽行事的時候。

令人遺憾的是，她拔掉了其中一支「祝福」（Blessings），也就是坎得拉爲了保有思維能力，必須保存在體內的兩支金屬錐之一。若是可以，我必定大力介入，控制她的意識，但只有一支金屬錐無法有效刺穿靈魂，讓我進入，掌控她的靈。

「思維能力，」瓦說，「坎得拉需要兩支金屬錐，才能思考。但她只剩下一支，這表示……？」

精神失常，和諧的聲音變得更柔和了。除此之外，還有一件事也不尋常。她竟然可以躲過我的眼睛，儘管我仍然能跟她說話，不過她能當成耳邊風，現在我已無法追蹤她的行蹤。

「祢不是說祢無所不在？」

本質上，我是這樣沒錯，和諧說，但這件事，我是……事情比你想的，更複雜許多。

「神的複雜，超出凡人所能理解？」瓦說，「真是讓我吃驚啊。」

和諧低聲笑了出來。

等等，瓦心想，我在諷刺神嗎？

沒錯，你在諷刺神，和諧說。這樣滿不錯的，很少人敢這樣對我，就連坎得拉也不敢。我覺得滿好的，感覺好像回到以前，自從凱西爾（Kelsier）……唔，其實那段時間，我還不算存在。

「祢聽得到我的想法？」瓦問。

你戴上耳環的時候，我就可以知道。我從存留那裡承接了聆聽你心聲的能力，從滅絕那裡取得跟你交談的能力。但每種能力，只承接了一半，這讓我很困擾。

不談這個了。我知道你一直在讀小雷司提波恩的書，雖然我不贊成他寫那本書，但我不能阻止他。我信任沼澤（Marsh）的明智，他把書交給了你。索血者能使用血金術，但在某種程度上，她不應該有能力使用此技藝。坎得拉並沒有鎔金術或藏金術能力，她卻學會了這兩種技藝，並利用這些能力讓自己維持坎得拉的狀態。

值得慶幸的是，她的能力有限。她一次只能使用一支金屬錐，否則就會過度敞開自己，讓我能趁機掌控她。她若想替換金屬錐，就必須扯出體內那支，再掉落到另一支上面，消化融合它後，才能恢復思考能力。

我不清楚她對這座城市的意圖，但一股不祥的預感令我不安。這幾百年來，她一直在研究人類的行爲，必定在打著什麼主意。

「那我必須阻止她。」

我會給你支援。

「這份支援的來頭眞不小，肯定相當驚人。」

和諧輕輕嘆口氣。瓦的腦海裡突然閃現一個畫面，一個黑影雙手揹在背後站著，永恆在祂面前延展出去，漸漸沒入黑暗之中。高個子，長袍，背對著瓦，瓦感覺自己好像就要清楚地看見祂了，卻同時又感到祂是那麼撲朔迷離。

瓦希黎恩，和諧說話了，我試著把事態解釋清楚，但我想，我做得不夠好。我的雙手被綁住，我被束縛住了。

「誰能綁住神的手？」

我自己。

瓦皺起眉頭。

我同時擁有滅絕和存留的能力，和諧說，帶著這兩種對立力量的壞處就在於，我能看見生的必要性和死的必要性。我是平衡的，延伸來看，我是中立的。

「但索血者曾經是祢的手下，現在卻和祢作對。」

她以前是存留的人，後來投靠到滅絕的陣營，存留和滅絕都是必須的存在。

「所以凶手是必須的存在。」瓦冷冷地說。

也是，也不是。殺人的潛能是必須存在的。瓦希黎恩，我——和你對話的這個靈——贊同你的憤憤不平。但我所擁有的力量，我的本質，不允許我有偏見，不允許我選邊站。

我已經開始擔心，我讓人類的日子過得太舒適、太輕鬆。這座城市擁有宜人的氣候，恢復地力的土壤……你們原本在一個世紀前就能發明收音機，但因爲不需要，也就沒有爲它的問世而努力。你們忽視航空學，也無力開墾荒地，因爲你們沒有花心思去研究如何適當地灌溉和施肥。

「……收音機？那是什麼？」

你們沒有深入探索的習慣，和諧繼續說，不理會瓦的困惑。何必呢？你們要的，這裡全都有了。我在書本裡留給你們的工藝技術，都沒有進一步的發展。但別人，卻差點被毀滅……

我現在明白，在照顧你們這方面，我做錯了。而且我還會繼續出錯。聽到這些會破壞你對我的信心嗎，瓦希黎恩？你的神如此不可靠，你會擔心嗎？

「就我所記得的，祢從未宣稱自己萬無一失。」

是的，我沒有。

瓦感受到一股溫熱，一團火熱，彷彿馬車內被加熱到極高溫。

我討厭這樣的進退兩難，瓦希黎恩。我憎惡必須允許索血者這種人爲非作歹。我不能阻止他們，但你可以。我請求你，阻止他們。

「我一定會努力。」

好。噢，還有一件事，瓦希黎恩？

「什麼事，聖主？」

別對瑪拉席．科姆斯那麼無情。你不是我在人類世界唯一的代理人；我花了很多心思才把瑪拉席送到今天這個位置，讓她發揮所長奉獻依藍戴。你不需要給自己那麼大的壓力，只因爲她對你的欽慕讓你不舒服就躲著她。

瓦用力吞嚥口水，「是的，聖主。」

我會給你支援的。

那聲音消失了。車內的溫度也恢復正常。瓦躺靠在椅背上，汗流浹背，感覺好疲倦。車窗響起一陣叩擊聲。瓦遲疑了一下，才拉開窗簾。偉恩的臉就倒掛在窗外，一隻手按著頭上的帽子。「你在自言自語嗎，瓦？」他問。

「我……對，我在自言自語。」

「有一次，我也聽到腦海裡有人在跟我說話。」

「眞的？」

「千眞萬確。嚇了我一大跳，連忙用頭去撞牆，最後把自己撞昏了，以後就沒再聽到了！哈。讓它們好好見識見識我的手段。如果老鼠住了進來，最好的辦法就是一把火燒了牠們的巢穴，再打包起來丟掉。」

「所謂的巢穴……就是你的頭？」

「沒錯。」

糟糕的是，偉恩說的很可能是實話。像他這種不死之身，只要體內還有儲存的療癒能力，自我保護的本能就會讓他做出一些奇怪的事。不過話說回來，偉恩當時更有可能喝醉了。在那種情況下，自我保護的本能也會讓他做出一些怪事。

「不談這些了。」偉恩說，「我們快到警察局了。又是時候回復下流條子的身分，裡面很可能有烤司康餅呢。」

瑪拉席站在警察局內，雙手交抱在胸前，其實她是想藏住仍在發抖的手。不公平。她現在已經經歷過許多場槍戰，應該習慣這種……可是，在興奮、緊張和繃緊的肌肉都平撫後，仍然偶爾會感到自己精疲力盡。儘管到最後一切都會恢復正常。

「他戴著這個，長官。」瑞迪一邊說，一邊把腕甲砰的一聲放到桌子上。「他身上除了那支槍和一口袋的子彈，就沒有其他金屬了。我們打電話請第一捌分區的水蛭（Leecher）過來確認他沒有吞下任何金屬，但這要等她抵達後，才會知道。」

亞拉戴爾拿起一支腕甲，在手中把玩打量。這個昏暗的房間類似劇場的露臺包廂，能夠俯瞰底下的偵訊室，被瑪拉席阻止的殺手就癱坐在一張椅子上。他叫做屢安，名下沒有房產，不過他們找到了他的家人。繩索捆住他後，再繞到椅子後面的大石頭打結，房裡沒有一丁點的金屬，以防止射幣或扯手有機可乘，地板是石面，牆壁是由厚木頭和木釘拼成，感覺又原始又粗獷。露臺包廂則是玻璃牆，所以他們可以在上面俯視他，又不被他聽到。

「所以他是金屬之子，」房間裡的最後一個人，卡貝瑞兒中隊長說。這位矮胖的女士拿起了另一支腕甲。「那他爲什麼沒用他的能力刺殺總督？既然他能用藏金術的速度殺死溫斯汀，就像老瓦希黎恩·曉擊說的那樣，今天他應該也會故技重施才對。」

「也許他並沒有殺死溫斯汀，」亞拉戴爾說，「這兩次的謀殺不一定有關聯。」

「但他符合嫌犯的一切條件，長官。」瑞迪說，「他是總督的私人護衛，有很大的可能性可以得到溫斯汀保鑣的信任。也許他說服了他們，然後進入宴會中，痛下殺手。」

「我很難想像溫斯汀的保鑣會瀆職到放行這樣一個人進場，大隊長。」亞拉戴爾說，「尤其是在一場槍戰讓與會人士全死光光之後？保鑣會很緊張、很多疑才是。」

下面那位嫌犯，開始在椅子上前後搖晃。竊聽他的通風孔是關著的，但瑪拉席有種感覺，那個人又開始自言自語了。

「那我們直接問他。」卡貝瑞兒說。

「再一次？」瑞迪說，「妳聽到第一次的訊問了，他從頭到尾都在自言自語。」

「那就鼓勵鼓勵他啊，」卡貝瑞兒說，「你不是最擅長這個了，瑞迪。」

「我看他的臉是還可以再來點新瘀青。」瑞迪說。

「你很清楚你不能那麼做。」站在窗邊的瑪拉席說。

瑞迪看著她，「別又用統計數字來嚇唬我，科姆斯。無論妳說什麼，我就是知道我有讓人說實話的本事。」

「這次跟統計學無關。」瑪拉席說，「如果你私自用刑，就毀了檢察官定罪的機會。他的辯護律師一定會利用這點，幫助他脫罪。」

瑞迪瞪了她一眼。

「那就帶他女兒過來，」卡貝瑞兒瞥了嫌犯的個人資料一眼，「我們就在他面前恐嚇他女兒，但不傷害她，他會開口說實話的。」

瑪拉席搓揉著前額，「那麼做更是違法，卡貝瑞兒。你們都不知道第八十九條款？他是有人權的。」

「他是犯人。」瑞迪說。

「他現在只是嫌犯。」瑪拉席嘆口氣，「你不能再按照以前的方法做事了，瑞迪。新法已經頒布實行，而且只會越來越嚴格，辯護律師也越來越精明。」

「初級律師都背叛投奔到另一邊去了，」卡貝瑞兒點頭說，「她說得沒錯。」

瑪拉席對卡貝瑞兒的說法保持沉默。不能刑求當然和背叛投奔無關，但只要這些警察願意遵守法規，姑且不論他們順從的原因是什麼，她就很滿足了。

「看來，」瑞迪說，「我們之中剛好不幸有個偏向律師而非正義的人。我看她比較瞭解那群人，而不是我們。」

「也許她就是。」亞拉戴爾輕聲說，但口氣堅決，「或許這就是我聘用她進警局的原因，瑞迪大隊長。科姆斯很清楚警察法。如果你願意花心思在你宣誓效忠的警察法規上，道夫尼恩上個月就不會又回到街頭去了。」

瑞迪的臉一下子紅了起來，羞慚地低下了頭。亞拉戴爾走到瑪拉席身旁，俯視著下面的俘虜，「妳審訊不友善的目擊證人的能力如何，中隊長？」

「實戰經驗不如我期望的多。」她扮了一個苦臉，「我想試試看，但我們最好再等一等。」

「爲什麼？」

遠方傳來砰的一聲關門聲，「那就是原因。」瑪拉席說。

一會兒後，監視室的門砰地飛開，被瓦希黎恩鋼推了開來。那個人就不能偶爾抬個手敲門嗎？他大步走進來，偉恩尾隨在後，頭上不知怎的戴著泰里警員的帽子。

瓦希黎恩低頭看著嫌犯。他瞇起了眼睛，又瞥了瞥附近桌上的腕甲。一支腕甲跳了起來，掉到地上去，瓦以無形的鎔金術鋼推它。

他喃喃自語著：「那些不是金屬意識。這個男人是誘餌，你們被耍了。」他轉身，似乎打算走出去。偉恩懶洋洋地在一張椅子上坐了下來，兩腳蹺到桌上，就放在腕甲的旁邊，隨即開始打鼾。

「等等，就這樣？」瑞迪看著瓦希黎恩，「你不打算訊問他了？」

「我會跟他談一談，」瓦希黎恩說，「或許他能提供一些線索，協助我們找出謀殺溫斯汀的凶手。但凶手絕對不是那個男人。」

「你爲何那麼肯定，瓦希黎恩？」瑪拉席說。

「要推動眞正的金屬意識，十分耗費力氣，」瓦希黎恩指出關鍵，「而那個男人很明顯沒有那種力氣。幕後主使預料到我們必定以爲刺殺英耐特的人就是他的護衛之一，他希望我們死咬住這個人做爲嫌犯。他們想要我們以爲已經抓到凶手。但爲什麼呢？難道他們計劃今晚……？」他苦惱地朝門口走去。「我去跟嫌犯談談，瑪拉席，不介意多一雙耳朵。」

瑪拉席吃了一驚。他在尋求她的協助？每次只要她出現在犯罪現場，瓦希黎恩的態度都令她感到畏縮，但這次不太一樣了。她瞥了亞拉戴爾一眼，得到長官的許可後，趕緊追了上去。

在往樓下的樓梯間內，瓦希黎恩突然停下腳步，轉了過去。他戴著蠻橫區風格的帽子。瓦向來只在進入「鐵血執法者」的狀態時，才會戴那種帽子。「聽說那傢伙是妳抓到的。」

「沒錯。」

「幹得好。」

她不應該因爲他的讚賞而興奮難當。她才不需要他的認同。

但感覺還是很好。

他繼續看著她，似乎還有話要說。

「怎麼了？」瑪拉席問。

「我在來這裡的路上，和神說了一會兒話。」

「很好……」瑪拉席說，「我很高興聽到你虔敬到願意偶爾做禱告。」

「對。事情是這樣的，祂也回話了。」

瑪拉席歪著頭，努力理解他的意思。但話中有話又不坦率，根本不是瓦希黎恩．拉德利安的風格。鐵鏽的，他常常就是太直接了。

「好，」她說，「祂跟你說了什麼？」

「我們在追查的凶手是無相永生者，」瓦希黎恩邁步朝樓下走去，「一個自稱索血者的生物。她藉由附身在死者屍體上來變身，目前已經走火入魔，甚至連和諧也無法得知她的意圖。」

瑪拉席一邊跟著他下樓，一邊努力消化他的話。霧魅和坎得拉……那些怪物都在《創始之書》的「歷史」篇章之外，不是眞正的生物。但話說回來，她自己也說過百命邁爾斯和瓦希黎恩．曉擊這類人根本不屬於故事，而是傳奇中的傳奇。

「所以這個嫌犯可能就是她啊，」瑪拉席一邊說，一邊指著分隔他們與囚犯的牆壁，「她可以隨意變身、變臉！爲什麼你如此肯定這個人不是凶手？」

「因爲總督還活著。」瓦希黎恩低聲說，「此案的幕後主使者，那個生物，能輕輕鬆鬆在避難室裡殺掉溫斯汀，就在一排守衛的眼皮子底下動手；在此之前，還先在樓上引發一場槍戰。她的本事如此之大，不可能就這樣落網。她在耍我們。」他看著瑪拉席，「但我不是很肯定，不是百分之百肯定。所以我要妳先知道，我們面對的是什麼樣的對手。」

瑪拉席對他點點頭，於是瓦希黎恩帶頭走出了樓梯間，繞過轉角，朝審訊室走去。瑪拉席暗暗開心，因爲站在門外的警員以尊敬的眼神看了她一眼，才動手爲瓦希黎恩推開門。

可憐的囚犯坐在房中，雙手被反綁在背後，眼睛死盯著面前的桌子瞧，嘴巴唸唸有詞。瓦希黎恩直接朝桌子走去，在另一張椅子上坐下來，摘下帽子，放到桌上。瑪拉席則停留在他後面，以防萬一他們錯估了囚犯。她選站的位置囚犯搆不著，卻又能即時提供支援。

瓦希黎恩用食指輕敲桌面，似乎在思考該如何開始。嫌犯屢安終於抬起了頭。

「她說你會來找我談談。」屢安小聲地說。

「她？」瓦希黎恩說。

「神。」

「和諧？」

「不是。她說我必須殺死總督，必須攻擊他。我不想聽……」

瓦希黎恩瞇起眼睛，「你看過她本人？她長什麼樣子？被她附身的臉是什麼樣子？」

「你救不了他的，」屢安低聲說，「她會殺了他。她答應還我自由，而我卻在這裡，被綁在椅子上。噢，滅絕啊，」他深吸了一口氣，「她有東西要給你，就在我的手臂裡。」

「在你的……」瓦希黎恩似乎一下子被搞糊塗了，反應不過來。瑪拉席想都沒想就往前走去，看到囚犯的前臂的確有個小腫包。

她還來不及引用警察法阻止，瓦希黎恩就起身一把抓起他的手臂，三兩下劃開了肌膚，取出一個血淋淋的東西。一枚錢幣？瑪拉席繼續往前走去，囚犯抬起血淋淋的那隻手放到頭上，接著嗡嗡哼唱起來。

瓦希黎恩用手帕擦乾錢幣後，檢視它，再翻面。看清後他呆住了，面色也越來越蒼白，隨即猛地一問：「這枚錢幣是怎麼來的？」

屢安繼續哼唱。

「哪裡來的？」瓦希黎恩一把抓起他的前襟質問。

「瓦希黎恩，」瑪拉席跑過去，抓住他的手臂，「別這樣。」

他看著瑪拉席，然後放開了屢安。

「那錢幣有什麼問題嗎？」瑪拉席問。

「是一封給我的信息。」瓦希黎恩把錢幣塞進口袋裡，「看來我們從這個男人身上挖不出什麼有用的線索，索血者早就知道我們會逮到他。妳今晚有事嗎？」

瑪拉席皺起眉頭，「什麼……爲什麼這樣問？」

「總督今晚會出席一場舞會。史特芮絲說他不會因爲刺殺事件而改變行程，她一向能準確地揣摩到高官的心思。總督會加強鞏固陣地，絕對不會示弱，不能讓官場對手以爲他心虛或害怕。我們必須參加舞會，索血者一定會去那裡。」

8

十二歲的小瓦希黎恩，來回瞅著兩枚錢幣。錢幣的正面都有著迷霧之子大人抬起左手指向依藍戴盆地的全身肖像。而背面則是第一中央銀行的圖樣，他的家族擁有那家銀行相當龐大的股份。

「如何？」愛德溫問。他的表情嚴肅，髮型完美，西裝服貼得彷彿就是為它而生——對他來說，西裝就是他的戰袍。

「我……」小瓦希黎恩又一次來回瞅著兩枚錢幣。

「你無法分辨兩枚之間的不同，是很正常的事。」愛德溫說，「只有專家才能做得到，也因此，這些硬幣很少被發現，大部分都進入市場流通了，我們無法得知數量到底有多少。這兩枚之中有一個是普通硬幣，而另一枚，有個非常特殊的缺陷。」

馬車繼續隆隆駛過街道，瓦希黎恩則專注在研究錢幣上。他刻意讓眼睛失焦。這是他最近從派對上一位朋友那裡學來的技巧，可以把兩張圖像重疊，並且讓圖像活躍起來。

眼睛失了焦距，錢幣擺在眼前，他再故意遮住視線，使兩枚錢幣的影像重疊。影像一旦重疊後，圖像的元素就不再一樣了，銀行大樓的一根柱子跳了出來，眼睛因爲無法聚焦在那上面而模糊起來。

「出錯是正常的。」愛德溫叔叔繼續說著，「因爲鑄造錢幣的工匠中，有一位不稱職的人。這個造幣廠工匠帶了一整袋這種稀世珍品回家，反正這些錢幣也不能進入市場流通。你看不出來，但出錯的是——」

「是柱子，」瓦希黎恩說，「銀行圖像的右邊，那些柱子太密了。」

「沒錯。你怎麼知道？誰告訴你的？」

「我看出來的。」瓦希黎恩說著把錢幣還給他。

「胡說。」愛德溫叔叔說，「說謊也不打草稿，你既然不想說，我也尊重你。」他拿高一枚錢幣，「這是依藍戴歷史中最珍貴稀有的劣幣，市價值一棟小房子。研究它，教會我一個重要的道理。」

「有錢人是笨蛋？願意花大錢買一枚不值錢的錢幣。」

「大家都是笨蛋，只是笨的地方不同而已，」愛德溫叔叔不客氣地說，「這是我在別的地方學到的教訓。但我要說的不是這個，這枚硬幣讓我看到一件殘酷但寶貴的眞相，那就是金錢沒有任何意義。」

瓦希黎恩立刻聚精會神，「什麼？」

「只有期望才具有貨幣的價值，瓦希黎恩。」愛德溫叔叔說，「這枚會比其他硬幣値錢，是因爲人們就是認爲它比較值錢。他們期望它是。世界上最重要的事，只在人們願意爲它掏錢出來的時候，才有價值。如果你能提升別人的期望……如果你能激發他們對某件事的需求……這就是財富的來源。擁有值錢的事物並不重要，無中生有，創造價值，才是王道。」

馬車停了下來。車外，氣勢逼人的石階樓梯正朝著錢幣背面的那家銀行延伸而去。愛德溫叔叔等著馬車夫前來爲他開門，但瓦希黎恩早已經跳下了車。

愛德溫叔叔和他在石階上會合。「你父親，」叔叔說，「在理財方面實在沒有天分。我在他身上費了好多年的工夫，他就是學不會，也不想學。我對你有很深的期望，瓦希黎恩。進入銀行業，並不是你爲家族服務的唯一選擇。然而，過了今天以後，我想你會把它當成首選。」

「我不想成爲銀行家。」瓦希黎恩一邊說，一邊爬上了階梯。

「哦？你不是一直在注意如何管理馬車夫嗎？」

「不是，」瓦希黎恩說，「我要當英雄。」

他叔叔決定不要立刻回應，這時，他們已來到樓梯的頂端。叔叔才開口低聲說：「你十二歲了，還在說這些？我以爲應該是你姊姊才會說出這種傻話。如果讓你父親聽到了，一定會狠狠打你一頓。」

瓦希黎恩抬眼直視叔叔，眼神充滿叛逆。

「英雄的時代已經過去了，」愛德溫叔叔說，「那些創造歷史的傳奇人物，都屬於另一個世界。這個現代主義的時代，是動靜皆宜的時代。你看著吧。以前是王侯將相塑造世界，現在待在辦公室裡埋頭苦幹的人也做得到，並且比他們更有效率百倍。」

他們走進了銀行大廳，這裡的天花板低矮，有一整面牆全架著籠子似的欄杆，裡面坐著弓著身子的職員，忙著接收排隊人們的現金，也支付現金給客戶。瓦希黎恩的叔叔帶著他繞到後面去。深色的木頭傢俱，霉灰色的地毯，在在使得房間像日落一樣幽暗，即使窗戶仍是敞開的，瓦斯燈也在斷斷燃燒中。

「今天我要你從旁觀摩兩場面談。」愛德溫叔叔一邊說，一邊帶他進入一個長長的、未經裝潢的房間。裡面的椅子全都面向著牆壁，這種是監控室，用來監視銀行裡的所有面談。他叔叔打手勢要他坐下，然後拉開牆上的一面隔板，露出長型的玻璃小窗，讓他們可以觀看隔壁房間的兩個人。穿著背心和長褲的男銀行員，就坐在巨大的辦公桌前，和一位滿身灰塵的中年男子談話，那人手上還抓著一頂毛氈帽。

「這筆貸款能幫助我們脫離貧窮，」全身髒汙的男人說，「搬出貧民窟。我有三個兒子，我們會很努力工作的，我保證我們一定會很努力。」

銀行員下巴翹得老高，不屑地看著中年男子，然後翻弄文件。愛德溫叔叔關上隔板，這突然的舉動嚇到了瓦希黎恩。他站了起來，瓦希黎恩也跟著起身，朝同一面牆的另一組椅子移去。第二面監視玻璃窗讓他們看到和第一間類似的房間，穿著背心和裙子的女銀行員坐在類似的辦公桌前，不過面對的客戶，是一位高個子，衣著乾淨清爽，神情輕鬆。

「您確定您還需要另一艘船，尼克林爵爺？」銀行員問。

「當然確定，要不然我何必來這裡？說實在的，你們這些人應該允許我的管家能代表我來商談貸款。畢竟，我請管家就是爲了協助我打理要事。」

愛德溫叔叔安靜地關上隔板，轉過來面對瓦希黎恩，「在你眼前發生的，是一場革命。」

「一場革命？」瓦希黎恩問。他修習過銀行業務，唔，是被家教老師逼迫的。「這麼說來，銀行每天都在上演革命了。」

「啊，」愛德溫叔叔說，「看來你已經很清楚貸款業務了。那麼，我們應該貸款給哪一位？」

「有錢的那位，」瓦希黎恩說，「假設他沒有騙人，也沒有在我們面前演戲。」

「對，尼克林是正直的有錢人。」愛德溫叔叔說，「他和我們交易過許多次了，而且從沒有拖欠過。」

「所以你要貸款給他，而不是另外一個。」

「錯，」愛德溫叔叔說，「我們兩個都借。」

「你想利用有錢人的好信用，來抵銷幫助窮人所冒的風險？」

愛德溫叔叔似乎吃了一驚，「看來，你的家教老師費了不少心思教導你。」

瓦希黎恩聳了聳肩，其實內心對這個話題越來越有興趣。也許這是成爲英雄的方法。或許愛德溫叔叔是對的，未開化的邊緣地帶正在消失中，人們也不再需要行俠仗義的騎士。或許這個新世界，的確和昇華戰士、倖存者生活的年代截然不同。

瓦希黎恩可以謹慎地平衡風險，把錢借給有需要的人。如果未來的世界將掌控在西裝筆挺的人手裡，他們能不能打造出一個比較好的世界？

「你所說的，在某方面是對的，」愛德溫叔叔順著瓦希黎恩剛才的思路說下去，「但在另一方面則是錯的。沒錯，我們會借錢給那位窮人，但絕對不會承擔風險。」

「可是——」

「銀行員遞過去的那些文件，會把那個工人和債務綁在一起，永遠不能脫身。如果他繳不出欠款，文件上的簽名就能允許我們直接找他的老闆，並從他的薪水裡抽走一定比例的錢。如果這還不夠，我們可以對他兒子做同樣的事。那個有錢人和我們交易了多次，而且他的房子絕對可以賣個好價錢，把錢借給他，我們頂多只能賺百分之三。但那個工人已經走投無路，別的銀行不會搭理他，因此他會付我們百分之十二的利息。」

愛德溫叔叔傾身過來，「其他銀行還沒看到這個商機，他們只做安全性高的放款，安全至上。他們還沒跟上世界改變的步調。現在的勞工賺得比以前多了，並且非常願意花錢購買從前負擔不起的商品。過去六個月來，我們大力布局，借錢給依藍戴城中的普通老百姓，因而他們蜂擁而至，很快就能幫助我們累積非常、非常多的財富。」

「你會讓他們變成貸款奴隸。」瓦希黎恩震驚不已。

他叔叔拿出劣幣，放到瓦希黎恩旁邊的櫃檯上，「這是枚劣幣，一個令人汗顏的失誤，但現在的價值，是它成千上萬的同類加起來都比不過的。這就是無中生有，創造價值。我會把這個道理套在窮人身上，用以創造出驚人的價值。就如同我剛才說的，這是一場革命。」

瓦希黎恩既失望，又憤怒。

「這枚錢幣是要給你的，」愛德溫叔叔站了起來，「我希望它能提醒你，天賦——」

瓦希黎恩一把抓起櫃檯上的錢幣，朝房門衝出去。

「瓦希黎恩！」他叔叔在後面喊著。

銀行內部宛如迷宮，但他還是找到了路。他衝進窮人和貸款行員洽談的小房間。工人從一堆文件中抬起了頭，他根本大字不識幾個，又如何知道自己在簽署什麼樣的文件。

瓦希黎恩把錢幣放到他面前的桌上。「這是枚劣幣，是收藏家渴求的珍品。你拿去賣給古玩店，至少要賣二千元以上，然後拿錢帶著家人搬出貧民窟。千萬別簽那些文件，它們會變成套住你脖子的鎖鍊。」

瓦述說著往事，停頓了一下，拿高那枚錢幣一邊端詳，一邊和史特芮絲乘著馬車朝舞會而去。

「然後呢？」坐在對面的史特芮絲問，「你叔叔的反應如何？」

「他當然氣瘋了。」瓦說，「那位工人最後還是簽了字，他不相信我會把寶物送給他。我叔叔隨後走進房間，信口雌黃，天花亂墜地畫著大餅，最後達到目的，拿到對方簽字的文件。」

瓦把錢幣翻面，盯著正面迷霧之子大人的肖像瞧著，「那位工人叫做君戴爾，八年後，他跳河自殺。他的兒子們到現在還在揹債，儘管拉德利安家族已經不是第一中央銀行的股東。我叔叔在毀掉房子、裝死之前，就已經賣掉股份換取現金。」

「聽到這樣的事，真令人遺憾。」史特芮絲低聲說。

「這也是我離家出走的原因之一，」瓦說，「當然在村莊裡遇到的事也佔了很大一部分因素。我告訴自己，我一定要出去闖闖。當時我還沒想過要當執法者，但內心深處很清楚，我沒辦法改變依藍戴。這座城市太大了，穿西裝的人們又太過狡猾。出去到蠻橫區，身上配著槍的人可以是大鏢客，有一番作爲。但在這裡，迷霧之子大人就只是供人追悼的一個背影。」

史特芮絲抿著嘴，顯然不知該說什麼。瓦不怪她。他經常想起銀行那件事，仍然不知道若是事情重來一遍，他還能多做一些什麼。

他的手指一動，錢幣翻了面，背面刻著一排小小的字：瓦，你爲什麼離開？

「那索血者是如何拿到這枚錢幣的？」史特芮絲問。

「不知道，」瓦說，「我去蠻橫區之前就把它賣掉了。那個時候，父親已經切斷我的經濟來源，而我需要旅費。」

「那些字呢？」

「也不知道。」瓦把錢幣放回口袋裡，「一想起那件事，我就心煩。當時，我告訴自己，一定要想辦法幫助那個窮人，但那其實不是我眞正的用意。現在回想起來，我只是想氣氣叔叔。

「我還是那種人，史特芮絲。我爲什麼離開這裡，去了蠻橫區？因爲我想當英雄，想成名，成爲眾人的焦點。儘管我在依藍戴，在這裡的房子內也可以做很多好事，但那樣我只能默默付出，所以我選擇離開，最終以執法者身分打響名號。我實在很自私。我有時候覺得，加入這裡的警察陣容的決定，其實也是基於我那令人討厭的驕傲。」

「我不認爲你在乎那些，」史特芮絲傾身過來，「但我認爲你的動機不太恰當。你在救死扶傷。你……救了我。無論你救我時，腦子裡到底在想什麼，都不會影響我對你的感激。」

瓦轉移視線，和她四目相望。史特芮絲非常容易被瓦這種坦蕩蕩的誠實所驚嚇，感覺自己渾身赤裸，不著一縷。

馬車的車速慢了下來，史特芮絲朝車窗外望去，「我們到了。但看來要等一陣子才能進得去，前面已經停了好多輛馬車。」

瓦皺起眉頭打開窗戶，探頭出去觀望。的確有一排的馬車，甚至還有幾輛汽車，塞住了進入宙貝兒塔正門的車道。那棟大樓朝夜空竄高了二十幾層樓，頂層消失在黑夜的迷霧之中。瓦回到馬車內，迷霧跟著從敞開的窗戶飄進來。史特芮絲看著霧氣，但沒有開口要求他關上車窗。

「看來我們要遲到了。」瓦說。

除非他施展身手，及時趕到。

「這是在塔頂辦的第一場舞會，」史特芮絲一邊說，一邊從手提袋內拿出小小的記事本，「負責指揮交通的侍者，還不習慣安排這麼多的馬車。」

瓦微微一笑，「妳早預料到我們會遲到，對不對？」

史特芮絲翻頁的手停了下來，她把記事本轉過去給瓦瞧瞧。筆記頁上，她端莊的筆跡詳細地寫著今晚的舞會行程。第三行是：八點十七分進入大樓的車道，很可能塞車塞得水洩不通。瓦希黎恩爵爺以鎔金術帶我們飛上頂樓，儘管那麼做違反了君子淑女風範，卻也不失爲一次驚奇的體驗。

瓦挑眉查看插在槍帶上的懷錶，錶沒放在背心口袋是因爲太容易和其他金屬一起掉出來。「現在是八點十三。妳算快了。」

「步道那裡的塞車，沒有我以爲的那麼嚴重。」

「妳眞的想走這條辛苦路？」

「我覺得這才是康莊大路，」史特芮絲說，「雖然這徹底違反了禮儀。」

「對，很徹底。」

「幸好，你本來就有放蕩不羈的名聲，而我也不期望能收服你。不過我穿了黑色貼身衣，這樣我們飛起來的時候，下面的人就看不清楚了。」

瓦微微一笑，伸手到座位下方，拿出拉奈特送來給他的包裹。他把包裹夾在手臂下，推開了車門，「大家都小看妳了，史特芮絲。」

「才不是，」史特芮絲走下馬車，站到霧氣漫漫的人行道上。瓦看見她穿著繫得牢牢的鞋子。很好。「他們是自以爲瞭解我。一個人熟悉社交禮儀，並不表示這人會打從心裡遵行守禮。好，現在我們要怎麼——噢！」

她被瓦一把拉到懷裡，瓦抽出問證，朝地上三顆磚頭之間的空隙開槍。他笑看一顆顆腦袋從那一排馬車探出來。現在他只能丟下偉恩和瑪拉席，讓他們自行開路進場，但這樣其實比較好，他不在旁邊，對手也比較不會注意到他們兩個。

瓦減輕體重，調整自己、史特芮絲和子彈的角度，然後鋼推。兩人斜飛上空，從一排馬車上方翱翔而過。他讓兩人降落在幾層樓上的一個突出裝飾。史特芮絲像一隻懸空吊掛在海洋上方的貓咪，緊緊抓著他，杏眼圓睜。然後，她好奇地鬆開他，走到石頭裝飾的邊緣，傾身出去，偷瞄著下方雲霧繚繞的深淵。燈光隱隱透了上來，那些是馬車的車燈、路邊的街燈，以及男僕手上的提燈。但在迷霧之中，看來都只是暈開的光影和黑影。

「我覺得自己好像飄浮在煙霧裡。」史特芮絲說。迷霧盤繞翻攪，彷彿是活生生的生命體，渦旋和捲浪似乎在衝撞著氣流，沒有一刻靜止。

瓦打開拉奈特的包裹，拿出緊緊纏繞在一起的繩索，抬頭仰看上方。拉奈特留了紙條，要他在運用鎔金術飛躍時，實驗拴繩的功效，再將心得回饋給她。

「你很想參加今晚的舞會，」史特芮絲說，「應該不是為了見總督。你在工作，我看得出來。」

瓦舉起繩索，繩子一端帶著尖銳的鋼鉤而沉甸甸的，他默默評估著拋出繩索的感覺。

「我看得出來，」史特芮絲說，「因為你全神貫注。現在的你是個掠食者，瓦希黎恩．拉德利安。」

「我獵殺掠食者。」

「你自己也是一個。」史特芮絲透過飄浮在兩人之間的透明霧氣看著他。她的雙眼熾烈，反映著從底下雲海透過來的光亮。「你就像一頭獅子。大部分和我在一起的時間都心不在焉，整個人懶洋洋，昏昏欲睡。你盡責地滿足家族的需求，卻無精打采。然後獵物出現了，你瞬間清醒，聚精會神，目光炯炯，雄壯威武；你踏著沉重的腳步起跑，心跳劇烈，猛衝而去。這才是眞正的你，瓦希黎恩·拉德利安。」

「如果情況眞如妳說的那樣，那所有的執法者都是掠食者。」

「眞正的執法者，或許是吧。但除了你，我沒遇過別人。」她跟隨瓦仰望的目光往上看去，「我要問的是，你今晚的獵物是什麼？」

「索血者會來。」

「那個凶手？你怎麼知道？」

「她一定會想辦法再刺殺總督。」瓦說，「她想探試我，看我如何反應，並且想看看她能多靠近目標。」

「你的說法好像這不是公事，而是你們兩個之間的私人恩怨。」

「我希望是。」*有別人在移動我們。*「我希望我跟索血者熟識到能讓這件事變成我們兩人之間的私事，這樣我或許就能猜出她的意圖。她顯然對我很感興趣，這表示我不能錯過這場舞會。若是我沒出席，她可能會誤以爲是出手攻擊的好時機。」

瓦把繩索都繞在一隻手上，然後拿著鉤子那一端的繩頭，鋼鉤在繩頭下盪來盪去。他伸出一隻手，史特芮絲立即朝他走去。

他發現一條藍線，指向他腳底下石塊內的鋼樑。可惜的是，鋼樑被石塊重重包住，否則會是個更堅固的借力點；不過它又大又實在，足以承擔他的目的。他抱著史特芮絲，鋼推鋼樑，躍入夜空之中。對他來說，這類大樓都有一個問題，大樓的外牆會隨著樓層越高，而向內傾斜，最後形成錐狀體。除此之外，他能利用的落腳處都是狹小的突出物，很難藉由鋼推的力道筆直上衝，只能微微將他往外送，以某種角度彈離大樓本體，所以樓層越高，他推離大樓的距離就越遠。他平常總能運用霰彈槍和減輕體重來解決這個問題，但現在帶著史特芮絲就辦不到了。

不過用上拉奈特的繩子和鉤子，或許可以行得通。他飛升到某個高度後，速度減緩下來，因為借力點距離他太遠，推升他們的力道也變小了。和往常一樣，他們距離大樓主體約十呎遠，於是當速度放緩下來時，他把鉤子朝一個陽臺拋去，鋼推，使鉤子朝陽臺欄杆疾射而去。鉤子穿過陽臺的金屬欄杆，但沒有鉤住欄杆。瓦停止上升，飄浮在原位，搖搖晃晃，隨時可能失去重心而掉下去。他低咒一聲，再試一次。這次，鉤子成功鉤住了欄杆。

他用力一拉，兩人朝大樓飛去，像魚把自己釣起來一樣，被魚竿拉了過去。於是他們來到一處陽臺上。他放下史特芮絲，收起繩索，抬頭往上一看。

「精采的表演。」

「速度太慢了。」瓦心不在焉地說。

「噢，老天啊。」

瓦微微一笑，再次抱住她，鋼推，向上躍離了陽臺。在他們上升的力道只剩下一半時，瓦朝經過的一個陽臺俐落快速地拋出鉤子，一次就成功鉤住。他持續鋼推，上升，經過右手邊的一座陽臺，然後用力一拉繩子，上升的力道止住，他們轉而朝大樓盪去。

瓦的靴子率先落在大樓的側牆，他一手拉著繩索，一手摟著史特芮絲，一踢，盪開，朝那座陽臺又接近了幾呎。越來越近。像他這樣的射幣，有個很大的不利條件，他只能鋼推推離金屬物，卻無法拉扯將自己朝金屬物而去。飛鉤這類的套索對他而言很實用。

他又扭又轉地取下鉤子。不對，如果在飛行途中或打鬥中需要取下鉤子，該怎麼辦？拉奈特可以設計讓它聽口令，自行鬆開嗎？他再次鋼推，兩人又向上飛去。史特芮絲的手指用力嵌進他的肩膀，迷霧散漫地在身旁飄動。射幣對高空飛翔早已習以爲常，就算意外墜落，無論多高多深，只要丟下一塊金屬，再謹慎地鋼推，就能毫髮無傷地落地。

「我忘了這樣的高度會讓人多麼慌亂，」瓦放慢了上升的速度，「妳閉上眼睛。」

「不要，」史特芮絲似乎喘不過氣來，「這……這太過癮了。」

我永遠搞不懂這個女人在想什麼，他在心裡想著。他十分確定她一定很害怕。接下來的幾個蹤躍很順利，飛鉤套索也上手了。*這條繩索太笨重*，他想，*帶著它四處跑，太礙手礙腳了*，而且鉤子也很容易鉤到東西。如果用它來打鬥，他很可能在第一次蹤躍後就丟下它。

不過今晚它表現得不錯，一會兒後，他們已盪到了頂樓的陽臺，長裙和迷霧外套的布條流蘇在降落中刺刺作響。一小群賓客正好站在陽臺上，瓦的從天而降嚇得他們驚呼連連，其中一位驚得鬆手讓玻璃杯摔碎在地。瓦挺直身體，放下了史特芮絲。不論她這一路來到底是害怕或興奮，她很快就讓自己鎮定下來，趕忙撫順長裙，把頭髮撥到後面，整理纏在一起的髮絲。

「我相信，」她低聲說，「這樣聲勢浩大的登場，正好符合你的身分地位。」

「起碼驚動了護衛。」瓦的下巴朝站在陽臺邊的幾個男人揚去。那幾個人正盯著他們兩人，顯然全神戒備。這是好事。射幣是不可能靜悄悄地抵達舞會。但他們也沒有過來阻止他進入會場，瓦位高權重，一般人得罪不起。

瓦收起繩索和鉤子，掀開外套將套索綁在腰上，史特芮絲看了，只能給個白眼，然後才把手輕搭在瓦的手臂上。在離開拉德利安宅邸前，她私下教導了瓦行走站立應該注意的細節，那是他們交往以來，她瓦上的第六次私人禮儀課。也許是因爲他一直沒達到她的標準吧。事實上，今晚瓦以比她教的更親密的方式，讓她的手搭在他的手臂上。他們已經有婚約了，鐵鏽的，他根本可以讓她勾住他的手臂。

史特芮絲看著他，但什麼也沒說。瓦以鎔金術鋼推推開了陽臺的門，兩人進入舞會。

9

偉恩站在宙貝兒塔的塔腳下，看著瓦和史特芮絲消失在迷霧之上。他搖搖頭，從口袋裡抽出錫盒，拿了一顆口香糖球。他給自己找來了一些口香糖球，嚼這玩意兒還滿有意思的。

他把口香糖球拋到嘴巴裡，暗自覺得他的朋友還眞是鐵鏽的蠢。很明顯的，瓦之所以會堅守著「和史特芮絲的婚約」這種鬧劇，就是因爲他太過思念蕾希，所以才會決定進入一場不需要投資感情的婚姻。這件事就像在一家會在麥芽酒裡摻水的酒吧買醉，那種酒讓人一眼就能看到杯子的底部，一清二楚。

他伸出手扶瑪拉席走下馬車。「你這樣穿很好看，」瑪拉席對他說，「沒想到你居然願意穿正式禮服。」

偉恩低頭看著身上剪裁俐落的燕尾服，下意識地嚼著口香糖。他穿著正式套裝，戴著同色高級圓頂禮帽，繫著深綠色領結，瑪拉席在這樣的他面前，表現得相當有禮端莊。他幹麼不早點找一套這樣的正式服裝？他手上有乞丐裝、警察制服和老太太裝。一個人必須能夠融入他所處的環境中，所以在蠻橫區內，就得有淺棕色的牛仔裝，而在城市內，就是一套高級的、令人彆扭的服裝。

這愚蠢的隊伍也排得太長了吧，等走到中間的時候，鋁都生鏽了。鐵鏽的瓦和他的投機老招，偉恩心想。那個人最起碼也要帶他一起上去，而不是史特芮絲。

前面，很奇怪的，有一對夫婦被拒於門外，不能進入大樓，那兩個人硬是從等待的人群中擠了回來，朝他們的馬車而去。不知道前面出了什麼事？那對夫妻的裝扮高雅時尚，那種身分的人應該不會被舞會主人回絕吧？而且大家都有邀請函——儘管他的是僞造的，甚至還僞造得與他給大學那隻老暴君的一模一樣。

唔，只有輪到他們的時候，才能見眞章。而這隊伍的移動，眞是慢慢慢慢慢啊。

「妳抓到的那個傢伙，透露了什麼有效情報嗎？」他問瑪拉席。

「沒有，」瑪拉席說，「他的人雖然坐在那裡，但神志已經不在了。不過我們的確在他身體裡找到一支血金術金屬錐。」

「鐵鏽啊，這妳也知道？」

「我看了那本書。」瑪拉席無所謂地說，「死神先把書交給了我，而瓦希黎恩也讓我複印了一本。嫌犯的胸口插著某個東西，我們把東西拔出來之後，他就平靜了下來，但仍然不願開口說話。」

終於，等了農作物都可以收成七次之久，他們來到了隊伍的前方。瑪拉席把兩人的邀請函遞了出去。門衛仔細地瀏覽了一遍，表情相當嚴肅地說：「抱歉，我們收到命令，不接受任何不具名的邀請函，除非是受邀者本人持有。基於保護總督的理由，只有我們名單上的賓客才能進場。」

「可是——」瑪拉席說。

「聽著，」偉恩插進來說，「我們是大人物，你沒看到我的領結有多高級嗎？」

守在大門附近的黑衣人向前走來，氣勢凌人。鐵鏽的，是總督的護衛。警察呢，是真正的人類，唔，他們的確偶爾會折斷某人的脖子，但他們出身街頭，和大家都一樣。然而這些黑仔……幾乎沒人性。

「我今天才救了總督一命，」瑪拉席說，「你們不能趕我走。」

「抱歉，我無能爲力。」門衛的表情除了嚴厲之外，還是嚴厲。

沒錯，事情的確有些蹊蹺。偉恩抓住瑪拉席的手臂，將她拉到一旁，「我們走，一群鐵鏽的笨蛋。」

「可是——」

偉恩回頭一瞥，就在這個時候，拋出了一個速度圈。「沒問題，就聽你們的。」他說，「B計畫！」

「你很興奮嘛。」瑪拉席望著速度圈的邊緣。圈子比往常都要明顯，霧氣在圈內翻動，然而圈外的迷霧卻像薄紗凍結在空氣之中。

「我本來就是容易激動的人。」偉恩又快步朝門衛的櫃檯走回去。被他設法拉到圈內的是那個櫃檯，不是門衛。這就是偉恩細膩的一面。小小的檯面上，放著一份賓客名單。

「我們明明可以好好跟他解釋，讓他放我們入場，你卻要這麼大費周章。」瑪拉席的雙臂交抱在胸前。

「我們的名字在這裡。」偉恩一邊瀏覽名單，一邊小心前進。「在禁止入場的名單內，所以無論妳說什麼都沒用。」

「什麼？」她靠過來，「可惡，我救了他一命耶，那個混蛋。」

「瑪拉席！」偉恩嘻嘻一笑，「妳終於像個正常人一樣說話了。」

「都是你啦，」她頓了一下，「混蛋。」

偉恩嘻嘻笑著，嘖嘖有聲地嚼著口香糖，「沒錯，妳是救了總督一命，但拒絕妳的很可能是他的護衛，不是他本人。他們現在簡直是灰頭土臉，自己的隊員幹出這等事，卻被妳第一個發現，妳讓他們多沒面子啊。」

「器量這麼小！他們跟我計較這個，根本沒把總督的安全當一回事！」

「男人都很小氣的。」他蹦蹦跳跳地往旁邊移去。

「你為什麼要動成這樣？」

「雖然我們在圈內的移動速度很快，如果我在一個定點停留太久，很可能會被他們看到。我們持續移動，在外人看來只會是一團模糊的影子，再加上圈外的迷霧，就不會被發現。」

瑪拉席不情願地邁開腳步。

偉恩又拿起名單瀏覽，認出一個名字，「妳看，這個絕對行得通。」

「偉恩，你是想給我們兩個找麻煩，是不是？」

「除非我們被抓到！」他點出重點，「他們有兩份名單——一份是禁止入場的人，一份是允許放行的人。看到那個備注了嗎？下面第四個名字那裡？這個人回函說很可能不會參加，所以門衛就必須注意，不能讓別人拿著他的邀請函冒名入場。」

「偉恩，」瑪拉席說，「那是漢藍納茲教授，一位傑出優秀的數學家。」

「哈，」偉恩搓揉著下巴，「就是那間大學的教授。」

「不是，是新瑟藍的。他和氧化科技的一些發現都有關。」

偉恩噘起嘴唇，「原來是其他城市的人，那大家很可能都不認識他。」

「只聽過他的名聲吧。」

「但見過本人嗎？」

「他很低調，」瑪拉席說，「雖然他經常受邀出席這類宴會，卻很少出現。偉恩，我看到你的眼神了，你不能模仿他。」

「模仿他最壞的結果，會是什麼？」

「被逮捕，」她一邊說，一邊繼續跟著偉恩走在速度圈中，「關進監牢，被控謀反罪，丟瓦希黎恩的臉。」

「既然如此，」偉恩大步往回走，走回剛才加速時間時站的位置，「最壞的結果也不過如此，那我們更應該試試看了。過來，我要撤掉速度圈，然後我們得去找些武器。」

瑪拉席臉色刷白，朝他走去，「如果你是想持槍溜進——」

「不是槍，」偉恩嘻嘻一笑，「是不一樣的武器。數學。」

「所以那個坎得拉在這裡囉，」史特芮絲低聲說，她的手輕搭在瓦的手臂上，眼睛梭巡著宴會廳，「在某個地方。」

宙貝兒塔的頂層公寓佔地整整一層樓，外牆則是一圈的窗戶。十幾盞枝形燭檯散發出昏黃的亮光，照得酒杯晶瑩剔透，映著鑽石珠寶、高級禮服的亮片上，閃閃發光。賓客們的禮服款式新穎入時，難道他眞的無知無感嗎？居然不知道高級時裝有這麼大的變化？

史特芮絲身上的禮服樣式較爲傳統，薄紗成波浪狀垂掛在白色禮服外，搭配一個非常小的腰襯和寬大顯著的腰身；領口和袖口上縫著一排圓形小金屬片，布料比較薄，比她平常穿的服裝更輕盈。其實她穿這樣質感的禮服，還滿漂亮的。那排圓形小金屬片，也爲禮服增色不少，足以和其他時尚的晚禮服平分秋色，不相上下。

出席的賓客們在幾處臺座流連，從容地欣賞紅地毯上的小型陳設品。瓦和史特芮絲從一件展覽品旁邊經過，架子上的玻璃框罩住一塊天然銅礦，生銅礦塊和人的頭顱一樣大，表面散發出隱隱的光芒。

鎔金術金屬，瓦心想，兩人又經過了另一件展覽品。幾十件的金屬礦，還附有說明牌，解說礦石的來源，以及出土的礦脈所在地。礦石展覽品製造了不少的話題，一小群一小群的賓客低聲交談，燈光映照著他們手上的各色飲品，鮮明亮麗。

「大家都在注意你，」史特芮絲說，「我不確定你那件外套是不是一個合宜的搭配。」

「這件迷霧外套是個標誌，」瓦說，「以及回憶。」史特芮絲說服了他拿掉那頂帽子，但外套，他就是不肯讓步。

「它讓你看起來像個耍狠的流氓。」

「那就是它的任務。這樣別人就不敢在我面前亂來；我對爭權奪利的遊戲沒興趣，不想成爲他們的一部分。」

「你已經是遊戲的一部分了，瓦希黎恩爵爺。」

「這就是我不喜歡參加這類舞會的原因。」他豎掌打斷史特芮絲的話，「我知道，我們的出席很重要。我們去找妳計畫中應該要接觸的賓客吧。」

她凡事都會列清單，總是鉅細靡遺地做準備。她是瓦見過唯一一個會帶著行程表參加酒會派對的人。

「不去了。」她說。

「不去了？」

「那是平常的行程。」史特芮絲說。兩人打從莫爾葛瑞芙貴女身邊經過的時候，她意味深長地對那位貴女笑了笑。看來，她私下練習了不同的笑法。「今晚來這裡的目的是爲了你，我們就做該做的事，找出凶手。」

「妳確定？」

「是的，」她朝另一對夫妻招手，「做妻子的，就算不能夠參與另一半的喜好，也應該感興趣。」

「妳不需要那麼做，史特芮絲。我——」

「拜託，」她低聲說，「我需要。」

瓦沒再繼續爭辯，事實上，他頗感欣慰。索血者很可能出現在這裡的某個角落，瓦是不可能放鬆下來與誰社交的。

那麼，該如何找出那個生物？更重要的是，他要如何制服如幻影般快速移動的人？藏金術和鎔金術不同，鎔金術的能力是漸進式地消耗，藏金術則能一次性爆發，瞬間耗盡。因此索血者能夠在瞬間燃盡所有的金屬意識，成就一次暴衝，在眨眼間結束幾十個人，甚至數百人的性命。那是瓦的能力所不及的。

不過，一旦她使出藏金術，存量必定所剩無幾，她無法像鎔金術師，能夠再拿出更多的金屬燃燒，快速塡充金屬意識的存量。她的行動必須依靠體內已有的存量，而她是最近才偷偷拔走金屬錐。所以在溫斯汀宴會上的大開殺戒，想必已消耗了大量，那些理論上應該是她事先儲存了好幾個星期的存量。

因此瓦有兩個選項。一是在她移動前殺了她，或著想辦法，消耗她的藏金術存量，同時不讓她傷害別人。

他來到吧檯前，點了飲品後，轉身掃視大量的賓客。他離開上流社會已經二十多年了，而回到依藍戴的這兩年，身上粗獷不羈的氣息也尚未消磨掉。這裡的每個人都給人一種虛假的感覺，他們以一種經過精細包裝的歡快氣氛交談，在談笑間達成自己的目的。再沒有比這裡更好的地方，可以讓凶手化身隱入，伺機而動。

瓦拿著飲料走下吧檯，展開他的鋼圈。

他並非總是能夠隨心所欲地展開鋼圈，也不完全確定自己是如何做到的。噢，它的基本運作機制相當清楚：燃燒鋼，然後一口氣朝四方輕輕地向外鋼推。然而他是如何避開自身攜帶的金屬，而不發生反推作用的？他仍然不知道，反正它就是發生了。

鋼圈形成後，他的鎔金術本能隨即展開，探測任何快速朝他而來的金屬，那些金屬越是接近他，他鋼推的力道就越強大。他越來越能駕馭這個招術。他會要求達里安斯朝他的胸口開槍來練習，同時他也會以十二吋厚的鐵甲護墊來防身。他無法躲掉子彈，但鋼圈能協助他。

「你剛才做了什麼？」瓦走到史特芮絲面前時，她問：「我的手鐲都快從我的手臂上跳走了。」

「把它脫下來，」瓦說，「如果待會兒發生鎔金術大戰，我不希望妳身上有任何金屬，以免危險。」

史特芮絲挑眉，但仍然拔掉手鐲，丟進手提袋內。瓦暗自把那支手鐲列入腦袋裡的例外清單。

「我不知道手鐲會有關係。」史特芮絲說，「這地方到處都是金屬。你對你的飲料做了什麼？」

瓦垂眼一看，他才剛在杯裡偷偷加了一點棕色粉末。「我點了一杯水，」他說，「這粉末能讓這杯水看起來像白蘭地。待會兒我假裝喝醉，也許對查案會有幫助。」

「很好啊。」史特芮絲一副十分欽佩的模樣。

他們在宴會廳裡穿梭，從一盞枝形吊燈的下方經過。一個個用金屬絲吊著、彼此不相連的小水晶，微微地向旁一閃，避開了瓦，就像指南針的指針遇到同性相斥的磁鐵磁極。他還不經意地碰到一塊礦石，把它撞下了臺座。鐵鏽的，這簡直是幫倒忙，他撤下了鋼圈。

「我們去找總督。」史特芮絲說。

瓦點點頭。無論他轉向哪裡，就是擺脫不了有人拿槍指著背的感覺。

執法者，有別人在移動我們。

磚頭上的鮮紅色。躺在他懷裡的蕾希，已經斷了氣。他手上全是她的血……

不，他已經走出來了。他曾經*悲痛欲絕*，他不能又陷進自責的漩渦中。他們繼續在賓客之中穿梭，一對位階不高、穿著深色禮服的貴族走過來攔住兩人，被瓦瞪了一眼後，又識相地讓路了。

「瓦希黎恩爵爺……」史特芮絲說。

「什麼？」瓦問，「是妳說的，我們去找總督。」

「那不表示你要對其他人咆哮。」

「我才沒有咆哮。」他有嗎？

「下次讓我來應付。」史特芮絲帶路繞過一個展示臺，臺上奇怪地空無一物。解說牌寫著：「**天金，失落的金屬**」。

他們看到總督就站在北邊窗戶附近，被一大群人包圍著。兩人快接近總督時，一個繫著亮黃色領結的男人注意到瓦。太好了，是史丹奈特勛爵，他又想找瓦談紡織品關稅的事了。但他當然不會開門見山挑明主題，這裡的人都不會直接坦率地說出自己的眞正意圖。

「瓦希黎恩爵爺！」史丹奈特勛爵說，「我正想到您呢！兩位的婚禮籌劃得如何啊？我是不是很快就會收到喜帖了？」

「沒那麼快，」史特芮絲說，「我們只談妥了神職人員。您呢？整座城市都在談論您的訂婚呢。」

他的面色一黑，「噢，那個……」他清清喉嚨。史特芮絲是故意的，但史丹奈特很快就找到託詞，轉移了話題，隨即有禮地退下。

「怎麼回事？」瓦說。

「他背著婚約對象拈花惹草，」史特芮絲心不在焉地說，「所以我提這個話題才令他那麼尷尬。」

「做得不錯，」瓦說，「妳十分擅長社交，很有手腕。」

「何止擅長，我是專家。」

「我就是這個意思。」

「兩個意思還是有差別。」史特芮絲搖頭說，「這宴會廳內，多的是眞正的社交行家，我還不算是頂尖的。我花了時間研究社交法則，現在只是把心得拿出來付諸實踐。換作是別的高手，很可能輕巧玲瓏地就帶過，還能逗他開心，皆大歡喜，而不是像我這樣笑裡藏刀。他可以說是吃了我一個悶虧。」

「妳是個奇怪的女人，史特芮絲。」

「彼此彼此。這句話從宴會廳裡唯一一個臂上插著槍的男人嘴裡說出來，眞讓我受寵若驚。」史特芮絲回應，「這個男人呢，還在不知不覺中把經過他身邊的每個女人的耳環，從她們的耳洞中推出來。你沒注意到剛才蕾明貴女的戒指掉到飲料裡去了，對不對？」

「我錯過了好戲。」

「可惜，剛才那一幕還滿精采的。來，走這裡，免得還要停下來跟布克斯勛爵交談，他那個人無聊透頂了。」

瓦跟著她往下走了三步，幾個閃閃發亮的錫礦展品在他經過時震動起來，同時被他影響的還有錫眼的名畫，其中包括好幾幅迷霧大人的素描——他在落灰之終降臨前也曾是錫眼。*有意思，史特芮絲居然會評論某人無聊……*

「你一定在想，」史特芮絲說，「我居然敢說別人無聊，眞是諷刺。我自己也有同樣的不佳名聲，一樣的無聊。」

「我不是那個意思。」

「沒關係，」史特芮絲說，「我說過許多次了，我很清楚自己在外的名聲。我必須擁抱自己的本性。我之所以能夠認出另一位無聊人，就如同你能很快認出另一位鎔金術師一樣，物以類聚。雖然我其實並不想擁有這項特質。」

瓦察覺到自己在發笑。

「附帶一提，」史特芮絲一邊低聲說，一邊帶路朝正在跟艾瑞凱勛爵交談的總督走去，「如果你發現凶手，就帶我過去。我會努力用我們家的財務報表來催眠她。再加上一點運氣，她就會被我的無聊催眠，睡死在飲料中，最後被溺斃，那我就擁有生平第一次的殺人紀錄了。」

「史特芮絲！妳這個人其實滿有意思的。」

她的臉紅了起來，隨即又露出陰謀者的表情，「我作了弊，如果你一定要知道的話。」

「……作弊？」

「我知道你喜歡與機智風趣的人打交道。」她說，「所以我事先做了準備，把可能令你印象深刻的應答都寫了下來，整理出一份清單。」

瓦大笑出聲，「妳每一件事都要事先做計畫，對不對？」

「我喜歡鉅細靡遺。」她說，「不過不可否認，有時候我太過追求細節，結果反倒需要用盡力氣設想如何做出一個最好的計畫，使得我的生活就像是乾涸碼頭上的一艘美麗的船，配備了十八個涵蓋全方位的船舵，以確定我能隨機應變，見招拆招。」她遲疑了一下，臉又紅了起來，「沒錯，剛才的如珠妙語在我的清單上。」

瓦仍然止不住大笑，「史特芮絲，自從認識妳以來，這是我見過妳最單純天真的一面。」

「但我是裝出來的啊。我事先準備了說詞，我並不是那種機智的人。」

「許多人都會那麼做。」瓦說，「更何況，這就是原本的妳，所以確實是單純又天真。」

「這麼說來，我一直都是單純又天真的人。」

「應該是，只是我以前沒發現而已。」

他們朝英耐特走去，並在合適的距離外停下腳步，讓總督知道他們正在等候他。附近其他成雙成對的男女，以及正在交談中的小圈圈，都暗暗地瞥了他們一眼。身為名門望族的族長，瓦的身分地位遠遠超出宴會廳裡大部分的賓客，儘管世襲的貴族權位越來越形同虛設，但有了史特芮絲的財力為後盾，他就有能力擺脫許多債務的糾纏。換句話說，銀行就不能撤銷他贖回抵押物的權利，他就可以撐到其他投資款項匯入。拉德利安家族將重振雄風，仍然是依藍戴最富有的家族之一。在現在這個年代，財力雄厚比起一個貴族頭銜，來得更加重要。

他不幸地發現世襲貴族總是與經濟和政治勢力畫上等號，卻不感到詫異。根據迷霧之子大人的法則（這些法則都是以最後帝國的典範為基礎而訂立），統治管理的權力應該歸屬於平民百姓。但事實常是，統治權都集中在同一群人手上，而瓦就是其中一員。為此，他不知有多愧疚。

我已經開始擔心，我讓人類的日子過得太舒適、太輕鬆……

總督的護衛長兼保安隊長祖印，朝瓦走過來。「你們是下一個，」粗脖子男人的聲音低沉渾厚，「我聽說，我的人放任你帶著槍進來。」

「聽我說，祖印，」瓦說，「如果總督出了事，即使是一丁點的小麻煩，你也會希望我手上有把槍。」

「也是。反正一把槍對你的用處也不大，是吧？你用口袋裡的零錢就能殺人了。」

「手銬的鏈條也行，還有固定地毯的大頭釘。」

祖印咕噥著說，「你的副手，實在是抱歉。」

瓦的眼神一深，「偉恩？他怎麼了？」

「他是危險人物，」祖印說，「被我們攔截在樓下了。」

瓦鬆了一口氣，「噢，沒關係。」

祖印微微一笑，顯然覺得自己在這場對話中扳回一城。他回到剛才在牆壁邊的崗位，盯著前來跟總督交談的賓客。

「你不擔心偉恩嗎？」史特芮絲低聲問。

「現在不會了。我原本擔心他覺得舞會太無聊，會選擇離開。但那個好人剛好給了偉恩一個刺激的挑戰。」

「所以……你是說他會溜進來？」

「若是偉恩現在不在宴會裡，」瓦說，「我就吞下妳的手提袋，然後用鎔金術燒毀它。」

他們繼續等待著。目前正與總督交談的人是賽娜貴女，她是個有名的長舌婦，但在政治和經濟上贊助過總督，所以就連總督也無法打斷她的興致。瓦四處張望，納悶偉恩到底在哪裡。

「瓦希黎恩．拉德利安爵爺，」一個女子聲音說，「久仰大名。您比傳說中更英俊非凡。」

他挑眉看向發話者。那是一位等待晉見總督的高眺女人，非常地修長，再多個幾吋，就跟他一樣高了。厚唇豐胸，肌膚雪白，火藥色的頭髮，身上的紅色晚禮服上半部，至少有半數以上的布料都不見了。

「我想我們沒見過面。」史特芮絲的語氣冰冷。

「我叫宓蘭（Milan），」女子的眼睛看也不看史特芮絲，只上下打量著瓦，跟著又神祕兮兮地微微一笑，「瓦希黎恩爵爺，您居然攜帶槍枝，穿著蠻橫區的迷霧外套，參加雞尾酒舞會。好一個放蕩不羈的英雄。」

「我平常就是這樣穿著，沒什麼放蕩不羈。」瓦說。

她居然當著男人的未婚妻面前調情，但是……

「我聽說很多關於你的事，很有意思，」宓蘭繼續說，「他們說的，都是真的嗎？」

「對。」

她噘起嘴唇，又微微一笑，等著瓦再多說一些，但瓦反而直視她的眼睛，等她開口。她不安起來，把杯子換到另一手上，隨後賠了個禮，便走開了。

「哇噢，」史特芮絲說，「你滿厲害的嘛，他們還說我讓人不舒服。」

「是妳先盯著對方不放的。」瓦的注意力又回到總督身上，心裡暗自評估那個叫宓蘭的女子，打算花點心思注意她。那會不會是易容過的索血者，前來試探他？又或者，只是另一個喝太多的蠢賓客，帶著自我膨脹後的自戀，故意在男人面前賣弄風情？

鐵鏽的，事情看來有點棘手。

偉恩在宴會廳內愜意地閒逛，手上小小的餐盤內堆著不能再更高的食物。他們幹麼老在高級宴會中用這麼小的盤子？擔心客人吃太多啊？鐵鏽的，眞不知道有錢人想什麼。他們用依藍戴城最昂貴的美酒請客，卻擔心客人吃光小香腸？

他生性叛逆，拒絕遵守他們的遊戲規則，沒錯，他就是這樣的人。他當下擬定了一套戰略。端著小香腸的女侍是從東邊吧檯走出來的，而西邊吧檯正在準備鮭魚餅乾，北邊是迷你三明治，南邊則負責各式甜點。如果他能精準地在十三分鐘內繞宴會廳一圈，就能在每個吧檯侍從上新菜的當下趕到，享用滿滿的、最新鮮的美食。

那些人開始瞪他了。被別人那樣瞪視時，就表示自己用對了方法，做對了事。

瑪拉席在他身邊打轉，扮演著漢藍納茲教授的助理。偉恩輕拂過臉上的鬍鬚，他不喜歡留鬍鬚，但瑪拉席說漢藍納茲教授在少數幾張埃瓦諾式圖片中都有留鬍子。漢藍納茲的肚子也比偉恩大多了。這一點太讚了，這樣他就可以在墊子裡藏各式各樣的東西。

「我還是不敢相信，你居然把所有家當都放在馬車上。」瑪拉席低聲說，隨即拿走了他的一塊香腸。就當著他的面從盤子裡偷走，簡直無法無天。

「我親愛的女人，」偉恩一邊說，一邊搔搔頭，他頭上戴著五彩繽紛的泰瑞司帽，帽子是漢藍納茲出身的榮耀象徵。「能成為一名合格的教授，就是因為我都會事先做好萬全準備。沒有足夠應變的適當器材，我不會離家出門，就像我的實驗室若沒有做好安全措施，我也是不會動手工作的。」

「你的口音，讓人以為你就是一名教授，」瑪拉席說，「你是怎麼做到的？」

「口音就像我們心思意念的外衣，親愛的。」偉恩說，「沒有口音，我們說的每一句話都會像被剝光衣服一樣赤裸，也可能造成誤會，讓我們互相叫罵。噢，快看，甜點小姐又上了巧克力派！我發現我眞是抗拒不了它們。」

他朝巧克力派走去，但有個聲音叫住了他，「漢藍納茲教授？」

偉恩全身一僵。

「哇，眞的是您！」那個聲音說，「沒想到您眞的出席了。」一個高個子男人走了過來，他全身上下都是格子圖案，只要把他綁到竿子上，簡直就是一幅戰旗了。

偉恩一方面很開心自己只憑著瑪拉席的描述進行僞裝，眞的成功騙倒一個顯然看過教授畫像的笨蛋，太有成就感了。

但另一方面……可惡啊。

偉恩把餐盤交給瑪拉席，順便給了她一個嚴厲眼神暗示：「不准吃光我的香腸。」然後握住對方的手。對方身上的西裝布料質感眞不是蓋的，那家紡織廠必定用上了一整年條紋布的配額。

「你是？」偉恩問話時把聲音壓得低低的。他發現眼前的大個子和漢藍納茲教授一樣，說話的音量經常和身材不相稱地小聲。他暗自慶幸了一下自己曾經研究過南方口音。不過他當然會融入一些學者的腔調，再在瑟莫里人——也就是教授在村莊外成長的地方——特有的「ㄈ」的發音基礎上說話。

找出恰當的口音，就像混合幾種顏色的油漆，以符合牆上原有的色彩。如果調色不當，成品的瑕疵會相當明顯，還不如乾脆刷上另一種顏色的油漆。

「我是瑞姆．莫德，」高個子男人一邊說，一邊上下晃動兩人交握著的手，「您知道……就是海根斯效應那篇論文？」

「啊，對。」偉恩說完隨即放開手，往後退開一步，裝出一副不適應人群的緊張模樣。這招的賣相比三餐全禁食隔天兩毛錢一杯的酒還要好，而莫德也的確很願意給予傳說中的隱士更多空間。

這給了偉恩方便，只加速他和瑪拉席周圍的時間。

「和諧的手腕啊，他到底在說什麼？」偉恩嘶聲問。

瑪拉席從手提袋內拿出她趁偉恩忙著換裝時，在附近店家買的一本書。她很快翻到想找的那一頁，「海根斯效應，一定跟頻譜領域受到磁石影響所產生的效果有關。」她又往後翻了幾頁，「這裡，試試這個……」她急促唸了幾句不知所云的句子給偉恩，偉恩點點頭後，撤下了速度圈。

「海根斯效應都是舊新聞了！」偉恩說，「我發現靜電領域也會產生類似的效果，我現在對這個比較有興趣。嘿，你眞該看看我們快完成的成果！」

瑞姆的臉色刷地蒼白起來，「但是……但是……我才開始一個人研究海根斯效應！」

「那你可就慢了三年了！」

「我們通信時，您爲什麼不提？」

「向別人透露我的下一個研究計畫？」偉恩說。

瑞姆氣呼呼地走開，朝電梯衝去。偉恩從沒看見過哪個科學家像他跑得那麼快，還以爲樓下大廳有人在發放免費的實驗袍。

「噢，糟糕，」瑪拉席說，「你知道這會在他們的領域引起多大的糾紛嗎？」

「當然，」偉恩拿回裝滿食物的餐盤，「對他們是好事。他們就不會老是坐著，不會想太多。」

「偉恩，他們是科學家。坐著思考，不就是他們的工作？」

「我哪知道這些。」偉恩放了一根小香腸進嘴巴，「可是鐵鏽的，如果眞是那樣，那世上太多現象就有解答了。」

英耐特總督結束了對話，轉過來面對著瓦。護衛祖印招手要他們上前，他並不喜歡瓦，但就瓦對他的瞭解，祖印本性剛毅、忠誠，而且可靠。他很清楚瓦不會傷害總督。

可惜的是，祖印並不清楚他們所面對的威脅是什麼。坎得拉……可以化身成任何人。瓦就不會輕易放過任何人。

眞是這樣嗎？他和總督握手，如果坎得拉化身成祖印呢？我曾想過這點嗎？

索血者不就是化身成護衛，才成功殺害溫斯汀勛爵。她化身成爲的人，必定就是溫斯汀的護衛信任的某人。*眞是山坡上的鐵鏽，這個案子相當相當棘手。*

「瓦希黎恩爵爺，」英耐特問，「您還好吧？」

「抱歉，大人，」瓦說，「我一下子失神了。英耐特貴女好嗎？」

「她突然覺得噁心頭暈，」總督牽起史特芮絲的手親吻一下，「已先行回家休息了。我會跟她說您向她問好。哈姆司貴女，妳今晚眞是漂亮。」

「總督，您眞是個紳士。」史特芮絲回應，然後甜甜一笑。史特芮絲喜歡總督，儘管兩人的政治立場對立。史特芮絲傾向改革，因爲她發現若想獲利就必須追求進步，然而英耐特則屬於保守派，但這種對立並不妨礙史特芮絲的偏好。她喜歡有合理動機的人，並且覺得從政績看來，英耐特算是做事有組織、有條理的人，「希望亞爾里貴女的身體能趕快好起來。」

「她只是太焦慮才引起的不適，」英耐特說，「她還沒從白天發生的事恢復過來。」

「您似乎完全不受影響，」瓦說，「勝券在握。」

「那個差點得手的刺客是我們新進的護衛，精神有些失常。他的槍法太差勁，讓人誤以爲他的刺殺對象根本不是我。」總督咯咯笑著，「倖存者都派這種程度的殺手來對付我，而且經常是在選舉期間發生。」

瓦勉強一勾嘴角，往旁邊瞥了一眼。之前那個女人，就是有著大眼睛的美女，就站在附近。還有誰不尋常地靠得太近？

索血者的化身不可能讓我一眼就發現的，瓦心想。*無相永生者有好幾百年融入人類社會的經驗。*

「您怎麼看這件事，瓦希黎恩爵爺？」英耐特問，「那個人的動機是什麼？」

「有人煽動他攻擊您，」瓦說，「這是障眼法。殺害您兄弟的凶手，必定會對您下手。」

站在附近的祖印立刻挺直了身體，直盯著瓦。

「我很好奇，」英耐特說，「但您不是出了名的草木皆兵，是嗎？」

「每位執法者都會有得到錯誤情報而犯錯的時候。」

「我相信您會發現瓦希黎恩爵爺判斷正確的時候比出錯時更多，大人。」史特芮絲說，

「既然他開口示警了，那我就會聽進去。」

「我會的。」英耐特說。

「我想跟您約個時間談談，」瓦說，「這樣我們才能深入問題的核心。至少明天一定要談。您需要清楚知道，我們面對的是什麼樣的人物。」

「我會安排的。」英耐特一旦答應，就會做到，瓦得到他要的面談機會了。「哈姆司貴女，妳的表妹好嗎？她今天救了我一命，我還沒謝謝她呢。儘管那個人的槍法如此差勁，我無論如何都不可能有事。」

「瑪拉席沒事，」史特芮絲說，「她今晚應該會來——」

看看他們。

這個念頭強行闖進瓦的思緒中。史特芮絲仍在和總督交談中，而他全身一僵。

他們穿著色彩鮮麗的亮片晚禮服，喝著酒、大笑、微笑、開玩笑、跳舞、享用食物，最後悄無聲息地下殺手。全部都是和諧的計畫的一部分。全部都是舞臺上的演員。你也是，瓦希黎恩．拉德利安。所有人類都是。

一陣冷顫竄遍他全身，感覺好像有無數螞蟻爬過一樣。這些念頭，其實是一個聲音，就像和諧跟他說話一樣，但這個聲音粗嗄刺耳，冷酷無情。一段駭人的低語。

瓦依然戴著耳環。看來索血者找到了方法與戴著血金術利器的人溝通。

那個凶手現在就在他的腦袋裡。

10

偉恩轉過身，正好遇到香腸小姐走過去。他伸手想抓一把香腸，卻被打了一下。

他眨眨眼，一開始還覺得有趣，女僕終於受不了他把她們的上菜時間都抓得準準的了。可是打他手的並不是女僕，而是一個孩子。他用力瞪著那個女孩，瑪拉席正好快步走回到他身旁。不得了了，這少女頂多十五歲，居然敢打他！

「你，」少女說，「是一個怪物。」

「我——」

「雷明托．塔索！」少女說，「你說說這舞會中，有誰聽過這個名字？」

「唔——」

「沒有，沒人聽過。我問過了。他們全部在這裡使用我父親發明的白亮亮燈光，那是他辛苦了好多年才開發出來的，卻沒有人知道他的名字。你知道爲什麼嗎，漢藍納茲先生？」

「我應該不知——」

「因爲你偷了他的設計，同時偷走了他的生命！我父親死時，身無分文，窮困潦倒，心灰意冷，都是你這種人害的。你沒資格當一個科學家，漢藍納茲先生，無論你多麼虛張其勢地宣揚自己的身分都沒用。你不是發明家，你是小偷。」

「妳說對了，我——」

「我會打敗你的。」少女咬牙說著上前一步，用手指戳他肚子，還差點戳中他藏起來的決鬥杖，「我都計劃好了。我可不像我父親，我知道這個世界只有很棒的點子是沒用的，最重要的是能行銷這些點子。我會找到投資者，並且改變依藍戴這座城市。等你四處哭訴、窮途末路、身敗名裂的時候，你就會記住我父親的名字，以及你自己做過的好事。」

她猛地轉身，長長的金色直髮甩過偉恩的臉，頭也不回地走開了。

「這到底是怎麼回事？」偉恩低聲說。

「僞裝別人的代價吧。」瑪拉席說。這個鐵鏽的女人，竟然一副幸災樂禍的樣子。

「她父親，」偉恩說，「她說……我殺了她父親……」

「對。看來漢藍納茲做過一些見不得人的事。」

漢藍納茲。對。是漢藍納茲，那個教授。

「我在傳紙上讀過那個女孩寫的專欄，」瑪拉席說，「如果那些發明眞的是被偷走的，那眞是令人氣憤。」

「對啊，」偉恩搓揉著臉頰，「氣憤。」他看著一盤的小香腸打從面前經過，卻提不起勁追上去。不知爲何，就是覺得不好玩了。

他決定把注意力轉去尋找瓦的蹤影。

「抱歉。」瓦對總督和史特芮絲說。

他們轉過頭吃驚地看著他離去。這麼做實在很無禮，但他完全不在乎。他走到宴會廳的中央，天性正衝著他自己吶喊。

拔槍！

槍戰開始了！

找掩護！

跑起來。

他一件也沒照著做，卻無法阻止眼皮的抽動。他燃燒鋼，一小群透明的藍線散開，將他和附近的金屬來源連接在一起。他向來會習慣性地忽略金屬的出處。

他注視著透明的藍線，它們隨著宴會廳內百餘名賓客的節奏和脈搏顫抖、晃動。盛裝食物的托盤、金銀珠寶、眼鏡，以及桌椅的金屬零件，數量如此之多的金屬，打造出男男女女生活中的外在框架。文明的肉體是人類，而文明的骨架，在現今這個年代則由鋼鐵擔綱。

所以，你知道我了，那個聲音在腦海裡說。女性，只是聲音比較粗嗄。

沒有，妳到底是什麼？瓦回應它，想試探試探對方。

和諧跟你談過。我知道祂找過你。

妳是克羅司，瓦故意說錯。

你爲和諧效力，那個聲音回應，你屈服於祂的教導，遵循祂的指引。你完全不在乎祂這樣一個神祇給你的藉口有多荒謬。

瓦並不是很確定——也無從確定——但索血者似乎無法讀出他的心思。這個坎得拉只能向外發送出心思意念。和諧是怎麼說的？接收和聆聽他人的心思，是存留給予的能力，而將意念發送出去的能力，則是承接自滅絕？

瓦緩緩地環視宴會廳一圈，仔細觀察藍線。索血者不會把金屬放在身上，凡是對金屬意識有些瞭解的人都會特別小心這點，總督的護衛就是一個例子。所以半數的護衛配備著槍枝，而另一半則只有決鬥杖。

你怎麼受得了，瓦？索血者問。跟這些人生活在一起，你就像是紆尊降貴在一灘汙水之中。

「妳爲什麼殺害溫斯汀？」瓦出聲發問。

我殺他，是因爲他必須死。我殺他，是因爲沒有人會殺他。

「這麼說來，妳是我們的英雄了。」瓦四下轉身。她就在附近，瓦心想，看著我。是誰？哪一個人？

如果他搞清楚是誰……他敢率先發難開槍嗎？

閃電不是英雄，索血者說，地震不是英雄。這種事，只是單純地存在於世間。

瓦邁開步伐在宴會廳內遊走，或許索血者會跟著他移動。他雙手垂放在身體的兩側，每隻手上握著一枚硬幣。現在還不是拔槍的時候，那只會引起恐慌。「那總督呢？」瓦問，「他是個好人。」

世上沒有好人，索血者說，選擇權是個假象，執法者。有人天生下來就很自私，有人天生無私。但善惡不是這樣比較出來的，這就像拿掠食的獅子與溫和的兔子相比，前者就是邪惡的，這種二分法很狹隘。

「妳說他們是一灘汙水。」

汙水不是惡，但也不怎麼討喜。

腦海裡的索血者聲音似乎越說越展現出她的個性。低柔、飄忽不定、陰沉，和以前的血腥譚一樣。

執法者，有別人在移動我們。

「那妳呢？」瓦問，「妳是哪一種？狼，還是兔子？」

我是外科醫生。

那個紅衣美女跟著他，躲躲藏藏的，現在走到一群人中攀談，但她移動的動線和瓦平行。然而，還有一個人也跟著他，是個矮小的男人，他穿著男僕的制服，手上端著一盤食物。矮子在宴會廳內打轉，但其他僕人都以順時針方向移動，瓦則是逆時針行走。

那兩個人與他的距離，近到足以聽到他說話嗎？不是透過肉體的耳朵聽到。也許索血者能夠燃燒錫——如果這是她為今晚選擇的能力。

你也是一個外科醫生，索血者說，他們都稱呼你爵爺，對你微笑，但你並不屬於他們。只要你能得到眞正的自由，只要你……

「我依循法律行事，」瓦低聲說，「妳遵守什麼？」

索血者沒有回應。也許瓦的聲音太小，索血者並沒有聽到。

總督已經走上貪汙腐敗之路，索血者說，他這些年來以職權謀私掩護自己的兄弟，但他掩護自己的功力，更是了不起。

瓦四下一看，他就快回到原位了，而那位男僕也跟著他繞了一整圈。

我身負重責大任，索血者說，我必須解放依藍戴城內所有的百姓。和諧以高壓控制這個社會，眼看依藍戴城就要窒息而死。祂說祂不插手，卻把我們當成棋盤上的棋子操控。

「所以妳要殺了總督？」瓦說，「那樣就能解放這座城市？」

對，可以。索血者說，不過，瓦，我當然還不能殺他。因爲我甚至還沒殺了你父親。

瓦全身一陣冰冷。但他的父親早已經過世多年了。他猛地轉身，平舉著槍，和男僕四目相視。那個人一僵，眼睛睜得大大的。

接著，他就逃跑了。

瓦低咒一聲，追了上去，往前抛出一枚硬幣。硬幣在空中翻飛而去，但男僕已躲進一群人之中。瓦緊咬牙根，沒有鋼推硬幣，任由它落地，同時已取下問證。這舉動驚起那群人一陣尖叫，男僕在一群群的賓客之中潛行，眼看就快要脫逃。

幸好，他或她，不重要了，並不知道要躲避偉恩。偉恩從兩個拿著酒杯、胖嘟嘟的女人之間衝出來，朝男僕撲去，兩人摔成一團。瓦放慢步伐，舉槍，瞄準。他不能讓索血者有機會施展鎔金術或藏金術，尤其他很可能猜錯，誤判她正在燃燒錫。他想，頭部中彈應該不足以殺死坎得拉，但起碼能制止她。只要不誤擊偉恩——

然而總督的護衛，一個接著一個往偉恩和索血者的身上疊去。瓦低咒一聲，向前衝去，問證側舉在太陽穴邊，迷霧外套在背後啪啪作響。他縱身一躍，飛過蜷縮在一起的賓客，再鋼推地板上的釘子，借力躍高，最後落在那群奮力掙扎的護衛身旁。

偉恩戴著假鬍子，像個頭痛欲裂的運河工人大罵髒話，在五個保安人員的制服下，扭動掙扎。

「放開他！」瓦說，「他是我的助手。另一個人呢？」

護衛踉踉蹌蹌散開，最後只剩下一個人躺在地板上，鮮血從他的肚子湧出。

瓦猛地抬頭，看到一個穿著僕人制服的男人從人群中殺出一條路，朝附近的宴會廳外牆直奔而去。瓦平舉起問證，瞄準。

你要知道，索血者說，關於你愛人的死去，我很遺憾。我是萬不得已的。

瓦全身一震。蕾希。死亡。

可惡，我早就熬過去了！瓦仍舊扣下扳機，但男僕朝地板撲去，閃開。子彈擊中男僕頭上的窗戶，穿出一個洞。

索血者抓起一張椅子，朝已出現裂痕的窗戶丟去，玻璃整個碎裂開來。瓦再次開槍的同時，男僕從窗口跳了出去。

二十幾層樓高。

瓦怒吼一聲，衝了過去。偉恩也跑到窗戶邊，抓住瓦的手臂，「我會牢牢抓住你的，老兄。我們跳。」

「你留下。」瓦心神混亂，但強迫自己思考，「看好總督。這很可能是調虎離山之計，她也許會故技重施。」

瓦沒給偉恩機會開口抗議，隨即甩掉他的手，縱身躍進迷霧之中。

紀　實

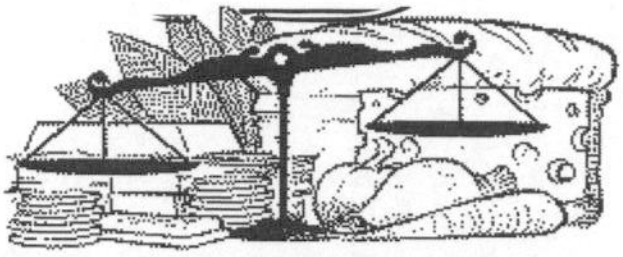

今日氣象

輕柔的西風將在夜晚增強

乙化的日報

單份／3¢
單週訂閱／20¢

受
後勁

形門把＆鎖頭別讓自己
暴露在鎔金術暴徒的威脅
我們能在一個星期內安裝
亞達莫斯街四十二號。

事嗎？卡羅爾出版社徵求
稅，希望故事內容融合迪
《魂飛魄散》、歐斯丹奈
驚心＆殘忍》。請提供小
至第六捌分區，圓環中
里斯，二一一號，卡羅爾
收

資者。投資電力，賺取
有意者，請洽史徹納特
，十五號。

魯莽草率的逮捕行動害死神射手

一年過去了，自從第四捌分區警察廳不顧民意的反彈，將備受爭議的前蠻橫區執法者瓦希黎恩・拉德利安勛爵納入警政體系中，該警察廳從此不得安寧，不斷焦頭爛額地處理那個人所製造出來、長長的麻煩清單。

當下最好的例子，就是瓦希黎恩（暱稱「瓦」）・拉德利安，任性魯莽地追捕惡名昭彰的神射手之案。該名大盜從政府機關的必需品到我們偉大城市的商業大樓，無所不偷，甚至造成一位無辜孩子的死亡。

「瓦」最近一次的蹦跳，儘管相當成功，卻也終結了被告的性命（同時死亡的還有一位身分不明的旁觀者），此舉掠奪了依藍戴城城民目睹正當審判彰顯正義的機會。在追捕過程中，拉德利安毀掉了開車兜風中的朵利絲・切娃兒貴女的汽車，同樣遭到波及的，還有林非爾＆里昂斯會計事務所的辦公室，損失逾四百盒金。貴女和會計事務所皆已聘請律師，協助索賠事宜。

瓦希黎恩（瓦）・拉德利安勛爵

暴亂　關於溫斯汀・英耐特宅邸的報導——詳見下頁第八欄

鍋霧　造成時間流速的減緩，使得議會會議原已爆滿的議程，更形堵塞——詳見下頁第四欄

知名麵包店　以天金碎片裝飾特選派餅——詳見下頁第五欄。

「街頭競速」威脅高貴的傳統運動

聽到率先抵達圓環中心的引擎聲了嗎？它們快到連時間都追趕不上。汽車引擎轟轟響，像蠻橫區的怪獸在咆哮，疾速奔馳的車輪吱吱地磨擦過馬路。大約有五年的時間，我們不再在黑夜降臨的時段，聽到噠噠的馬蹄聲和啾啾的蟋蟀叫聲。過去六個月以來，年輕小姐們和貴族青年——其中包括本報讀者的子孫——在幾條著名大街上賽車。賭博和金錢的兌換活動，緊跟著現身，這些年輕人也僱請街頭幫派事先將警察誘離所謂的「街頭競速」場地。

目前最受歡迎的賽車場地，是第三捌分區多條長而直的平行泥路。再過二十多天，年輕的卡麥・菲兒曲貴女將在緊鄰鐵門河的傳統露天市集，舉行封閉式賽道汽車競速比賽。

（下頁待續）

廳內的所有人。難道
收艾塔尼亞深坑的部
難道不是我，第一個
上的傳說帶回來的？
在農業興盛，一片綠
道不是我馴服凱爾麥
、神話般的長頸馬

不會放下這把槍，」
：「除非你為自己的
出代價。」
增長後的我，聽了男

11

墜落對一位射幣來說，就像是與生俱來的本能那般自然。突然的下降，五臟六腑瞬間移位，精神卻猛然振奮起來，全身與驟急的狂風、肌膚上冰涼的迷霧，合而爲一。

他張開眼，看著在黑夜中盤旋的白色霧氣，在周遭飄舞的迷霧，又誘人又熱情。每一位鎔金術師都與迷霧的關係密切，但除了射幣，其他金屬之子永遠不會知道縱身躍入迷霧的當下，有多麼的可怕。那感覺就像是自己也快要化成了霧氣。每當這種時刻，瓦才深刻瞭解昇華戰士，紋（Vin）的感受。他們很少直呼她的名字，多以頭銜來稱呼她，如同對待其他存留使徒一樣，以示對他們的崇敬。

《創始之書》在「歷史」章節中提到，紋最後與迷霧融合在一起。她幻化成迷霧，成爲迷霧的守護者，而迷霧就成了她存在的載體。倖存者看顧所有奮鬥求生存的人，紋則負責夜間的守護。有時候，他感覺自己在變幻莫測的輕薄霧氣中看到了她，那一頭短髮隨著她的盤繞而飄忽，迷霧外套在她背後飛揚。

這全是想像力在作怪吧？

瓦拿著問證開槍，子彈撞進地面，他在子彈上鋼推，以減緩墜落的速度，最後單膝跪在大樓正廳外的馬路上。附近一些懷抱希望的賓客仍然在大樓外面流連，等待得到允許進入舞會的機會。

「哪裡？」瓦看著那些人問，「在我之前降落的那個人呢？他往哪個方向逃了？」

因爲我甚至還沒殺了你父親……

鐵鏽的，難道她指的是史特芮絲的父親，他未來的準岳父？

「沒……沒有人啊，」一個穿黑西裝的男子回答，「只有那個東西。」他朝一張摔毀的椅子指去。

遠方響起轟轟的汽車引擎聲。那輛車吱唧地尖嘯狂飆而去。

索血者很可能已化身成射幣，瓦一邊想著，一邊朝聲音奔去，暗自期望她就在那輛車內。但這樣她就不需要汽車了。也許她是運用藏金術減輕體重，才能隨風飄落。

瓦往上一躍，藉由藍線調查各種動靜。在迷霧之中，人的視力有限，但鋼視的藍線像箭一樣穿透迷霧，使他不再受限。他輕易就找到那輛狂駛的汽車，卻無法確定索血者是否就在車內。他另外又打量了附近的車輛，看到一輛馬車在一條街外，便停了下來。他是從藍線的顫動，辨識出那些線條是從馬匹鞍具上的金屬所發出，除此之外，就是在廷朵步道上緩緩步行的行人。沒有發現任何可疑的跡象。

他決定伸手在幾根路燈上鋼推，把自己送入半空中，朝疾奔的汽車追去。他在路燈之間飛躍，看到那輛汽車繞過一個街角，隨即朝一棟樓房的屋頂撲去。他乘著一陣流速強勁的迷霧登上屋頂，甚至飄到屋頂上方幾呎處，上升的勢頭才止住。一群在屋頂上玩耍的小男孩張著嘴，看著他飛上來。瓦在屋頂的另一頭降落，迷霧外套的布條流蘇被風往前掃來，將他團團包住，眼看著汽車打從下面經過，他立刻朝車子躍去。

事情不會如妳所願的，他心想，索血者。

瓦增加體重，再鋼推到汽車的車頂。

他沒有重壓車內的人，因爲他不能確定那個人就是目標。雖然他已經很謹愼地控制體重增加的力道，仍然壓爆了車輪，使它們像蕃茄一樣爆開，他繼續施壓車頂，以求壓彎車門的金屬架。如此一來，就算索血者能加速，也無法從彎曲的車門脫身。

瓦在汽車旁邊降落，平舉問證，槍口指著車窗內一位戴著出租車駕駛帽，一臉困惑的男人。開汽車的出租車駕駛？什麼時候開始是他開車？

「他跳出去了！」駕駛說，「兩條街前就跳車了。他叫我繼續往前開，甚至不讓我停車就跳下去了！」

瓦一動也不動，槍口直指著駕駛的眉心。他很可能是索血者的化身，她能變臉。

「拜——拜託……」駕駛哀求著，哭出聲說：「我……」

可惡！瓦無法判斷，和諧，是他嗎？

他接收到一個不確定的模糊感覺。和諧也不知道。

瓦咆哮一聲，放下了槍，他決定相信自己的直覺，「你在哪裡讓他下車？」

「塔吉街。」

「去第四捌分區的警察局等我，」瓦說，「或著等我派去找你的警察。我們有幾個問題要問你。只要你的回答令我滿意，我會買一輛全新的汽車賠償你。」

瓦鋼推躍入半空中，朝塔吉街和奎爾奈街的交會路口飛去，沿著工業區迷宮般的小巷外圍飛奔，這些小巷子串連著倉庫以及運河船卸貨的碼頭。他運用鋼視，展開鋼圈，輕手輕腳地穿透迷霧，但沒有抱太大的希望。在這樣一個環境複雜的地方，尤其是在黑夜之中，要找出一個男人，極其困難。

索血者只需要找個地方躲起來，就可以高枕無憂。很少有逃犯在如此緊急的時刻有這份機智，做出這樣的決定。當鎔金術師潛行追捕時，犯人很難完全動也不動，不移動任何金屬。

瓦決定堅持下去，於是他走下一條黑暗的小巷子，並檢視腰上的繩子，以確定能在發現索血者化身成射幣或扯手的當下，迅速解開繩子，並丟下身上所有金屬。沒多久，背後的迷霧就合攏起來，他覺得自己好像進入一條無止境的走道，消失在無頭無尾的茫茫空間內。頭頂上也是一樣，只有一片的漆黑，以及盤旋的迷霧。瓦在一個空蕩蕩的十字路口停下來，寂靜的倉庫像四頭趴睡在街口的龐然大物，只有一棟倉庫前面有一盞路燈。他以鋼視四下掃視，耐心靜候，暗自數算著心跳。

一點動靜都沒有。

剛才那位駕駛很可能是索血者的化身，再不然就是瓦的獵物眞的溜掉了。他嘆口氣，放下了槍。

一座倉庫的大門刹那間砰地飛開，倉庫內十幾個男子一字排開。瓦暗暗鬆了一大口氣，原來他並沒有追丟——只是被誘入陷阱中！

等等。

可惡，瓦暗自咒罵一聲，一手平舉問證，再拔出後臀上的史特瑞恩手槍，同時朝那群人一鋼推，藉由後座力向一棟半完成的建築閃躲而去，尋求掩護。

可惜的是，那群男子在他尚未閃進建築前就開槍了。瓦展開鋼圈擋下掃射而來的子彈，子彈紛紛轉向射入空氣中，劃穿迷霧，形成一條條的線。然而，還是有一顆子彈射中了他的手臂。

後座力推著他撞上一面未完成的牆壁，他悶哼一聲。朝地上開了一槍，再鋼推子彈，借力翻過了磚牆，躲到掩護之後。

對方的子彈砰砰砰地擊中磚牆，瓦丟下一把槍，用左手按住右前臂下方血淋淋的傷口，一陣劇痛貫穿全身。牆壁另一面的敵人持續開火，其中有些子彈並沒有藍線。是鋁彈。索血者所掌握的資金比他以爲的多很多。

爲什麼這麼猛烈地開槍？是想擊倒這面牆壁嗎？不對。他們是想鎖住我的注意力，再派人潛行過來包抄我。

瓦握著問證平舉起來，同時撐起受傷的手臂抓住地上的槍——好痛——這時，幾個未配備金屬的黑影潛行進入建築的另一頭。瓦一槍擊中第一個人的頭部，第二槍則擊中接下來那人的脖子。剩下來的三個人趕緊蹲下，舉起十字弩。

突然間，三人其中之一被不明物拉進陰影之中。瓦隱約聽到有人痛呼一聲，同時他射倒了第二個敵人，正要瞄準第三人時，卻發現那個人往地上癱倒下去，被不明物擊中了頭部。是刀子嗎？

「偉恩？」瓦一邊問，一邊抓緊時間用染血的手指更換彈匣。

「不算是。」一位女子回應他。一道長長的身影在迷霧中爬過，翻過一堆磚頭，朝他而來。她越來越接近，瓦看出女子有著一對大眼睛，烏黑發亮的頭髮，身上穿著滑亮精緻的晚禮服，但膝蓋以下的裙襬已經不見了。是那個在舞會上跟他調情的女人。

瓦輕輕一抖問證，彈匣定位，一氣呵成地舉起槍，指著女子的頭。牆外敵人的子彈攻擊已經停了下來。突如其來的安靜，帶著一種不祥感。

「噢，拜託，」女人爬了起來，靠到瓦身旁的牆壁上，「如果我是敵人，幹麼還要救你啊？」

因爲妳是索血者，瓦心想。任何人都有可能是她。

「唔……你受傷了，」女子說，「嚴重嗎？我們眞的應該趕快離開這裡，他們隨時會衝過來。」

可惡，看來我的選擇不多。冒險承受死亡的可能性，信任她？或者拒絕她的協助，直接迎向死亡。

「過來。」瓦一邊說，一邊把她抓過來，再用問證指著地面。

「他們是狙擊手，」女子說，「屋簷上有五個正等著你鋼推，凌空躍入迷霧之中。鋁彈已就定位。」

「妳怎麼知道？」

「拿十字弩的那幾個繞過來包抄你的時候，被我偷聽到的。」

瓦低吼一聲，「妳是誰？」他咬牙切齒地說。

「這重要嗎？」

「不重要。」

「你能跑嗎？」

「可以。傷口沒有看起來嚴重。」瓦率先跑開，女子跟了上來。傷口見鬼的痛，但迷霧有些不對勁……他進入迷霧之中後，感覺變強壯了——不應該這樣的，他又不是白鑞臂——但事實就是如此。

被子彈射中當然不是好事，卻不像平常人口中說的那麼糟。子彈貫穿手臂下方的肌肉，使他的手舉不太起來，但不至於流血過多而死。大部分的子彈無法眞正嚇阻一個人，倒是受傷後的劇痛，可以從心理上擊垮人的意志力。

他們兩人從掩護處衝了出來，經過頭部中刀倒在地上的屍體。此時，背後的迷霧又響起槍聲，又有一些埋伏者衝進剛才那棟建築物瘋狂掃射。

女子雖然穿著晚禮服，但身手靈活又俐落。沒錯，裙襬的下半截早已被撕扯下來，但她的身手仍然太過矯捷，既沒有汗水淋漓，也沒有喘不氣來的跡象。

藍線，出現在前方。

瓦握住宓蘭的手臂，拉著她躲進旁邊一條小巷子內，前方十字路口衝出了四個男人，舉槍發射。

「鐵鏽的！」瓦低咒一聲，貼著牆往外一瞥。這條小巷子很短，盡頭是一面牆，那些惡人把他困住了。

「索血者到底有多少幫手？」瓦低聲咒罵著。

「這些不是索血者的人，」宓蘭說，「她怎麼可能招募到這麼一支軍隊？她以前都是單獨行動的。」

瓦的眼睛精光一閃，看著她，她到底知道多少？

「看來，我們必須開槍反擊了。」宓蘭說話時，背後轉來大呼小叫的嚷嚷聲。她伸手到胸口，那裡的衣料低得不能再低了。

瓦希黎恩這輩子經歷過一些怪事。他曾經到過克羅司在蠻橫區的營地，甚至還受邀成爲他們的一員；他曾經目睹神的顯靈，並與祂交談；他從死神那兒接收到一份禮物。但那些都不足以與眼前的景象相比。他震驚地看著一位美麗妙齡女子的胸脯轉成透明，其中一邊乳房還裂開來，露出一把小手槍的槍柄。

她抓住槍柄，抽出一把槍。「這兩個太方便了，」她說，「什麼都可以藏。」

「妳是誰？」

「宓蘭（MeLaan），」她回答時兩隻手握住槍，平舉起來。這次她的發音有些微的差別，「父神應許給你支援，所以我來了。」

無相永生者。她的話一說完，瓦的腦海裡就響起一個聲音，你可以信任這一位。是和諧的聲音，瓦同時還感受到一種無窮無盡的感覺，那個影像就像他之前看過的那樣。這是最好的確認，告訴他眼前的這個女人不是索血者。

但瓦依然瞇起眼睛看著女子說：「等等，我好像認識妳。」

女子嘻嘻一笑，「今晚我們在舞會上見過面，我被你迷得神魂顛倒，記得吧？你要後面那幾個，還是前面的？」

至少有十幾個男人追了上來。前方有四個。他總是會有必須相信別人的時候。「我來對付後面的！」

「好一個紳士。」女子說，「對了，原則我上不能殺人。我……呃……我想今晚已經打破原則了。如果我們不小心活下來，請不要告訴坦迅，我又大開殺戒了，他會不高興的。」

「沒問題，我可以幫妳保密。」

她又嘻嘻一笑。無論她到底是誰，現在的她絕對和舞會中的那個人相差十萬八千里。「動手時喊一聲。」

瓦從角落瞥了出去。黑影在背後的迷霧之中移動，朝他們而來。如果她是對的，這些人不是索血者的手下，那會是誰……

鋁彈。在屋簷上守株待兔的狙擊手。

是他叔叔。瓦被玩弄了。噢，和諧啊……如果索血者和套裝先生合夥……

他朝右手邊的牆壁拋出一個彈殼，並輕輕鋼推它，將它固定在牆上，再屈起受傷的手臂，然後舉起兩把槍，「上。」

瓦看都不看宓蘭一眼，就知道她已經出手。瓦鋼推那顆彈殼，藉由後座力朝街道撲去，把迷霧攪得洶湧翻滾。對方開槍掃射，瓦增加體重，再用爆發出來的鎔金術能量鋼推。幾把槍被推得脫手向後飛去，一些子彈也停留在空中，接著，只聽敵人咕咚幾聲，被推得人仰馬翻。

但有兩個人並未受到影響，穩穩地握著手槍。瓦率先開槍，擊倒兩人，沒給敵人使用鋁彈的機會。他大大地增重，朝背後那幾人鋼推，希望能對宓蘭有幫助。

這一推，也把自己推進他負責的那幾人之中。他落地後，將其中一把鋁槍踢進迷霧，然後放低問證，朝一個惡人的頭部開槍，子彈正中那個人的耳朵，槍聲迴響在黑夜裡。

瓦在迷霧之中一邊開槍，一邊轉身，接連將包圍住他的敵人擊斃。有些人拿著決鬥杖朝他而來，另一些人則拿著十字弩向後退開。他在敵人之中沒看到鎔金術師。黑暗中，他終於有機會應證迷霧外套的價值了。他朝惡人撲去，順道踢開其餘的鋁槍，外套的布條流蘇在空中盤旋，幾乎和迷霧融成了一體。敵人朝他發動攻擊，但被攪亂了的迷霧再加上流蘇的飄動，足以迷惑他們的視線。

他從兩個惡人之間回身一轉，雙手向兩旁平舉起槍，開槍，同時擊倒兩人，接著再一轉身，兩把槍共同指著潛伏過來準備偷襲他的那個人。

應該都沒子彈了，但他仍然開槍，喀嚓兩響。

那個男人嚇壞了，踉蹌後退幾步，停下來大喊：「他沒子彈了！快！他只能任人宰割！」男人向他撲來。

瓦丟下雙槍。

到底是什麼原因，讓他們以爲我有槍的時候才危險？

他伸手到外套裡面，解開腰間的繩索，抽出來，將它纏繞在指間。拉奈特的鉤子撞到了地面，鏗鏘一響。

面前的男人一聽到那聲響就猶豫了，緊緊握著決鬥杖。

「這，」瓦說，「就是它的用途。」

繩索一揚，繫著鉤子的那一端甩上空中，瓦再一鋼推鉤子，朝男人的胸口撞去，繩索在他輕輕闔起的手指之中移動。鉤子擊中男人的胸口，肋骨應聲斷裂；瓦再一抖，繩索繞回來，他從中抓住，身體一轉，鉤子也在空中打了一個飛旋，他再鋼推，鉤子擊中舉起十字弩的那個人。

瓦扭身，跪下，繩子繞圈甩出，在面前形成一個大弧線。他任由繩索飛去，翻湧的迷霧被攪得更加激烈，然後鋼推，鉤子飛過一個人，擊中另一個人的胸膛。瓦一抖繩索，鉤子回彈而來，擊中又一個拿著決鬥杖衝過來的敵人大腿，男人被打得摔得東倒西歪。

瓦用一隻手抓住鉤子，一轉身，鋼推鉤子往前撞進一個伏兵的肩膀。他的手一揚，鉤子回彈而來，再一鋼推，直接回撞上同一個人的臉。

只剩一個，他想。瓦旋轉一圈，鉤子回到了他手中，他四下張望搜尋。

最後一個男人慌慌張張地在地上找東西。他抬起頭，舉起地上一把鋁槍，「套裝先生向你問好，執法——」

他的話被背後一個黑影打斷，黑影拿刀朝他的背砍了下去。

「孩子，告訴你一個小竅門，」宓蘭說，「一定要等敵人都死光了，才能說俏皮話。就像我一樣。看到沒，多輕鬆？」她朝屍體的臉踢了一腳。

瓦左右看看倒在地上痛苦呻吟的男人。他的手仍緊抓著繩索，屋頂上的狙擊手可能很快就重新列陣完畢，開槍射擊。「我們的動作要快。我想索血者已經去找哈姆司勛爵，我未婚妻的父親。」

「可惡，」宓蘭說，「你要試試爬上去，先解決掉那些狙擊手嗎？」

「沒時間了。」瓦低聲說，朝街道的一端指去，「妳從那個方向走，我走另一個方向。突圍後，妳去找『顧問的酒杯』，那是一家小酒館，就在伊丹路上。我去找哈姆司爵爺後，會去那裡找妳。無論是我或我派去找妳的人，見面的暗語是『全是黃色長褲』。」

「沒問題。」

「祝好運。」

「需要好運的不是我，執法者。」宓蘭說，「我算是防彈人，金剛不壞之身。」她打趣地對瓦行了一個禮，然後快步跑開，衝進迷霧之中。

瓦找到了問證，但沒有把它插進槍套中。反倒是抓來附近一具屍體，吃力地把它扛到肩膀上，把子彈塞進屍體的口袋之中，再扯掉自己槍套的腰帶。他不知道那些狙擊手是不是金屬之子，有沒有能力監視迷霧之中所發出的金屬藍線。

為了以防萬一，他舉起那具屍體，鋼推，將屍體送進上空的迷霧之中。接著再鋼推槍套，讓槍套朝前面街道的一端飛去。

最後他才緊跟上去，追著槍套跑，在它前衝的力道殆盡，要掉下地面的時候，再施展鎔金術推它。一聲槍響劃破夜空，但他辨識不出聲音的來源，不知道狙擊手是朝那具屍體，或是槍套，抑或是他開槍。

又一聲槍響。

他衝出小巷子，一把抓起地上的槍套，縱身一躍，飛躍過人行道，掉進漆黑寒冷的運河裡。黑暗的河水包圍著他，槍枝的重量拉著他往下沉去，迷霧外套往上漂浮翻打。

他往下游去，想潛到河底。接著，他在水中朝背後運河兩旁的纜繩環鋼推。大部分的人，包括經驗老道的殺手，都會低估一呎深的水流阻力。瓦像魚兒在運河裡一邊游泳，一邊乘著水流往下游漂去，並持續鋼推一路上的纜繩環，讓自己留在運河中央，隱身在河水之中。他的頭掃到一艘船的船底，但他繼續鋼推，並在心裡祈禱，千萬別撞上水底的什麼東西。

等到憋住的這口氣用完，他已經游過好幾個街區了。於是他浮出水面，本能地咳了幾聲，再往岸邊游去，然後把自己撐出水面，爬到人行道上。他踉踉蹌蹌地站了起來，沒有人朝他開槍，這是個好兆頭。

他一緩過氣來，先匆匆包紮了傷口，再一躍沖天，朝哈姆司勛爵的宅邸飛去。

12

「很好，」偉恩邊說邊寫筆記，「這麼說來，妳很確定那傢伙沒有什麼不尋常的舉動？一點都沒有？」

坐在面前，雙手抱胸的女侍搖搖頭。他們終於設法從頂樓，一路跟著有錢人式的慌亂步伐撤退下來。被護衛團團圍住的總督，現在就在偉恩的左手邊，四周還有一組光芒強烈的電燈，照著霧氣繚繞的黑夜。

摩天大樓前方的草坪在那麼多人駕車離去後，顯得相當空曠。不過，他料想那樣的空曠很快就會改變，因爲瑪拉席會帶回更多的警力。她稍早先跑下來去調派警力支援，同時向上級報告狀況。這就表示偉恩目前是附近唯一一個執法人員。想到這裡，他就膽顫心驚。

「我還有一個問題。」偉恩對女子說。

「什麼問題，警官？」她問。

「妳的鞋子是在哪兒買的？」

女子眨眨眼，低頭看著腳，「嗯……我的鞋子？」

「對，妳的鞋子。」偉恩說，「看起來很舒服，眞的。黑色高跟鞋永遠不嫌多，它們跟什麼都搭。」

女子看著他說：「你是個男人。」

「我當然是啊，」偉恩說，「上次撇尿時才檢查過的。鞋子？」

「在魯索買的，」女子說，「第三捌分區的尤門街。」她頓了一下，「這雙鞋上個星期有特價。」

「可惡！」偉恩說，「好漂亮的一雙鞋。謝謝。妳可以走了。」

女子看了偉恩一眼，那眼神和別人看他時一模一樣，而且只專屬於他，不過他還不清楚那眼神所包含的意味。唔，算了，他寫下鞋店的店名。如果他迫不得已必須再次穿上變裝盒裡的可怕高跟鞋，他可能會瘋掉。

他丟了一顆口香糖球到嘴巴裡，一邊朝那堆護衛走去，一邊瀏覽手上的筆記。他用鉛筆輕敲著筆記本，心想，頂樓那個男僕，不是坎得拉。偉恩跟十幾位侍僕探聽過，他們全都認識那傢伙，也說他並沒有任何異常。只不過大家都不喜歡他，說他是惹事精，每個人都不太驚訝他會被收買，爲非作歹。

外行人會以爲挑選另一位男子會是個不錯的僞裝策略，但對手是索血者，她可以是任何人。她爲何偏偏選中那個矮子，那個男僕才進入宅邸謀事幾個星期而已吧？沒錯，新人可以藉口說不知道他人的名字，但根據調查，那傢伙今晚並沒有出現忘記人名的問題。更何況，選一個名聲不好的笨蛋，反而會引來更多關注。再怎麼看，他都是個糟糕的模仿對象。

那傢伙是另一種型態的間諜。他搖搖頭。

「祖印在哪裡？」他問護衛們，「我要給他看看我蒐集到的情報。」

那個護衛傾前，瞥了偉恩的筆記一眼，「上面只有鬼畫符。」

「畫這些，只是做給別人看的。」偉恩說，「人家看到你在寫筆記，就會說得越多。我也不知道爲什麼。是我的話，就不希望有人記下我說的……」他頓了一下，推開護衛，望進人群中央。祖印並不在裡面，總督也是。

「你們到底對他做了什麼！」偉恩轉過去對著其他護衛吼叫。眞是一群表裡不一的混蛋。

「讓大家以爲他還在這裡是最好的辦法。」護衛說，「其實他和祖印老早就離開，前去某個安全的避難所。既然我們騙過了你，希望也能成功騙過殺手。」

「騙……我是來保護那個人的！」

「唔，那你算是搞砸了，老兄，我沒說錯吧。」護衛說完，嘻嘻一笑。

於是偉恩做了一個最合理的反應，他吐出口香糖，往那傢伙的臉上一按，好好爲他裝扮了一番。

瓦向來不欣賞這座大城市，只有必須在最短時間內趕往另一個地方時，才對它感激不盡。在燃燒鋼的男人眼中，籠罩在黑暗和迷霧之中的依藍戴亮晃晃的，到處都是動靜。金屬，在某方面來說，是人類眞正的標記。人類馴服了石頭，那是埋藏在地下的骨頭；馴服了火，這個瞬息萬變的靈魂。結合兩者，更進一步發展了石器的精髓，最後出現熔鑄技術，創造出鐵器。

瓦輕聲細語般地飛掠過幾棟高樓大廈，原本漉溼的衣服已逐漸風乾。他融入迷霧之中，成爲另一道氣流，隨著他移動的是一圈放射狀的輪輻，也是壯觀的藍線網路。藍線宛若百萬隻延伸出去的手指，直指一路上支援他移動的金屬。就算飛馳的馬匹速度太慢，瓦還有鋼。鋼在體內驟燒，又一次在塑造它成形的火焰之中化回原形。

他從中汲取力量。但有時候，這樣的能量並不足夠。

今晚，他撞破了哈姆司宅邸二樓亮著燈的窗戶，翻身進屋，舉槍備戰之時，哈姆司勛爵從寫字桌後的椅子內嚇得轉身，翻倒了墨水罐。紅臉老人有一圈胖嘟嘟的大肚子，爲人親切詼諧，如今一對鬍子正在和雙下巴較勁，看誰先碰到地板。老人家一見到瓦，先是微微一愣，才手忙腳亂地想打開抽屜找槍。

瓦掃視一圈，房內沒有其他人，沒有敵人躲藏在角落裡、衣櫃內，臥房中也都沒有移動的金屬。所以他及時趕到了。瓦吐出一大口氣，起身，哈姆司爵爺這時才終於打開了抽屜。他慌慌張張地拿出一支手槍，那是一把時髦的半自動手槍，也是警察的最愛。老爵爺跳了起來，雙手握著槍朝瓦衝去。

「人呢！」哈姆司喊叫著，「我們可以抓到他們，呃，大男孩？」

「你有槍。」瓦說。

「沒錯，對。去年的那場意外，讓我領悟到一個男人必須有槍。出了什麼事？我幫你掩護！」

瓦小心翼翼地按下哈姆司爵爺的槍管，以防槍膛內有子彈。幸好爵爺並沒有裝上彈匣。瓦回頭望著窗戶。剛才他快抵達宅邸時，以鋼推推開了窗戶，它們原本的設計是向外敞開，而不是向內，因此現在都被蠻力硬從鉸鏈上扯了下來，一扇已經落地，另一扇則只剩下一角歪歪地掛在窗框上——最後它還是掉了下來，砰的一聲砸在地板上，木框裡的玻璃碎了一地。

迷霧從開口灌了進來，流瀉一地。索血者到底在哪裡？在宅邸的某處？僞裝成女孩？鄰居？或是在街上巡視的警察？

還是和他一起站在這個房間內？

「傑克史東，」瓦看著哈姆司爵爺，「還記得我們第一次見面時，偉恩假裝是我的男管家這件事嗎？」

哈姆司皺起眉頭，「你指的是你舅舅？」

太好了，騙子不可能知道那件事，對吧？鐵鏽的……他現在已草木皆兵了。

「你現在很危險，」瓦把槍塞回臀上的槍套內。因爲先前在運河裡泅泳，他的西裝算是毀了。他扯下領結往旁邊一扔，但實用的迷霧外套看起來更慘，「我來帶你離開這裡。」

「但是……」哈姆司爵爺拖長了尾音，「我女兒？」

一副他只有一個女兒的樣子。

「史特芮絲沒事，」瓦說，「有偉恩照顧她。我們走。」

問題是要去哪兒？瓦有一百個地方可以帶哈姆司過去，然而索血者會悄悄跟來。現在當然是瓦佔了上風，但……

索血者是千年妖物，和諧是這麼告訴他的。在世界滅絕前就已經存在。她狡猾、謹慎，而且十分精明……這幾百年來，她一直在研究人類的行為。

瓦的每一步，都可能落在她的預料之中。一個凡人如何在思想上超越如此古老，又如此博學多聞的怪物？

答案其實很簡單，那就是：什麼都別想。

史特芮絲從宙貝兒塔走了出來，發現偉恩孤伶伶地坐在對街，與一群鼻青臉腫、忿忿不平的男人保持一段距離，還若無其事地吃著三明治。

「噢，偉恩，」史特芮絲看看那些不懷好意的受傷男人，又看看他，「他們是總督的護衛。今晚他會需要他們的。」

「又不是我的錯，」偉恩說，「是他們先惹我的。」他用力咬了一口三明治。

史特芮絲嘆口氣，在他身旁坐了下來，抬頭仰望迷霧繚繞的高樓塔頂。她看見不同樓層放射出來的光芒，像在高處飄蕩的孤魂野鬼，一層層地往上，直到塔頂。

「和他在一起就會是這樣，對不對？」她問，「總是半途被丟下？經常感覺不到自己是他人生的一部分？」

偉恩聳聳肩，「妳可以做件好事，史特芮絲。放棄婚約，放他自由，讓他去找一個他眞正喜歡的女人。」

「然後繼續資助他和他的房子？」

「唔，我知道我接下來要講的話在這裡算是驚世駭俗，但是，史特芮絲，妳可以借他一大筆錢卻不要求回報，不需要他爲了感激而跳上妳的床。妳明白我的意思吧？」

和諧啊，這個人還眞是粗俗無禮，但他從未這樣對待過別人。是，他是粗魯，想法也有些古怪，但很少如此毫不客氣的粗鄙，卻全部留給了她，一股腦兒發洩在她身上。難道偉恩期望她反擊，爲自己辯解？她從來都搞不懂這個男人。事先預備好與他交談的內容根本無濟於事，反而激發出他的莽撞本色。

「他有交代要去哪裡嗎？」史特芮絲努力保持風度。

「沒，」偉恩咬了一口三明治，「他是追著索血者下來的，這表示任何地方都有可能，所以別想找他。他忙完，就會回來找我。如果我離開了，就會錯過他。」

「原來如此。」史特芮絲往後一靠，雙腿交叉靠在人行道的鑲邊石上，抬頭仰望著燈光，「偉恩，你討厭我，是因爲我代表了召喚他回來依藍戴的家族重責大任？」

「我並不討厭妳，」偉恩說，「我只是覺得妳讓人反感。討厭和反感之間有很大的差別。」

「可是——」

偉恩站了起來，把剩下的三明治全塞進嘴巴裡。

然後他朝那群怒目瞪視他的護衛走去，再無所謂地坐下來，以行動代替了語言。

我寧願待在這裡。

史特芮絲閉上眼睛，緊緊地閉著，努力假裝受到屈辱的是別人，不是自己。警笛聲終於出現了，宣告著警用馬車的抵達。她站了起來，調整情緒，鎮定心情。這時，瑪拉席走下馬車朝她快步而來。

「瓦希黎恩？」她問。

史特芮絲搖搖頭。

「快上車，」瑪拉席指著一輛馬車說，「我送妳去安全的地方。」

「這裡的危險應該已經解除了，」史特芮絲說，「只要偉恩不再惹是生非。」

「不，」瑪拉席說，「危險才剛剛開始。」

年輕女子的語氣令史特芮絲一愣。其他警察並沒有下車，似乎都在等待瑪拉席。他們不是前來調查瓦希黎恩追捕的那個人。

「出事了，對不對？」史特芮絲問。

「對，」瑪拉席說，「偉恩，過來！該我們上場了。」

瓦把哈姆司勛爵藏在菲德塔上。他在依藍戴地圖上隨意挑了幾個數字，才組合出這個地點，希望索血者無法追蹤到這個不經大腦思索的決定。哈姆司遵從他的指示，低姿態躺臥在黑暗之中，保持安靜不出聲。這樣就算索血者也會鋼推，就算她在黑暗中搜遍全城，能幸運發現哈姆司的機率也是微乎其微，其實根本不可能。但瓦依然擔憂不已。史特芮絲的父親雖然是個和藹可親的好人，但生性迷糊，帶點傻氣。

這已經是瓦目前所能做的最好安排，接下來他必須趕緊去找總督。沒想到這次追蹤，居然花掉他那麼多的時間。但這是好事，表示儘管祖印不喜歡瓦，依然善盡職責保衛總督。瓦判斷他們至少派出了三輛普通馬車駛離宙貝兒塔，其中兩輛是誘餌，另一輛才坐著總督本人。他在史坦敦路上發現一輛車，隨即否決了它。太明顯了，護衛居然大剌剌地坐在馬車夫的位置上。另一輛應該往東而去。他發現那輛車在第三捌分區繞過一個轉角，它同樣也是誘餌，因爲速度太慢。

更何況，總督不會走那條路。英耐特是鬥士，不屑躲躲藏藏。瓦蹲伏在哈姆蒙德人行道附近一棟大樓樓頂上，距離英耐特宅邸只隔了幾條街。總督肯定會拒絕躲進城內的避難室，回來這裡，在他的政權中心坐鎮。

這裡的迷霧在千盞燈火的照明下似乎在發光——其中有越來越多燈盞是依靠電力。那輛馬車拖了一陣子，仍然不見蹤影。在瓦開始懷疑自己可能誤判情勢時，它終究還是出現了：一輛高高的封閉式馬車，搭配著暗紅窗簾。對的，就應該這麼樸素。只不過那些馬匹都是總督得獎的名貴品種，替另外兩輛誘餌拉車的也是。

瓦搖搖頭，蹤身一躍，鋼推第一保險銀行外面的石拱門頂。那輛馬車的速度很快，也看不到護衛的蹤影，必定特意繞了一大圈，才會拖到這個時候到家。瓦從銀行正面跳下來，鋼推路燈燈柱以借力，整個人像箭一樣跟著總督馬車飆去。他落在馬車車頂上，下巴朝驚訝的車夫一揚，然後抓著車頂邊倒掛下去，敲敲車門，就這麼一隻手抓著馬車掛著。車底下的鋪石子路面疾速往後移，看都看不清楚，他們眞的把馬車趕得相當快。

一會兒後，車窗窗板打開，露出祖印震驚的臉，「拉德利安？」他說，「你究竟在幹麼？」

「遵守禮節，」瓦說，「我可以進去嗎？」

「如果我說不行呢？」

「那就別怪我失禮了。」

祖印冷哼一聲，但依然往旁邊望去，徵詢將帽子安放在大腿上的總督之意。那個人點點頭，祖印只好嘆口氣，轉了回來。

他們並沒有減速，於是瓦鬆開了手，拋出一顆彈殼，再一個鋼推。此時祖印打開了車門，他立刻抓住門把，揮手鋼推一根路燈，一個閃身就進入了車內，在祖印和總督的對面就座。

祖印會是個絕佳的模仿對象，馬車夫也是。基本上，所有親近總督的人都有可能，包括他的妻子和家人。

「拉德利安爵爺，」英耐特嘆了一口氣，「搞砸一場舞會還不夠盡興嗎？又來半途攔截我，騷擾人？」

瓦聳聳肩，起身打算再爬出車廂。車門才打開一半，英耐特就氣急敗壞地怒斥：「你這又是在幹什麼？」

「離開啊，」瓦說，「外面有成千上萬個地方可以去，而且絕大部分都更舒適怡人。」他頓了頓，拔出一支史特瑞恩手槍，在手上轉了一圈，槍柄那端遞到總督面前，「拿著。」

總督雙眼圓睜，「我爲什麼需要槍？我有貼身保鑣。」

「你的兄弟也是。」瓦說，「拿著吧。如果我什麼都不做，等到你眞的被射殺，我會很內疚。」

「……射殺？」英耐特的臉刷地蒼白，「我的兄弟遭到殺害，全是因爲他和依藍戴的黑道糾纏不清。他們不敢動我的。」

「我相信他們不敢，」瓦探身出車門外，又頓了頓，回頭問：「你知道如何辨識坎得拉對吧，祖印？」

「坎什麼？」粗脖子護衛說。

「牠們只出現在神話故事裡。」英耐特勛爵說。

「是嗎？」瓦說，「那我今晚遇到的必定是騙人的生物，眞不知道她是怎麼讓肌膚變成透明的。那好吧，看來你們胸有成竹，早有準備。」

「你是想告訴我，」英耐特伸手按住瓦，阻止他離開，「今晚出現在我的舞會上的，是一個無相永生者？」

「其實是兩個，」瓦說，「不過其中一個是來支援我的。有機會的話，我會介紹你們認識，讓她當面向你證實她的身分，看來你已經相信我的話了。至於另外一個，就是殺害你兄弟的那位。你確定你不需要槍？好吧，我只是——」

「你已經說得很清楚了，瓦希黎恩爵爺。」英耐特陰沉沉地說，往後坐回到車燈旁的座位，煤氣燈的光芒柔和明亮。

「大人，」祖印看著英耐特說，「這太迷信了。無相永生者？每兩個人就有一個說他遇見過，結果還不是爲了想上報！您不會眞的相信這些妖言惑眾吧？」

英耐特打量著瓦。

「他相信，」瓦說，「因爲他知道兄弟死得有蹊蹺。居然在自己的避難室中被殺害，而且是被護衛都相信的某人從背後出手——溫斯汀．英耐特向來非常看重保安。我猜比你還看重，總督先生。」

「你可以介紹我認識其中一隻怪物？」英耐特問，「向我證明牠們的確存在？」

「是的。」

「但怎麼會呢？」祖印說，「和諧的一個僕人殺了溫斯汀爵爺？」

「那隻坎得拉瘋了。」瓦輕聲說，「我們還不知道她的動機，但她似乎想要你死，總督先生。我的工作就是保住你的性命。」

「那我們該怎麼做？」英耐特問，「怎麼應付？」

「唔，」瓦說，「首先，讓我來接管你的護衛工作。」

「見鬼的，你憑什麼！」祖印說。

「讓你接管是不可能的事，」英耐特附和祖印，「這麼多年來，祖印把我照顧得很好，他……你要去哪裡？」

瓦又轉了回來，「今晚我有一場想看的歌劇，」他一邊說，一邊打手勢，「你們先討論，我趕趕看，應該來得及趕上結尾。」

「你走了，怪物來找我怎麼辦？」英耐特問。

「我相信你的護衛長應付得來，」瓦說，「他知道坎得拉也參加了今晚的舞會，對不對？他也很確定偉恩沒有易容溜進舞會，還有——」

「你先讀讀我的護衛規則，」英耐特嘆口氣說，「再提供建議吧。」

「好。」瓦關上了車門，馬車這時繞過一個轉角，即將抵達總督宅邸，「但有件事，你必須現在就同意。我會給你們一人一個通關密語，你們必須發誓絕對不會告訴任何人，甚至不能讓彼此知道，即便是英耐特貴女也不行。你們也要各自給我一個通關密語，這樣以後見面，我們就低聲驗證密碼，以證明我們三個都是本人。」

「你是認眞的嗎？我會認不出自己的妻子？」英耐特的聲音很疲累。

「你當然認得出她。」瓦的口氣上放軟許多，「但這是我插手的必要條件，請你務必遷就，我才能安心。」

此時此刻，家人是最危險的。索血者信心滿滿，彷彿總督已經手到擒來，瓦不禁懷疑那個怪物已經附身在某位總督家人身上。英耐特夫人並未出席舞會，不過和諧說過，索血者可以隨心所欲地更換附身。鐵鏽滅絕的，太棘手了。她可以殺害總督的姪子或姪女，甚至蹣跚學步的幼兒，再附身在屍體上，接近總督。根據《創始之書》「歷史」章節的記載，坎得拉會模仿動物，因此就連寵物都有可能是殺手。

瓦瞥了總督一眼，他似乎深陷苦惱之中，雙手緊緊交握，眼睛好像凝望著千里之外。他終於明白了瓦剛才開出的條件的含義。英耐特不是笨蛋，只是生性自大，還可能是個狡猾的大騙子。

馬車在宅邸前停了下來，祖印率先下車，瓦也動身打算下車，卻被總督抓住手臂，「我要看看你的證據，蠻橫人。」

「我明天就安排你們見面。」

「今晚。」

瓦點點頭。

「如果這是眞的，」總督依然抓著他的手臂，「我們該怎麼做？我讀過《創始之書》，明白無相永生者的本事。滅絕的……任何人都可能是那個怪物。通關密語不夠，效用不大。」

「確實不夠，」瓦坦承，「總督先生。那東西也獲得了金屬技藝，從脈動到庫藏她都會。儘管爲了防止失控，她一次只能施展一種技藝，卻能隨心所欲地變換能力。」

「我的和諧啊，」總督輕呼一聲，「我們要如何對付這樣的怪物？」

「坦白說，我也不知道。你照理應該已經死了。」

「那我爲什麼還沒死？」總督發問，並對探頭進來的祖印揮揮手，「這怪物想殺我就跟殺我兄弟一樣，易如反掌。」

「她似乎還在等待某件事完成，這件事比取你的性命更重要。她也許想等到依藍戴政府體系整個垮掉，才會殺你。」瓦頓了一下，傾前靠過去說：「大人，你要不要先離開依藍戴一陣子呢？」

「離開？」英耐特說，「依藍戴現在有這麼多麻煩，你沒看到嗎？」

瓦點點頭，「我——」

「罷工，」英耐特似乎沒聽到瓦正要回話，「物價飛漲，太多人失業，而有工作的，又有更多人出來吶喊要爭取基本工作權益。鐵鏽的，到處都有人上街遊行示威，老兄！除此之外，還有醜聞。我不能離開，否則我的職業生涯就完了。」

「總比沒命要好。」

總督看著他，似乎對他的意見不以爲然，「要我走是不可能的事。」英耐特再一次重申，「別人會以爲我棄百姓於不顧，以爲我是因爲醜聞不得已躲起來，那我不就變成了懦夫。不，我是不可能走的。我會把英耐特夫人送到安全的地方，孩子也是。我必須留下來而你必須對付那個東西，無論它是何方神聖。在它得寸進尺之前，都要阻止它。」

「我會盡力。」瓦說完，傾身向前，「給我一個通關密語好辨識身分。要好記，又要牛頭不對馬嘴。」

「『沙子發酵』。」

「好。我給你的是『骨頭沒湯』。你有避難室嗎？」

「有的，」英耐特說，「在地下室，就位於起居室之下。」

「待在那裡面。」瓦一邊說，一邊下車，「門一旦上了鎖，就不要讓任何人進入，等我回來，說出通關密語後，才讓我進去。」

瓦一下馬車，便下意識地拔出問證手槍。

他還來不及思考，就已經平舉起槍，後來才反應過來是那陣驚慌但不太激烈的喊叫聲，使他開啟了戒備模式。只見一個女僕慌慌張張地衝出宅邸，經過前門一排被照得熾亮、骨頭般陳列的柱子。

「總督大人！」女子哭喊著，「我們發了電報，府裡出事了，您要做好心理準備！」

「出了什麼事？」瓦質問。此時，總督下了車。

女僕頓了一下，圓睜著眼睛瞪著瓦的手槍。她穿著時尚的黑色套裝，裙子及踝，脖子上繞著紅色圍巾。應該是管家，再不然就是總督的顧問。

「我是治安官，」瓦說，「到底是什麼事，讓妳那麼緊張？」

「謀殺。」她說。

和諧啊，不……「不是哈姆司爵爺。請告訴我，不是他！」是不是自己丟下爵爺匆忙趕來找總督，結果害死了他？

「什麼爵爺？」女子問，「不是貴族，治安官。」她瞥了祖印一眼，祖印點點頭——表示她可以信任瓦。她移回視線看著瓦，「是賓神父（Father Bin），那位祭司。」

瑪拉席抬頭望去，被釘在牆上的屍體，像一副老舊的布幔。屍體的兩隻眼睛各插著一支大釘子，鮮血染紅了臉頰，浸透了白色祭袍，勾勒出類似紅色背心的圖樣。那幾乎就是泰瑞司人長袍上的V字。鮮血也浸汙了屍體兩旁的牆面，應該是死者在掙扎時弄髒的。瑪拉席打了一個寒顫。神父是活生生被釘在牆上。

儘管教堂寬大的中殿內到處都是蒐證的警察，站在雙眼被打了鋼釘的屍體前面，瑪拉席仍然覺得孤伶伶的，好像全世界只剩下她和屍體，構成一幅令人不安的虔敬畫面。她想起《創始之書》的「歷史」章節似乎有相關記載，但又想不起實際的內容。

亞拉戴爾總隊長來到她身旁，「悄悄告訴妳，我們把妳姊姊安置在最安全的避難室中。」

「謝謝，長官。」

「有什麼想法？」他的下巴朝屍體一揚。

「太恐怖了，長官。這裡到底出了什麼事？」

「我們審問了其他神職人員，都問不出個所以然。」他問，「不知道他們是過度驚嚇，還是覺得我們擅闖教堂，玷汙了神祇，所以不願跟我們打交道。」

他打了個手勢示意瑪拉席率先移步，兩人打從偉恩旁邊經過時，偉恩就坐在長椅上，一邊嚼著口香糖，一邊仰望著屍體。瑪拉席和亞拉戴爾走出圓頂中殿，進入一間小小的門廳，裡面一排長椅上坐著幾個面色蒼白的人——全是神職人員，是在倖存者教堂內，協同祭司侍奉倖存者的人。

坐在首位的是個灰髮女子，穿著教堂舍監的連身裙制服。她擦了擦眼淚，幾個挨著她坐的孩子都垂眼看著地上。瑞迪大隊長就站在附近，身材瘦長的他把寫字夾板往腋下一塞，抬手向亞拉戴爾敬禮。通常這類案子都不需要總隊長親自涉入，但亞拉戴爾有多年臨場辦案經驗。

「您要親自審訊嗎，長官？」瑞迪問。神職人員一聽到「審訊」二字，全身一凜。瑪拉席聽到他的口氣，暗自氣憤地想打他一拳。

「不必。」亞拉戴爾說。

「好的，長官。」瑞迪說完，扯了扯領結，拿好寫字夾板，走到神職人員面前。

「其實，」亞拉戴爾說，「我想讓科姆斯中隊長試試身手。」

瑪拉席聽了，心頭一陣慌亂，趕緊掩飾下來。令她心慌的不是這類簡單的審訊——尤其證人又都滿友善的——而是亞拉戴爾的語氣。他的口氣好嚴肅，不禁讓人以爲他是想測試她。

很好。

瑪拉席做了一個深呼吸，輕輕推開已放下寫字夾板、凝視著她的瑞迪。被召集來的八個人全都垮著肩膀坐著，該如何切入呢？他們已經向畫師描述了犯人的模樣，但深入的細節舉足輕重，足以造成辦案結果的天壤之別。

瑪拉席在兩張長椅之間的椅子上坐了下來。「請節哀順變，」她輕聲說，「我也要向你們致歉，我們警方沒盡到保護的職責。」

「不是你們的錯，」舍監把孩子摟得更緊，「誰能預料到……神聖的倖存者，我知道那些道徒全都是異端，我早就知道了。他們無法無天？也沒有指導人生方向的教規？」

「天下大亂，」坐在後方長椅上的光頭男子說，「他們只想要天下大亂。」

「發生了什麼事？」瑪拉席說，「我看過了筆錄，但……鐵鏽的……我實在無法想像……」

「當時我們正在等夜間頌讚開始，」舍監說，「今晚迷霧前所未有的浩大！前來崇拜的信徒必定有上千人。結果，那個人就悠哉地走上祭壇，那個道徒雜種。」

「你認識他？」

「當然，」舍監說，「那傢伙是拉斯克波，我們老是在社區聚會看到他。居民覺得必須邀請一位道教的祭司，以展現一視同仁的風度，但其實大家心裡都不希望見到他們出現。」

坐在她背後的輔祭員點點頭，「都不是什麼正派的人，根本不配那一身祭袍。」他說，「而且他們所謂的祭袍，不過是罩衫而已，完全沒有任何裝飾。他們崇拜神的時候，甚至都不盛裝打扮一下。」

「他自顧自地向信徒講話，」舍監繼續說，「一副他要布道的架勢！滿嘴卻是不堪入耳的下流粗話。」

「例如？」瑪拉席問。

「褻瀆神之類的話，」舍監回答，「但這不重要。警官，爲什麼妳還在這裡審問我們？上千信徒都看到了他，爲什麼你們搞得好像做錯事的人是我們？你們應該去抓那個怪物啊。」

「已經有人去抓他了。」瑪拉席抬手搭在一個孩子的肩膀上。小女孩嗚咽出聲，歪頭靠著她的手臂，「我向妳保證，我們一定會逮到凶手，將他繩之以法。你們記得的任何細節，都能幫助我們辦案。」

舍監和輔祭員交換了一個眼神，不過說話的卻是一個二十出頭、身材修長的祭壇服務員。

「拉斯克波說，」那個男人低聲開了口，「倖存者不是神祇，凱西爾盡全力拯救人類，卻失敗了。還說他的死亡和保護我們無關，更別提昇華了，那只是莽撞冒險的下場。」

「那是他們的想法，」舍監說，「以後別再提了。那些道徒……對外聲稱他們來者不拒，但只要你惹到他們就知道厲害，他們老是嘲笑倖存者。」

「他們想要製造混亂。」輔祭員又重複了一次，「他們看到有那麼多人信仰倖存者就心生恨意，也嫌惡我們的信仰有教規。他們沒有聚會，沒有教堂，也沒有戒律……道教根本不算是宗教，只是一種陳腔濫調。」

「嚇死我們了。我跟妳說，」舍監說，「一開始，我還以為一定是賓神父邀請拉斯克波上臺講道，不然誰敢踏上講道壇？我被他講道的內容嚇傻了，才沒注意到血跡。」

「我注意到了，」輔祭員說，「但我以為他戴著手套。我看著他的手指，比來比去的，滿指鮮紅，後來才發現有血滴濺到地板和講道壇上。」

此話一出，他們全都沉默下來。「事情的經過就是這樣，」舍監終於開口說話，「拉斯克波最後抬手一指，布幔落下，只見我們親愛的神父被釘成倖存者教的象徵符號，凶手用這種可怕的手法嘲諷我們。原來在我們聆聽那傢伙褻瀆神的同時，可憐的賓神父……就一直掛在那裡。那個時候他可能還活著，直到鮮血流乾，才斷氣身亡。」

然而瑪拉席不以為然，神父一開始有明顯掙扎的跡象，利器造成的傷口不至於那麼快就讓人流乾了血，氣絕而死。「謝謝你們，」她向心神不寧的神職人員道謝，「這些證詞對案子有很大的幫助。」她小心地掰開女孩的手，交還給舍監。

瑪拉席站了起來，朝站在房間對面的亞拉戴爾和瑞迪走去。

「你們覺得如何？」瑪拉席輕聲問。

「妳問的是證詞部分，」瑞迪說，「還是妳的訊問技巧？」

「都是。」

「要是我就不會那麼訊問，」粗魯的大隊長回應，「但妳的確讓他們卸下了心防。」

「他們其實沒提供什麼線索。」亞拉戴爾一邊說，一邊搓揉著下巴。

「您想要什麼樣的線索？」瑪拉席問，「總隊長，這個凶手必定和殺死溫斯汀的是同一個人。」

「現在下定論還太早了。」亞拉戴爾說，「他的動機呢？」

「還有別的動機嗎？」瑪拉席抬手朝吊掛著神父的中殿指去，「道徒？謀殺？長官，他們的祭司是星球上最崇尚和平的人，我看過的一些幼兒都比他們還危險。」

亞拉戴爾依然搓揉著下巴，「瑞迪，」他說，「去拿一些喝的給神職人員。喝點溫熱的東西，應該會比較舒服。」

「長官？」瑞迪錯愕地問。

「你是在靶場上待太久，耳聾了嗎？」亞拉戴爾說，「不要拖拖拉拉的，大隊長。我需要跟科姆斯中隊長談談。」

瑞迪瞪了瑪拉席一眼，那個眼神的熱度足以煮開一壺水，但他仍然聽命走開。

「長官，」瑪拉席看著他的背影說，「我發現你似乎下定決心要讓其他同僚都恨我。」

「胡說，」他說，「我只是想刺激刺激那個男孩而已。他一旦失去了好勝心，不想在我面前爭取表現的時候，就像個沒用的廢物。他自以為助理之職非他莫屬的那幾個星期，工作表現實在太差勁。他是遇強則強的人。」他按著瑪拉席的肩膀，帶著她離開那些神職人員。一位資淺的警佐剛好端著熱茶、手臂上掛著毛毯，走了進來。瑪拉席希望瑞迪發現工作又被搶走時，不至於太過激動。

「我，」亞拉戴爾發話，把她的注意力吸引回來，「無法收服在黑夜作亂的妖魔鬼怪。我是個警察，不是降魔師。」

「我瞭解，長官。」瑪拉席說。她在駕車過來教堂的路上，把瓦希黎恩所說的關於索血者之事都告訴了總隊長。她不打算向上司隱瞞這麼重要的線索。「但如果嫌犯眞的來自超自然界，我們有哪些對策？」

「不知道。」亞拉戴爾說，「這樣毫無頭緒讓我很挫敗，中隊長。如今的依藍戴就像一堆秋天的枯葉，只要一點火花便足以燎原。我現在沒有足夠的人力去追捕墮落神靈，必須先派出所有警力上街，阻止百姓自相殘殺。」

「長官，如果這兩件事有關聯呢？」

「妳是指兩樁謀殺案？」

「謀殺和暴動，長官。」她閉上眼睛，回想中殿的圓頂和長椅，努力想像它稍早的景象。拉斯克波站在講道壇上高舉雙手危言聳聽，嚇壞的信徒落荒而逃，深深相信那位道教祭司殺害了倖存者教的神父……

「索血者，或者別的幕後主使者，用一樁醜聞引走了政府的注意力。」瑪拉席張開眼睛，

「現在又故計重施，化身成另一個人殺害一座教堂的領袖？長官，無論她眞正的動機爲何，顯然想要挑撥離間，讓依藍戴分崩離析。」

「妳把太多問題歸究在一個人身上了，中隊長。」

「她不只是一個人，」瑪拉席說，「是半神半人。長官，罷工潮是怎麼開始的？」

「見鬼了，我怎麼知道。」亞拉戴爾一邊說，一邊輕拍著口袋，拿出雪茄盒。他打開盒子，發現盒裡只有一個摺起來的紙條。他繃著臉，拿紙條給她看：你的抽屜裡有一條香蕉。

「這個女人總有一天會害死我。總之，我覺得罷工潮早已醞釀了一陣子。和諧知道我其實很同情那些可憐的人，薪水少得跟灰塵一樣一文不值，而貴族們卻住在豪宅和奢華公寓之中。」

「但是爲什麼現在才鬧起來？」瑪拉席問，「是食物，對不對？價格突然暴漲，他們擔心就算是結束罷工，也沒有足夠的食物可買？」

「的確是屋漏偏逢連夜雨，」亞拉戴爾附和，「水災讓局勢雪上加霜。」

「水壩潰堤的原因，我們仔細調查過了嗎？」

亞拉戴爾頓了一下，然後把小紙條對摺，塞回口袋內，「妳認爲是人爲蓄意破壞？」

「値得好好查一查。」瑪拉席說。

「的確，」亞拉戴爾說，「我看看能不能騰出一些人手。如果妳是對的，這個妖怪的最終目的是什麼？」

「她想要天下大亂？」瑪拉席問。

亞拉戴爾搖搖頭，「也許霧魅和人類想的不一樣。不過就人類來說，如此費盡心力大搞破壞，通常是想證明某些東西，不是想展現自己的聰明才智，就是想除暴安良。她或許是想整垮某個人，總督不就是道徒嗎？」

「應該是。」

「那麼今晚的這樁謀殺案，可能是想抹黑他的宗教信仰。」亞拉戴爾點點頭，「殺害他的兄弟，揭露醜聞，破壞道教名聲，在他的任期內製造暴動……鐵鏽的，這些不只能致英耐特於死地，簡直是將他碎屍萬段。」

瑪拉席緩緩地點頭，「長官，我……有證據，或許能證實總督貪汙。」

「什麼？什麼樣的證據？」

「不是什麼實質證據，」她的臉漲紅起來，「是和他的政策有關。每次他更動議案，臨時提出投票表決之前，都會親自拜訪某幾位特定人士。長官，您說僱用我的部分原因在於我分析統計數字的能力，等我把資料匯整完成後，會拿給您看。但就目前我所掌握到的情資顯示，總督是個會出賣自己的人。」

亞拉戴爾抬手耙過花白的紅髮，「和諧啊，千萬別聲張，中隊長。以後再來操心這件事吧，明白嗎？」

「明白，長官。我認同您的決定。」

「但妳做得很好。」亞拉戴爾說完，小跑步過去處理犯罪現場報告。

瑪拉席不禁一陣激動，儘管她剛才只是口頭報告，長官居然就相信了她。與此同時，卻有一個想法打醒了她。如果亞拉戴爾其實就是那個坎得拉呢？一旦索血者掌控了所有捌分區的警察局，會造成多大的傷害？

不對，神父被殺害的時候，亞拉戴爾一直跟大家在一起。鐵鏽啊……那怪物會搞得瑪拉席疑神疑鬼，懷疑身旁每一個人就是坎得拉。她朝放著熱水瓶的桌子走去，期望熱茶能幫助她趕走腦袋裡賓神父被吊掛在牆上的影像。然而她才走到一半，大門就砰地飛開，瓦希黎恩大步走了進來。

布條流蘇像盤旋的迷霧在他背後飄揚，執法者氣勢浩大地走來，只有少數幾位警察小跑步過去攔阻他。為什麼他擁有一位警察應該具備的一切特質，別的警察卻沒有呢？那個人一身剛正不阿的正氣，深思熟慮又主動積極，無比頑固卻又好奇心濃厚。

瑪拉席微微一笑，快步跟了上去。他們來到了中殿，巨大的玻璃圓頂懸浮在頭頂，神父就吊掛在走道盡頭的牆壁上。這時她才意識到完全忘了喝茶的事，腦袋依然隱隱作痛。

亞拉戴爾就站在中殿內，身旁還跟著兩位年輕警員。「拉德利安爵爺，」他轉過來，向瓦希黎恩打招呼，「我們很快就可以給你犯罪現場報告，屍體——」

「我自己來就行了，」瓦希黎恩說，「謝謝你。」他拋下一枚彈殼，整個人騰空而起，飛越過圓頂下的一排排長椅，降落在布道臺上。

亞拉戴爾嘆口氣，低咒一聲，轉過去對著一位年輕警員說：「我們的爵爺眞是要風得風，要雨得雨。也許他眞能在這一團亂麻中找到什麼線索——前提是他不能隨便開槍，轟掉這個地方。」

那位年輕警員點點頭，隨即跑過去站到正遠遠朝著偉恩說話的瓦希黎恩身旁，偉恩起身也走了過去。瓦希黎恩不知說了什麼，個頭較矮的男子聽了立刻匆匆跑出大門。

總隊長搖搖頭，抿起的嘴唇帶著敵意。

「長官？」瑪拉席說，「您是不是不滿瓦希黎恩爵爺？」

亞拉戴爾吃了一驚，似乎沒看到，也可能是沒注意到她剛才就站在那裡，「別瞎說，中隊長，爵爺是警察局的一大支柱。」

「長官，這句話怎麼聽起來好像練習了好多次。」

「很好。」亞拉戴爾說，「因爲我花了好長一段時間才學會不飆粗話，心平氣和地表達他是我們很重要的一份子。」

「我能聽聽沒經過練習的版本嗎？」

亞拉戴爾打量著她，「我換個說法好了，中隊長，有人跟在後面幫妳擦屁股，眞該死得爽。」他點了一個頭，仰首闊步地走了出去。

鐵鏽啊，亞拉戴爾眞是那樣看待瓦希黎恩的？一個呼風喚雨的貴族流氓，無憂無慮，想幹什麼就幹什麼？反觀亞拉戴爾，既不是貴族，又必須操心預算、政策，以及手下的未來。瓦希黎恩則是任性來去，隨心所欲，想開槍就開槍，然後以鎔金術師和貴族的身分，拍拍屁股走人。

她突然大開眼界，原來有人視瓦希黎恩爲麻煩。一個有價值的麻煩，因爲他總是能了結案子，卻同時製造出比案子更麻煩的問題。從這個角度來看，他比較不像是聯手辦案的伙伴，倒像是一陣暴風雨。你必須事先防災，事後還要忙著善後。

瑪拉席帶著不安的心情，朝站在屍體旁邊的瓦希黎恩走去。

「那些大釘子散發出強烈的線條，」瓦希黎恩指著賓神父被毀容的臉對她說，「我的意思是指用我的鎔金術來看。就我讀過的資料，這顯示示它們不是血金術金屬錐。它們應該像金屬意識一樣很難被看見，而且不能夠反推。」

「把他釘在牆上，有什麼意義？」瑪拉席問。

「不知道。」瓦希黎恩說，「你們取下屍體後，給我每一支利器的金屬碎屑樣本。我想做一些測試，分析它們的成分。」

「好的。」瑪拉席說。

「我們早該猜到，她會挑撥離間道教和倖存者教派。」

「總督是道徒，」瑪拉席說，「我們認爲索血者拐了個彎把矛頭指向他。」

「妳說得對，」瓦希黎恩瞇起眼睛，「但那不是她眞正的目的。她想顚覆整座城市，總督被殺害會是全劇的高潮。然而，這和我有什麼關係？」

「不是每件事都和你有關，你自己也知道。」

「不是每一件事，」瓦希黎恩附和，「只有這件。」

麻煩的是，他很可能是對的。否則索血者何必附在殺害瓦希黎恩妻子的凶手身上，明目張膽地全城亂跑？瓦希黎恩丟下屍體走開，一個鋼推從後方出口竄出。那裡有一條窄巷通往外面的大街，瑪拉席趕緊跟上，也來到黑暗的迷霧之中。

「你想幹麼？」她問。

「凶手籌劃了如此引人注目的謀殺，不可能沒有預留退路。」瓦希黎恩說，「從信徒們丟在教堂內的手帕和手袋看來，她揭露屍體時，教堂內應該坐滿了人。凶手也早就預料到信徒們會從大門逃亡，她一定是趁大家驚慌逃命的時候，從後門離開。」

「好……」

「窄巷，」瓦希黎恩單膝跪了下去，檢視牆壁，「妳看這個。」

瑪拉席瞇起眼睛細看，牆上的磚頭被利器刮過，上面還留有磨擦的痕跡，「看起來像是金屬。銀器。」

「我猜是漆。」瓦希黎恩說，「怎麼弄上去的，這算小事，眞正重要的是她爲什麼要先殺這位神父？她事先警告過我她要動手，但我以爲她指的是妳父親，沒想到卻是賓神父。」

「瓦希黎恩，」瑪拉席說，「我們需要更多線索，我們必須知道這個怪物的能耐，以及她的動機。」

「同意。」瓦希黎恩站起來，望向小巷盡頭，「我有幾個難題想問問神，但我懷疑祂會空出時間給我，所以我們必須另外找人解惑。」

「誰？」瑪拉席問。

「今晚有人出手幫我，」瓦希黎恩說，「一個出乎意料之外的幫手。我有個感覺，和她見一面會有所啓發。妳要一起去嗎？」

「當然，」瑪拉席說，「爲什麼不？」

「嗯，」瓦希黎恩說，「我擔心和她互動可能會證明……神學上的難題。」

13

偉恩認為自己不是虔誠信神的那一類人。他發現和諧不太花心思在他這種人身上，就像一個繪畫大師，不會老是花時間納悶媽媽如何處置他小時候交給她的塗鴉。

不過話說回來，偉恩偶爾還滿喜歡去一般人聚會的神殿。那裡讓他心安，讓他暫時忘記煩惱。所以瓦派他前來打探時，他立刻知道準確的地理位置。

神殿坐落在十字路口的一角，宏偉古老，又矮又壯，一副老頑固的樣子。兩旁淨是新蓋的廉價公寓，其中幾棟有六層樓高，神殿卻像個坐在椅子裡的老頭，遠遠乍看之下，高度似乎不過一個人的膝蓋。和偉恩料想的一樣，神殿的大門仍然敞開，來者不拒，儘管夜已經深沉，仍然有燈光流瀉出來。他緩步走出小巷子，朝神殿的守衛點了個頭。那個人戴著無邊帽，穿著罩袍制服，拿著一枝儀杖，杖頭好像黏著一些頭髮，可能是維持秩序時打了鬧事者的腦袋吧。

偉恩壓了一下帽沿，用獨有的祈禱腔調唱頌著，以得到許可入殿，「哈囉，藍色。今天的啤酒很水嗎？」

「今晚別來鬧事，偉恩，」男子唱頌著回應，「我的脾氣並不好。」

「脾氣？」偉恩一邊說，一邊打從他身旁走過去，「好有趣的說法，老兄。如果愛慕你的小姐們為你的身體部位取了如此可笑的外號，我一點也不意外。」

完成例行的見面儀式後，偉恩名正言順地踏進了神殿。殿內的男女信徒躬身垂頭，沉思著寰宇的複雜深奧。他們圍成一圈圈輪流低聲呢喃地祈禱，燃燒的香爐飄出裊裊白煙。祭壇上方掛著老拉德利安的畫像，圓滾滾的肚子，一隻手拿著杯子往前伸來，似乎想引起眾人的注意。

偉恩站在門口，垂著頭以示敬意，手指輕沾一下從附近一張桌上滴下、流過來的啤酒小河，然後抹在額頭和肚臍，象徵性地畫了一支矛。

香氣使得他也成為這聖地的一名香客，他經過那群尋求寬恕的懺悔者，朝祭壇走去。今夜的氣氛有些古怪，特別地莊嚴。沒錯，神殿是沉思冥想的地方，但它同時也應該充滿了喜悅。源源不絕的聖歌呢？笑聲呢？頌揚神祇的歡快聲響呢？

不好，他在長椅上坐下來時，心頭一凜，看著一張粗糙圓桌雕刻著麥克是個十足的大飯桶，和香腸是垃圾之類的經文。他一直很喜歡這節經文，它明明白白地體現了真正的神諭。如果人類吃的食物是垃圾，人類最終不也成了垃圾？什麼都不是？又或者，經文其實是要我們提升垃圾的價值，因為它和世間萬物一樣都是遠古神的創造？

偉恩往後躺靠在椅背上，引來附近客人的注視。一位領口開得很低的漂亮年輕神職人員拿著杯子走過，偉恩抓住她的手臂，「我要要要要……」他眨眨眼，「呃，威士忌。」他的口音腔調就像一個今晚已經盡心盡力虔誠崇拜的男人。

女子搖搖頭，繼續往前走去。附近的人也收回目光，不再理會他。偉恩閉上眼睛，聆聽他們的喃喃祈禱聲。

「他們會害我們餓死，你聽到總督的發言了，雷恩。他只關心自己的名聲，只想撇清流言。」

「我們理應有好日子過的。這片土地是和諧為我們量身打造，但我們享受到了嗎？沒有。富饒的土地只為上層階級帶來了更多的華服和豪宅。」

「這座城市需要改變。我雖然不像那些人在鋼鐵廠工作，但和諧……」

「十六個小時值班。我出門工作的時候，小女兒還在睡，我回家時，她又已經睡著了。一個星期只有一天能真正和她相處。」

「我們做到死，把命都奉獻給同一群人，結果卻跟他們租房子，住在他們的房子裡，這不是很諷刺嗎？工作一整天為他們賣命，晚上又全還給他們，只為了苟延殘喘活一天，隔天再繼續工作。」

好沉重的祈禱。

偉恩猛地起身，撞得椅子往後一滑。他朝前方的祭壇走去，祭壇背面的架子上放了一排排在燈光下閃閃發亮的酒瓶。是瓦斯燈。這座神殿真的很傳統。他在祭壇前面坐下，就坐在一個穿著吊帶褲的男人和另一個手臂毛絨絨的傢伙之間，後者必定有熊的血統，而且血統不會太遠，至少祖父那一輩就是。

「威——士忌。」偉恩對祭壇後方的祭司說。

但那個人只給了他一杯漂著檸檬的白開水。鐵鏽的，剛才的口音可能有些混濁不清。他往後一坐，小口啜著水。

坐在祭壇這裡的人並不發牢騷，只是拿著杯子乾瞪眼。偉恩點點頭。那些人都在默禱，你可以從他們的眼神讀出來。他伸手拔出鄰座男人手裡的杯子，拿過來聞一聞。是純蘭姆酒。喝這種東西哪有什麼樂趣？

他又伸手去抽出熊男手裡的杯子，用力嗅聞。兩個男人轉了過來，看著他仰頭飲盡杯裡的檸檬水，再把他們兩人的酒都倒進自己的空杯裡，擠了一些檸檬汁進去，走到祭壇後方抓了一小撮糖丟入，加些冰塊，蓋上杯墊，雙手拿起杯子用力地搖晃。他必須成功，因為手臂掛著毛皮毯子的傢伙已經站了起來，雙手扳得指關節喀啦作響。

在拳頭揮過來之前，偉恩撥轉兩個杯子滴溜溜地各朝兩個男人飛旋而去，他則往後一坐，好整以暇地等待結果。兩個杯子穩妥地停在兩人正前方，祭壇區陷入一片寂靜。男人遲疑地伸出手拿起杯子，吊帶男率先啜了一口。

「哇噢，」吊帶男輕呼一聲，「你做了什麼？」

偉恩沒有回應，一隻手指輕敲著桌子，注視熊男也淺嚐了一口飲品，然後對他點頭道謝。和上流人士生活的經驗教會了偉恩一些道理，上流人士從不按牌理出牌。有時候偉恩覺得，他們行事如此古怪都是為了突顯自己與普通人有別。

但他們的確知道如何好好灌醉自己。這一點，他不得不佩服。

祭司走過來探查騷動的內情，但那兩個男人自顧自地跟偉恩要求再來一杯。祭司原本想要勸說他們，隨後只是點了點頭——看來他曾在上流舞會中服侍過，也可能有富貴人士曾進來飲過酒。

偉恩悄悄放了東西在祭壇上。是兩枚彈殼。

「這是什麼？」祭司一邊問，一邊放下擦拭乾淨的杯子，「這是……這是鋁嗎？」

偉恩起身，從祭壇後方拿了幾樣東西，一股腦兒全塞在祭司臂彎內。幸好他這裡有冰塊，還是不久前送來的。最近的冰塊越來越便宜，全都是從山上運下來的。這傢伙也有不錯的悟性，個性也算穩重，足以應付偉恩的需求。

偉恩打手勢要他跟上來，然後就帶頭走開。他在每張桌子邊都稍做停留，重新為他們調製新的飲品。點了啤酒的，他就添加果汁或蘇打水，再謹慎地混和，華麗變身。他再次呈現在客人面前的產品，和他們原本點的看似無異，卻是風味新穎的全新飲品。他在其中一些飲品裡加了一些薑汁——和檸檬眞是絕配——而在別的酒杯裡則混搭了點苦味食材。他嘗試運用每張桌子上原有的飲品，只偶爾幾次得到咒罵的回饋。沒花太多時間，他就讓神殿內的氣氛明顯友善許多。事實上，他還在一群人中激起了漣漪。

就在那群人的高聲歡呼下，他來到了一張桌子前，這裡坐了一位高䠷的大眼美女，有一雙纖纖玉手。他為美女調製的飲品並沒有什麼特別之處，不過就是加了薑汁和萊姆汁，還有一些蘇打水和一點的糖，至於祕密配方……唔，可就特別了。那是在稍早的宴會中找到的一小袋藍粉。是他用沙子換來的。

他的手指暗暗一捻，就把藍粉混入了調酒內，拿起杯子用力搖晃，加入萊姆汁後，再把杯子滑到女子面前。藍色汁液在杯中迴旋晃動，漸漸變成了深紫羅蘭色，那暈開的深深淺淺彷彿夜色中逐漸增濃的迷霧。

圍觀的客人驚呼出聲，美女勾起嘴角對他微微一笑，偉恩報以嘻嘻一笑。女子接受了他的殷勤，萬歲，不過他得繼續練習，否則討不了拉奈特的歡心。

但是，美女的臉頰瞬間變成藍色，緊接著又變成紫羅蘭色，和調酒的變化一模一樣。當偉恩嚇得往後一跳時，女子的肌膚又回復了正常。她狡黠地笑笑，拿起杯子，啜了一口，「好喝，」她說，「但我通常喜歡烈一點的酒。」

殿內的人已紛紛回到了自己的位置。他們是滿喜歡偉恩的表演，但更喜歡品嚐自己的調酒，甚至沒注意到女子的膚色變化。或許是偉恩搞錯了。他遲疑地坐了回去，凝視著女子，美女的眼睛像日光一樣清澈，從藍色變成紫羅蘭，又變回了藍色。

「吊死我吧，」偉恩說，「妳就是那個無相永生者，對不對？」

「正是本尊。」女子啜了一口調酒，伸出手要和偉恩握手，「我叫宓蘭。瓦希黎恩要我說『全是黃色長褲』來驗明正身。你今晚的表現不錯，我剛到的時候，覺得這裡的怒火高漲得快爆炸了。你可能扼止了一場暴動。」

「這裡只是一間酒館，」偉恩一邊說，一邊和她握手，然後往後一坐，「沒有成千上萬人的場面。真的有暴亂蠢蠢欲動的話，這種調酒小把戲也起不了任何作用。」

「也是。」

「我要做的，」偉恩說，「應該是把全城的人都灌醉。」

「或者，你可以擁護勞工權益，協助削減工時，改善工作環境，要求資方支付基本工資。」

「沒錯，沒錯。」偉恩說，「不過要是我能讓全城的人都醉倒，這座城不知會變得多麼快樂。」

「只要你先把我灌醉都好。」女子把酒杯遞了過去，「滿足一位小姐，行嗎？」

偉恩皺起眉頭，「不對啊，妳是坎得拉，半神半人，不是應該對我道德訓話嗎？」

「瞧！」宓蘭拿著杯子晃來晃去，「用藍色落日跟上等琴酒向你的女神獻祭，你就會得到賜福。」

「這個我很會。」偉恩說，「見鬼了，也許我打從心底就是個虔誠信仰神的人。」

半神半人的無相永生者咕嚕咕嚕地喝下啤酒，然後把馬克杯往桌上一放，燦爛一笑，就像個出賣姊姊、得了餅乾做獎賞的四歲小女孩。瓦打量著她，她卻盯著偉恩的眼睛，還打了一個響嗝，連死人都會被她吵醒。坐在瓦身旁的偉恩欣賞地點點頭，一臉欽佩。他也灌了一大口啤酒，然後回敬宓蘭一個兩倍長的響嗝。

「你是怎麼做到的？」宓蘭問。

「多年的訓練和練習。」偉恩說。

「我活了五百多年，」宓蘭說，「練習的次數絕對不會輸給你。」

「我可沒有那種毅力。」偉恩擺擺手。「妳會想要這種的。」他喝光杯中的啤酒，又打了一個長長的飽嗝。

瑪拉席就坐在瓦的旁邊，一群人共同待在酒館的一個包廂內，她驚訝地看著那兩人的打嗝競賽。瓦讓瑪拉席開車載他過來這裡，這樣他才可以在車上拆開繃帶，檢查傷口，再重新包紮。止痛藥發揮了藥效，他幾乎已不覺得痛。

這段車程並不長，抵達酒館後，他和瑪拉席走了進去，加入那兩個人的陣營，而他們正在比賽……打嗝？瓦不確定這算不算是比賽，或者只是兩個惺惺相惜的人在交流，就像兩個音樂大師正向對方演奏自己最愛的曲子那般。

宓蘭也喝光啤酒，然後戲劇性地舉起一隻手，手掌裂了開來，形成兩片上下嘴唇，隨後輕輕打了一個嗝。

「作弊。」偉恩說。

「我只是運用了父神賜給我的能力。」宓蘭說，「別跟我說，就算你會用別的身體部位打嗝，你也不屑炫耀。」

「唔，」偉恩說，「既然妳提起了，我倒是會搞個非常有趣的聲音——」

瓦清清嗓子，「請原諒我得暫時打斷這段關於偉恩會用身體哪個部位製造聲響的對話，但我必須承認妳真是出乎我意料之外，夫人。」

「見鬼，」宓蘭說，「千萬別那樣叫我。」

「妳是和諧的僕人。」瓦說。

「我是比較後期的。」宓蘭說，「按照坎得拉的算法，這表示我還是個孩子。」

「妳經歷過重塑世界的『落灰之終』，」瓦說，「是認識初代的古人。」

「『落灰之終』那段期間，我都待在地底下。」宓蘭說，「當時我只是青少年，不知道地面全被灰燼覆蓋住了。你們眞的沒必要被我嚇到。」

「妳活了超過六百年耶。」瑪拉席說。

「地上的泥土也一樣。」宓蘭傾身向前說：「聽著，我只是來幫忙的。如果你們想找個人來奉承巴結，那我就找文德爾或其他眞正的古人來幫你們。他們喜歡被人奉承巴結，我只想看到盼舞改邪歸正，才來協助你們。」

瓦傾前靠到桌子上，他察覺到宓蘭會對從她身旁經過的人微笑，還有，她的手指會隨著角落裡那群醉漢所唱的小曲輕敲著拍子，瓦判斷這位坎得拉喜歡和人類相處。她喜歡待在這裡，喜歡處在人群之中。她不像瓦以爲的冷漠、孤僻，甚至能完美融入，完全沒有與眾不同的感覺，儘管她剛才才用手變出一張嘴巴。「妳是那個送耳環給我的人，」他摸著耳朵上的小尖刺，「那是好多年前的事了。」

宓蘭的微笑擴大了，「我仍然是用同一副軀殼，但我很驚訝你居然還記得我。」

「妳用的是誰的身體？」瑪拉席問，「又是如何取得的？」

「我自己做的。」宓蘭下巴抬得高高的，臉突然又變得透明，展現出肌膚底下的頭骨。那是由鮮豔的翠綠色水晶雕刻而成的骨架。「我比較喜歡一副眞正的身體，而不是死人的軀殼，不過若是情勢所迫，我還是可以附身在別的身軀上。如果遇到那種情況，我會盡全力暗示你們的，雖然我的模仿能力只能算是馬馬虎虎。」

「那我們追捕的這個呢？」偉恩問。他正在用被丟在各個桌上的薄木杯墊蓋一座高塔，並且想辦法平衡，不讓它倒下來。

「盼舞嗎？」宓蘭的臉色恢復了正常。「她是坎得拉的佼佼者。就我所知，所有坎得拉之中，只有坦迅比她強。」

「但她現在的表現一定會不正常，」瓦說，「因爲她瘋了。這點應該能幫助我們認出她來，就算她化身成了別人，對吧？」

「也許吧。」宓蘭扮了個鬼臉後，也拿來幾張薄杯墊開始蓋她的高塔，「盼舞的能力很強，而模仿……唔，算是根深柢固在我們體內的天賦，尤其是那些經歷過最後帝國的資深坎得拉。它們之中有一些幾乎沒有了自己，只能模仿別人，否則就不知道該如何過日子。」

「妳好像不認同那樣的人生。」瓦好奇地說。

「我年紀小，」她聳聳肩說，「從來都不需要服侍統御主。我一直都服侍和諧，祂是個慷慨的好人。」

聽她如此提及神祇，有些古怪。瓦瞥了瑪拉席一眼，瑪拉席對他挑起一道眉，又聳聳肩。周遭的酒客低聲交談著，嗡嗡的低語聲中透著熱忱和活力。瓦和其他三人就坐在酒館一側的僻靜包廂內，溫暖的瓦斯燈帶著一絲親切，比家裡的電燈更有生氣。

「好吧，」瓦對宓蘭說，「我們來談談索血者的能耐，還有該如何取她的命。」

「你們沒必要殺她啊。」宓蘭趕緊說，她的塔已經蓋到第二層了。她瞥了偉恩一眼，而偉恩正在蓋第三層。「只要移除她剩下的那支尖刺就行，那樣她就不能動了。現在她的腦子糊塗了，只要把她監禁起來，我們就可以好好處置她。」

「糊塗？」瓦說，「她把一名神職人員的雙眼刺穿，殺死了他。」

宓蘭的笑容褪去，「她的體內只有一根金屬錐，不能正常思考。」

「沒錯，」瓦說，「但她是自己拔出那根金屬錐的，不是嗎？」

「我們是這樣認爲的。」宓蘭坦承，「我們比其他血金術生物脆弱，只要兩根金屬錐就能掌控我們，於是她拔掉了一支。」

「她想要取得殺生的自由，」瓦說，「才不是『腦子糊塗了』，宓蘭。她已經毀了自己，也可能已經精神錯亂。告訴我們該如何殺了她吧。」

宓蘭嘆口氣，「那樣只會事倍功半。要是你能打破她的頭骨，她會動彈不得，也許這招有用。槍彈是無效的，頂多只毀了她外在的軀殼。關鍵是那根金屬錐，把它拔出來，她就會回復到最原始的狀態。這是兩全其美的最佳方法。」

「她最原始的狀態，」瑪拉席說，「是霧魅。」

宓蘭點點頭。

瓦輕敲著桌子思考，「要想拔出那根金屬錐，就必須先讓她不能動彈。如果綁住她，對拔出金屬錐有幫助嗎？」

「瓦希黎恩，」宓蘭又傾前往桌子靠去，「看來你很清楚自己的對手了？盼舞是古人親自調教出來，專門侍奉統御主本人。她爲統御主平息過叛亂，推翻過王朝，而且相當熟悉血金術的精妙複雜。按照你們的說法，她也學會了運用金屬錐來提升自己的鎔金術和藏金術，不過這在我們看來是不可能的事。如果你能抓到她，她絕不會任由你擺布，因此你只能抓緊時機拔出金屬錐。」

瓦感到一股涼意上身，「我會的。」

「鐵鏽的，」瑪拉席低聲說，「妳不是不希望我們被妳嚇到？」

「我？」坎得拉說，「我無害啊。」她向女侍招手，再指指自己的杯子，「我才不像盼舞發了瘋那麼可怕。」

「很好，」瓦瞥了偉恩一眼，「你好像有些擔心。」

「我？」偉恩拿著杯墊蓋著他的第四層高塔，「抱歉，我只是在想如何灌醉依藍戴全城的人。」

「我不是問你這個。」一位女侍注意到他們在玩杯墊，於是又拿了一些過來放在桌上。瓦抓起杯墊，蓋起了他的塔樓。「好，那我們要如何拔出金屬錐？」

「最簡單的辦法，就是讓我來。」宓蘭說，「我可以把它拔出來；但如果我不在現場，就不要等我了，直接打斷她的骨頭，把斷骨一一抽出來，你就會找到金屬錐。過程還滿血腥的，你的胃要很強壯。」

很好。「有辦法認出坎得拉嗎？有什麼特別的受傷模式或是血液樣本之類的？」

宓蘭在口袋裡翻找著，「我們一旦附身在軀體上，就被鎖在那具軀殼內，變成那個人。所以你割掉我們的一根手指，我們會流血，指紋也會是被附身的那個人的指紋，就算是別的坎得拉也很難認出來。你沒讀過《創始之書》的『歷史』章節嗎？」

「讀了幾次，」瓦說，「但關於坎得拉的章節都晦暗不明。」

「你這樣說，我應該覺得被冒犯，應該生氣。」

「那表示妳還不夠醉。」偉恩回應。第五層了。瓦搖搖頭，專心蓋著他的第二層樓。

「總之，」宓蘭說，「在過去，要想找出另一個坎得拉是有難度的。於是爲了以防萬一，我們採取了一些方法，那是我們之中比較有科學頭腦的坎得拉發明的辦法。」

她放了一樣事物在桌上，往前推去。那是一組針，長度跟男人手掌寬度一樣，各自連接著兩支金屬注射器。瓦拿起其中一支針筒。

「把針插進坎得拉的身體，」宓蘭說，「注射器中的液體將讓她的附體稍稍頹軟，肌膚會暫時變成透明的，揭露出她的眞面目。」

「漂亮。」偉恩說。

「但有個問題，」宓蘭說，「如果你拿針筒插的那個人不是坎得拉，他就會死。」

「那我們出手就要非常小心。」瑪拉席一邊說，一邊檢視另一支針筒。

「沒錯，」宓蘭說，「我們正在想辦法改良這點。當然這是在萬不得已時才能動用的下策，不過這樣做的確能暫時麻痺她。如果想在插針之前先找出盼舞，可以試試設下一個騙局，引君入甕。她並不會有被她附身的那個人的過往記憶，反過來說，如果你看到一個不是迷霧人的人，使用了鎔金術或藏金術，那麼這個人可能就是她。」

「我怎麼有個感覺，如果讓她在我面前運用她的金屬技藝，我會先陣亡。」瓦說。

四個人沉默了下來。瓦拿起兩支針筒，塞進槍帶上的小袋。瑪拉席在筆記本上潦草寫字，記錄下剛才的對話內容。他得找她要一份複本。重新裝滿的飲品送到了，卻沒有被要求付費。偉恩在瓦抵達前到底做了什麼？他實在不想開口問。

這算是哪門子的支援？瓦感到相當挫敗，此時他的塔樓也塌了，垮成片片杯墊。給了他武器，卻只能在百分之百確定騙子的身分後才能使用？而他面對的索血者可以化身成任何人。索血者還能運用所有的金屬技藝，她是古老怪物，既精明又狡猾……

「她有備而來，」瓦說，「不只是瘋了那麼的簡單，宓蘭。情況比妳想的複雜。」

「你還是決心要殺了她。」宓蘭嘆了一口氣。

「如果萬不得已的話。爲什麼妳猶豫不決？我以爲坎得拉的意志比任何人都堅定，絕對要親眼看到問題被解決。」

「她不是『問題』，」宓蘭說，「她是活活的生物。沒錯，我是想看到她放下屠刀，我們也的確需要阻止她的惡行，但是……」她往後一坐，手指一彈，杯墊小塔瞬間垮掉，「存活到今天的坎得拉那麼少。要命，我們現在的數量甚至不超過五、六百，最後昇華時期損失了一大堆同類。執法者，如果你的種族只剩下三百人，或許你在面對另一個同類被殺時，也會變得猶豫不決。」

「一個種族的延續並不重要。」瓦厲聲說，「我才不在乎你們是剩下三百個或是三個，只要其中一個在我的城市中把人釘在牆上，我就——」

「瓦，」偉恩打斷了瓦希黎恩的話，一邊想辦法平衡啤酒杯墊的第六層，「檢查檢查你的脈搏，老兄。」

瓦深吸了一口氣，「抱歉。」

「什麼意思，」瑪拉席將鉛筆尾端從偉恩指到了瓦那邊，「脈搏？」

「有時候，」偉恩回答，「瓦會忘了自己是人，而不是一顆石頭。」

「那是偉恩提醒我的獨家方式。」瓦抓來一些杯墊，又開始蓋高塔，「每次他覺得我需要一些同理心的時候，就會叫我檢查脈搏。」

「你太偏執了，老兄。」

「你自己不也蒐集過八十種不同的啤酒瓶。」

「是啊，」偉恩說完，溺愛地對他一笑，「我之所以那麼做，還不是想惹你生氣。」

「開什麼玩笑。」

偉恩搖搖頭，「我早就受不了那些鐵鏽的瓶子，但每天早上看著你被新增的瓶子絆倒、低聲咒罵，我聽在耳裡，眞是覺得優美動聽啊……」

「你知道嗎？」宓蘭喝了一口酒，「你們兩個眞是出乎我意料之外啊。」

「怎麼說？」瑪拉席說。

「第一，」宓蘭說，「我不知道偉恩這孩子如此擅長啤酒墊雕塑。」

「他作弊，」瓦說，「他用嚼過的口香糖黏住了底層的一些杯墊。」

瑪拉席和宓蘭轉過去看著偉恩，偉恩只是嘿嘿一笑。他拿起杯墊雕塑，打散上面幾層，果然下面三層——眞的——黏在一起。

「偉恩，」瑪拉席吃了一驚，「你那麼想在我們面前出風頭啊？」

「這跟出風頭沒關係，」瓦說，「他想較勁的不是高塔能蓋多高，而是我能不能發現他的小動作。他總是變著花樣作弊。回來談正事，宓蘭。妳那個凶狠的離群獸坎得拉朋友，正在謀劃一件大事。一旦她得逞，局勢會一發不可收拾，這座城市就完了。」

「同意，」宓蘭說，「那我們該怎麼辦？」

「知己知彼，百戰百勝，」瓦說，「我必須知道她的動機。她爲什麼這麼做？是什麼原因促使她自拔金屬錐？」

「我希望我知道答案，」宓蘭說，「我也一直在想這個問題。」

「那就跟我說說她，」瓦輕敲著他的空酒杯，「她是什麼樣的人？喜歡什麼？」

「我們對盼舞根本一無所知。」宓蘭說，「她是老一代的坎得拉。我說過了，她大部分的生涯都在外面執行任務，奉獻一切，幾乎沒有了自己，也不知道該如何適應和面對這個新世界的破曉期。一些上個世代的前輩都喜歡待在家鄉，只在有任務時才逼不得已離開。但這不適用於盼舞，她直接授命於父君，只爲統御主辦事。」宓蘭頓了一下，「她可能知道統御主的一些事，而這些事是我們都不知道的。我想統御主有時候甚至會命令她假扮成審判者，潛伏其中臥底。

「總之，若是她沒有掌握鎔金術和藏金術的技藝，便不可能成功假扮審判者。所以她可能就是因爲這項任務，才學成這兩項金屬技藝。她對統御主很忠心，統御主死後，她轉而效忠和諧，幾乎到了狂熱的地步，堅持要求和諧指派她出任一個又一個任務，從未留下來和我們好好相處，總是獨來獨往。她向來循規蹈矩，直到……」

「突然大開殺戒的，」偉恩輕聲說，「都是那些不會叫的狗，唔，還有神經病。」

所以這告訴了我什麼？瓦專心琢磨著，三層小塔被他丟在了一邊，既然她沒有前科，我又該如何對付這樣一個嫌犯？

宓蘭往後一靠，似乎也陷入了思考中，但隨即揚手拋出一片杯墊，擊倒了瓦的小塔。她見狀，沒趣地咕噥著。

「怎麼？」瓦問。

「沒有，我只是好奇你是不是也作弊。」

「瓦從不作弊的。」偉恩的臉被馬克杯遮住了一半。瓦永遠都搞不清楚，他是如何一邊喝東西，一邊說話，又不會被嗆到。

「你這話就說錯了，」瓦說，「我只是很少作弊。這一招要『出其不意』才能制勝。」他站起來，「妳能推測看看，索血者特別鎖定總督的原因嗎？」

宓蘭搖搖頭。

「有沒有比妳瞭解她的坎得拉？」

「坎得拉前輩中，或許有吧。」宓蘭說，「我安排看看，也許能找其中一個來跟你談談。」

「很好，」瓦說，「但首先我希望你們三個去守護總督。」

「我得先回去總部匯報，」瑪拉席說，「也想順便調查一件事。」

「好，」瓦說，「偉恩，你先過去總督官邸。」

「他上次把我攔在門外。」

「現在不會了，」瓦說，「我說服了他，不過我們得趕快安排他和宓蘭見一面。」

「好，沒問題，」偉恩說，「本來我也沒打算今晚有覺可睡。」

「接下來的日子裡，睡眠時間都會很少。」瓦說。

「你要我跟他一起去，曉擊？」宓蘭問。

「我想想。瑪拉席，妳需要支援嗎？」

「是的，麻煩你們了。」她說。

「跟她去吧，」瓦的下巴朝瑪拉席一揚，「順便讓亞拉戴爾見識見識妳的眞本色。也許該是時候讓他知道，我們面對的是什麼樣的角色。」

「我已經告訴他了，」瑪拉席說，「不過他希望眼見爲憑。」

瓦嘀咕了幾聲，他並沒有交待她那麼做，「妳儘快辦完事後就趕去總督的官邸，我希望多一雙眼睛看著他。還有，我們分開之前必須先各自交換暗語，要特別的句子，而且不能讓其他人知道，這樣才能彼此鑑定身分。我和總督，以及他的護衛長也交換了暗語。」和諧啊，這樣下去，一堆暗語豈不成了夢魘？

「光是看守總督是不夠的，瓦。」瑪拉席一邊說，一邊站了起來，「這是你自己說的，太被動了。我們還能做什麼？」

「讓我想想。」

其他人也站了起來，瓦拉住偉恩的手臂，以確認他們眞的買了單。出乎他意料之外，偉恩這次確實付清了帳款。一行人朝大門走去，偉恩趁機向朋友說明他想到的保護總督的小點子。

兩個人來到了酒館門口，宓蘭正在那裡等著瑪拉席發動那輛汽車猛獸。偉恩逕自離開，抬手招來了一輛出租馬車載他到總督宅邸。這時，瓦卻抓住宓蘭的手臂。

「我討厭這樣，」他低聲說，以防酒館保鑣聽到，「不能再像以往那樣信任我信任的人，事後還要自責疑心太重。」

「是啊，」宓蘭回應，「但你可以應付得來。祂把這項任務託付給你是有原因的。」她靠了過來。鐵鏽的，她眞是嫵媚動人。不過話說回來，依她的能力，若是不能讓自己風情萬種，那才有問題。「追捕盼舞的不只是我和你，執法者——還包括依藍戴城內所有的坎得拉。問題是，我不認爲我的兄弟姊妹找得到她。他們現在溫順馴服，不願傷害他人，尤其是在著名替身騙局（Remarked Duplicity）（注）期間，坦迅被迫做了那些事之後。除此之外，他們還是……一群烏合之眾。」

「他們可都是神的僕人。」瓦說。

「沒錯，」宓蘭回應，「而且他們還有好幾百年的時間修改自己的不正常。我告訴你，年紀越大並不表示就越成熟。我們不會像殺手一般思考，我們與和諧太親密了。盼舞的言行舉止讓我們百思不得其解，那完全違反了我們幾百年來的信仰和價值觀。我不認爲我們能及時找到她，但你……你可以。」

「因爲我可以像殺手一樣思考。」

「我不是——」

「沒關係，」瓦放開了她的手臂，「我就是我。」他從門邊的衣帽架上拿來迷霧外套穿上，邁步踏進夜色之中。「噢，謝謝。」他說。

「謝什麼？」

他輕敲著戴在耳朵的耳環，「這個。」

「我只是負責送貨而已。」

「妳送來了我需要的東西，而且就在我最需要它的時候。」他拋出一枚彈殼，又用腳固定住它，「我們在總督宅邸見。」

注 指坦迅在《迷霧之子三部曲》的一切行動。

14

如果想要瞭解一個男人，那就挖掘他的火坑。

前面那句諺語出自巒橫區，最初可能是從克羅司那兒傳出來的。大概的意思是，從一個人丟棄的廢物，也就是他會拿來焚燒取暖的事物，可以反映出他的日常生活樣貌。

教堂鐘聲宏亮地宣告十一點整的到來，瓦施展鎔金術在迷霧之中穿梭飛躍。鐘聲在夜幕中迴蕩，而鐘塔卻隱身在黑暗內。十一點在現代生活方式下並不算晚，尤其是在市中心之外的地方，但它應該代表著大多數人已經準備上床睡覺，尤其勞工階級需要一大早起床上工。

只是，如今有一大群勞工沒有工作等著他們早起去上工。這個現象呈現在擁擠的大街上，以及更擁擠的酒吧內，更別提他經過的那些安撫店了。夜已深，店家仍然開門營業中。這些店給予挫敗的心一種與眾不同的慰藉，是鎔金術師以極少報酬提供的服務，他們會暫時撫去客人的情緒，讓他們麻木。

至於煽動店，則是另一種不同的野獸。客人進到店內，選取一種想要的情緒，再讓鎔金術師烙進他們的意念中。這樣的服務甚至更受歡迎，從店外的排隊人龍可以看得出來。

瓦在一家屋頂上稍做停留，側耳聆聽後，動身朝一群男人怒吼的方向而去。他在屋脊上奔跑，鋼推屋頂鐵釘，悄無聲息地朝一棟棟公寓飛躍而去，最後降落在外圍的一條街道上。

他在附近找到一間小小的道徒聖所。它不是剛才發出鐘響的教堂，道徒聖所的規模遠比教堂小多了，是比照舊式泰瑞司小屋的結構興建，屋內空蕩蕩的，通常只有兩張椅子。一張是給你的，另一張，當然是給和諧的。道教嚴禁任何崇拜儀式，但鼓勵信徒與神交談。

然而今晚，那間小聖所被包圍了。

迷霧中，一群人一邊吶喊，一邊丟石頭，他們很可能都已喝醉。他能清楚地辨識出那些人的外貌，都市中的迷霧黑夜從來不會太暗，因爲周遭總有被霧氣反射的燈光。

瓦拔出槍套內的問證，大步朝前走去，迷霧外套在背後飄揚。十足的氣場，讓第一個發現他的男人從迷霧中走出來，大聲示警，那群男人立刻四散竄逃，只留下滿地石頭和一些酒瓶。瓦望著他們發出的金屬藍線，確定沒有人故意繞到他後方。有個男人在附近停了下來，不過保持了一定的距離。

他搖搖頭，朝聖所走去。聖所內，一位傳教士縮在裡面，那是個梳著精緻辮子的泰瑞司女人。道教的教士是個奇怪的設置，這個宗教一方面強調個人與和諧的直接關係，並不拘泥任何形式的崇拜，只要求信徒行善。另一方面，信徒還是需要指引方向，需要有人解釋教義。道教的傳道者——外人稱他們爲祭司，不過信徒卻很少使用這個稱謂——設立這樣一個地方，爲前來的信徒解釋道義。像是教士，沒錯，但不像倖存者教派那麼正式。

他向來覺得奇怪，一所小小的道教聖所，八面全是敞開的大門，讓迷霧自由來去，而倖存者教派的教堂則是從玻璃圓頂觀看外面的迷霧，信徒都舒舒服服地待在擺著黃金雕像和精緻木椅的華麗教堂內。女人抬眼看著他跪下，空氣中瀰漫著油味。附近地上，是她失手摔破的提燈。

「妳沒事吧？」他問。

「我……沒事。」她說，「謝謝你。」

她的目光瞥到手槍上。瓦照例沒把手槍塞回槍套內。「今晚妳最好先離開這裡。」瓦說。

「可是我住在上面的閣樓。」

「那就回村莊去，」瓦說，「還有，盡可能叫上其他同事一起離開這裡。倖存者教派有個神父被謀殺，凶手假扮成道徒傳教士。」

「親愛的和諧啊。」女人輕呼一聲。

瓦往外走去，讓她去收拾行李，希望她真的能照他的話去做。他走進黑夜之中，循著幾條金屬藍線，朝剛才被他嚇跑的男人的藏身處走去。他打量著迷霧中的黑暗小巷，拋出一枚彈殼，人立時向空中彈去，再謹慎地鋼推，讓自己筆直降落在小巷內，手中的槍就指著躲在巷內的那個人的頭。

對方嚇得屁滾尿流，大小便失禁，腳下惡臭汙穢一片。瓦嘆口氣，拿開了問證。年輕人踉蹌退開，卻又被背後的垃圾桶絆倒，狼狽不堪。

「你們不能再來祭司這裡鬧事，」瓦說，「她與這樁謀殺案無關。」

年輕人點點頭。瓦抛出一枚彈殼，準備升空，躍入黑夜之中。

「謀——謀殺？」年輕人問。

「就是那……」瓦頓了一下，「等等。你爲什麼來聖所鬧事？」

小伙子抱怨：「有兩個穿著道袍的人走進酒吧，對我們倖存者又叫又罵。」

「兩個？」瓦朝小伙子走去，嚇得他全身瑟縮在一起，「不只一個人？」

小伙子點點頭，隨即哀嚎一聲，連滾帶爬地逃入黑夜之中。瓦沒再理會他，任他離去。

我早應該猜到了，他思忖著，蹤身躍向空中。謀殺的消息不會傳得這麼快。所以她的陰謀不只是殺人，還有別的。鐵鏽的，有其他祭司也陷入險境嗎？

這樣看來，她有共犯。索血者和另一個人同謀？又或者，她有兩個幫手？宓蘭很有把握索血者是單打獨鬥，但這些人的鬧事足以證明事實正好相反。他一直擔心今晚發生在宙貝兒塔的暗殺事件太過湊巧，現在看來，正好說明一件事：索血者有幫手，而且很有可能就是瓦的叔叔。他決心稍後再來驗證這個推測。現在，他想先去追查另一條線索。

他很快便來到了目的地：灰燼之境公共馬車場。那是這個捌分區北方的一塊大空地，停放各式各樣的馬車，其中包括了豪華的敞篷蘭道馬車，省去繁瑣的裝飾木材、吸引低調簡約客群的單馬輕便馬車，以及褶頂遊覽用馬車。

不過最大量的仍然是一般在大街上跑的馬車：封閉式車廂，廂頂設有車夫位置的四輪馬車。依藍戴人稱這種馬車爲巴靈頓，以紀念巴靈頓勛爵。這種馬車可以隨意上漆，但車體形式基本上大致統一。瓦自家用的馬車，就是巴靈頓馬車。

他數了數，這一排共有七輛，全籠罩在照耀全場、和相鄰大型低矮建築的電燈互相輝映的高柱路燈光芒之中。鼻子告訴他，那些房舍全是馬廄。灰燼之境商號的馬車全漆成了光亮的黑色，是依藍戴城內出租馬車的通用色，兩側呈弧形的車廂形式宣告經營者是塞特的後代子孫。

他要找的是一片漆成銀色的擋板，上面的油漆應該有被教堂後門小巷磚頭刮過的痕跡。索血者很可能就是坐上出租馬車逃跑的，她在進教堂殺人之前，已事先吩咐車子在外頭等她。

瓦仔細地檢視每一輛馬車，以手指滑過兩側被漆成銀色的擋板，但沒找到有刮痕的馬車。

「有什麼需要幫忙的嗎？」一個人聲有禮地詢問，路燈的光芒照亮一個沿著馬車走來的人。那個人沒有攜帶武器，但外套上有金屬鈕釦，雙手各戴著一個手環，口袋裡有一些零錢，背心裡有個懷錶。衣領上的幾支別針放射出非常細小的藍線，給了瓦判斷對方身高的線索。

瓦轉身面向聲音的來處。結果對方是個矮胖的男子，身上一襲拖了長長尾巴的特殊燕尾服，表明他就是此商號的經營者。瓦知道幾位當代的塞特族人，但從未和他們眞正接觸過。無論胖瘦，無論貧富，他們都掛著一副算計的嘴臉，似乎永遠在評估對方願意掏出多少錢。

眼前這位塞特家的人，視線飄到了瓦的西裝上。瓦身上泡過水的西裝已皺巴巴的，還沒有了領巾，再加上迷霧披風，他大概早沒了高貴的儀態，所以那個人的表情瞬間冷傲起來。

但當他的目光又飄到了披風的布條流蘇上時，整個人的態度立刻大變，姿態從「別碰我的馬車」轉變到「你看起來像是願意為絲絨枕頭額外付費的人」。「爵爺，」他點了一個頭說，「您今晚要租馬車嗎？」

「你認識我？」瓦說。

「您應該是瓦希黎恩．拉德利安爵爺。」

「好。」瓦從口袋拿出一塊小鋼片，其中一面雕刻著圖文。那是證明他是治安官的警察證。「我在查案子。那種馬車，你有幾輛？」瓦歪頭朝那排馬車一指。

塞特明白瓦今晚不會花錢租車後，表情一垮，好不容易才回答：「二十三輛。」

「這麼說來，都這麼晚了，還有很多輛馬車在外服務。」瓦說。

「只要大街上還有人，我們就不會收工，警官，」塞特說，「而今晚，客人都還在外面。」

瓦點點頭，「我需要還在外面工作的車夫名單、路線，以及他們今天預約的客人名單。」

「沒問題。」塞特領著瓦朝停車場中央的小房子走去，整個人似乎比較放鬆了。他們走到半路時，一輛馬車駛了進來，它的兩側擋板並沒有刮痕，前頭兩匹汗水淋漓的馬，頭垂得低低的，嘴巴上還冒著泡沫。看來，這兩匹馬也是長工時的受害者。

走進小房子內，塞特從辦公桌上拿來一些文件。太積極了，瓦看著那個人快步走來，把文件交給他。每次有人輕易點頭配合官方辦案時，瓦的眼皮就會抽動，於是他慢悠悠地瀏覽那些名單，同時注意塞特的動靜。「臨時載客的比率多高？事先預約的比率又有多高？」

「就黑色出租馬車來說，五比五，」塞特說，「至於敞篷馬車則大部分是臨時的。」他的表情沒變，但感覺有些不對勁。他在隱瞞什麼？

是不是你自己疑心病重，懷疑每個人都在裝傻，瓦一邊提醒自己，一邊翻過一頁，專心看手上的資料。

瓦鑽研著名單，滿心期望索血者爲了確保順利逃離犯案現場，事先預約了一輛出租馬車，而非隨機在路邊攔車。無論她是否叫車，若能找到載她的車夫，將對案子很有幫助。他瀏覽今夜仍然在外跑車的車夫名單，每位車夫今日都有預約客，但只有三位的預約符合謀殺案那段時間，而其中兩位客人在長長的叫車名單中重複了，是老客戶。

如此一來，就只剩下一位客人很可疑。這個人要求在第四捌分區搭車，目的地是「圖書館」，在行話中表示車夫不限時不限地隨客戶的意思跑車。名單上記錄的名字是：「杉旺」，那是泰瑞司人的名字，意思是「祕密」。

「我要找這位車夫問話。」瓦拿高名單，指著一個名字。如果他還活著的話。

「十六號馬車，」塞特一邊說，一邊搓揉著下巴，「車夫是恰寶。不知道他何時回來，您也許不會想等下去，等他回來了，我可以請人去通知您。」

「也好。」瓦回應得有些言不由衷。

大門砰地飛開，一個穿著褲子、吊著吊帶的年輕女子衝了進來，「老闆，波昂維德路的晚場歌劇散場了，需要載客馬車。」

「已經派車過去啦。」

「不夠啊，」年輕女子說，「老闆，那條街上有一大堆人，都是尋常老百姓，但那股架勢讓有錢人緊張。那些戲癡都會想要搭馬車離開。」

塞特點點頭，「去叫醒瓊和弗吉昂，要他們和其他被吵醒的人出車。還有別的事嗎？」

「我們一定要盡量多派一些車出去，尤其是酒吧附近。」

「射幣，」瓦注意到年輕女子揹著的袋子裝著金屬──可能都是一些小碎片──「你利用鎔金術師爲你探查人多的區域，然後再派車出去載客。」

「有什麼好驚訝的？」塞特問。

「鎔金術師很貴。」

「想賺錢，就必須先花錢投資，警官。」塞特說，「您也看到了，我現在很忙，您可以先離開，我保證──」

「射幣，」瓦對年輕女子說，「妳有看到十六號車嗎？我想妳的老闆應該也派妳探查車夫的工作情況，免得他們偷懶？」

「你怎麼──」她開口說話。

「他不會只僱請鎔金術師監測交通流量而已，」瓦說，「十六號馬車？」

女子瞥了塞特一眼，後者點點頭。這樣看來，塞特所隱瞞的事和十六號馬車夫無關，而且很可能也與索血者無關，或許他只是因爲小奸小惡而心虛。

至少職員中，有個鎔金術師，瓦想著。

「我沒看到十六號馬車在執勤，」年輕的鎔金術師說完，轉過來看著瓦，「但那是因爲恰寶在迪坎街上一家安撫店內，他的馬車就停在轉角。」

「安撫店？」塞特問，「他在當班耶！」

「我知道，」鎔金術師說，「我以爲你想聽。」

「唔，是的，」瓦說，「那你僱用的煽動者呢？他們也在那裡嗎？」

「沒有，」鎔金術師說，「他在——」她頓了一下，臉色刷地蒼白，辦公室跟著陷入寂靜。

「運用情緒鎔金術，」瓦替她說了，「招攬客人。攪亂經過的路人情緒，使他們覺得疲累或急迫，於是更想貪圖方便，乾脆招來停在對街的馬車。」

塞特一臉惱怒。沒錯，問題就在這裡。明目張膽地串通煽動者招攬生意，違反了鎔金術協議第九十四條。政府有個專門的部門全權管理這類問題。幸運的是，儘管這是一條牽扯很大的罪行，但不是瓦現在應該操心的事。

「您沒有證據……」塞特想一想，接著又說，「我要找我的律師。我會讓您知道，沒有法官允許，警方無權審訊我的人——」

「你去跟總隊長說吧，」瓦說，「我相信你很快就會見到他了。至於現在嘛，我需要這個馬車夫的詳細個人資料，甚至他的寵物名字。」

瑪拉席沿著擺放一排步槍的櫃檯走下去，每支步槍旁邊都放了一頂半圓形的鋼盔、一件摺好的厚重外套，以及一盒子彈。鐵鏽的！她不知道警察局裝備了這些武器。

她的目光移回到宓蘭臉上，「看來就算是克羅司軍團再次來襲，我們也不怕了。」

兩位男性警佐正在一一檢視步槍，以確定它們的狀況良好。雖然她看到了不只一對睡眼惺忪的眼睛，但這裡仍然熱鬧非凡。越來越多警察抵達，全是被召喚回來加班的。他們走進大門後跟瑪拉席一樣，都駐足瞧著那排步槍。或許那些是亞拉戴爾特意擺設的，打算用最直接的視覺效果提醒大家依藍戴城內高漲的危機，和越來越緊繃的情勢。

瑪拉席繞過櫃檯，進入後面的辦公室。一個年輕女警走了過來，遞給她一杯熱茶。茶香濃郁，經過長時間熬煮濃縮，咖啡因含量倍增。她嚐了一口。

呃，要命。但她又啜了一口。她不打算開口要求蜂蜜，只會讓自己難堪，因爲其他人都像是比賽般嘖嘖地享用著濃茶。宓蘭跟在她後面，饒富興致地四下張望，這位風情萬種的坎得拉引來了許多的目光，嗯，好吧，是瞪視。這不太尋常，通常一個一百九十幾公分高的美女穿著褲裝和緊身上衣，走進警察局，不應該得到這樣的待遇。她對經過身邊的男人微笑，看來，她似乎喜歡成爲焦點。

她當然喜歡成爲焦點，瑪拉席心想，*否則也不會選擇這樣一副玲瓏有致的軀殼*。看在瑪拉席眼裡，覺得頗爲刺眼不舒服，畢竟，嚴格來說，宓蘭甚至不算是人類。

「我沒想過會在這裡看到穿制服的女人，」宓蘭說，「我以爲妳是特例。」

「警界講究男女平等，」瑪拉席說，「昇華戰士是女人的典範。雖然這裡的女性不像律師事務所那麼多，但也不能就此論定警界是專屬硬漢的世界，不適合女性。」

「當然，當然。」宓蘭說完，朝一位年輕中隊長微微一笑。年輕中隊長和同伴逕自朝後面的檔案儲存室走去，「但我覺得人類的性別歧視相當嚴重。文德爾說，這是雌雄二形的必然結果。」

「坎得拉沒有性別歧視？」瑪拉席尷尬地說。

「我這樣解釋好了，今天和妳交談的雄性坎得拉，明天可能就決定變成雌性，所以我們對性別的看法和你們不同。」

瑪拉席的臉更紅了，「妳太誇張了。」

「不見得噢。哇，妳很容易臉紅對不對？我以爲這種話題天經地義，很自然的。妳的神此時此刻基本上就是雌雄同體。祂善惡兼備、是滅絕也是存留、光明與黑暗、男與女……等等等等。」

她們來到檔案室門口，瑪拉席趕緊轉頭藏住通紅的臉。她好希望找到方法克服這種困窘，

「和諧不是我的神，我是倖存者教派。」

「噢，對，」宓蘭說，「原來是這樣。崇拜一個死掉的傢伙，而不是拯救世界的人。」

「倖存者超越了死亡。」瑪拉席回頭看著她說，手就放在門板上，沒有推門進入房間，

「就算被殺害，他也存活了下來，在存留死後到紋昇華的這段期間，繼承了昇華的衣鉢。」

鐵鏽的……她跟一個半神半人在辯論神學？

然而宓蘭只是歪著頭，「是這樣啊，眞的？」

「唔……沒錯。這段歷史被和諧親筆記錄在《創始之書》裡，宓蘭。」

「啊——我眞的應該趕快找時間讀讀那本書。」

「妳沒……」瑪拉席眨眨眼，努力揣摩某個世界裡的無相永生者，居然不清楚自己的教義。

「我盡力了，」宓蘭一邊說，一邊聳聳肩，「但就是找不出時間。」

「妳都活了六百年。」

「這就是長生不死的一大煩惱，孩子，」宓蘭說，「我做事很容易拖拖拉拉。我們到底要不要進去？」

瑪拉席嘆口氣，推門走進了放滿檔案櫃和辦公桌的房間，辦公桌上的報表和報紙堆得跟山一樣高。這全拜亞拉戴爾之賜，他喜歡保留依藍戴城內的人們口供和白紙黑字紀錄。不過截至目前爲止，他除了留意手下漏掉的犯罪紀錄，並沒有善用這些收藏，但瑪拉席另有打算。

不幸的是，檔案室的負責人，米可林警員是瑞迪最好的朋友之一。瑪拉席走進去的時候，米可林和另外兩位檔案室職員抬頭一看，又立刻低頭回去盯著檔案瞧。

「那位平民是誰？」坐在角落辦公的米可林問。他是怎麼讓頭髮直立成那樣的？感覺就像一塊從鍋裡長出來的青草。

「另一區的特派調查員。」瑪拉席說，「拉德利安爵爺派來的。」

米可林哼了一聲，「有人說，我們現在會在這堆文件裡埋頭苦幹是妳的傑作？我才剛進辦公室，就被分配回來這裡查找水壩潰堤的相關資料。」

「有什麼發現嗎？」瑪拉席急切地問，從兩個被他安置成哨兵的大櫃子之間擠過，朝米可林的辦公桌走去。

「什麼都沒找到，」米可林說，「沒結果。浪費我的時間。」

「我還是想看看你找到的資料，」瑪拉席說，「如果不麻煩的話。」

米可林雙手往桌上一放，輕聲說：「妳爲什麼在這裡，科姆斯？」

「我以為亞拉戴爾跟你說了，」瑪拉席說，「水壩潰堤也許——」

「我問的不是這個。我是問這裡，警察局。有人邀請妳加入本區的高等檢察官體系，那是終身職，妳實習時的長官也為妳寫了推薦信，我看過了，而現在……是怎樣？妳突然覺得玩官兵捉強盜很有趣？揹著左輪槍，裝出一副來自鐵鏽的蠻橫區的模樣？真正的警察才不是那樣。」

「我知道，」瑪拉席冷冷地回答，「不過還是謝謝你的指點。你找到了什麼？」

米可林嘆口氣，手背輕拍著一個檔案夾，嘀咕著：「鐵鏽的，真是浪費我的時間。」

瑪拉席拿了檔案夾，又從兩個大櫃子之間擠了出來。她好希望她只需要應付米可林，但那兩位職員不屑地哼了哼，也清楚地表了態。她感覺得到那兩個人正瞪視著她和宓蘭走出去，不過重要的是，她拿到了她需要的檔案。

「他們幹麼那樣對妳？」兩人溜出來後，宓蘭問。

「原因有些複雜。」

「人類都很複雜。妳幹麼讓他們那樣對妳？」

「我正在努力。」

「妳要我做點什麼嗎？」宓蘭問，「我可以嚇得他們不敢再對妳冷嘲熱諷，讓他們知道妳有個朋友會——」

「不用！」瑪拉席說，「不用，拜託。我以前也遇過類似的狀況。」

宓蘭跟著她快步移動，朝瑪拉席在亞拉戴爾辦公室外的辦公桌走去。剛好有個身材高瘦的女警就站在那裡，一隻腳翹在瑪拉席的椅子上，一邊和隔壁桌的男警聊天，一邊喝茶。瑪拉席清了兩次喉嚨，那個好像叫做陶德兒的女警才看了她一眼，翻翻白眼後走開。

瑪拉席趕緊坐下，宓蘭拉來一張椅子，「妳確定不要我——」

「不用，」瑪拉席立刻回答，順手翻開了檔案夾。她深吸一口氣，「不用，眞的。」

「我相信你的朋友瓦希黎恩絕對願意過來開個幾槍，讓他們不敢再酸言酸語。」

噢，倖存者啊，不，瑪拉席想到那個畫面就更煩。但如果沒有個解釋，宓蘭顯然不會罷手。

「我發現他們如此對我，其實和瓦希黎恩有關。」瑪拉席打開了米可林整理的檔案夾，「在警察局裡，我們恪守著等級制度。警員從警佐開始，在街上出外勤，經過個十年、十五年的風吹日曬，才有升職的機會。警官呢，從中隊長做起，而且大部分都出身自上層社會。偶爾才有警員升上來當警官，但每個人都是從基層來的。」

「那妳……」

「我直接跳級。」瑪拉席說，「我應徵亞拉戴爾大助理的工作，也得到這個重要的職位。而瓦希黎恩讓事情更雪上加霜——因爲我和他的關係。他像一陣旋風猛烈吹來，搞得一切亂七八糟，但他擅長辦案，出身又高貴，所以沒人敢大聲抱怨。至於我呢……」

「出身不高貴。」

「不夠高貴。」瑪拉席說，「我父親只是低階貴族，我又是私生女。這讓我成爲現成的箭靶，而瓦希黎恩是他們不敢碰的禁區。」

宓蘭往後躺靠著椅背，掃視辦公室一眼，「小鬼頭都愛攪和這種事，血緣跟能力哪有那麼大的關係。妳做了該做的事，別人應該敬佩妳，而不是覺得被妳威脅。見鬼了，妳自己才說這個地方男女平等。」

「這裡眞的是講究平等，」瑪拉席說，「所以我才能得到這份工作，只是沒有平等到阻止他人排擠我。我象徵了世界正在改變，宓蘭，對大多數人來說，改變令人害怕。」

「嘿，」坎得拉說，「中低階警宮就這樣逆來順受？妳認爲他們看到妳痲雀變鳳凰的例子會欣喜雀躍？」

「妳不太瞭解人性，對吧？」

「我當然瞭解。我研究、模仿過幾十個人。」

「那妳只瞭解那幾個人。」瑪拉席說，「有意思的是，每個人似乎都獨一無二，但我們的行爲模式其實大同小異。從歷史來看，工人階級經常抗拒改變，反倒是壓迫他們的中上階級比較有意願改變。」

「眞的？」宓蘭問。

瑪拉席點點頭，伸手到桌旁的小櫃子打算拿書，卻又停了下來。現在還不是時候。其實，她們也許可以上街親眼見識一個特例。況且，歷史上有過許多翻天覆地的大變動，一旦發生，都是驚濤駭浪的巨石，就如同被塞住的蒸汽引擎鍋爐，沒有出口宣洩壓力，突然間……砰地爆炸。

沒有人喜歡認清現實所帶來的震撼。依藍戴人相信自己的生活美滿，他們一輩子都被灌輸了和諧恩賜他們豐沃的土地、富足的物產。人們長期聽從這樣的教導，直到有一天，突然納悶爲什麼所有豐美的果園都屬於別人，自己卻必須長時間工作，才養得起孩子。

瑪拉席專心研讀檔案夾內的資料，上面全是和東方水災有關的事件。宓蘭又躺回了椅背上，她眞是個奇怪的生物，把頭抬得高高地坐在那裡，和每一位經過的人眼神交會，完全不在乎別人怎麼看她。

米可林是生氣，但沒有氣到瀆職，檔案裡蒐集的資料完整、一絲不苟。其中包括了水壩潰堤的警方報告、負責調查的工程師的手寫報告，以及相關的水災剪報。

更重要的還有那位造成水災氾濫的農夫，其審判和處決紀錄抄本。農夫聲稱他是想製造「意外」淹沒鄰居的農作物，卻因爲用了太多炸藥，炸得水壩破了一個大洞，最後引發潰堤，造成幾十個人死亡，該區的農作物全毀，釀成糧食短缺危機。

被辯護律師傳喚出庭的證人都聲稱嫌犯——一位叫做強斯特的男人——的行爲一直很怪異。他們說他顯然是瘋了。瑪拉席越往下讀，就越相信那個人的確瘋了——只要背後眞正的作怪者是索血者。

「妳看看。」瑪拉席把一張文件遞過去給宓蘭。

坎得拉拿來讀了一下，嘟噥著：「他接受審訊時，不記得自己孩子的名字？」

「這就是強斯特被附身的最佳證據，妳說呢？」

「也是，也不是。」宓蘭說，「老一輩的坎得拉都相當擅長審問，並且會做個人資料調查，一切準備就緒後才會附身上去。現在我們不再那麼做了，因爲要附身的軀體都是自己創造出來的。如果那個人真的是索血者，那她一定很趕時間。」宓蘭指著文件的下半頁，「如果妳問我，我會說這才是最佳證據。」

瑪拉席目光下移，研究那個段落的主旨。

處決報告。絞刑犯因吊刑斷氣死亡。拒絕進食最後一餐，但要求「快速死亡」。下葬兩個晚上後，墳墓遭到破壞，疑似在水災中失去親人的受害戶所爲。

「哇，」瑪拉席拿回文件，剛才還沒看到這段，「對，逃出墳墓，呃？她眞的讓別人把自己埋起來？」

「別懷疑，」宓蘭說，「盼舞本來就是個拚命三娘，否則就不是盼舞了。」

「那怎麼會忘了苦主孩子的名字？」

宓蘭搖搖頭，「不知道。」

無論如何，這個新發現應該讓亞拉戴爾知道。瑪拉席說：「來吧。」

15

鑾橫區教會瓦的第一件事，就是人可以把任何事物都換成錢。他第一次看到有人在賣水時很吃驚，怎麼會有人販賣從天上掉下來的東西？

二十年後的現在，他驚訝地發現依藍戴城內，沒有人找得出課徵蒐集雨水稅的方法。如果有人想要雨水，你就可以收錢賣出。以鎔金術師來說，花兩倍的錢就可以僱用到一位，完全不在乎有些保守派人士誹議金屬技藝日漸商業化的趨勢。但願意被僱用的藏金術師比起鎔金術師少太多了，也許是因爲泰瑞司人的傳統，他們向來敬重自身的能力。

瓦爬上那棟建築物的門階，它獨自矗立在城內精華區的一條街上，儘管位置算是在光線比較昏暗的街尾。這地方有兩層樓高，所有百夜窗都拉上，但室內的燈光仍透了出來，讓百夜窗散發出暖和的光芒。一輛黑色馬車就停在右邊的車道上，邊上有道銀色翹起的刮痕。

他一走到門邊，一陣撫慰人心的感覺便席捲過來。那種令人心安的輕柔感覺，就像情緒麻醉劑，如同有人放了一個枕頭在情緒上，嘗試用款款深情把情緒悶熄。

太散漫了，他心想著，應該戴帽子來的。帽子有鋁邊，而索血者可以隨時取得一支金屬錐，讓自己變成安撫者或煽動者。嗯，看來稍後必須抽空回去拿帽子。他推開門進入店內，屋裡被散發紅光的檯燈照得幽深，零散的男男女女懶洋洋地躺在墊子上，有的抽菸，有的抽著菸斗，兩眼全盯著天花板瞧。那片天花板被漆成類似彩繪玻璃，上面有漂亮的抽象圖案。

大部分的商店在這個時候都已經關門休息，但不包括安撫店。來這裡消費遠比酒吧貴上許多，卻沒有任何副作用——更精準地說，它會帶來完全不同的副作用。一個穿著端莊禮服的女士，戴著很可能是鋁線裝飾的帽子，朝瓦走了過來。她可能是要過來收費的，於是瓦亮出了警察證。

「如果你以爲警察證能讓你免費，」店主人說，「那你必定是新來的。」

瓦敷衍地對她一笑，收起了金屬牌。她經營的是一般安撫店，店內的服務不算違法，只要客人願意付費，那麼店家操控客人的情緒就沒有問題，這點十分吊詭。看來她已經習慣警察上門臨檢，不只是因爲這種店家特別容易吸引可疑份子，更因爲這類安撫店向來惡名昭彰，很會佔客人便宜。

房內沒有一個人符合恰寶的特徵，但安撫店通常有一間以上的房間。「我要找一個男人，矮個子，」瓦說，「頭髮有些禿。大家都叫他恰寶，但他有可能化名進來消費。」

店主人點點頭，打手勢要瓦跟著她走。她輕巧地穿過房間，在躺在地上的客人之間繞來繞去。這種光線昏暗、煙霧繚繞的地方，通常都會讓瓦心驚膽跳，因爲很容易被伏襲，或是發生出乎意料之外的事。然而人們在安撫店中很難產生激烈的情緒，店內的氛圍掀開他憂心的外皮，展露出底下眞正的情緒——他擔心著偉恩和瑪拉席。再更深一層的情緒，居然是對神的不滿，甚至是憤怒。接著，這些情緒也變成了震動的翅膀飛走，留下內心一片空洞的他。那不是平靜，就只是空空的感覺。

他好想坐到其中一張椅子上，閉上眼睛，放鬆地吐出一大口氣；好想先把追查索血者的事放在一邊，她今晚不可能再犯案了。就算她又殺人，有什麼好擔心的？反正他到頭來，很可能根本阻止不了她。

他討厭這種自暴自棄的感覺。這些情緒都是他的，是他之所以爲他的原因。拿走了負面情緒並不會讓他快樂，或者幫他遺忘，只會讓他覺得自己不健全。

他加快步伐，也催促店主人趕快帶他離開這個充滿墊子的房間。兩人來到一條長廊，經過幾間房間，其中一間被漆成全白，房內的人都盤坐在地板上；另一間卻是全黑，沒有一絲的燈光，根本伸手不見五指；甚至還有一個房間的牆壁都畫上了樹，地板鋪著茅草，就像泰瑞司人的會議小屋一樣。這間裡面有一個男人，他坐在唯一的一張椅子上，閉著眼睛。

店主人帶領瓦走上了樓梯。泰瑞司房裡的那個男子也許就是安撫者，安撫店內必須至少有一位能施展黃銅圈來安撫情緒的鎔金術師。店家應該在牆內鋪上了鋁片，以防止情緒鎔金術擴散出去，但這條法規向來沒有被徹底執行。

店主人帶著瓦來到二樓的一個小房間，房內只有中央擺著一張按摩用沙發。恰寶並沒有躺在沙發上，而是在一扇門上的窗戶前來回踱步，站在附近的女按摩師雙臂交抱，一臉挫敗。牆邊一張椅子上坐著一個老先生，他的口袋內有個小金屬瓶，瓦看著瓶中漂浮的小薄片所散發出來的小小藍線，認出老先生是鎔金術師。

瓦吃驚地挑挑眉。看來恰寶正在做一對一的私人服務，他哪裡來的錢？那位馬車夫停下了腳步，朝瓦望過來，目光移動，又瞥到了瓦配戴在臀上的手槍，立刻瞬間跪了下去，啜泣起來。

年邁的安撫者站了起來，關節還發出喀喀聲，「我盡力了，哈蕾克夫人。」他對店主人說，「這個男人並不需要鎔金術師，他需要醫生。」

「我就把他交給你了，」哈蕾克夫人對瓦說，「把他帶出去，他打擾到我的客人了。」

瓦穿過房間，走到恰寶身旁也跪了下去。矮個子男人雙手抱著腿，全身顫抖著。「恰寶，」瓦說，「看著我。」

恰寶轉了過來。

「你的狗叫什麼名字？」瓦問。

「我……我現在沒養狗啊。我的狗幾年前就死了。」

很好。這不是索血者的化身，除非她在殺害這個路上隨機挑選的車夫、附身之前，有想到要調查他的寵物的名字。

「你怎麼了？」瓦說，「爲什麼在這裡？」

「我想忘了我看見的事。」

「安撫法術不是這樣運作的，」瓦說，「它不會抹掉你的記憶。」

「但它能讓我感覺舒服一些，對吧？」

「這要看你現在處在什麼情緒之中，」瓦說，「還有安撫者的技術高低。」瓦伸手搭在他的肩膀上。「你看到了什麼，恰寶？」

那個男人眨眨血紅的眼睛說：「我看到……我自己。」

亞拉戴爾果然不在他的辦公室裡。按他的說法，那個地方只是「讓前來對他發牢騷的達官貴人們，有個地方可以坐坐。」

瑪拉席後來找到正在頂樓聆聽報告的他，兩位轄區內的射幣回報著巡視城內上空的結果。她和宓蘭耐心地等著，附近還站著幾位中隊長，他們也同樣在等待報告結束，因此都能聽到大部分最新的情報。*長官，仍然有成千上萬的百姓在外面逗留，他們聚集在酒吧內，就是不回家……*

亞拉戴爾一隻腳踩在屋頂低矮的女兒牆上，默默聽取報告。不遠處一團迷霧旋渦盤繞著射幣們，並隨著鎔金術的施展四面八方竄走。亞拉戴爾終於先遣散了兩位。這兩位不是真的警察，比較像是約聘人員，所以效忠的對象不是自家家族，就是錢包。

他們蹤身跳下樓房，先行離開。總隊長轉身面對等待中的中隊長，低聲說：「叫大家準備好，我們要去淨街，把酒吧裡的人都趕回家。」

「長官？」一個女警問。

「我們去幫忙酒吧關門。」亞拉戴爾向大家說明用意，「先去海濱步道，再去處理小街上的酒吧。但必須先拿到總督批准的本區戒嚴執行令，我希望大家先做好準備，執行令一到手，立即行動。」

幾位中隊長領命離去。亞拉戴爾朝瑪拉席望去，那一刻，瑪拉席幾乎以爲看到了流淌在他體內的祖先靈魂，那些殉職的昇華戰士在他身上活了過來。在另一個時空中，這個男人會不會是戰場上保家衛國的將軍，而不只是個警察？

「有什麼事要向我報告嗎，科姆斯中隊長？」他招手要瑪拉席過去。宓蘭則雙手插在褲子口袋中，在下面的樓梯間逗留。

「是有關殺手的事，長官。」瑪拉席把檔案夾遞了出去，「她因導致東方水災而被處死，之後自行挖地道逃出墳墓。幾天後，墳墓附近發現了遺骨，百姓認爲是有人毀屍洩憤。他們怎麼可能猜得到神聖的無相永生者會附身在凶犯身上？」

亞拉戴爾輕輕地嘶聲吐氣。儘管夜深了，在他背後海濱步道的街燈下，依然有人影移動。

「她就做了這些？」

「抱歉，長官。」瑪拉席說，「我認爲這才是依藍戴勞資衝突的主因，也就是說，索血者在背後推波助瀾。她趁機而入，想把這座城市推向崩解的邊緣。」

「滅絕的……」亞拉戴爾低聲說，「這麼看來，總督是否貪汙根本無關緊要，對吧？」

「這要看你問的人是誰。」咆哮怒吼聲從下面的街道傳了上來，一群男人沿著運河從樓房底下經過，一邊走還一邊互相叫罵，聽不清楚他們在罵些什麼。

「我還是需要證據。」亞拉戴爾說，「我不是不相信妳，中隊長。但在大霧之中，我是不會隨隨便便朝幽靈撲過去的，除非我能清楚看到它，這也適用於總督貪汙的事件。妳張大眼睛，保持警戒，如果能找到具體實在的證據，一旦事情失控爆開，我們就可以有憑有據地介入。還有，妳所謂的超自然暗殺的推論，我也需要看到證據。」

「我瞭解，長官。」瑪拉席說完，下巴朝宓蘭揚去，而她正被籠罩在樓梯間柱子上的提燈光芒之中，「那裡有我要給您看的證據。但我們最好私下說話。」

亞拉戴爾緩緩地把身體重心往後移，放下踩在女兒牆上的腳，眼睛盯著瑪拉席直瞧，瑪拉席則對他點點頭。

「下去等我。」他對另外兩位低階傳訊警員說。他們遵從指令走開，亞拉戴爾隨即朝宓蘭走去。「希望，」他清清喉嚨說，「我的要求沒有冒犯到您，呃，夫人。」

「眞心誠意的要求是不會冒犯誰的，人類。」宓蘭說，「因爲找出眞相是爾等的本分。眞誠的發問，得到的回報就是眞相。」她的肌膚閃閃發亮，也像之前那般晶瑩剔透，同時還散發出萬花筒似的光澤。她將雙手向兩旁平伸出去，上衣裂開，滑下肩膀，展現出一具透明的胴體，體內翠綠色的骨骸在燈光下光彩奪目。

瑪拉席眨眨眼，眼前的景象出乎她意料之外。身旁的亞拉戴爾則猛地倒抽一口氣，似乎已停止了呼吸。宓蘭歪著頭，她的頭殼完全呈現透明狀，以母親般的慈愛垂眼看著他們。

「說吧。」她輕聲說。

「什麼……」亞拉戴爾清清喉嚨，「科姆斯警員跟我說的都是眞的嗎？謀殺案是您的一個同類所爲？」

「盼舞迷失了自己，」宓蘭說，「她精神錯亂、靈魂扭曲、受盡折磨。沒錯，其爲吾之同類，人類。爾等的任務並不輕鬆，但吾輩應在爾等挫敗絕望時，伸出援手協助。」

「太好了。」亞拉戴爾說，「我想……我想這就是我想要的驗證。」他吞吞吐吐地說，「您有沒有可能，萬一，也許，在和諧面前爲我美言幾句？」

「汝的一舉一動，就是在爲自己向和諧美言，人類。」宓蘭說，「汝之神，於汝之行爲一清二楚。去吧，去保護這座城市。別擔心自己，但首要爲百姓的福祉著想。」

「好的，好的，」亞拉戴爾說，「那我現在就去辦事了。若您還有話要交待……」

「汝之鼾聲，」宓蘭說，「太大了。」

「我……什麼？」

「差不多就像一百頭克羅司在土石流中放聲怒吼，」宓蘭說，「死人都快被汝吵醒了。」

「好……」亞拉戴爾說。

「去吧，人類。」宓蘭說。

「遵命。科姆斯中隊長，能談談嗎？」他朝宓蘭鞠了一個躬，然後繞過她往旁邊走去，但眼睛一直盯著她瞧，就是無法移開目光。瑪拉席也一樣。即使宓蘭沒有透明化，沒有裸露上半身，依然懾人魂魄。她點點頭，要瑪拉席自行離去，不必過來招呼她。

亞拉戴爾和瑪拉席走下樓梯，來到半途時，亞拉戴爾才大大吐出一口氣，「噢，好怪。」

「我提醒過您了。」瑪拉席說。

「是啊。我指的是打鼾的部分……那應該是隱喻吧。但究竟是在暗示什麼呢？也許是指警察都太吵了？」他點點頭，自問自答，「我們的職責是爲民服務，卻沒事就愛抱怨，怨凶犯無法無天，怨上級自以爲是貴族，任意指使屬下……沒錯，我明白了，我必須做些改變。妳看呢？我猜的對不對？」

「我不知道，」瑪拉席謹愼地回答，「見過她的人，似乎都會有一種深層的感悟。」

「妳說得完全正確。」亞拉戴爾的腳步猶疑起來，轉了個身，一副急切想回到樓上的模樣，隨即又克制住了衝動，「我之前的疑問還在。外面有個長生不死的凶手企圖推翻政府，我們要如何對抗那樣的怪物？」

「您不需要正面迎戰它，」瑪拉席說，「瓦希黎恩爵爺會負責那個坎得拉。我們應該把注意力放在阻止依藍戴城走上分崩離析的路。」

亞拉戴爾點點頭，「我要妳爲我做一件事。」

「長官？」他們仍然站在樓梯間，附近只有頭上那盞孤伶伶的電燈。

「妳剛才提到瓦希黎恩爵爺，」亞拉戴爾說，「他好像滿信任妳的，中隊長。」

「我們去年才成爲朋友。」

「那個人不按牌理出牌，」亞拉戴爾說，「我很感謝他協助我們偵破了很多案子，但他用的方法……這樣說好了，我不介意知道一些他的事，例如他在幹麼，何時行動之類。」

「您要我當間諜，監視他。」

亞拉戴爾聳聳肩。換作是別人，一下子就被說破眞正的意圖，一定會感到難爲情，但他完全不會。「我不想騙妳，科姆斯。妳是這個部門的資源，可以全方位地發揮這項功能。我的職責就是維護轄區內的治安，若是我能知道拉德利安爵爺的動向，便會安心許多。這樣就能事先準備好搜索令之類的，有需要的話，還要做好心理準備向人道歉。」

「我明白了。」瑪拉席說。

亞拉戴爾等著她再多說幾句。她幾乎都能聽到長官在無聲暗示：妳是警察，中隊長。這是妳的工作，趕緊照我的話做。

「您可以直接問他，」瑪拉席說，「他是官方正式認可的執法人員，也算是在您的管轄權內。」

「妳以為我沒試過？他每次都答應會給我工作報告。幸運的話，我能收到一封信通知我，他把一個嫌犯倒吊在某個地方——妳記得那件事嗎？——或者簡述他在某個什麼派對中查案，而他通知我的目的只是為了借調警方的資源。我不是要妳變成他的小跟班監視他，但坦白說，如果我能掌握他的一些動向，那就很好了。」

瑪拉席嘆口氣，「我會每個星期寫一份報告給您。查案期間內，我會增加寫報告的次數，就像眼前的情況這樣。但我會坦白告訴他，我把他的動向都告訴您了。」

「很好，非常好。」亞拉戴爾又邁開步伐走下樓梯，這次腳下的速度加快，講話的速度也是，「妳跑一趟總督宅邸，跟他說我今晚需要他宣布戒嚴，才能進到酒吧內清場。建議他，最好每一個捌分區都實施戒嚴；然後去找妳的朋友拉德利安，再向我報告他對這個自以為能讓一座大城市四分五裂的永生者，瞭解了多少。」

他來到下一層的樓層，走出樓梯間，進入大辦公區間，大叫著要人提供他今晚能調動的人力有多少。瑪拉席放慢了腳步，感覺兩隻腿好像各綁了一百磅的腕甲。

妳是這個部門的資源，可以全方位地發揮這項功能。

她來到一樓，走出警察局後門。她一直都知道自己能得到這份工作，多半是因爲她和瓦希黎恩的關係。如果當初沒有和他一起追捕百命邁爾斯，她就不會成名，這樣她就能坦蕩蕩地告訴自己，這份工作是憑著她的本事，以及她對過往犯罪率的分析和理解、推薦函、面試，過關斬將才得到的。

眞的是這樣嗎？亞拉戴爾沒把助理職位給瑞迪之類的資深警員，而給了她，眞的是因爲她認識瓦希黎恩？難道與她的學歷一點關係也沒有？

她背靠著牆，等待宓蘭。鐵鏽的……爲什麼每件事都會牽扯到瓦希黎恩？想到這裡，她感覺變得像個小孩一般，妒忌別人擁有的籌碼比她多。

一會兒後，只見宓蘭悠哉地走進小巷中，連帶地攪動了迷霧，隨著她的移動盤繞。「怎樣？」宓蘭問，「我的表現如何？」

「吾輩應在爾等挫敗絕望時，伸出援手協助？」瑪拉席納悶地問。

「欸，這不就是他想看的。」

「但不是我想看的。」

宓蘭哼了一聲，「只要我想，我也能展現神性的那一面。我可是經過很長的時間練習。」

「那妳幹麼不對我和其他人展現？」

「誰說我沒有？」宓蘭看著瑪拉席的眼睛，「也許身爲和諧僕人的其中一項責任，就是讓人們看見他們需要看見的事，這樣他們的心就能得到最大程度的平靜。」

瑪拉席突然覺得好冷，一陣顫慄竄過全身。震懾她的不是宓蘭的話語，而是微微透明化的雙眼。好像……在提醒她，那個半人半神的身分？

宓蘭隨即仰頭大笑，「沒啦，我只是逗妳的，孩子。我沒在妳面前扮神靈，是因爲一直繃著臉，爾啊汝的，好彆扭噢。」

「那鼾聲？妳是在開他玩笑嗎？」瑪拉席說。

「對。和諧剛開始尋找盼舞時，我先去找了那傢伙。他的鼾聲就像一臺蒸汽引擎，真的。好了，現在要去哪裡？」

「總督宅邸。」瑪拉席說。

「那我們走吧。」宓蘭說完，率先朝小巷口走去。

「我們停下馬車，」恰寶弓著背站在安撫店外、霧氣瀰漫的馬車旁邊，「我一直在聽馬車內的動靜。他走出教堂，滿手鮮紅的樣子讓我很不舒服。」

瓦在馬車後方跪了下去，一邊聆聽，一邊謹慎地打開那團黑布。馬車邊吊掛著一盞提燈，給了他光線，也讓迷霧幻化成一團光影。他仍然感覺得到隔壁樓房內安撫者的碰觸，但那感覺已經有些模糊。他覺得又做回了自己。這有好有壞，清醒的他必須抱著嫌惡的心情拿起那支大頭錘，它就是將金屬錐敲進賓神父體內的凶器。

「我不應該偷看車廂的，」恰寶說，「他叫我不要看，但我忍不住。我輕輕地轉過去，從長方孔偷瞄進去，就是一般用來監視乘客有無破壞車廂內陳設的長方孔。

「然後才發現我載的不是人類，而是怪物。那是可以看見骨頭和肌腱的霧魅，那張臉是一片撐開的肌肉，牙齒外露。牠看著我，感覺好像在對我笑，跟著就朝著長方孔爬來，把那隻外露的眼睛貼在長方孔上，然後牠就變了。牠變了。臉上的肌膚長了出來，變得跟我一模一樣，一個扭曲、破碎的我。」

他又開始啜泣。瓦掀開包裹，露出裡面的骨頭，這是索血者謀殺賓神父時附身的道徒遺骸。白骨被啃得乾乾淨淨，底下是一堆布。是道徒的道袍？沒錯，顏色正確。

「鮮紅的手……」恰寶低聲說。

「所以你就逃了？」瓦一邊問，一邊小心地把骸骨包起來。

「沒有，我駕車跑了起來，」恰寶說，「我猛抽馬匹，載著那個魔鬼的後裔往前衝去。鐵眼的，自己駕車載著自己。逃有什麼用？那東西吸走了我的魂魄。和諧啊……牠吸走了我的魂魄。」

「不是。」瓦說，「那都是騙人的法術，那張臉是假的，恰寶。你說，那是扭曲的你？」宓蘭說老一輩的坎得拉就算沒有骨頭，也能創造出非常相像的臉孔，但很容易就可以認出來。

「是的。」小巷內，那個男人的背更駝了。「我知道您是怎麼想的，執法者。我今晚殺了那個神父，對不對？我瘋了，失去理智殺了他，而那雙鮮血淋漓的手，其實就是我的手。我應該自殺，跳下那座橋……」

「不對，」瓦說，「你被神棍騙了，恰寶。殺人的不是你。」

那個男人只是繼續啜泣。

瓦則繼續有條有理地向他解說，內心卻不禁納悶這麼做有沒有效果。傳統的警探查案曾經處理過這種怪物嗎？如何用顯微鏡來對付神話人物？和諧啊……如果他真的找到了線索，如果他真的追捕到她，那又如何呢？他有能力擊敗一個怪物嗎？

他凝視著骸骨，搖了搖頭。他稍後會派鑑識人員前來，現在得先去總督宅邸看看。

等一下，一個念頭冒了出來，他傾前查看。道袍的摺縫處有個東西？那是什麼？他擋住提燈的光芒，恰寶呻吟一聲，全身縮得更緊了。

燈光一暗，看得就更清楚了。道袍褶縫的角落隱隱散發著藍光，很容易就被忽視掉。瓦伸手過去，沾了沾，再用手指搓揉著。是某種粉末？什麼樣的粉末會自行發光，儘管光芒非常微弱？

「你看得見這裡有東西在發亮嗎，恰寶？」他一邊問，一邊轉向那個人。瓦必須特地移開手，讓提燈重新照耀，他才能回答。即使這樣，那個人也只是一臉迷茫地搖搖頭。

「你把馬車開到哪裡去？」瓦問。

「雷司提波廣場，」恰寶低聲回答，「怪物要我在那裡放牠下車。我當時只能認命地緊閉雙眼，任由牠宰割。牠……牠爬上來到我身旁，雙手放到我肩膀上，頭靠了過來，我們臉頰碰著臉頰。我感覺得到血氣，但上衣並沒有沾到血。牠……牠輕聲細語對我說『我會解放你，讓你自由』，執法者。我張開眼睛的時候，牠已經走了，丟下那些骨頭在車廂中，旁邊還有一小堆的錢幣。我想我一定是瘋了吧。」

瓦灌下一瓶鋼，補充金屬，然後用乾瓶子，放了一些粉塵進去當做樣本。雷司提波廣場是以迷霧之子大人之名命名的，和總督宅邸的距離很近，足以令人擔憂。「別擔心，我已經追蹤到那個怪物的線索，我一定會阻止它。」

「牠說牠會讓我自由，」恰寶說，「如果我沒瘋，就表示那個東西……牠是眞實存在的。」

「牠是。」瓦說。

「先生，說實在的，我倒寧願我瘋了。」

「呃，」瓦一邊說，一邊扶起恰寶，推著他往馬車走去，「那東西可能不想要你死。」

「可能？」

「我也無法確定，」瓦檢查彈藥，「但我願意用錢跟你賭——起碼比起你一個人的命，牠更想要全城所有人的命。也許沒到最後關頭，都說不準。」

恰寶聞言卻更害怕了。該死，瓦原本以爲最後那句話能夠安撫他。

「回家去吧，」瓦給了他幾張紙鈔，「再不然去找間旅館，好好睡一覺。她不會再來找你了。」

她有更大的獵物。

孩子最要好的
新朋友！

只要七十五夾幣，
兩隻同買，一盒金五十夾幣。

經營麵包糕點店，應再三考慮調高一條麵包的售價至五夾幣，一瓶威士忌四十夾幣。」

民意論壇：
心射幣的擾民行為

過去一年又四個月以來，我更換了三支燈柱、一扇鐵門和兩根尖塔，全是在我位於麥迪恩大道上的房子。我居住在第六捌分區，相當接近市中心，就位於射幣出入的主要路線上，因而必須花兩倍的用心。汽車、馬車和銅像，全都在劫難逃。我們好好的社區，為什麼要被搞成一副灰燼世界的模樣？

不！大家要挺身而出，拿回尊嚴！（下頁待續）

一起餓著肚子上床睡覺吧。

異次元世界訪客

議會紀要鮮少有聳動人心的報導，但新瑟藍的妮索·索維吉貴女聯絡了我們，這位受人敬重的女士所揭露的消息將震驚世人。

「我當時在南蠻橫區南方的大山之中迷了路，」索維吉貴女說，「同行的旅人不是離我而去，就是死亡。後來我來到一處潭水邊，水色湛藍無比，高山的融雪稀釋了湖邊的水，深深淺淺，錯落有致。和諧，我還以為我到了天堂。」

大山之中，暮色一如往常提前報到，索維吉看到潭水邊有一個弓著背的身影。「其實，那只能算是黑影，」她說，「牠的眼睛精光閃閃，那張臉就像鬼怪小說裡，來自異次元世界的妖怪。我有點後悔，當時沒有提起勇氣和這位訪客多做交流，反倒是被牠駭人的臉龐嚇傻了。一心只想求生，拔腿就跑，逃了大約一個小時後才紮營。」

（詳見下頁第四欄）

不祥的晚宴！

我描述過攻擊我的人穿著條紋白西裝，但這樣還是太過籠統。

在依藍戴，那一身的裝扮就像是在一群克羅司獸中喝下午茶般突兀，但在新席蘭，穿著如此高調鮮明的服裝四處亂跑，人們只會以為他是快要遲到的馬戲團雜耍人。

因此，我必須更加具體地描述。槍手還用蠟膏把鬍子抓成毫無瑕疵的一字鬍。隨侍在左右的女人遠遠地跟在他後面，不只是因為他拿著槍揮舞炫耀，更因為擔心一個失誤，就被他尖硬油亮的一字鬍劃傷眼睛。

我燃燒僅存的錫（想起我在上星期的『精神競技』單元，詳述過了嗎？我因為贏得今晚稍早一場紳士之間的即興飲酒比賽，而過度激動，被迫燃燒大部分的錫來緩和情緒）。

「退開，先生。」我說，暗罵自己剛才進入舞會，把外套交給僕人時，居然把閃光手槍忘在外套裡。難道離開蠻橫區後，我的意志變軟弱了，竟然沒貼身攜帶手槍也沒覺得不對勁？不可能！是我本能地知道就算沒有上手的手槍，我依然是對手

&D

徵
財
廣
對宴
我沒
落嘪
將成
那褶
意。
倫平
匹？

男人
罪行
人的
漣漪
悄地
是我
領導
的，
勒索
我提
臂上
「不
女。
的，
氣，
即過
說：
柯溫
弟。
控，
手說
手無
一圈
備帶
背對
沒弄
會發
當前
年前
溫塔
的兄
失去
意的
著世
的人
感。
「
我說
口，
我若
喝陣
了。
的大

16

瓦蹲伏在一座電塔上，俯視著總督宅邸。那是一棟光鮮亮麗的白色宅邸，戶外照明燈將它照得熠熠生輝。往常的照明燈從不像現在這樣馬力全開，光芒刺眼，今晚不尋常的大亮暗示著英耐特的內心焦慮。逗留在街上的群眾並未散去，而且人數似乎比稍早更多了，儘管時鐘在瓦離開安撫店沒多久後，便已響起半夜十二點鐘的報時。

他半途繞回家重新包紮了手臂上的傷口，吃了幾粒止痛藥，並且補給裝備，添加了帽子、短筒霰彈槍和腿掛槍套。原本還打算派人去接哈姆司，但內心實在希望勛爵能夠待在安全的地方，以免索血者的同黨有機會傷害他，所以還是讓他待在屋頂上吧。瓦其實也想用同樣的手法把史特芮絲藏起來，不過他真的沒有時間，只能信任保護史特芮絲的警察了。

他包紮完傷口，隨即出門在街上步行了一會兒，側耳聆聽街上的動靜。許多人在埋怨總督，刻薄地詆毀道徒，這些怨言齟齬難以入耳，其中還滲透出一股更令人不安的氛圍。是一種憤怒，無的放矢的狂躁，全面性的不滿。男人一邊喝著啤酒，一邊辱罵，年輕人在街上拿石頭丟野貓。凶手則像頭躲藏在草叢裡的獅子，隱藏在這波怒浪之下，伺機而動。

至少，總督的宅邸還算平靜無波。他一直擔心敵人會趁他不在的時候出手襲擊英耐特。她吃定我了，瓦頗不是滋味地想著，微風吹得他的迷霧外套獵獵作響。我無法老是待在總督身旁護衛他。我必須循線追蹤，試著破解她的計畫。如果我一直掛心英耐特的安危，就無法專心辦案。

他能說服總督先躲一陣子嗎？電力在他腳下懸空的電纜內流動。他的念頭像在空中移動的鎔金術師，從一棟樓房蹤躍到另一棟……

啊，執法者，一個聲音好像釘子釘入木板那般闖了進來，原來你在這兒。

瓦伸手去取插在腰間的問證。哪裡？這表示索血者必定就在附近，對吧？在某個地方監視我？

你知道人體有驚人的防禦系統嗎？那個聲音說，你體內有肉眼看不見的組織，就連外科醫生也不知道它們的存在，因爲它們太小了。除非透過細心的體驗，才能分辨、識別得出來。你的朋友總是說什麼來著？沒有人比肉販更瞭解牛了。

瓦蹤身一躍，再鋼推地上的一個瓶蓋，減緩下墜的速度。被鎔金術引來的迷霧，在他周遭翻攪滾動。

只要有個小小的外邪入侵，索血者說，你的全身就動了起來，包圍它，抵禦它，揪出它的蹤跡，並且消滅它。就像迷霧有上千隻的手指，就像看不見的小小兵團。但非常有趣的是，一旦人體反轉過來攻擊自己，兵團就會大亂了。失去……

「妳在哪裡？」瓦喊了出來。

附近，索血者說，監視著你和總督。我必須殺了他，你知道的。

「能談談嗎？」瓦放輕了音量問。

我們不是正在談嗎？

瓦轉身邁步穿行於夜色之中。索血者必會跟上來，這樣他就能在迷霧中捕捉到她的動向，再不然，也可以拉開和她的距離，讓她聽不到他，藉此探試出她大約的方位。

「妳想殺我？」瓦問。

殺你有什麼好處？

「所以妳是在耍我。」

不是，索血者的口氣委婉起來，我沒耍你。

「那妳到底想要什麼？」瓦問，「何必如此大費周章？」

我要解放他們。每一個人。我盯上他們，是爲了打開他們的眼睛。

「妳要如何打開他們的眼睛？」

現在的你是什麼身分，瓦希黎恩？索血者問。

「執法者。」瓦想都沒想就脫口而出。

那只是當下的你披在表面的外衣，並不是眞正的你。我知道，神也知道我曾見過你的眞心。

「那妳告訴我，我是誰。」瓦一邊說，一邊持續穿霧而過。

我不能訴之言語，我只能展示給你看。

索血者似乎仍然聽得清清楚楚的，儘管瓦已經降低了音量。是鎔金術嗎？又或者，她只是單純地有能力創造出一雙比人類聽力更好的耳朵？瓦繼續梭巡。索血者很可能就藏在附近公家機關大樓某扇黑暗的窗戶內，瓦朝那個方向走去。「所以妳才鎖定總督爲目標？」他問，「妳想除掉他，推翻高壓政權，解放百姓？」

你很清楚他只是另一個爪牙。

「我並不知道這件事。」

我那時還沒跟你交談過，瓦希黎恩。

瓦走在迷霧之中的腳步猶疑起來。前方隱隱現出公家機關大樓的黑影，那些窗戶宛如上百隻空洞的眼睛。大部分窗戶是關著的——那是人們入夜之後的習性，以阻隔迷霧飄入。儘管宗教教義賦予迷霧崇高的地位，人民也大多深信不疑，但迷霧仍然令人不自在。

那裡，瓦發現二樓有一扇窗戶敞開著。

非常好，索血者說。瓦瞥見窗內有動靜，不過光線太暗，看不清楚。你果然是個查案高手。

「我其實很少查案。」瓦說，「在蠻橫區時，我們是不查案的，解決問題大多依靠兩把好槍。」

好有趣的謊話，索血者說，你會這樣告訴宴會裡那些讀了太多蠻橫區傳奇小說的年輕人嗎？他們可不想聽檢警世家出了一個敗家子的故事。費神循線追查替罪犯維修步槍的鑄槍師？快馬數天，趕去挖掘一個年代久遠的篝火火堆呢？

「妳是怎麼知道這些事的？」瓦問。

我做了功課。坎得拉都會事先做好萬全準備，我相信宓蘭跟你解說過。無論你說什麼，你都是個好探員，可能是最出色的一個。即使如此，你所做的一切仍然只能算是追著自己的尾巴打轉。

瓦朝大樓筆直走去，介於他和索血者之間的霧氣變淡了，而後者就潛藏在上方幾呎的那扇窗戶內。儘管她隱沒在陰影中，瓦仍然察覺得出不太對勁——她的臉形怪異。

「你問過祂嗎？」索血者在上面低語，夜空之中的聲音細微得幾乎聽不到。那粗嘎且冷漠的語音和腦海裡的一模一樣。

「問過誰？」

「和諧。你問過祂，爲什麼不救蕾希嗎？一句適時的低語，可以提醒你別把事情搞砸。用一個念頭，警告你不要潛入那條隧道，而是從外面繞到後方去？有了祂的幫助，你可以輕易救下蕾希。」

「別提她的名字。」瓦咬牙切齒地說。

「祂是神，手指一彈，就能將血腥譚就地正法，但祂沒有。你問過祂爲什麼嗎？」

眨眼之間，瓦就拿著問證指著那扇窗戶，另一隻手則在槍袋上摸索裝著注射器的小袋子。索血者咯咯笑了出來，「好快的槍。下次你與和諧交談時，問問祂吧。問祂是否知道蕾希對你的影響，是否知道她就是讓你在蠻橫區流連忘返的原因？祂是不是察覺到，只要蕾希活著，你就不會回來這個祂需要你的地方？祂有沒有可能想要她死呢？」

瓦扣下扳機。

他並不打算射殺索血者，只是想聽到砰的巨響迴蕩在夜空之中。那聲劃破夜空的槍響，如此熟悉。子彈穿霧而過，留下一條軌跡，索血者身旁的牆壁爆開，磚塊紛紛掉落。

鐵鏽的……他居然在發抖。

「抱歉，」索血者低語，「我不得不這麼做。清理傷口的時候，通常比受傷當下更疼痛。一旦你解放了，就會明白。」

「不，我們——」

迷霧盤旋迴繞。瓦踉蹌後退，拿槍指著打從身旁晃過的影子，卻只看到她閃身而過之後，在旋繞的迷霧之中留下的通道痕跡。

索血者施展了藏金術，疾行而去。

她去找總督了。

瓦低咒一聲，回手用問證往背後的地面開了一槍，再奮力鋼推，借力沖天而起，朝散發著熾亮光芒的總督官邸疾飛而去。他穿梭過一扇扇柵欄門，還驚起了一小群烏鴉，七零八落地繞著他打轉。

夜空中，爆出兩聲槍響。飛奔中的瓦看見索血者就站在官邸門階上，身上披著及地的鮮紅披風，大門衛兵全都橫屍在她腳旁。在電燈光芒之下，瓦終於看清楚索血者臉上的不對勁，原來她戴著一副黑白面具。那是神射手的臉，但面具扭曲變形，其中一邊嚴重毀損。

索血者鑽進官邸，這次並沒有施展神一般的速度。瓦降落在屍身旁——來不及檢視衛兵是死是活——便低吼著往官邸內走去。他平舉手槍，檢視右邊，然後左邊。屋內傳來管家的尖叫，她手上的茶盤掉落在入口，瓦一抬眼只見索血者穿過門廳，躲進隔壁的房間。

瓦尾隨而去，大門門板脫離了門框，朝背後的夜空飛去，他在門板和鉸鏈上一個鋼推，半跑半滑地輕掠而過，衝進隔壁房間。原來是起居室。他拔出問證，旋轉彈膛，將特製的殺霧者子彈上膛。這次用的殺霧者子彈是白鑞子彈，加重版，專門爲了最大爆發力而製。

他進入的這個廳室擺設著華美精緻的傢俱，就是那種只在擁有太多房間的豪宅中才看得到的豪奢陳設。根據他拿到的官邸平面圖，下面就是避難室。

把槍收起來吧，索血者一邊在他腦袋裡說話，一邊跳過沙發，朝藏著通往避難室樓梯的牆壁而去。*沒用的，那東西殺不死我。*

瓦舉起問證，嘆口氣，開槍，再在子彈上一個鋼推，子彈暴衝而去，趕在索血者落地時射中了她。

正中腳踝。

骨頭發出碎裂聲，索血者打算挺直身體，但傷處承受不住，整個人摔了下去。她轉身面對瓦，透過面具毀損的缺口可以看到她張嘴放聲嚎叫。

瓦再次開槍，子彈穿過面具的眼孔。

無濟於事——

他往前走去，又朝舉起槍的索血者開了一槍，射中她那隻拿槍的手。瓦拔出針筒，打算鋼推針頭插入她的肌膚，但索血者咆哮一聲，變成一團模糊的幻影。瓦試著跟上那團幻影，就在這個時候，起居室的一側瞬間爆開，暴露出那道隱密的樓梯。一群身著黑色西裝的男子蜂擁而出，一個個凶神惡煞似的，都是總督的專屬護衛隊。

瓦立即閃身躲避迎面而來的槍林彈雨。背靠著一張厚實椅子的椅側，茫然不清接下來即將面對什麼樣的情況。索血者在護衛隊之間穿梭，也開槍反擊。護衛朝她射擊，卻只射傷自己人，反觀索血者毫髮無傷。

耳中第一波槍戰的回音消褪後，他才知道槍戰已經結束。護衛倒在地板上呻吟，鮮血直流，只見索血者穿過門洞，朝樓下而去。瓦一咬牙，用力鋼推自己飛越過去，雙腳落地，在血跡上滑行，最後躍入樓梯間，再一個鋼推，整個人輕掠下一層層的階梯。

槍響再次在狹窄幽閉的樓梯間內響起，是從前方傳來的。瓦朝地板射了一槍，猛地減速，隨後降落在餘下的幾位護衛身旁，他們全都倒在地上，鮮血汩汩。

坎得拉獨自一人站在避難室門前，直盯著瓦，面帶微笑，隨即閃身一動，速度之快，瓦只能看見一團幻影。

但她的神速只持續了一會兒，一旦她啓動了金屬意識，速度就減緩下來。

瓦瞥見她用鑰匙打開了總督避難室的門鎖。她不該有那支鑰匙。她神氣十足地拉開房門，回頭瞥了瓦一眼，又搖搖頭，顯然以爲自己仍是一團神速移動的幻影。而她確實也是。

瓦二話不說，跟著飛速下樓。

倒在地上的一位護衛蠕動起來，原來是偉恩正在推高帽子，露出一張笑臉。瓦舉起雙手，一隻手各握著一把手槍，欣慰地看著一臉震驚的索血者。她的眼睛已經重新長了回來，不過鮮血依然流下面具。之前追逐時、和她交談時，她都是一副自信滿滿的模樣。

直到此時此刻。

瓦的雙槍同時發射。若是期望射中目標，通常不應該雙槍同時射擊，但他距離索血者頂多只有十呎遠，更何況他的人正在速度圈中，子彈一旦離開加快的時間圈後會折射，所以「瞄準」並沒有實質意義。

在這種情況下，你不會要求精準無比，只想要鋪天蓋地，面面俱到。這點，眞的要向史特芮絲好好學習。

他連續開槍，直到兩把槍的子彈都告罄，又利用索血者的震驚，扔下槍，抽出臂下槍套內的史特瑞恩，再開槍，跟著拔出大腿槍套內的短筒霰彈槍，一顆顆子彈轟隆隆地噴射而出。瓦一邊開槍，一邊朝速度圈的邊緣走去。

來到速度圈的邊緣後，射出的子彈偏斜而出，進入正常的時間範圍內，速度慢得令人懊惱。不過索血者距離偉恩架起的速度圈，只剩下不到一呎了。瓦丟下霰彈槍，再次抽出一支注射筒朝索血者刺去，再一個鋼推，抱著一線祈禱，希望被槍聲震懾住的她，沒注意到正接近中的注射筒。

就在坎得拉轉身企圖逃跑時，第一顆子彈擊中了她，其餘子彈跟著風暴般撲去。儘管大半數子彈都沒射中，不過瓦總共射出了二十多顆。許多子彈射入索血者體內，減緩了她的藏金術速度，她奮力拖著沉重的身體移動，企圖逃離暴雨般的子彈攻勢，鮮血像蒲公英的種子無聲地噴向空中。

她跌跌撞撞地靠到門框上，一顆霰彈槍子彈擊中她的後腦，再從臉部穿出，撕裂了面具。索血者癱軟下去，手抓著門框，身上的紅色披風覆住了她。

注射筒在瓦的鋼推下疾射而去，筒身滴溜溜地旋轉，但和子彈一樣，一出速度圈就偏向了，最後射中門框，只差幾吋就能刺中索血者。

一會兒後，索血者站了起來，身手再次矯健如常，身上的傷口全都消失無蹤。她看也不看瓦，挺直背部，走進門內，順帶著把針筒彈離了門框，注射筒以慢速度朝地板掉落下去。

瓦從腰帶的彈藥袋內拿出一把子彈，躍出速度圈，腳下突然一個踉蹌——似乎世界剛才顛倒過來——耳中聽到一聲微弱的「砰」，令他一陣作嘔，感覺就像被人朝臉上揍了一拳。不過他早已做了心理準備，他以前也曾經闖出過速度圈。

避難室中傳來一聲槍響。

瓦連忙跑過去，穿門入房，拋出那把子彈，準備鋼推朝索血者射去。然而一踏進房內，他就愣住了，任由那些子彈掉落在地上。索血者根本不在房內，只見房間另一頭的門敞開著，她從門後的地道回到了地面。

被書架包圍的豪華避難室一端有個小酒吧，幾盞檯燈灑下了柔和的光芒。總督就跪在地板上，懷中抱著鮮血直流的祖印，慌張地想為護衛的脖子止血。

瓦朝那扇門飛奔而去，最後在逃生地道口煞住腳步。

「執法者！」英耐特喊叫，「救命。拜託……噢，和諧啊。救命！」

瓦遲疑了片刻，才朝空蕩蕩的黑暗地道瞥去。這一瞥，令他想起了另一條類似的地道，同樣是處處灰塵，兩旁有支撐的柱子。木乃伊的展覽館……

目光往他的背後一移，只見偉恩踉踉蹌蹌地走進房間，隨即連忙趕過去協助英耐特。瓦仍然待在地道口，指間翻轉著幾顆子彈。

「他救了我。」英耐特一邊啜泣一邊說，全身已被祖印的血浸透。他脫了襯衫，拿來止血，「刺客開槍時，他跳過來擋下子彈，」英耐特說，「告訴我，你可以……拜託……」

「他走了，老兄。」偉恩往後一坐，宣告著。

「偉恩，樓上還有一些傷亡者。」瓦指著上面，然後不情願地關上地道門。現在不能追下去，不能扔下總督一個人在這裡。

偉恩衝出房間，去檢視和照料樓上的傷亡衛兵。瓦則朝跪在護衛屍首前的總督走去，他從未看過英耐特像現在這樣有血有淚，整個人垮著肩，垂著頭，精疲力竭、痛苦萬分。這裝得出來嗎？

無論如何，他還是決定驗證通關密語：「沙子發酵。」

英耐特抬眼看著他，眼神渙散又茫然。瓦一愣，不過總督隨即嘆口氣說：「骨頭沒湯。」

他知道暗號，所以他眞的是英耐特。

瓦在總督身旁跪下去，俯視著祖印的屍身。這個人雖然有時頗惹人厭，但不應該有這樣的下場，「節哀順變。」

「她像一團幻影衝過來，卻突然打住。」英耐特的聲音沙啞，「她忽然就現身在房間中，拿著槍，看起來好像很生氣。祖印在她開槍前，跳到我前面擋下子彈，然後她就逃掉了。其實她再多停留一會兒，就能把我解決掉，不需要急著逃命。」

「她在兩個星期前才得到藏金術能力，」瓦說，「時間太短，大大減少了速度的儲存量，那樣快速的移動必定很快就消耗光金屬意識存量，所以必須趕在完全耗盡之前逃走。」

當然，很可能還有別的原因。或許她只是想嚇嚇他們和總督，挑釁他採取行動。但索血者到底想要他採取什麼行動？索血者坦白表示過她有殺害總督的企圖，不過要等到對的時機。

爲什麼？她的計謀是什麼？

「所以她有弱點，」英耐特說，「有可以被攻破的死穴。」

「當然有。」瓦低頭看了看屍體，地板已是一片通紅。但代價是什麼？他做了一個深呼吸，「我希望你離開這裡，出城去。」

「絕不。」

「愚蠢，」瓦罵了出來，「她會回來的。」

「執法者，你沒看見外面的情況？」英耐特用鮮血淋漓的手朝上方一指，「沒看到這座城市危在旦夕？」

「無論如何，你今晚什麼也做不了。」

「我當然可以。」英耐特站了起來，「我是一城之主，絕不逃走。最起碼，也要讓人民看到我，特別是那些帶頭鬧事的人，如果能揪出他們的話。我必須對民眾喊話，要準備演講稿，還要召集閣員商討，確定明天早上的市政仍能運作如常。」他指著瓦說：「你去阻止這個怪物，拉德利安。現在我沒了貼身護衛，我的性命就掌控在你手中了。」

他說完，就掉頭朝外走去。姑且不論之前對他有何偏見，瓦此刻還挺佩服英耐特的膽量。

你去阻止這個怪物……

瓦瞥了注射筒一眼，它仍然躺在門框旁的地板上。就差了那麼一點，如果射中索血者，就能壓下活塞，把藥液注入她的血管。瓦感覺全身乏力，無奈地走過去撿起注射筒，再回到祖印的屍身旁邊，死者是脖子中彈而亡，一槍斃命。瓦把注射筒插進屍體的手臂，注入藥液。

一切如常，並無異樣。其實他也沒抱太大的期望——畢竟索血者不可能蠢到冒充祖印來欺騙總督。但經過測試，仍然讓瓦安心許多。

他費力地站起來，腳下有些搖晃不穩。鐵鏽的，他累了。索血者為何不殺死總督？看來，事情並不簡單。

偉恩朝房裡瞥了一眼，「有兩個衛兵或許還有救，一位外科醫生正在搶救他們。」

「好，」瓦說，「你上樓等我。」

偉恩點點頭，退了出去。瓦朝逃生地道走去，拉開了門，點燃一根蠟燭，踏上了斜坡，小心翼翼地一隻手按在手槍上。陷害總督，煽動民眾排擠道徒，還有瓦個人的「自由」，這三者之間有什麼關聯呢？他是不是漏掉了什麼？

瓦並沒有在地道內發現索血者，倒是找到她的紅披風。她把血跡斑斑的披風扔在地道邊。那裡的牆上有幅潦草的圖畫，畫的似乎是個男人，是用指甲在木頭上刻出來的。

畫中人的眼睛和嘴巴用血輕點上去，血跡已經乾涸。下面用鮮血寫上的字句，令瓦不寒而慄。

我割掉他的舌頭，以阻止謊言四散。

我刺穿他的眼睛，以躲避他的注視。

你會自由的。

17

在索血者發動攻擊後，大約過了半個小時，偉恩走進總督豪華的洗手間。他腦裡原本沒有「洗手間」這三個字，只知道這裡的人都是這樣稱呼的。

如你所見，偉恩找到了密碼。

有錢人，就有這個密碼。他們全都知道這個密碼，並把它當成新語言使用，用來剔除異己。

至於平常百姓，才不會拐彎抹角，是啥叫啥。

你說：「那是什麼，凱爾？」

而他們會說：「那個？廁所啊。」

而你會回應：「幹麼用的？」

他們會說：「偉恩，那是拉屎用的。」

這才合理嘛。但有錢人就是會另外找個詞語來稱呼「廁所」，不是叫「化妝室」就是叫

「洗手間」。如此，只要有人開口說「廁所」，他們就知道這個人需要好好壓制修理一番。

偉恩完事後，把口香糖吐到馬桶裡，才沖了水。能再次戴上自己的帽子，腰繫決鬥杖，感覺眞好。之前耗了他一、兩個小時喬裝扮成英耐特的護衛，那身行頭眞是令人彆扭、難受。

他抹了抹鼻塞的鼻子，洗洗手，再用繡有英耐特名字的毛巾擦乾手。他眞的這麼擔心外人會拿走他的毛巾？這是弄巧成拙吧，偉恩倒是很樂意用他的名字來清理灰塵。他把毛巾塞進口袋，再留下幾顆從酒吧拿來的薄荷糖。

他走出去，探頭瞥了總督和重量級人物開會的房間一眼，房內全是那種把「廁所」稱作「洗手間」的人。

也許是我搞錯了，他心想著，也許那並不是密碼。也許他們只是太熟悉從屁股出來的東西，覺得一般尋常的字眼無法精準地描述那玩意兒。譬如在泰瑞司語中，單是鐵就有七種不同的說法。

他點點頭，總結出了一個好說法，瓦會喜歡的。偉恩走過去，進入擺著長沙發的房間，那些護衛就是在這裡被射殺。瓦站在房中，手上拿著一個信封，還丟了一個小小的金屬進去，封好後，交給總督的一位年輕傳訊員。

「快馬送信，不要有任何耽擱，」瓦說，「到了之後直接敲門。如果有必要，就把她吵醒。如果她發飆罵人或者威脅要射殺你，都不要怕。她不會眞的傷害你。」

年輕人點點頭，儘管他的臉色已經慘白。

「告訴她，事態緊急。」瓦豎起一隻指頭，「千萬別讓她把信封丟到一旁去，也別讓她到早上才讀信。你留在那裡，等她把信讀完，明白嗎？」

「是的，爵爺。」

「好孩子。去吧。」

年輕人跑了出去。偉恩朝瓦走去，經過那扇通往避難室的門。門現在是敞開的，倒在附近的屍體已經移走了，但地板上仍然血跡狼籍。

「拉奈特？」偉恩抱著希望問。

瓦點點頭，「我想到有個東西或許有用。」

「我可以跑腿送信的……」

「你？她會直接開槍。」瓦說。

「那是因爲她喜歡我。」偉恩微微一笑。他並不介意找藉口去看看拉奈特，今晚的天色似乎越來越黑暗了。

「偉恩……」瓦說，「你知道她其實並不喜歡你。」

「你每次都這麼說，但你只是沒看到眞相，瓦。」

「她想殺你。」

「那是爲了幫我保命。」偉恩說，「她知道我在槍口下討生活很危險。所以必須提高警覺、步步爲營，這才是我保命的最佳方法。不說這些了，我在那邊看到和總督與他的重要官員站在一起的人，是瑪拉席嗎？」

瓦點點頭，「她和宓蘭剛剛才到。亞拉戴爾想頒布戒嚴令。」

「你不想？」偉恩在一張血跡不多的沙發上坐了下來，重要官員就在他附近開會。他大概很快就會知道即將發生的大事，並且打算親眼見識它發生。

瓦站了一會兒，接著搖搖頭，「這是索血者設好的陷阱，偉恩。是她一步步將我們逼到這個地步。『我割掉他的舌頭……我刺穿他的眼睛……』」

「呃，我感覺我好像是下一個待宰的傢伙。」偉恩說，「不過跟現場比起來，那並不算太暴力。」

「那是索血者寫在下面牆上的文字或詩之類的，我覺得她還沒寫完。」

「她用釘子釘穿神父的眼睛，把他釘在牆上。」偉恩說。

「還有割掉溫斯汀的舌頭。」瓦在口袋裡翻找著，隨後拿出一個事物，朝偉恩拋去。

「這是什麼？」偉恩一邊翻看一邊問。那是塊上了漆的木頭。

「神射手面具的殘骸。現在換索血者在戴了。」

「你認爲一直以來，神射手都是她喬妝的？」偉恩問。

「或許吧，」瓦說，「喬妝神射手能達到她的目的，可以激怒貧民窟的貧民，還能不斷提醒他們外面的房子有多麼豪華。最後我解決了他的性命，等於把自己和平民百姓劃分開來。」

「老兄，雖然我不想說，」偉恩說，「但你本來就不屬於平民階級。」

「我是從蠻橫區來的。」瓦說。

「老兄，你是條子，」偉恩說，「是爵爺。更別提，你還會——你知道的——飛。這裡不能跟耐抗鎮相提並論，你不能突然把人送進監牢，說服他你是爲了他好，然後跟他玩牌，直到他把你當成普通老百姓。」

瓦嘆口氣，「你說得對。」

「我向來是對的。」

「除了蕾希生日那次。」

「你每次都要提那件事嗎？」偉恩往後一靠，把帽子拉下來遮住眼睛，「那是無心之過。」

「你把炸藥放到爐子裡去，偉恩。」

「我只是把禮物藏到別人找不到的地方。」

「我需要把相關事件都拼湊起來，」瓦一邊說，一邊開始踱步，「用畫的、用寫的，都可以。我們似乎漏掉了某個非常重要的線索。」

偉恩點點頭，但他根本沒有認眞聽，反正瓦會找出答案的。偉恩需要瞇一下，補補眠，尤其是趁那個戰利品仍然適合……

他聽到一扇門喀嚓打開了，立刻把帽子戴正，起身朝那扇門快步而去。瓦暗罵一聲，拔出手槍，尾隨而去，而偉恩已經衝進走廊，攔住一位端著滿盤子食物的僕人。

「啊哈！」偉恩說，「你以爲你可以悄無聲息地從我的眼皮底下溜走，是不是？」

廚房僕人驚異地看著偉恩從三樣點心裡各挑走了一個。瓦在門口停下來，垂下拿槍的手，

「噢，我的和諧啊。」

「和諧想吃就自己拿啊，」偉恩說完，丟了一塊小蛋糕進嘴裡。他轉身回去面對瓦時，僕

人連忙拔腿就跑，朝會議室而去。

這就是偉恩一直等待的——重要人物集結開會，就表示有點心可吃。或者開胃小菜，又一個有錢人專用的密語。偉恩丟了一份蜜糖培根裹核桃開胃小菜進嘴內。

「好吃嗎？」瓦問。

「吃起來像棉花糖，」偉恩津津有味地咀嚼，「用嬰兒做的。」

「我不想聽這個。」瓦一邊說，一邊把手槍插回槍套，「我要回到大街上找找線索，也許能破解索血者的計謀。你必須再次留下來保護總督。」

偉恩點點頭，「我會盡力，但你的這道命令還滿過分的，老兄。」

「我爲你安排了幫手。」瓦帶頭走到女士廁所前，敲了敲門。

「還沒換好！」宓蘭的聲音從裡面傳來。

「還要多久？」瓦問。

門喀嚓打開，一張女人的臉探了出來，完全不像宓蘭，「再一下。」宓蘭的聲音說。「這女人的頭髮眞是麻煩。」她關上了門。

「我認得那張臉。」偉恩交叉雙臂，斜倚著牆。

「其中一個護衛，」瓦說，「剛才被射中的。」

「噢，對，」偉恩的心一沉，「不就是我救的其中一個？」

「她沒撐多久就宣告不治。」瓦說，「宓蘭會用懸帶吊著一隻手臂，當時子彈是先劃過護衛的手臂，才射中她的肺部。我們安排她混進總督的護衛隊裡，希望索血者忙著尋找你和我，因而忽略掉宓蘭。」

「你應該好好謝謝我，」坎得拉的聲音從廁所裡面傳來，「我討厭矮子。附帶一提，這個女人嚐起來還眞難吃。太瘦太硬。」門喀嚓打開，那張臉再次探出來，「下次，選個經常坐著的人，好嗎？細皮嫩肉和豐腴飽滿，是最棒的調味……」

她彆彆扭扭地走了出來，看看偉恩，又看看瓦，注意到他們的表情，「噢，好吧，」她說，「凡人，我都忘了你們有多挑剔。」

「拜託，」瓦的語氣微慍，「妳至少對死者表現出一點尊重吧。讓妳這樣利用她的屍首，已經讓我很爲難了。」

宓蘭翻了翻白眼——鐵鏽的，以前看她學人類翻白眼，就已經很奇怪了，更何況現在裝在另一具完全不同的身軀內。「不是被我吃，就是被蟲吃，孩子。難道你以爲她會在乎是一次消失、在半小時內被吃掉、還是躺著等慢慢腐化，融進土壤——」

「妳不需要這麼鉅細靡遺，宓蘭。」瓦的聲音低沉且緊繃。

「好，好。我快好了，只差把衣服穿上。髮型如何？」

「不錯，」偉恩說，「只是妳好像忘了一邊的眉毛。」

宓蘭抬手摸了摸，「該死。催催催，你們看吧，貪快就容易出錯。」她又縮回廁所裡。

「說到快，」瓦對著門板說，「索血者是不是也能在半小時之內完成易容？」

偉恩點點頭。好問題。

「她更快，可惜了。」宓蘭在房裡回答，聲音悶悶的。她換了軀殼，但聲音仍然沒變。是不是也要變聲呢？「盼舞是老一輩的坎得拉，算是成精了。提醒一下，我不認爲有誰能超越坦迅，但盼舞的速度的確很快——尤其是換上以前穿過的軀殼。我知道前輩之中有著可以在十分鐘之內換好軀殼，非常熟練、想都不用想的功力。」

「很難嗎？」偉恩喊著問，「譬如……有一次我跟人打賭，一口氣吃了二十根香腸，贏了五張鈔票，卻在地上打滾痛吟了一個小時。那就像一個坐在馬桶上大號的人，用盡力氣要把芒果擠出嬌弱的甜甜圈。妳懂我的意思吧？」

瓦輕輕哀嚎一聲。一會兒後，宓蘭又打開門，這次穿上了和其他護衛一樣的黑西裝。她微微一笑，「你很可愛，」她對偉恩說，「眉毛如何？」

「呃，很好。」可愛？「但我名草有主了。」

「至於你的問題，」宓蘭說，「很難，原因不是你暗示的那樣。我們可以強迫進食，並且排出過量的食物，所以能像這裡的排水管一樣行雲流水地變身。難就難在，必須一邊消化一邊記住肌肉的紋理，以及把毛髮搞對。你們人類幾乎快被那東西淹沒了。幸好，像這次的快速變身，我不用理會體毛，反正有衣服遮掩。」

「所以……等等，」偉恩一邊說，一邊搓揉下巴，「妳是說，我們能辨別一個人是不是坎得拉，只要看……」

「……是否有手毛和腳毛？」宓蘭問，「的確行得通，但只能在坎得拉必須迅速變身的情況下。」

「手毛，」偉恩說，「對，我想的正是手毛。」

「在臨危受命的情況下，這是最難做好的部分。」宓蘭說，「我們不能自行生出體毛，只好利用你們原本的毛髮，一根根插進毛孔中。但手腳上有成千上萬的毛髮，多麼痛苦的工作啊，比頭殼上那團東西還可怕。」

「宓蘭，」瓦一邊說，一邊在外套口袋內翻找，最後拿出一個東西，「妳認得這個嗎？」

「我快說完了，先生，你不能等我把話說完嗎？不過我覺得那是空的小玻璃瓶。」

「帶它進去，關掉電燈。」瓦把小瓶子丟給她，偉恩則走過去，打算瞧上一眼。那玩意兒似乎挺有意思的。

宓蘭才退回廁所不到幾秒就推開了門。隨即一把抓住瓦的迷霧外套，儘管她現在比另外兩人都矮，依然很有氣勢。「你是在哪裡找到這東西的？」

「索血者長袍的下緣，」瓦說，「她偽裝祭司時穿的那件。」

「這是高枯（Perchwither），」宓蘭說，「它是一種會發光的菌類，只能在一個地方生存。」

「哪個地方？」瓦問。

「坎得拉的家鄉。」

瓦像洩了氣的氣球，「噢，所以她接下來應該是要去那裡，對不對？」

「不對，」宓蘭說，「坎得拉的活動範圍不再受限於那裡了。我們進入群居生活——有家、有生活。如果想和其他同類交流，就會去酒吧。家鄉現在只是遺址，是聖地，讓我們緬懷過去的地方。一想到她最近去過那裡，還穿著被她殺害的人的衣服……」宓蘭打了個冷顫，放開了瓦的外套，「就覺得她太過分。」

「我應該去看看，」瓦說，「或許她都待在那裡。」

宓蘭交抱雙臂，打量著他。「和諧說了你可以，」她說，「你可以經由墓地進去——找天金的記號，運用你的第三隻眼。我們不常使用那個入口，卻可能是你最簡便的入口。」

「我盡力而爲。」瓦說完，轉身剛好看到一位男僕從走廊向房內瞥來，男僕端著一個小托盤走過去，盤中放著一張卡片。

「拉德利安爵爺？」男僕將托盤遞到他面前，「您的馬車到了。」

「馬車？」偉恩問。瓦在追捕犯人時，通常會完全進入一個「像是鐵鏽的禿鷹飛越整個城市」的模式。怎麼會需要馬車？

瓦拿起托盤中的卡片，點點頭，又做了一個深呼吸。「謝謝。」然後轉向偉恩和宓蘭，「保住總督的性命。如果有所發現，我會通知你們的。」

「所以馬車上有什麼？」偉恩問。

「我到這裡後，立刻派人送信去那棟豪宅，」瓦說，「這座城市中，有個人很可能就是索血者的靠山。」瓦的臉色陰沉下來。

啊，的確，偉恩心想。他隨即拍拍瓦的肩膀，這不會是趟輕鬆的會面。

「誰啊？」宓蘭看看偉恩，又看看瓦，「你們在說什麼？」

「妳聽說過，」瓦說，「一個叫做『組織』的幫派嗎？」

瓦看著叔叔坐在馬車內悠哉地等他，身旁一個保鑣也沒有，甚至他走到馬車門前時，馬車夫也沒有要求他繳械。他要和叔叔取得聯絡非常簡單，記事薄上明列了幾個愛德溫的保險箱地址，每個都登記在假名之下。瓦派人監視其中一個保險箱幾個星期後，在保險箱內發現一封信，建議他換個方法。

他寫了回覆信，放在那個保險箱內。之後，又出現一封給他的信。信上多是言不及義的內容，瓦發瘋似地想破解那些信件是如何被放入的。而愛德溫似乎就是能在瓦回信的當下得到消息。

瓦做了一個深呼吸，爬上馬車。愛德溫的身材矮壯結實，一身的裝扮高貴優雅，修剪整齊的短鬍子、剪裁講究的西裝，外加一條相當窄細的領巾，領巾平躺在襯衫外，彷彿他才剛結束繁忙的長夜，鬆開了領結，放鬆全身。他雙手自在地放在拐杖華麗的杖頭上，臉上掛著大大的笑容。

「姪子！」他對著坐進座椅內的瓦，熱情地打招呼。「你絕對想不到，我收到你的信以及你保證不會抓我歸案，有多麼開心。好奇妙啊！我立刻就來赴約了。我想我們最近實在太疏遠。」

「疏遠？你想殺掉我。」

「你也不客氣地以牙還牙了！」愛德溫用拐杖敲敲天花板，通知馬車夫駕車離開。「不過我們現在卻坐在這裡，而且都活得好好的。我看不出來爲什麼我們不能和平共處。我們是對手，沒錯，但仍然是家人啊。」

「你是罪犯，叔叔，」瓦說，「看看你做的那些事，我絕不徇私枉法。」

愛德溫嘆口氣，從口袋抽出菸斗，「你就不能試著和善一些？」

「我試試。」考慮現實狀況，瓦想向這個人打探消息，和他作對並非明智之舉。

兩人都沉默下來，愛德溫點燃了菸斗。瓦則試著整理思緒，該如何打探呢？

「好危險的晚上。」愛德溫的下巴朝車窗外揚去。馬車剛好經過一群提著燈籠、舉著火把的平民百姓，他們全在聆聽那個站在一疊箱子上的女人發言。女人對著迷霧聲嘶力竭怒罵，但瓦聽不清楚。鐵鏽的，這群人距離總督的官邸有些近，他期望英耐特和警察能控制住局面。

「我想知道，」愛德溫抽了口菸，「許久前的那個夜晚，是否也感覺像跟今晚一樣——就是倖存者行動結束的那晚。一個政權垮臺了，嶄新的世界開始。」

「這根本是兩碼子事，」瓦說，「統御主專制鎮壓，那是暴政。雖然這些人也是民怨沸騰，但現在與以前相比，不可同日而語。」

「不可同日而語？」愛德溫說話時，白煙從他嘴裡飄渺而上，「或許吧。但人的情緒都是一樣的，似乎無論箱子多麼華美無比、溫暖舒適，只要把人放進去，都會反抗、掙扎、挑剔、抱怨。」

「你口口聲聲說，你是站在老百姓這邊的。」瓦不帶感情地說。

「很難。我想要權力、財富，和影響力。其實，就像倖存者團隊的成員一樣。」

「他們是英雄。」

「同時也是賊。」

「他們只是盡該盡的責任罷了。」

「凱西爾自己呢？」愛德溫說，「在他揭竿起義的前幾年？昇華戰士在街上討生活，依靠詐騙貴族和祭司爲生？你讀過《創始之書》嗎，姪子？這本書明白記載了他們的野心。倖存者不只想推翻統御主，更想佔有帝王的財富。他想接替統御主，掌控世界。他想要權力、影響力，和財富。」

「你說的都是歪理，叔叔。」瓦說。

「你沒納悶過……」愛德溫若有所思地說，沒理會瓦的異議，「如果你有機會與他們爲伍？如果時光倒流，回到過去，會看見什麼樣的光景？一大群無賴？犯奸作科？你會親手把那位昇華戰士繩之以法，送她進大牢嗎？法律並不是神聖不可侵犯的，孩子。法律只是反映出那些運氣好的掌權官員的想法罷了。」

「我認識的警察之中，」瓦說，「沒人認爲法律是完美無瑕的，卻是當前最好的不得已選擇。你從來不關心公理正義，怎麼突然轉性了？在我眼裡，你跟那些人一樣腐敗，叔叔。」

「好和善啊。」愛德溫說，「你一邀約，我就來赴約，這就是我得到的回報？尖酸刻薄的羞辱。外人都很納悶，爲何最近我們家族會成爲笑柄。我要他們邀請你參加宴會，好看看你耍寶。」

「我送信給你，」瓦咬緊牙根地說，「是因爲思前想後，覺得我們有個共同的敵人。我知道你想統治這座城市。嗯，我需要你親眼去看看它怎麼了。我跟那怪物談過話，如果不阻止她，很可能就沒有能讓你統治的城市了。」

愛德溫沒有回應，只是拿著菸斗，透過玻璃窗，望著車外在夜空中翻騰的迷霧。

「你是不是知道些什麼？」瓦幾乎是在哀求他了，「我確定『組織』一直興味盎然地監看時事。你稍早殺我的企圖——告訴我，那只是一次見縫插針的偷襲，同時也告訴我，你並沒有與她同流合汙。她要看著依藍戴毀滅，叔叔，協助我解決她。」

愛德溫沒有回應，只是閒適地抽著菸斗。「你知道你對我們過度熱心的關照，造成了多大的影響嗎，姪子？」他終於開口說話了，「城中半數以上的幫派都不敢和『組織』合作，就是因為擔心你會突然站在家門口，射殺他們的母親。你凍結資金並沒有毀了我們，不過已經惹得一些成員非常非常不滿。」

「很好啊。」瓦說。

「你會這麼說，是因為你無知。」愛德溫怒斥，「我在成員裡屬於保守派，反對莽撞行事、反對暴力。你越是強硬進逼，我的影響力就越薄弱，要求改變的聲量就越大，而且不計代價。」

「和諧啊，」瓦低語，「你和她是一夥的。」

「其實，比較像是各取所需，共度難關。」愛德溫說，「私心來講，我希望你解決掉這個怪物。這樣或許能讓一些競爭對手閉嘴，我就有機會向『組織』獻上我個人激進大膽的計策。但我不會出手幫你，姪子。或許，我就是需要這臨門一腳。」

「你怎麼可以袖手旁觀？」瓦問，「難道你想看到這座城市燒毀？」

「灰燼是絕佳的肥料。」愛德溫說。

「那必須堆得非常高，高到足以燜盡萬事萬物。」

愛德溫緊抿著唇，「你鼠目寸光、自以為是。一直都是，你從小就是這樣了。但我仍然愛你，姪子。也就是因為這份愛，我才沒有真正置你於死地。我不斷抱著希望，有一天你會明白我們不是你的敵人。今日，我們被當成流氓、盜賊，未來就是萬民景仰的英雄，是改變世界的人們。因為……你是怎麼說來著？……為了生存，就必須改變。」

「那麼我姊姊呢？」瓦說，「挾持她，也是為了你所謂的求生存？」

「沒錯。」愛德溫直視瓦的眼睛，「因為我相信未來的某一天，我會需要用她來要脅你。殺了我，就等於殺了你姊姊，瓦希黎恩。」他又敲了敲車夫坐椅下的天花板，馬車放慢速度，最後停了下來。

「儘管去吧，」愛德溫說，「去當玩具兵。假裝就算你活在統御主的政權之下，也不會宰殺任何一個倖存者。假裝你出城去蠻橫區尋找公理正義，不是因為你發現城市裡的日子，對你來說太過艱辛。」

他們不發一語地坐在靜止不動的馬車內。瓦極力克制，愛德溫的視線則掃過瓦肩上的槍套，似乎期待瓦伸手去拔槍。他可以開槍殺人，他可以當場殺掉這個男人——他以前也違背過諾言，而對象都比眼前的叔叔正直百倍。

殺了我，就等於殺了你姊姊……

瓦一腳踹開車門，「我會對付這個坎得拉，但你記住，我不會原諒你的，叔叔。有一天，你會突然發現我就站在你背後，拿槍指著你的腦袋，而你將驚覺自己呼天不應，求地不靈。」

「我拭目以待！」愛德溫說，「如果那天沒在明年夏天來到，你就跟我去參加馬維瑟晚宴，我們會精心準備烤乳豬來款待你。」

瓦低吼一聲回應，走下馬車，砰地用力關上了門。

18

自從成年後，瑪拉席大半時間都在為律師工作做準備，她母親甚至期望她未來能進入政壇。不過她很早就拋棄了為官的志向，最近又捨棄律師這條路。這兩份職業有個共同的重大缺陷：都被律師和政客團團包圍。

儘管費盡心思，還是避不開、躲不掉，此時此刻她正跟一群律師和政客待在同一個房間中。英耐特總督就站在他私人書房的壁爐邊，一隻手靠在爐架上。站在面前的是他的精英幕僚，這群人精神奕奕，與同樣在半夜被召來、睡眼惺忪的警察和護衛截然不同。

事實上，這群幕僚活力充沛地針對眼前的危機進行討論。一個個爭先恐後地發表意見，就像一群爭取父母認同的孩子。瑪拉席站在窗戶邊，總督要她暫時等在這裡，稍後再過來與她會談。於是她一邊等待、一邊聆聽，謹慎地在小筆記本上做紀錄。如果那個坎得拉剛好就混跡於人群之中，不知道自己能否聽出個端倪，把凶手揪出來？既然走不開，這倒也不失為打發時間的好方法。

「事情會解決的。」市府衛生局局長又重複一次。這位局長以前也是個律師，修習過瑪拉席修過的法學院課程，不過那是好多年前的事了。瑪拉席不懂，當個衛生局局長何必取得法學學歷。「瑞普，你把事情看得太嚴重了。」

「我試著自救，你卻說我把這事看得太嚴重？」英耐特問，「剛才的突襲，害死了我一位多年好友！」

書房裡靜下來。衛生局局長坐了回去，一張臉漲得通紅。英耐特已經換下沾滿鮮血的衣服，但瑪拉席確定這些人都看過他更衣前的模樣。他應該是故意拖延到幕僚都看過他的慘狀才更衣。

「我說的不是剛才的刺殺，」衛生局局長說，「我指的是外面的民眾抗議。那會解決、會平息的。」

「已經有人趁亂搶劫了。」貿易局局長發話，那是一位戴眼鏡的女士，還另外帶了兩名助手來做會議紀錄，但她並未替助手安排座椅。

「趁亂搶劫一直都有，」衛生局局長說，「我們先不出手鎮壓，讓該爆發的就爆發出來，以靜制動。」

「你懂什麼。」教育大臣說。那位肥胖女士把兩隻腳翹在壁爐邊上，裡面的爐火劈啪響，「現在必須當機立斷啊，總督大人。應該讓對手瞧瞧，你不會輕易接受威脅。你知道勒卡爾的人最近動作頻頻，而你兄弟的醜聞只會火上加油。下次的選舉，他們會推舉一個得力的候選人出來競選。按我說，他們絕對會死咬著今晚來抹黑你。」

「沒錯，」公共事務官說，「有沒有可能，刺殺就是他們幕後主使的？」

總督瞥了瑪拉席一眼——會議開始以來，他第一次注意到她。總督現在已經知道宓蘭的存在，在會議開始之前，宓蘭曾經向他展現眞實的原形。總督已相信了，也向管理團隊說明過那個調皮的坎得拉的任務，但高官們顯然認爲那是怪力亂神，直接把總督的話拋到腦後。

瑪拉席冷靜地回視他。以前她也曾經夢想參與這樣的會議，表決重大議案、起草法案，以及正式通過政策，但現在卻被這些討論搞得心煩意亂。全都因爲受到瓦希黎恩的影響，而其中一些影響並不是她想要的。

「不對，不對，」衛生局局長說，「勒卡爾不會是幕後主使者。暗殺？你瘋了嗎，唐同？他們不會捲入殺傷力如此大的行動，給自己找麻煩。」

「同意，」教育大臣說，「殺手應是過度絕望，才鋌而走險。總督大人，我重申一次，你要當機立斷，拿出領袖的氣魄。你不是考慮頒布戒嚴令嗎？我認爲你最低限度一定要頒布戒嚴令，派出大批警力鎭壓趁亂打劫的強盜，解散抗議人群，讓百姓看到你在守護這座城啊。」

其他官員也紛紛發表意見，最後總督要求大家安靜下來，「我會考慮的。我會考慮的。」瑪拉席從未聽過他的聲音如此激動。「現在全都出去，我需要好好思考。」

此刻的他顯得十分挫敗、沮喪又惱怒。幕僚們安靜下來，默默地走了出去，瑪拉席不得不跟著朝外走。

「科姆斯小姐，」總督一邊說，一邊朝書桌走去，「我們談一下。」

瑪拉席順從地朝辦公桌走去，總督坐了下去。他伸手到地板上，推開小地毯，露出一個小小保險箱的頂蓋，然後從辦公桌拿出一支鑰匙，心不在焉地開鎖，取出箱內的官印，安置妥當後，動手開始書寫。

「告訴警察總隊長亞拉戴爾，我將戒嚴令狀交給他。」總督疲憊地說，「截至目前爲止，他是唯一一個和我聯絡的警察總隊長，我感到有些不安。我現在任命他爲警察司令總長，全權負責執行，並且掌管全市的執法人員，直到危機化解爲止。其他捌分區的警察總隊長必須向他匯報。」

瑪拉席沒有回應，其他區的總隊長不會喜歡這項任命的。各捌分區之間的競爭表面上看來和平，但就瑪拉席來看，事實上還是太過刺激。「您是否爲本市的百姓著想？」瑪拉席輕聲詢問正在書寫的總督，「警方該像教育大臣所建議的，以武力鎮壓老百姓？」

英耐特書寫完畢，抬頭看著她，似乎在掂量她，「妳是新人，對吧？是……拉德利安爵爺未婚妻的表妹？」

「我不知道我居然會引起您的注意。」瑪拉席說。

「妳沒有。是他，該死的男人。」

瑪拉席保持沉默，總督打量她的目光，令她渾身不自在。

「抗議群眾遲早都會解散，妳知道嗎？」總督一邊說，一邊用筆敲著辦公桌，「但他們還會來要求我給個說法。我必須公開發言，扭轉局勢。」

公開發言？瑪拉席心想，像稍早那般？那次的發言並沒有展現對人民的同情心。

鐵鏽的，那眞的只是今天下午的事嗎？她看了看總督華麗辦公桌上的時鐘，已經深夜快兩點了——所以上次那場發言應該算是昨天。或許她不該看時鐘的，知道夜已如此深了，只會提醒她已經心力交瘁。疲憊感就像一位憤怒的討債人，狂敲她的腦門，而她無法再繼續忽略。

「告訴亞拉戴爾，」總督沉思了一下，「不要阻止平民百姓在官邸前聚集，但必須扼止全市各個角落、趁火打劫的惡行。殺雞儆猴。只不過這裡的確需要一個警察小隊來管理聚集的群眾，但我誠心希望能和他們對話。今晚，會是個創造歷史之夜。」

「長官，」瑪拉席說，「我大略瞭解一些群眾心理，如果您想——」

外面有人叫喚英耐特，他沒等瑪拉席把話說完就起了身，將令狀推過去給她，蓋上官印，然後走出去處理問題。

瑪拉席看著他離開，嘆了口氣，暗自期望偉恩和那個坎得拉能保住他的人身安全。她是想看到英耐特伏法下獄，並沒有想要他死。總督若被暗殺，人心會大亂，士氣將潰堤。

她把令狀收進手提袋內，放在手槍旁。走出書房後，她悄悄地鑽進走廊的人群中，聽到內閣閣員囑咐助理行事，並且接下總督家僕遞上來、熱氣騰騰的紅茶。偉恩半坐半躺在一個角落內，兩腳翹在茶几上，手指玩弄著一支昂貴的金色和紅木色相間的鋼筆。天知道他是從哪兒偷來那玩意兒的。

很不幸地，汽車沒油了，她只好運用傳統方式把令狀交到亞拉戴爾手上，於是找來男僕幫她叫車。

但滿臉疲倦的男僕搖了搖頭，「這個時候叫車需要等很久，小姐。現在市內半數以上的馬車都在幫內閣官員送信呢，而且，像今晚這樣……」男僕意味深長地瞄了敞開的門一眼。外面門廊上的燈光幾乎無法穿透濃濃的迷霧，霧氣盤旋繚繞，扭曲迷離。一小縷白霧輕手輕腳地溜進了門廊，卻立即像爐上的蒸汽消失無蹤。

「我可以等，」瑪拉席說，「謝謝。」

瑪拉席的諒解似乎令男僕寬慰不少，也許其他人並沒有她的同理心。男僕在他人的召喚下離去後，瑪拉席在門口徘徊，望著外面的迷霧。瀰漫在城市上空的橘色薄霧不太尋常，那裡必定有大火燃燒。若是上天保祐，那些火焰就會只是大量的提燈和火把，而非民房大樓。

此情此景，令她猛地生起一個念頭，卻怎麼想也想不起是什麼。她搖搖頭，轉身朝屋內走去，想找偉恩問問他對眼前局勢的看法。她走進寬大的起居室，打從一位正在洗刷木地板的男僕旁邊經過。看來血跡很難消除，男僕還鎮重地把地毯捲到牆邊，空出空間，以方便清洗工作。

瑪拉席走了過去，突然改變心意，不去找偉恩了，反而走下樓梯朝隱蔽的避難室而去。一座即將分崩離析的城市，她一邊走下樓梯，一邊想，類似的危機以前也發生過。

狹小的房間內，依然飄散著清洗血跡時的肥皂味。空曠的避難室中，一牆的書靜立，滿室的書香，寧靜安詳。天花板上沒有吊燈，房內只有一盞盞檯燈放射出柔和的紅橘光芒。她繞室一圈，經過放在書架上、一整套的《創始之書》。一本本皮製封面看起來嶄新無瑕，她一時興起，抽出第一冊來翻翻。書本裡的紙頁就像新書一樣尚未裁開，顯然一整套都沒人翻閱過。

許多年前，倖存者也曾將一座城市推向毀滅的邊緣，再將民怨導向叛亂，最後推翻了綿延千年的專制王朝。受過教育的孩子都清楚那段歷史，而瑪拉席甚至閱讀了每一個細節，包括那個關鍵夜晚。她想像中的那個夜晚，就跟今天晚上一樣。

只是，這次的始作俑者不是倖存者，而是一個殺人狂。

她一定有目的，瑪拉席一邊想，一邊繞著房間走，她想複製統御主倒臺的那個夜晚，瀕臨失控的民怨、貴族名門互相撕咬，而現在……

一場演說。總督當然能在百姓面前出盡風頭，至於人民，即使說不出所以然，仍會有所察覺。他們從孩提時期開始就在學校修習歷史，當然都知道那個夜晚的經過。百姓會聆聽他的發言，並期待他變成另一個末代帝王（Last Emperor）。只因爲末代帝王許多年前在統御主死亡的那一晚，也曾向群眾演說，最後更因那場發自肺腑的演說而登位掌權。

但英耐特總督不是依藍德·泛圖爾（Elend Venture）。遠遠不及。

瑪拉席猛地打住，隨即往後退了幾步。她一直沿著嵌在牆上的書架而行，並沒太注意它們，卻還是發現了異樣。這裡，放著未翻閱過新書的長長書架上，連續三本書的書脊下方都有磨損。這三本書有何特別？它們屬於七冊一套的政治學專書，是神之顧問（Counselor of Gods）在許多年前所寫的。

她抽出其中一本翻閱，沒發現任何疑點。也許英耐特最近正在研讀它們，但……爲什麼只有第三、四、五冊的書脊有磨損呢？她又拿起另一本來翻閱——原因就在這本之中。只見書頁的正中央挖了一個洞，洞中放著一支鑰匙。英耐特並不是在閱讀微風（Breeze）的舊作，只是忘了到底把鑰匙藏在哪一本書裡。

瑪拉席拔出鑰匙，目光落在房中唯一的辦公桌上。她敢嗎？

我當然敢，她心想，裙襬窸窣一聲，人已經穿過房間。她的警察證再加上亞拉戴爾對總督的憂心，讓她有足夠的正當理由來場小搜索。她跟其他人一樣清楚法律條文。

她也清楚法律的闡釋權在法官身上，而大部分法官都擁有貴族血統，因此不會輕易放過膽敢偷翻總督抽屜的人。這就是她把鑰匙插進辦公桌抽屜時，手指微微發抖的原因。但鑰匙插不進鎖孔裡。她頓了一下，然後拿著鑰匙去地板上的一個位置試試，就像是剛才在樓上，總督拿出官印的地方。

沒錯，地毯下的確有個隱蔽的保險箱。她插進鑰匙，轉動，心滿意足地得到一聲喀嚓聲。她拉開保險箱，掃了箱內物品一眼。

一把手槍。

雪茄。她不認得那個牌子。

一綑用線綁在一起的鈔票。看看數量，足夠買棟房子了。她瞪大眼睛，隨即收回心神，繼續瀏覽。

一疊的信件。她拿著信件來到桌旁，滿心期望能偷窺到外遇之類的情書。她先是快速瀏覽，然後才比較仔細的閱讀，最後不禁坐進椅子裡，驚訝得摀住嘴巴。

信裡的確描述了一段關係——更應該說，是許多人之間的關係。全城內閣官員的私密對話，都在這些信件中！儘管用詞委婉，但在她眼裡，紙上明明白白寫著的，全是貪汙賄賂。

瑪拉席一封封地翻閱，全身逐漸發冷。白紙黑字，隱晦難懂。*我們同意擴大某些善意，以及，根據先前的協議，這些條款十分合理，令人滿意。*不過信上都標有日期，她飛快連結到在警局裡寫下的筆記。這些都是證據。她再往後翻閱。沒錯，這些信和她的統計分析不謀而合，全是英耐特行賄的政治利益交換承諾。

這些用詞曖昧不明，不能算是確證據鑿，卻絕對是突破對方防線的決堤口。更妙的是，英耐特在大部分信件中都加了批注，提醒自己重點所在。這封信談的應該是一樁英耐特首肯的交易，藉由提高外市精煉鋼進城的關稅，換取親戚在購買土地時的優惠。另一封比較近期的信，談的是法官席位缺補的事，英耐特指派了哈姆德家族的子孫，補上最近空出的席位。

她早猜到總督貪汙行賄，但親眼看到這些白紙黑字的對話，還是感到無比刺眼，不忍直視。她仔細過濾。信件中，倒是沒有和他的主要對手勒卡爾有關的對話；也沒有瓦希黎恩。瑪拉席不自覺鬆了一口氣——再往前翻閱更早的信件，也沒有看到愛德溫·拉德利安，瓦希黎恩叔叔的名字出現。

信件之下，是一本帳本。她滿以爲其中記錄了英耐特尚未清償的承諾，以及他個人的財務狀況。但飛快翻閱後，卻沒找到任何重要線索，帳本的內容似乎沒有任何異樣。

瑪拉席試著整理思緒，感覺自己就快承受不住。鐵鏽的。人民暴動，一觸即發。這是索血者計畫中的重要一環嗎？先把英耐特推到眾目睽睽之下，再揭露他貪汙的證據，一舉擊垮——更甚者，揭露這座城市中每一個名門貴族腐敗的本質？若是如此，公開了這些信，瑪拉席不就變成索血者手中的一枚棋子。想到這裡，她不覺一陣心煩意亂。英耐特如此墮落，難道不應該揭發他，拉他下臺？

她趕緊把信札塞進手提袋內，亞拉戴爾總隊長必須看看這些。瑪拉席俐落地關上並鎖上保險箱，把鑰匙放回原位，然後爬上樓梯。她不想讓人看到她在地下室，尤其待會男僕會來通知她出租馬車已抵達。

英耐特必定會辯稱這是索血者故意栽贓他的，瑪拉席一邊想，一邊踏上了一樓。這樣，他輕輕鬆鬆就能脫罪了。再者，一旦他發現書信不見，就能猜到是誰偷走的。剛才那位男僕仍然在刷地，他看見她到了地下室，現在又看見她折返上來。

不過，鐵鏽滅絕的，這種事，她絕不會袖手旁觀。

在夜空飛行讓瓦看見了人類之間顯著的區別，那是一條無法跨越的界線。他們貴族的高級住宅區，有燈光照明。黑夜下的點點亮光，則是黎民百姓在黑夜裡打下的、標示出界限的木樁。燈光像樹根朝四面八方延展開來。

他叔叔把他載到離原本要去的目的地很遠的地方。幸好，射幣面對幅員遼闊的依藍戴，遊刃有餘。他並沒有立刻去探訪坎得拉的故鄉。叔叔的話語在他腦海中縈繞不去，再加上索血者之前的嘲諷，分別從兩個方向進攻，就像兩根分頭插進太陽穴的針。

他需要想一想，需要一個人靜一靜，也許就能看清這團混亂的局勢。他降落在一道屋簷上，俯視面前廣闊的燈火地毯。一隻貓從附近的花盆盯著他瞧，眼睛晶瑩發光。底下是一條酒吧街，喧鬧吵雜。儘管已經過了半夜兩點，依然沒有安靜下來的跡象。

鐵鏽的，在這座城市中，永遠無法眞正一個人。就算待在自家宅邸，靜謐仍然會被外面轆轆的馬車聲破壞。

他蹤身躍入夜空中，野貓受到驚嚇跑走。他高飛而起，在夜空畫出一道長長的弧線，想盡量飛得更遠，遠離那些發酒瘋的大吼大叫。他往東尋找，朝城市外緣而去，快接近時，只見迷霧之中冒出一座碩大的建築體，遠遠看去就像遠古怪獸褪了色的脊骨。東橋，一道橫跨鐵門河的龐大結構。

他一方面讚嘆人類居然能創造出如此巨大的傑作——巨大到足以讓汽車通行，同時還能裝下鐵軌。另一方面，又看到迷霧完全吞沒大橋，使得橋身更像一頭巨獸的骨架。人類創造，並且引以爲豪的事物，在和諧面前，一切的人爲傑作都相形失色。

*祂知道嗎？*瓦的靴子噹啷一聲，人已落在橋塔上，*祂眞的能救下蕾希？*

答案顯而易見，和諧當然知道。所謂的相信神，就是接受無論男神或女神都無法在你每次遇到麻煩時出手相救。當然，這也不是瓦的價值觀。住在蠻橫區時，他就明白人有時候必須依靠自己的力量解決問題。援助，不是每次都有。這就是人生，關關難過，關關過。

但現在，有些感覺不一樣了。他跟和諧有過一對一的交談。該死，此時此刻他會在外面這裡，就是因爲神親自開口要求。也因此他和神之間的關係變得更加私密，而神沒有出手搭救蕾希，也沒有事先警告，現在卻期望瓦乖乖聽命行事？

*不然你打算如何？*瓦一面問自己，一面沿著大橋高聳的尖塔而行，*任由依藍戴城被燒毀？任由索血者隨意殺戮？*

當然不行。和諧也知道他不會袖手旁觀。神掐住了他的要害，他永遠也翻不出祂的手掌心。

祢在嗎？瓦問，暫時拋開煩惱，和諧？

他抬手摸摸耳朵，這才想起他已經摘下了耳環。此時他很慶幸沒有戴上耳環。並非他不要神掌控他的思想，而是他現在的想法並不虔誠。

瓦穿霧而行，下方一輛汽車緩緩地從橋上駛過。索血者在玩弄他。他感覺索血者的手指悄悄潛進，刺穿頭骨，箝住他的思想。他早已看穿她的把戲，卻趕不走她提出的那些問題。

他在塔頂的一端停下來，望著依藍戴城外緣，那裡的燈火沉入黑暗的鄉野之中。而背後的城市亮晃晃的，有著成千上萬的燈光照明，電線設備尚未越過這座大橋，燈光在依藍戴城城郊打住，最後幾點燈光就掛在這座橋上，它們就像燈塔遙望著無邊無際的黑暗大海。

他思念那片黑暗，渴望躍入它的懷抱，逃離一切責任，不想再為成千上萬的陌生人操勞煩憂，回去那裡協助少數他幫得上忙的人。

自由，對瓦來說，並非卸下責任就是自由。他相信他再度離開這裡後，很可能會恢復執法者的身分。不，沒有責任並不代表自由——自由是能夠隨心所欲去做對的事，不必擔心它是否還有錯的一面。

他並沒有認眞考慮離開這件事，但的確曾經呆坐著，望向那片黑暗，想越過百姓、越過陰暗的城郊，再一次看見簡單純樸的鄉野。他眞想拿一切的陰謀、心機和祕密，換一個坦蕩磊落的凶手，挑釁自己上街單打獨鬥。

懦夫。

這是他自己的想法，不是和諧的，也不是索血者的。這兩個字像一拳重重揍在肚子上，因爲他知道這個想法反映了眞相。他做了一個深呼吸，又一次站起來，扛起肩上的重擔。他轉身背對那片黑暗，蹤身一躍，躍下大橋，再一個鋼推，把自己送入夜空。他來這裡只是爲了放鬆一下，好好思考。

結果，他卻不喜歡這些冒出來的想法所代表的意義。

19

偉恩打從心底感激總督大人如此精心的款待，但他必須承認自己並不是那麼同情那個男人所面臨的困境。畢竟，護衛某人——例如總督——只會讓敵方更清楚該鎖定誰下手。

這不就是他們選舉的目的嗎？英耐特得到了權力，指揮萬人。但是只要殺手感到無聊，想幹點大事了，就不會上街隨便找個賣魚的來揮刀，他們會去找大官。有得必有失。既然有隨時隨地享用美味甜點的特權，就必須承擔凶手會藏在你家廁所伺機下手的事實。這就是代價。

而這個叫英耐特的傢伙，似乎下定決心要去會會鐵眼。都知道有個腦袋不正常，還會變形的超級鎔金術師在追殺他，還不趕緊躲到鄉下去？他明明相當清楚自己是敵人的目標。偉恩悠哉地跟在他後面，一位年輕女僕端著剩下的蛋糕正要回廚房，偉恩順手接下她的托盤，剛好總督在書房門口停下了腳步。

「我需要靜一靜，好好準備待會兒的演講稿，」他對偉恩和其他護衛說，「謝謝你們。」

「可是長官，」宓蘭說，「您不能一個人待在裡面！我們必須保護您！」

「對方的行動之快，迅雷不及掩耳，」英耐特說，「就算她出現了，你們又能做什麼？現在，我們只能賭一賭警方能拿下這個……怪物。」

「我不覺得——」宓蘭的語音未完，書房的門已砰地關上，丟下她、偉恩，和另外兩名護衛在走廊上。

偉恩翻了一個白眼，斜靠在牆壁上，對其他護衛說：「你們兩個，何不去外面守著書房的窗戶？我們在這裡看著。」

兩個護衛躊躇不前，看起來不太情願，不過最後仍然快步離開了。也許，偉恩一邊想，一邊在門旁坐了下來，他們該考慮考慮是否要換工作了。畢竟，守護總督的護衛都死掉一大半了……

「你們人類，」宓蘭朝門擺擺手，「明明生命有限，卻還如此漫不經心。」

「嗯，」偉恩說，「也許他只是想找我麻煩。」

「什麼？」宓蘭似乎被搞得啼笑皆非，「所以拿自己的生命開玩笑？」

「是啊，」偉恩說，「這個白癡先是不准我參加他的豪華派對，現在又把我丟在門外。他故意找我麻煩。他打算送死，讓我自己去跟瓦解釋『抱歉，老兄。我沒看好你的寶貝政客，害他被砍成兩半。』而瓦會好好修理我一頓，儘管事情根本不是我的錯。」

宓蘭在他對面也坐了下來，笑嘻嘻地問：「他的馬是不是就是這樣死的？」

「妳幹麼哪壺不開提哪壺啊？」偉恩說著蠕動身體向下，尋找舒服的姿勢，然後壓下帽沿蓋住眼睛，「那件事眞的不是我的錯。事情發生後，我也受到報銷的傷害。」

「報……」

「沒錯，」偉恩說，「我咒罵自己，喝得爛醉。」他安靜下來，側耳聆聽，閉上了眼睛。家僕在房中來來去去；信差步伐堅定地朝他們的目的地而去；隔壁第二間房間裡，幾位重要人物各自在發表意見。

他們全部在說話，每個人都在說話。人無法單單動腦思考，還必須說出來。偉恩也是，畢竟他也是人。

這個凶手，這頭坎得拉，她也是人。她跟瓦說過話，她必須交談。

或許瓦能成功逮捕她，他經常有這樣的驚人之舉，在大家都不看好的情況下，完成不可能任務。不過爲了以防萬一，偉恩仍然專心聆聽。每個人說話和交談的方式，會透露出許多細節，過往、教養和意向，全都藏在一個個字詞裡。至於這個坎得拉……她遲早會犯錯，選錯用詞，而且是一個明顯的錯誤用詞。這個錯誤，會像一個傢伙在喧鬧的酒館中喝牛奶那般突兀。

他並沒有當下就聽到任何不妥的用詞，倒是注意到宓蘭在自言自語。他轉移注意力去聆聽宓蘭，發現她的聲音變得低沉，但仍然是女聲。她對自己重複了幾個詞。

「她是二鄉人（atwofie）。」偉恩說話時，眼睛依然閉著。

「啊？」宓蘭說。

「妳的身軀，」偉恩說，「妳現在附身的這個女人，是二鄉人。第二捌分區。在城郊長大的。」

「你怎麼知道？」宓蘭問。

「我剛才救她時，聽到她罵人，」偉恩突然感到有些遺憾。那女人只是在做份內工作，試著保護某人的生命。

即使是現在，她依然在工作，偉恩想到這裡，猛地睜開眼睛，看著宓蘭。至少她的身軀是。換做是他，如果他在執行重大任務途中喪命，他會希望自己的身體繼續並看著任務完成。天啊，有了這些坎得拉朋友，就算他死了，仍然可以繼續玩弄史特芮絲耶。

「像這樣？」宓蘭說，「第二捌分區，龍舌蘭農夫的調調？」

「很好，」偉恩說，「每一句的最後一個音要拉長，聲音要壓低。來一點眞正二鄉人的調調。」

「這樣好一點？」

「對，很好，」偉恩一邊說，一邊坐了起來，「見鬼的好。」

「坦迅會很自豪的。」宓蘭說，「只要有需要，我也可以惟妙惟肖地換上一口難學的口音。」

「難學？」偉恩說，「二鄉人的口音？」

「還要加上龍舌蘭農夫的口音。」

「這是很普通的組合。」偉恩說，「有一次我必須模仿一個傢伙，他在西北海岸長大，父母都是聾子。那個人平常很少說話，偶爾才開口說幾個字，後來搬去泰瑞司基要主義者定居的大山之中居住。」

宓蘭蹙眉看著一個僕人抱著被單匆匆走過。看來有些高官打算在這裡待到天亮，僕人必須抓緊時間準備客房。「我不知道能不能模仿，」宓蘭刻意慢慢地說，帶著一點泰瑞司口音，外加一堆發音含糊的字，「但還滿有趣的。」

「啊哈！」偉恩變換口音，比宓蘭的清脆一些，「很好，但妳太刻意了。父母聽不見，不表示孩子會被養成笨蛋。他只是以不同的方式看世界，瞭嗎？」

「不賴嗎？」宓蘭說。又一個家僕經過，這個人一看到必須從大開的四腿之間跳過，狠狠地瞪了他們一眼。

「如果戴帽子，我會模仿得更像。」偉恩說。

「戴……帽子。」

「沒錯，」偉恩說，「帽子是腦袋的偽裝，可以幫助你像之前戴它的人那樣思考。想瞭解一個人？就戴上他的帽子吧。」

「你真是聰明過人，有人這麼說過你嗎？」宓蘭問。

「大家都這麼說。」

「他們全是白癡。你才不聰明，你只是在耍他們。你變換口音，都是有目的的。」她嘻嘻一笑，「但我喜歡。」

偉恩輕壓前方的帽沿，微微一笑，又往後靠去，「帽子的事，我沒騙妳。它們真的很有幫助。」

「是啊，」宓蘭說，「跟骨骸一樣。」

偉恩張開一隻眼睛，凝望著她，「妳曾經……煩惱過嗎？知道自己長生不死？」

「煩惱？為什麼要煩惱？長生不死見鬼地方便。」

「這點我倒是不知道，」偉恩說，「對我來說，生命有結束的一天，滿好的，妳知道嗎？這就像……在賽跑，雖然不知道盡頭在哪裡，但心裡有個底，只需要跑到那個終點。這樣，我只要向前一直跑，一直跑，就可以了。但是妳，妳沒有終點。」

「怎麼你聽起來好像很想死。」

「某天吧，」偉恩說，「啊，也許我該從政。」

宓蘭對他搖搖頭，似乎有些困惑。「有時候是滿嚇人的。」一會兒後，宓蘭坦白地說，「想到永生，像和諧一樣不死。不過每次我無聊了，就換個新生活過過癮。」

「戴上一頂新帽子，」偉恩說，「變成另一個人。」

「換換口味。曾經膽小的，就換成膽子大。曾經受人敬重，就換個粗魯愚鈍的個性。讓人生多采多姿，有滋有味。」她頓了一下，「還有，我們是會死的，只要我們想死的話。」

「什麼，就這樣？」

「就這樣。」宓蘭說，「不知道你有沒有讀過這類記載，相關記載都說得模模糊糊的，但其中有提到在灰燼世界的末期，滅絕想要接管坎得拉，由祂直接管轄，這嚇到了坦迅和原本的管理者。於是大家暗中謀劃，我們也都發表了意見。落灰之終以後的一百年，我們終於找到一個結束生命的方法。只要稍稍集中注意力，把身體捲進螺旋之中，就……結束了。」

「妙，」偉恩點點頭，「這樣合理多了。永遠都要為自己安排退路。噢，妳的『Y』音還是不對，還是妳原來的口音。鼻音不夠，還要拉長音，如果妳想要口音聽起來像真正的二鄉人的話。」

宓蘭的下巴朝他一揚，「你這樣一個人才，太浪費了。」

「沒那回事。」偉恩說，「我今天都還沒喝上幾口哩，」他伸手進口袋，摸摸酒瓶，「唔，也許剩的比幾口還多一些些。」

「不是，我是指——」

偉恩對她嘿嘿一笑，宓蘭不再說話，也對他嘻嘻笑。偉恩朝她輕按一下帽沿，隨即閉上眼睛，繼續聆聽。一會兒後，宓蘭站起來，在走廊上來回踱步，偉恩聽到她一邊唸著『ㄚ』，一邊走。

偉恩聆聽了好一陣子，沒發現任何異樣，不過他很確定那個衛生局局長謊稱了自己的教育背景。那傢伙應該沒上過大學——就算他有，待的時間也不夠長，所以說話用詞經常出錯。偉恩深入推敲時，聽到前方有動靜。有人在說話，聲音很小，但偉恩絕不會弄錯。

他連忙站起來，把宓蘭嚇了一跳。

「我離開一下，」他說，「去瞧瞧那兩個白癡。」

「可是——」

「馬上回來，」偉恩說完，抓緊帽子，衝下走廊，身上長長的蠻橫區風衣在兩旁飄開。他飛快地繞過轉角，朝宅邸正門衝去。

「他說把東西送來這裡，」女人對男管家說，「所以我就送來了。這差事不難——他只要我做個小東西，根本不值得把我吵醒……」

女人轉了過來。她的面容亮麗姣好，身段像鑾橫區裡堅固紮實的籬笆，個子夠高，纖瘦而結實。黑髮，偉恩好幾次拿那頭黑髮跟小馬相比——她其實沒必要為此發火，畢竟她的確都綁著馬尾啊。她穿著褲裝，因為覺得裙子很蠢，腳上一雙靴子則是可以又踢又踹。

只要一見到她，就算天崩地裂，偉恩也無所謂。他大大咧嘴一笑。

但女人面色一沉，很不高興，這個表情只專屬於偉恩。所以，偉恩才知道這個女人在乎他。還有就是，女人朝他開槍時，都瞄準不重要的部位。

「她是來找我的。」偉恩一邊說，一邊跑過去。

「鬼才是。」拉奈特回嘴，不過仍然任由偉恩把她拉走。

「有人不相信，」男管家在後面說，「大人會有生命危險，而我們還在這裡放任城內每一隻髒兮兮的老鼠走到門前——」

拉奈特猛地回身，舉槍以對，男管家立刻住嘴。偉恩即時抓住她的手臂，阻止她開槍。

「髒兮兮的老鼠？」拉奈特嘀咕著。

「妳上次洗澡是什麼時候的事？」偉恩說完，默默退開，「我只是……妳知道的，好奇。」

「槍兒們才不在乎我身上臭不臭，偉恩。我來是有事要做，還有，我不喜歡被人使喚。」

她晃晃左手上的小布袋，後面男管家的臉色已經慘白一片。

偉恩拉著她進入起居室。儘管她說自己很臭，但她並不臭，只是一身的火藥味和機油味。很好聞的氣味，是拉奈特獨有的氣味。

「這是什麼?」他們離開外人的視線範圍，偉恩一邊問，一邊搶走那個小布袋。

「瓦要我做的東西，」拉奈特說，「那邊是誰被殺了?」她朝通往底下避難室的暗門指去，那扇門仍然敞開著。凶殺案總能引起她的注意，主要是因爲她想檢視屍體，研究子彈是如何穿透肉身。

偉恩從布袋倒出一個小小的金屬物在手掌上。

一顆子彈。

他的手顫抖起來。

「噢，和諧啊，」拉奈特搶過子彈，以防他把子彈抖掉，「這又不是槍，笨蛋。」

「但是槍的一部分啊。」偉恩連忙把手塞進口袋內，氣喘吁吁。他能拿住一顆子彈的，爲了瓦，他一直這麼做啊。他的手不再發抖了，看來，那顆子彈有些不對勁。

「所以給你一塊木屑，告訴你那曾經是步槍的材料，你也會立刻崩潰?」

「不知道，」偉恩說，「妳以爲我知道自己的腦袋是怎麼想的?」

「你的話裡有個不合邏輯的地方，」拉奈特說，「或許兩個。」她把子彈塞回布袋內，「瓦在這裡嗎?」

「不在，他出去查案了。」

「那你就幫他收下這個。」拉奈特把布袋遞出去，「他在信中一再聲明這顆子彈很重要。子彈按照他的要求，只裝了一半的火藥。這是彈頭尖利的穿透性子彈，特意打造得不會炸碎。」

他能拿子彈的。他接下布袋，連忙塞進風衣裡。看到沒？

「好，呃，想喝一杯嗎？」他說，「妳知道的，等這座城安全後？又或者在它的危機解除之前？我一點都不介意我們喝酒時，讓酒吧小小地燒起來。」

「你知道我寧願槍斃自己，也不想跟你喝酒，偉恩。」拉奈特嘆口氣，「再多想一想，萬一我不小心跟你去喝酒了，瑪拉席會殺了我。」

偉恩皺起眉頭。這次得到的回應不像以往那般尖酸刻薄，「怎麼了？」

拉奈特搖搖頭，朝門口瞥了一眼，「外面情況不妙，偉恩。百姓還在街上，他們聚集在一起吶喊抗議。我以前在蠻橫區也看過民眾這樣集結抗議，通常緊接著就會有人被吊死，不論是合法行刑或違法私刑都有。蠻橫區的小鎮，人口頂多只有五百人。你說，若是五百萬人也走到那個地步，會是什麼樣的後果……」

「也許又回到灰燼世界吧，」偉恩說，「還有比現在更好的時機嗎？何不把妳多年追尋的眞愛交付在一個帥哥身上？這個人甚至一點也不在乎妳身上有濃濃的硫磺味？」

拉奈特又狠狠地瞪了他一眼。偉恩嘿嘿一笑，不過拉奈特並沒有開槍射他，也沒有揍他。可惡，看來情況滿糟的。

「宅邸外面聚集的百姓越來越多了，」拉奈特心煩意亂地說，「他們反覆喊著口號，都是跟總督有關。」

「我去看看，」偉恩決定了。既然總督不讓他進書房，不讓他貼身守護，去外面看看也許能從群眾身上找到一些線索，破解索血者的陰謀，「妳回家去，把門鎖好，隨身帶著槍。」

對於他的囑咐，拉奈特居然沒有一絲反抗，偉恩逕自朝大門走去，出了門，進入迷霧之中。

亞拉戴爾總隊長看著總督的戒嚴令，彷彿那是一位親愛家人的最後遺願和遺囑。他的神情虔敬，帶著明顯的不安。

「他任命我當警察司令總長，」亞拉戴爾說，「可是……鐵鏽的，我不是貴族啊。」他抬眼看著瑞迪和其他幾位中隊長。

「也許……」瑞迪說，「這次的任命附帶了這個頭銜，長官。」

「總督不能直接冊封爵位，」瑪拉席說，「封爵必須經過議會討論，並由法定席次通過才行。」她一說完，立刻咬著唇，她不是故意要唱反調。

但亞拉戴爾似乎不在意。他仔細地摺好令狀，塞進外套口袋中。瑪拉席看到他在總部外圍安置了大批警力，預備鎮壓抗議隊伍、啓動警鈴通知附近居民，至少今晚有警察在巡邏。幽靈般的聲音在迷霧之間飄蕩穿梭，遠方的吶喊、金屬鏗鏘、尖叫聲，感覺地獄好像包圍了他們，四面八方全是黑色夜幕和霧氣。

「長官，」瑪拉席說，「總督交待了您兩個任務。一是派出一組特種部隊以武力鎮壓暴亂。二，帶一小隊警力去他的官邸，在他籌備發言時保護他。您不需要驅散那裡的民眾抗議活動，但其他地方，都必須解決……長官，他建議您要鐵腕行事，堅決且嚴厲。」

「那些鐵鏽的白癡，自找苦吃。」梅若萊中隊長說。她是一位金色短髮的女性。

「沒必要耍狠，中隊長，」亞拉戴爾說，「妳不是也經常咒罵漢斯汀家族。」

「是沒錯，但我並不想縱火毀掉依藍戴城。」梅若萊說，「名門貴族，混蛋齷齪，不表示我們也要混蛋齷齪，長官。」

「好，官邸應該是個不錯的指揮中心。」亞拉戴爾說，「齊普，你和信使去通知其他警察總隊長，要他們帶著隊員到總督官邸與我會合。我們從那裡開始全城管制。剩下的人，我們加快腳步趕過去。如果總督大人想公開發言，我希望能在他和百姓之間築起一道堅固防線。都聽明白了嗎？」

所有人動員起來，敲鐘人率先跑開，信差也各自散開——其中一位甚至踩上了滑雪板；原來齊普也是射幣。其他警察整隊出發了，儘管隊伍不夠齊整，畢竟他們不是軍人，但就果敢堅決來說，毫不遜色。

「長官，」瑪拉席快步走上前，「您有時間嗎？我還有事要向您報告。」

「很重要嗎？」亞拉戴爾在隊伍旁邊停了下來。

「非常重要。」

瑞迪在他們後面清清嗓子，「你們可以邊走邊談，長官。如果總督真的打算公開發言的話……」

「對，」亞拉戴爾說，「英耐特突然任命我為司令總長，我擔心他今晚還會做出哪些衝動之舉。我們邊走邊談吧，科姆斯。瑞迪，在最短時間召集所有剩下的警力，帶他們過去。我先行一步。」

瑪拉席點點頭。她想討論的事項，最好能在馬車內和長官私下談。

除非……

笨蛋，她看著亞拉戴爾朝警用馬廄裡的一群馬匹小跑步而去，那裡有個警佐手拿著韁繩。她盤算中的馬車緩緩駛離，車內顯然載滿了武裝設備。瑞迪沾沾自喜地對她一笑。

瑪拉席嘆口氣。她希望今晚能按捺住脾氣，表現出應有的風度。呃，好吧。她走過去，接下一組韁繩。

亞拉戴爾已經坐在馬鞍上了。他瞥了瑪拉席一眼，才恍然大悟地抬手放在頭上，「噢，我沒想到——」

瑪拉席飛身上馬，尷尬地把裙子抓成一團塞在兩腿之間，臀部坐在一部分裙襬上，雙腿露出了一大截。「這種事經常發生，長官，」瑪拉席說，「女警制服應該可以設計得更加實用一些。」

「我們……記下來，科姆斯中隊長。」他望著遠離的馬車，「如果妳想——」

「長官，」瑪拉席說，「我確信這座城危在旦夕，我們改天再來談女警衣著的事？」

「當然好。」亞拉戴爾點點頭，兩人騎馬而行，馬蹄躂躂，跟在兩位警佐的後面，警佐的步槍就插在馬鞍上的刀鞘內。四匹馬很快就趕過大批的步行警察，甚至是那輛馬車。縱馬馳騁，穿霧而過。

瑪拉席暗自慶幸現在是夜晚，可以掩蓋住她因困窘而漲紅的臉龐。不過犧牲是有回報的，瑞迪一臉詫異地看著她，顯然被她的行為震懾住了。這有趣的一幕，已烙印在她的腦海裡。

嗯，她為什麼不能露腿？歷史上早有前例，再加上現實面的考量，現在的女人可以從事各種行業。有哪個貴族會拒絕一位打手或製血者加入他的護衛隊，只因為她有胸部？哪個警局會輕易錯失鐵眼或射幣加入陣營？哪家銀行不會抓住機會僱用擁有紅銅意識的泰瑞司女人？

重點是，女警員同時也被期待要具備女性的端莊嫻淑。這個觀念沿襲自傳統，又在落灰之終後沒多久，被奧瑞安妮·拉德利安貴女的演講強化。就因為這個保守的期待，女人在工作的時候還必須奮力維持住女性的特質，這種雙重標準是個沉重的負擔。瑪拉席通常並不在意，她喜歡洋裝和漂亮的髮型，也喜歡用考慮周全的話語來解決問題，而不是拳頭。遊走在女性特質和警察工作之間，她遊刃有餘。只不過還是時常會納悶，難道男人在工作上就不需要操心如何展現合宜的男子氣概？

一次一個問題，瑪拉席，她提醒自己，繼續和亞拉戴爾往前騎去。不過她已經決定要買幾件鐵鏽色的褲子，這個樣子騎馬滿冷的。

「妳騎得不錯。」亞拉戴爾說。這時，他們已經領先許多，甩掉了其他人，於是稍微放慢了速度。他帶頭騎上了運河大橋，從第三捌分區中央切過去往第二捌分區。

「我經常騎馬。」瑪拉席說。

「現在的城市生活，騎馬的機會很少了。」亞拉戴爾說，「是興趣嗎？」

「算是吧。」瑪拉席卻想起以前迷戀蠻橫區、執法者和鎔金術師賈克的少女情懷，覺得怪不好意思的，一下子羞紅了臉。那時，她的朋友——唔，應該只能算是認識的人——生日禮物都想要新大衣，而她卻苦苦哀求蠻橫區的風衣和帽子。

那個時候實在是又純眞又憨傻，不過她現在已經長大，不再是當年的少女了。

「妳想跟我說什麼？」亞拉戴爾大聲問。

「可以先慢下來一會兒嗎？」

亞拉戴爾點點頭，收緊轡繩，操控坐騎放慢速度，輕快地小跑步。瑪拉席打開斜揹在肩上的手提袋，拿出信件遞過去給亞拉戴爾。她沒意識到原來自己如此迫切地想把這疊信件交給某人，讓除了自己以外的人也得知並承擔信件所代表的責任。

亞拉戴爾接下信件，平靜地問：「這是什麼？」

「您記得您交待過，要我尋機探查總督官邸嗎？」

「我記得我說的是，張大眼睛，用心看，中隊長。」

「我是啊，長官。不只如此，我還張開了雙手，以防萬一。如果有某個重大物件不小心掉下來，我就可以馬上抓住。」

「和諧啊。妳有什麼發現？」

「一疊信，」瑪拉席說，「都是英耐特和城內許多名門貴族之間的通信。信中全在討論政治利益的交換，協商阻礙他們不想要的法案通過。長官，他們的貪贓枉法在這些信件中不打自招，也呼應我對總督任內幾樁懸案的調查。我來找你的路上，把它們一封封都讀完了，我確定他跟他的兄弟一樣腐敗。」

亞拉戴爾既不驚訝，也不憤怒，只是沉默地騎著馬，手裡抓著信件，眼睛直視前方。

「長官？」瑪拉席忍不住喊了他一下。

「妳讓我進退兩難，中隊長。」

「長官，讓您進退兩難的是總督，不是我。」

「妳是合法取得這些信的？」

「有點難說。」瑪拉席說，「這要看開庭時的法官，賦予您多大的權利來調查一樁合理懷疑的罪行，以及，您是否曾經合法指派我採取行動。」

「換句話說，這些是妳偷來的。」

「是的，長官。」

亞拉戴爾把信收起來。

「這不表示我們不需要保護總督，長官。」瑪拉席說出看法，「在法庭證明他有罪之前，他都是這座城的合法領袖。這裡不是蠻橫區，我們不能先斬後奏，不能揭竿起義、開槍殺人後，再公布反叛緣由。」

「妳會這麼說，」亞拉戴爾說，「就表示妳花太多時間和妳那群射幣朋友在一起了，科姆斯。而我呢，只想到那些聚眾鬧事的人，他們果然是對的——他們被現在這個政治體系洗劫了。滅絕的……我們應該要更進步的。迷霧之子大人看到我們現在這樣，會怎麼想？」

「我想，」瑪拉席說，「他會要我們面對真相，採取行動。」

亞拉戴爾點了點頭，沒有再開口說話，於是瑪拉席踢踢馬腹，讓坐騎快跑起來，而警察司令總長也隨後跟上。

因爲沿續傳統，今日的重生之野和百年前那一天，人類爬出和諧創造的地下胞宮（Wombs of Stone）時，一模一樣。儘管城裡市民聲稱附近所有的地域、中央美麗的草原地帶，以及和緩的山丘，皆是另一個時代的遺址。

梅兒花輕拂著瓦的迷霧外套，他繼續邁著大步越過潮溼的草地。這個地方流傳百年、未曾改變的傳統，簡直就是愚蠢。當然微風和哈姆德爬進陽光之下的時候，眼前所見並非修剪整齊的草坪和成排種植的花朵。那些滿嘴傳統的人，爲什麼放過長椅和人行道？還有那些建築物呢？和諧絕不可能爲了訪客的方便，在草原上保留幾間洗手間。

最高那座山丘的中央，一半是博物館，另一半則是末代帝王和昇華戰士的陵墓。他們巨大的雕像高高聳立，俯視全區。瓦走上去，吃了一驚，低矮的建築物上居然掛著提燈，放射出燈光照耀著草坪和花朵，大門外有兩個警察站崗。

「立刻轉身離開，不要找麻煩。」其中一位對著瓦大喊。

瓦沒理會他，逕自穿霧而出，往上朝他們走去。「我猜是館方請你們來支援的？」

兩位警察打量著他，一會兒後，才不情不願地向瓦行禮。顯然是拜他的名聲所賜，儘管兩位警察的制服標示著他們是第一捌分區的人。他其實甚少去那一區，但除了他，還有誰會穿著迷霧外套、腿上綁著霰彈槍，在夜間穿行？

「他們擔心有人趁亂打劫，」其中一位身材矮胖、鬍子修剪整齊的警察說，「呃，長官。」

「聰明。」瓦經過他們，推開陵墓的大門而入。

「長官？」其中一位警察說，「他們交待不要讓……長官？」

瓦關上大門，兩位警察則繼續彼此爭論是否要阻止他。他掃視開闊門廳的初代人壁畫，其中有哈姆德、迷霧之子大人、眞相貴女，以及瓦的祖先愛德格．拉德利安。畫像裡的祖先，大個頭兒，一臉春風得意，手裡還拿著一杯酒，瓦一見那副嘴臉就想揍上一拳。那種人心裡絕對有事，因某事深感內疚。

眼前是各式各樣灰燼世界（World of Ash）的文物，但瓦視而不見，他沒有進入安放昇華戰士和她丈夫棺槨的墓室，不過依然舉起槍，旋轉彈膛，朝他們指去，獻上敬意。這是蠻橫區對死者表達敬意的方式。

「發生了什麼事啊？」一個睡眼惺忪的女人從附近房間走了出來。那兒顯然是管理員的小宿舍。「這裡謝絕訪客！」

「例行檢查。」瓦大步走過去，看也不看她。

「例行？半夜來例行檢查？」

「你們要求警方介入。」瓦說，「而警局規定有民眾請求保護時，我們必須前來檢視，以確定你們沒有進行非法買賣。」

「非法買賣？」女人問，「這裡是初代人陵墓耶！」

「我只是做該做的事，」瓦說，「妳有問題，可以去外面找我的長官談。」

女人氣沖沖地朝大門走去。瓦則來到一個小房間，空曠的室內並沒有文物，也沒有銘牌，只是地上有個洞。

那是一個裂開的窪坑，周圍有柵欄以防止好奇的孩童掉落。洞內有階梯下去，但瓦逕自拋出一枚彈殼，蹤身一躍，一會兒後，才鋼推以減緩速度，最後降落在黑暗光滑的石頭地板上。

天花板懸掛了幾盞燈，光芒像滴下來的糖漿。他朝附近的電燈開關一個鋼推，巨洞內所有的燈光全都閃爍起來。他小時候來過這裡，每個家庭教師都會帶學生來參觀，後來才知道，這個行程在公立學校也很普遍。但現在的感覺不太一樣。單獨站在這個寬敞、低矮的大洞中，沒有吱吱喳喳的遊客破壞氣氛，趕跑懷思古之幽情的想像，還可以清楚聽到遠方潺潺的河水聲。按理說，巨洞應該會遭到河水日積月累的沖蝕，不過他有個模模糊糊的印象，當時的導覽好像有解說過為何洞內一直是乾燥的。

他朝深處走去，試著想像縮在其中一個洞窟之中的感覺，而洞外的世界正一步步走向死亡，心裡納悶自己是否會困在這黑暗之中，度過短暫人生殘存的一點時間。繞過轉角時，他以手指順著石壁畫過。這個地方又大又寬敞，周圍有一連串小小的球形洞窟，其中大部分都屬於博物館的一部分，都有銘牌，牌上是初代人留下、刻在金屬上的引文。其他洞窟則放有描述重建世界的相關文章，以及其他文物，例如和諧腕甲和悼念腕甲的複製品。

其中一個洞窟，整個獻給了《創始之書》，以及和諧的著作、學問和知識，還刻有灰燼世界的終結過程。另一個洞窟，收藏了其他初代人的書卷，部分文獻後來成為一些教派的神聖典籍，另一些——例如《多克森筆錄》（Docksithium）則是經外書。瓦曾經讀過那東西一次，覺得其中關於版權所有的概念，相當有意思。

他在一個獻給倖存者的洞窟內流連不去，洞內有上百種關於他的各式各樣創作，各自由許多當代或古代藝術家完成。這些藝術作品顯然著迷於他死後在末日「顯靈」的異象，不過和諧本尊認爲顯靈的是無相永生者。

腦海裡的回應驅趕瓦向前移動。偉恩應該會埋怨他爲難窮人，何不直接告訴人們他的計畫。沒錯，偉恩很可能會說服他們相信他就是統御主，並要求他們爲他準備一頓晚餐。因此他努力不受偉恩的價值觀影響太大。

瓦一邊走，一邊數算著獻給各式金屬的洞窟，最後來到標誌著天金的洞窟前。這個小小的洞窟，收藏了關於這種神話般金屬的稗官野史記載。不過瓦沒有時間一一拜讀。他沿著鋼眼所展現的藍色線條走去。藍線指向旁邊的一面牆，他走過去，撬起一塊裝飾用的木頭鑲板，再用力推動一個槓桿，牆壁轟然裂開，顯露出一個暗室。

他閃身進去，拿下牆上一盞老舊油燈，再關上門，跪在漆黑之中摸找槍帶內的火柴棒。他抽出火柴時，黑暗中冒出一個渾厚的低咆聲。

「我一直在等你。」

20

瓦全身一僵。他驟燒鋼，向體內那股柔和的火焰尋求指引。只見藍線朝背後直指而去，指向剛才的隱密入口和牆上的釘子，但一個人影也沒有。

除了……難道是他幻想出來的？他看到兩條不明顯的線，它們像蜘蛛絲一樣細微。他驟燒鋼，使勁鋼推出去。兩條線在黑暗中抖動，接著消失無蹤。

瓦飛快拔出史特瑞恩，瞄準兩線旁邊的通道，連開三槍。彈藥激出的火星像閃電照亮了洞窟，他舉起另一把槍，瞄準藍線指向的聲音來源。

閃光之下，他發現有東西蜷伏在黑暗中。不是人類，牠有著猛獸凶狠的眼睛和突出的白牙。鐵鏽滅絕啊！握槍的手開始冒汗，他緩緩退開，預備開槍。

但並沒有扣下扳機。人不會因爲某個東西開口跟你說話，就對它開槍。

「看來，你很神經質。」那個聲音轟隆隆地說。

「你是誰？你是什麼？」

「點亮油燈，人類。」那個聲音說，「把門鎖上。我們要在別人過來探查槍響之前，離開這裡。」

瓦頓了一下，緩和呼吸，安撫緊繃的神經，最後默默把槍收回槍套內。無論它是鬼是怪，都可以直接發動攻擊而不是跟自己說話。看來，這東西並不想要他的命。

他點亮油燈後拿高，而那個怪物已經退入甬道中，只剩下一團影子。他抱著仍然緊繃的心情，找到在牆上的彈簧鎖，輕輕一彈，由內鎖上了隱密入口的門。

「來。」那個聲音說。

「你和牠們是一夥的，」瓦低聲說，拿高提燈，跟著黑影往前走。那個黑影用四隻腳走路。「你是坎得拉。」

「對。」

瓦小跑步趕上去，油燈的燈光終於將他的同伴照得一清二楚。那是一頭狼犬，體型絕對是他見過的最大狼犬，毛皮灰斑點點，讓他想起了迷霧。

「我讀過關於你的文章。」瓦說。

「太好了。」坎得拉轟隆隆地說，「我好開心，沙賽德居然在他的小書中提到了我，這樣喝醉酒的人就能用我的名字飆罵了。」

「他們……真的那樣做？」

「對，」狼犬低沉地說，「被罵的還有……動物玩偶。」

「噢，對，」瓦說，「迅迅狗玩偶，到處都能看到。」

狼犬低哮一聲，瓦又是一凜，心想最好別嘲笑這些長生不死的狼犬。他不知道關於這頭怪物的傳說有多少眞實性，但只要有百分之一是眞的……

「所以，」瓦說，「捍衛者，你在等我？」

「沒錯，」坎得拉說，「讓人類單獨在這些洞窟中四處亂逛，並不妥當。於是我自告奮勇過來，其他的坎得拉都在忙。」

「忙著追捕索血者？」

「削弱她。」坎得拉帶領瓦來到一處交叉路口，然後取道右邊那條路。

他們沉默地走了一段後，瓦清清喉嚨，「唔……能解釋一下削弱她的意思嗎？」

狼犬嘆口氣，聲音裡透著苦惱。會說話的狗已經夠奇怪了，而那一聲嘆息，簡直就是人類啊。

「我最近很少說話了，」坎得拉說，「我似乎……很久沒練習。盼舞想發動革命，運用她從統御主身上學來的手段翻雲覆雨，但她畢竟只是一頭坎得拉。她瞧不起其他坎得拉，因此也低估了我們。她能做的，我們也能做，我們也能模仿人類上街。既然她誣陷『祭司』，塑造他們殘酷冷血的形象，我們今晚便派出幾十個出去模仿祭司，懇求百姓不要道聽塗說，宣導人民要冷靜、要和睦。」

「高明。」瓦說。他並不在意其他坎得拉究竟在幹什麼，只是隱約猜到牠們在追捕索血者。這個推測符合邏輯。那他能借助牠們之力，進行調查嗎？

他們更往山洞裡深入，瓦注意到石頭上長著一種硬殼似的白色物質，那應該就是他在索血者衣服上發現的粉末殘留物來源。看來，如果他熄滅油燈，應該就能看到那物質在發光。他甚至根本不需要提燈照明，但一想到現在被石頭包圍——與上方的迷霧隔絕——就覺得還是留著燈光比較安心。

這個地道網路的規模遠比他想像中龐大多了。他原本以為這個地方只是陵墓底下的一個巨洞，結果事實完全不是那麼回事。和諧重造世界時，從許多不同的避難所召集難民，並把他們全部安置在同一個地方，就是現在的依藍戴，這些坑道在這座城的地底下綿延了多廣？多遠？剛才一路上經過一些被水淹沒的坑道，它們和依然保持乾燥的坑道，差別在哪裡？

他們沿著彎彎曲曲的地道前進，途中經過另一個大洞的洞口。瓦拿高油燈一看，當場愣住。燈光下已不再是粗糙的原始石頭，而是塵土覆蓋著的瓷磚和柱子，地板有幾處地方已經裂開。再往裡看，居然有一個像是小棚屋的地方。

「坦迅？」瓦詢問繼續前行的坎得拉。

「過來，人類。」

「那是……」

「沒錯。許多人藏在克雷迪克．霄（Kredik Shaw）之下，也就是統御主宮殿的地下室。沙賽德把那個避難所移來這裡，其實所有避難洞窟都被他移來這裡了。」

瓦震驚不已，呆在原地，歷史——不對，是神話——就活生生地呈現在他眼前。統御主的宮殿，倖存者和他的追隨者曾經行走過的宮殿。

鐵鏽的……昇華之井一定就在那裡。

「人類，」坎得拉的聲音裡透著急切，「有個東西要讓你看看，來吧。」

以後再說，瓦心想，轉身離開失落的克雷迪克．霄，跟上坦迅。「宓蘭說坎得拉現在很少下來這裡。爲什麼？這裡不是你們的家嗎？」

「這裡是聖地。」狼犬說，「沒錯，它是我們的家，但更像是監獄。在統御主的政權之下，我們需要這個可以自由做自己的地方。我們在外面是奴隸，必須聽命於人類。」

如此艱辛，瓦心想。即使經過了好幾百年，這些生物仍然被過往的記憶所苦。他怨恨人類嗎？索血者呢？

「我們只在思念時，」坦迅說，「才會下來這裡。通常都是自己單獨下來，次數不多就是了。現在上面有我們的聚會所，我們可以在那裡和其他坎得拉交流、做自己，家和生活都在上面。年輕一代幾乎沒來過這裡，他們喜歡現在的生活，不願想起從前。我想，我也是，只不過原因不一樣而已。」

瓦點點頭，跟在坎得拉身旁更往曲折的坑道裡鑽去，深入這片故鄉。他們沿途經過許多空蕩蕩的洞窟，有些洞內仍放著古怪的物件，譬如兩個洞窟內有舊籃筐，其他一些洞的地上散落著骨頭。

瓦在蠻橫區擁有佔地廣闊的坑道，他也曾經進去過，不過那裡大部分坑道都是人工挖掘出來的，與這裡不同。那邊的坑道聞著是塵土味，而這個地方卻充滿生氣，流水、眞菌和堅強的毅力，全都帶著生命力。

坑道內壁呈球節狀，一球球的，但表面光滑，感覺就像燃燒了好長一段時間而凝固的燭淚。神聖之地。就他所知，現在的世界都是在落灰之終期間重建完成，但這些坑道可以回溯到遠古時代，打從人類有記憶以來已經存在，甚至比記憶更久遠。

他們最後來到一個小洞窟，這裡不像其他洞窟原始，難道是坎得拉打造出來的？坦迅在洞口屈起後腿，坐了下去。提燈的光芒在平滑的球節狀石頭地板上閃爍，更往裡看，那裡變成了一連串的窪坑。對面大約三呎處，看起來很像蠻橫區探礦人盲目戳探礦產時，所挖出來的洞。

瓦瞥了坦迅一眼。

「我去找你的途中經過這裡，」坎得拉說話的聲音半人半獸，「聞到不對勁的味道。」

聞到？瓦並沒聞到什麼奇怪的氣味——不過對他來講，這整個地方的味道本來就很奇怪。他踏進洞窟，立即注意到一件事，其中一個窪坑是滿的，那些是紙張嗎？

沒錯，是紙張。瓦在那個坑的邊緣跪下去，詫異地發現坑內有成千上百張紙，每張的一邊都呈鋸齒狀，彷彿是從書上撕下來的。紙上密密碼碼的小字，全是編了號的詩篇，是《創始之書》。

紙上除了一般文字，還有人用棕紅色墨水胡亂塗鴉。

血，瓦心想，是血。

他放下提燈，伸手撿了一張起來。第八十卷，詩篇二十七到五十篇，和諧追尋眞理之詩。有人在紙上寫滿了騙人、騙人、騙人，此人很可能就是索血者。

瓦又從下層撿了幾張起來看。大部分書頁上都被人添加了文字，有時候是一個字，有時候是一段文字，不過許多都是用鮮血塗抹出來的。瓦隱隱感到不安，眼睛開始抽動，但又說不上是哪裡不對勁。

我曾在這，一張紙寫著。*沒有人*，另一張寫著。*它以前是*，又一張寫著。瓦把紙攤排在地上。在門口的坦迅哼了一聲，瓦幾乎忘了牠的存在。

他回頭瞥了一眼，「你看過這些？」

「對。」坦迅說。

「你認爲這些是什麼？」

「我……待得不久。」坎得拉移開了視線，「我才沒閒工夫在這個房間逗留，人類。我不喜歡這裡。」

這個房間……瓦身上發冷起來。難道這就是坦迅被囚禁的牢房，全身沒有骨頭地癱著，等待被處死？

鐵鏽的。他現在跪著的這個地方，曾經決定了世界的命運。

他傾身抓來更多紙張。看來索血者撕了一整套的《創始之書》——而且是未刪過的完整版本。還是舊版的，因爲它是手抄，而非印刷字體。

「你眞的認識她，對吧？」瓦問，「昇華戰士？」

「我認識她。」坦迅輕聲說，「定決時，我有一個小時的時間裡沒有金屬錐，因此記憶力衰退。不過我遺漏的多是墮落之前的記憶。關於她的記憶，大部分都清清楚楚的。」

瓦拿著成疊的書頁，遲疑片刻後提問：「她……什麼樣子？我是指，她是什麼樣的人？」

「她既堅強，又脆弱。」坦迅輕聲說，「她是我最後一位主人，也是最偉大的一個。她做事總是奉獻一切、奮不顧身。戰鬥時，她就是鋒利的刀刃；愛人時，她就像吻一樣令人如沐春風。就這點來看，在我認識的人之中，她是最有人性的……人。」

瓦意識到自己一邊點頭，一邊把書頁分類，一堆是有血書的，一堆沒有，另一堆則只有指紋印。有指紋的那疊，或許能透露出一些線索，也可能一點幫助也沒有。畢竟，索血者可以隨意變身。

坦迅終於噠噠走到他身旁，「這些書頁看起來，」坦迅審視著紙張，「好像可以排出一些句子。」

「是啊。」瓦的聲音裡透著煩悶。

「怎麼了？」

「太多了，」瓦揮揮手上的紙張，「太拐彎抹角，太小題大作。她爲什麼把想說的話分寫在那麼多書頁上，然後又一一撕掉，丟在這裡呢？」

「因爲她瘋了。」

「不對，」瓦說，「她不是那種瘋狂。她走的每一步，都是深思熟慮過，而且目標明確。她的動機或許瘋狂，但她步步爲營。」該如何解釋呢？面對這些書頁，他的腦筋也一團混亂。

他再次嘗試，「這些紙這樣被丟在這裡，只能說明兩件事。一、離開的人，做事馬虎，沒收拾乾淨就走掉了。二、那個人假裝隨意丟棄，卻裝過了頭。索血者的個性並不馬虎草率，我也不認爲她在故弄玄虛，跟我們賣關子、玩遊戲。我跟她說話的時候……」

「你跟盼舞說過話？」坦迅的兩耳豎了起來，「什麼時候？」

「就在今晚，我來這裡之前。」瓦說，「她似乎有些懊悔。她說她不玩遊戲，但這不就是遊戲？上千頁的書頁，被撕下丟在這裡等人重新組合，再從中找出線索？」瓦搖搖頭，「我不相信她發了瘋。但無論她瘋不瘋，她絕對知道其他坎得拉會發現這些紙。」

「很好，」坦迅的後腿坐下，「她是本人跟你說話，不是藉由化身？」

「本人。怎麼了？你現在不就是用本尊跟我說話，宓蘭在我面前也不會刻意化身。」

「我們不是盼舞。」坦迅說，「打從認識她以來，她就很少以眞面目示人，總是僞裝成別人。多年前的我亦然。我不模仿別人，就不知道自己是誰。」

瓦的目光移到書頁上。自由，一張紙上潦草地寫著。另一張寫著，給你自由，無論你是否，但意思只寫了一半。

「她長什麼樣？」瓦問，「她是誰，捍衛者？」

「不好說。」坦迅回應，「盼舞是統御主的寵物坎得拉，沒有自己意志的奴隸，也是我們和統御主之間的聯繫橋樑。她對灰燼世界末期的動亂無動於衷，甚至消失無蹤，再也沒有回來家鄉。我以爲她死了，沒想到卻出現在倖存者教徒之中。即使是那個時候，她依然跟我們保持距離，雖然她跟我們一樣都在爲和諧工作，直到……無事。缺席。」

「自由，」瓦輕敲著那張紙，「她跟我提到過自由。這是什麼意思？」

「我不知道，」坦迅的聲音比之前更偏向獸類的低吼，「她跟我們完全背道而馳。不過，我自己後來也是。我們兩個可以湊成一對了，是這座星球殘存、最老的兩頭怪物。現在，許多二代坎得拉會選擇自行了結生命，尋求解脫。」

「自由……」瓦低聲說，「有別人在移動我們……她留了一張字條在總督官邸。她割掉一個政客的舌頭，只爲了不要他繼續撒謊。殺了一位祭司，用金屬錐刺穿祭司的眼睛，讓他流血致死，是爲了讓他看不見。看不見誰？看不見什麼？」

她是統御主的御用坎得拉，對他唯命是從。後來……成了和諧的手下？她有自己的主張，卻也心知肚明自己在和諧的掌控之下。那會是什麼感覺？

會讓她動手拔除一支金屬錐嗎？會想把這份自由分享給所有人？或者，會走火入魔地以爲全世界都需要被拯救？

瓦緩緩站起來，「這事跟和諧有關。」

「執法者？」

「她想把神本尊拉下來。」

「荒唐。」

「是的，」瓦轉過去面對坎得拉，「沒錯。」他在小洞窟內來回踱步，「現在提到和諧，也找到了給我的留言。索血者當初離開的時候，和諧是不是做了什麼，想箝制她的自由，逼得她不得不走？」

坦迅沉默了一會兒。「沒錯。」牠回應，「和諧說祂並沒有直接控制她，只是強逼她去執行一件她不願意的任務。」

「因此，和諧箝制了所有人的想法，在她腦海裡根深柢固。」和諧啊……難道她是血腥譚？當時她就換上了血腥譚的軀殼？我誤殺蕾希時，她就在現場？「她認爲所有人都是和諧的傀儡——在她眼裡，政客就是祂的嘴，因此她要推翻政府。宗教？她當作是和諧的眼睛，爲祂看顧平民百姓，所以她想辦法挑撥，製造教派衝突。」

「對……」坦迅說，「從某方面來看，她算是在延續她的第一份合約，繼續效忠統御主，完成他極權統治的願望。而另一半原因，就是因爲和諧了。」

「那我在其中扮演什麼角色？」瓦並沒有專心聽坦迅說話，「爲什麼是我？爲什麼集中——」

不對，問錯問題了。

她接下來要做什麼？眼睛、舌頭……耳朵，說不定？假設她超前你一步，瓦告訴自己，做好準備，面對最糟糕的後果。

他再次看著地板上的紙張。索血者要他退開，不要摻和進來，所以精心製作了一份複雜的拼圖？這不只耗費時間，也能分散注意力。她撕書，不是爲了要他，而是要他分心，暫停查案，直到她完成計畫的下一步。她用袍子上的粉末引導他下來這裡，所以粉末是她故意遺留的。

「她知道，」瓦輕聲說，「她知道你下一步要做什麼，坦迅。也知道你做過什麼。」瓦感到一陣涼意竄遍全身，轉過去看著坎得拉的獸眼，「你派出坎得拉想辦法贏回民心，這早就在她的計畫中。你中計了，也等於暴露了那些坎得拉的行蹤。她的下一步，就是要毀掉牠們。」

偉恩在兩堆篝火之間來回踱步。火焰中的桌腳和椅腳輪廓鮮明，像是被火焚燒的屍骨黑影。迷霧不敢太過靠近火堆，卻模仿著火焰在夜空之中擺動，像是一個盛裝打扮過的乞丐，你只認識眼前的他，直到湊近一聞，才聞到他身上真正的氣味。

儘管手臂會被燒傷，需要浪費金屬意識癒合，他還是湊過去點燃了雪茄，同時聞到自己頭髮的微微焦味，和火焰的氣味。打磨光亮的傢俱不會燒成灰燼，不過他喜歡感受那股溫熱，讓他覺得自己充滿活力。

他已經停止塡充金屬意識，暗自期望目前的健康存量足夠應付接下來的工作。現在的他，可沒資格生病或虛弱，尤其是眼前的局勢迫在眉睫。

點好雪茄，他退離了火焰，用牙齒咬著雪茄。這是高檔貨，是總督的私藏品。他悠悠地吐出一大口煙，這才想起他討厭這鬼東西。呃，因為他從沒用它換到過好東西，除了瓦的一支叉子。

廣場上聚集的群眾，是今晚他見過最盛大的一次。他們擠在火光中，如同一群準備大開殺戒的烏鴉。他移動到人群後方，把雪茄遞給一個人，然後任由那個女人站在原地杞人憂天，自己一個人潛入人群中。

在聲勢如此浩大的人群中，是不可能從中穿過的，只能隨之移動。人群就像一件好外套，完全貼身，就讓它爲你指點一條明路。人群動，他跟著動，並在合適的時間跟著大吼大叫，像發酒瘋的人咒罵發言人的演講內容。受到推擠時，他就友善地用手肘頂回去，並在最短時間內趕到了人群前方。一個傢伙高高在上，赤裸上身、穿著褲子、揹著吊帶，站在一尊噴泉雕像的上方，手裡拿著一支倖存者長矛來平衡自己，另一隻手舉著拳頭對著群眾。

「他們把我們剝削得一乾二淨！」男人大吼大叫。

對，沒錯，偉恩心想，隨即跟著群眾吼叫著附和。

「他們要我們天天長時間賣命，一旦情勢不利，就毫不猶豫撇下我們，哪裡管我們是不是有飯吃，會不會餓死。」

是啊，他們就是這樣，偉恩心想，跟著大呼小叫咒罵。

「他們狼狽為奸，」男人吼著，「榨乾我們，又成群結隊地大肆辦舞會！」

我參加過那些舞會。三明治好美味，偉恩心想。

「倖存者會為我們出頭嗎？」

也許不會，偉恩承認。四周的人群湧動，偉恩雙臂交抱，沉思起來。沒錯，解決掉一個四處殺人的變形怪物，非常重要。但鐵鏽的，現在似乎時機不對，他不應該再和條子、貴族混在一起。單單是聆聽這個人的發言，他就想把自己吊死，這感覺滿困擾人，因為他這個人只在白天自殺的。

就在他要轉身，打算逆流回到官邸，找宓蘭討論這個念頭時，事態有了改變。另一個男人爬上了雕像。那是一個年紀比較大的禿頭男子，腰圍有些發福，不過給人一種和藹可親的感覺。他穿著華麗的長袍，下襬磨損得好像迷霧外套的布條流蘇。難道是倖存者教派的祭司？

年紀較大的男人向原本發言的男子伸出一隻手，尋求許可，後者則低頭鞠躬默許，隨即往後退開。在倖存者無遠弗屆的影響力之下，百姓會完全接納他的祭司所說的每一個字。偉恩感到一陣煩亂，就好像他的胃突然發現自己剛才往裡面裝了一堆爛蘋果。宗教令他煩躁不安。宗教向來可以驅使人違反常態，做出以前從不會做的事。

「我來，」祭司對著夜空說話，「是因為我理解你們，並且同情你們。但我懇求你們，不要冒用倖存者的名字四處打劫破壞。我們可以用別的方法反擊，我會和你們並肩作戰。現在早已不是統御主暴政之下的年代了，你們有能力發聲，可以向政府遞上請願書。」

群眾逐漸安靜下來，不過還是有人罵粗話，詛咒總督，但大部分人都閉上了嘴。

「倖存者教導我們無論如何，都要面帶笑容，」祭司苦口婆心地勸說，「他要我們別被悲痛拖垮，無論人生有多糟。」

群眾的氛圍變了，不再激昂吼叫，卻顯得有些侷促不安，似乎被祭司教誨得無地自容。看到這個改變，偉恩終於可以鬆口氣。好吧，或許宗教不只是華麗衣裳和怪帽子的代名詞，它還是有實用可靠的時候。若是這位祭司眞的能穩住激動的人民，偉恩就請他去喝一杯，說到做到。再說，請祭司小酌一杯好處不少，因爲他們通常不會喝下你請的酒，因此你就能喝兩杯……

等等。那個吊帶男要幹麼——也就是先前發言的那一位——潛行到祭司的背後？甚至把手抬得高高的，似乎要——

「不！」偉恩大喊，推開人群，朝噴泉擠去。他凍結時間，但只驚動了他身旁的百姓，實際效用並不大。他只能眼睜睜看著遠方的祭司，鞭長莫及。那個吊帶男已經站到和藹老人的背後，緩緩舉起一隻手，一把刀子在火光下放出精光。

那不是刀，是針。

偉恩撤下速度圈。那支針往下一刺，插進了祭司的背部。圓臉老人的身子猛地一挺，肉身居然開始融化了。他變成了半透明，眼珠子掉掛在眼眶外，其下水晶般的骨頭在火光中閃閃發亮。

「大家看！」袒胸露背的男子大喊，「看看他們派了誰來安撫你們？無相永生者在為貴族效命！這位不是什麼祭司，而是他們的爪牙。他們要你們相信自己是自由的，他們的民主能為你們造福。但是你們看看，包圍你們的，是一層層的謊言！」

偉恩驚訝地看著祭司——不，是坎得拉——掙扎地想要挺直身體，繼續發言，卻更是弄巧成拙。抗議群眾激動地叫罵，激昂的情緒以新一波力道往後方湧來，只除了偉恩周遭的人，他們仍然在納悶剛才時間為何突然靜止。

一個穿著髒裙子的女人看著他，「嘿，你就是蠻橫區來的那個傢伙嗎？」

偉恩臉一皺，趕緊往後退開。而在噴泉雕像上破口大罵的領頭者注意到他，沉默一會兒，抬手指著偉恩大喊：「那是他們的人！他們派警察潛了進來！他們包圍我們，要控制你們！」

幾乎所有人都轉了過來，看著偉恩。

噢，該死啊。

&S.收

求投資者•投資電力，賺取▢。有意者，請洽史徹納特▢S.T.，十五號。

青年——其中包括本報讀者的子孫——在幾條著名大街上賽車。賭博和金錢的兌換活動，緊跟著的「街頭競速」場地。

目前最受歡迎的賽車場地，是第三捌分區多條長而直的平行泥路。再過二十多天市集，舉行封閉式賽道汽車競速比賽。

（下頁待續）

會廳內的所有人。難道打敗艾塔尼亞深坑的部？難道不是我，第一個山上的傳說帶回來的？現在農業興盛，一片綠難道不是我馴服凱爾麥原、神話般的長頸馬

「我不會放下這把槍，」說：「除非你為自己的付出代價。」

識增長後的我，聽了男這番話，心中激起一陣。我注意到他的眼睛悄從右移到左。這個人不以為的、忠實的圓石會者追隨者。他是來尋仇而且不確定是否能順道我。

「我們好好談一談。」議，然後輕柔地拿開手拉文特貴女顫抖的手。會有事的，我的貴」我的手指輕拂過她她居然微微地倒抽口儘管我的手指只是輕拂而已。

鬍子男人挺直身體，「三年前，你在蠻橫區塔附近，殺了我的兄」

需要時間回想他的指於是往前走去，抬高雙：「你看到了，我現在寸鐵。」我在原地轉了，向會眾展示我真的沒武器。而且，還勇敢地著小鬍子，相信對方在清楚他的身分之前，不動攻擊。

一邊轉身，一邊思考的處境。沒錯，大約三，我發現自己身處在柯附近，但我有殺了某人弟嗎？我的確讓很多人兄弟，但從來都不是故。一想到殺人，就意謂上又多了一位失去兄弟，這個想法令他無敵反

「我不是你要找的人，」，拿起酒杯又啜了一因為身為無相永生者，是要死，也要好好喝一普利斯·蒙徹三二八。支槍筒抖得更劇烈若是棄子策略失敗，我肚子就會又賺到一個彈

合，但精美的編織上衣可就泡湯了。那是一份禮物，是肯湯大道和徹丘路轉角的基爾斯＆基爾斯裁縫店，店老闆的女兒送的。那家店的襯衫精美高雅，屬於上流社會的時尚精品。我可不想用我高尚的鮮血來毀了它。

「那你是誰？」小鬍子問，他的槍筒又降低了一些。雖然危機還在，但我的呼吸已經和緩下來。我靈敏的感官發現小鬍子原本小鹿亂跳的心臟，也逐漸回復正常了。

「在下賈克，」我謙虛地說，「想必你聽說過我。」

「所以你不是瓦希黎恩·拉德利安一伙的？」

「倖存者教派，不是！」一股怒氣冒了上來。許多人不分青紅皂白，如此論斷他，但這裡是文明粗野的中小型城市，我知道我不能因為他的道聽塗說而責怪這個消息不靈通的鄉巴佬。

「我的好人，不是。」我冷靜說完，隨即放聲一笑。只見他顫抖地把手槍收回槍套內。刀刃般鬍子下的嘴角，緩緩勾出了一個微笑。我走上前，像大草原上的獅子緩緩接近他，隨後像個老朋友朝他的背部拍了一

的一邊小鬍子刺穿一個洞，若是穿了耳洞，我會在那裡掛上金屬意識，這必定能讓高貴的含德維忌妒到抓狂。

「來一杯，」我大喊，「給我的朋友來一杯！如果我遇到瓦希黎恩·拉德利安，也會拔槍指著他！」

危機解除了，拉文特貴女回到我身旁，臉上掛著一抹微笑，咯咯地嬌笑著。我隨即注意到人群後方有四隻手在向我招手，立刻認出那是含德維。他想在擁擠的房間內引起我的注意，非常激動地揮手，結果手腕上一支金屬意識被甩了出去，像外城瀑布般墜入亮晶晶的潘趣酒中，激起紅色水花，斑斑駁駁地灑在拉文特貴女淺色的綢緞晚禮服上。

我那位忠誠可靠的男管家一臉震驚，我一看，就知道發生何事。在我分心和小鬍子周旋時，唯一殘存的迷霧之子大人鈕釦被偷走了，歹徒以完美的複製品偷天換日，我和含德維都沒能逮到竊賊。

我需要運用靈敏的感官揪出竊賊，但剛才瓦解小鬍子要帶我去找舊鐵眼的企圖時，已經用光最後殘存的一點錫。

內唯一可靠的錫源而去。也就是迷霧之子大人手握的乾草，我現在知道那些是偽造的……

——下週待續！！——

21

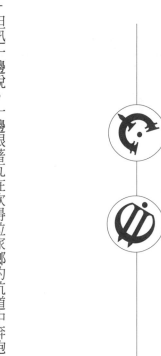

「落灰的！」坦迅一邊說，一邊跟著瓦在坎得拉家鄉的坑道中奔跑，「我已請和諧傳話給我派出去的朋友了。」

瓦點點頭，拿著提燈，吐了一口氣。

「我們是和諧的耳朵，」坦迅低吼著說，「她就是這麼想的，是不是？我們在你們之中遊走、聆聽，再向神稟告。她要祂變成聾子。」

瓦再次點頭。

「荒唐！」坦迅說，「她不可能阻止和諧。她只是個妄想移山的孩子。」

「是啊。」瓦的腳下踩上了碎石堆。在落灰之終期間，坎得拉家園的一些地方顯然遭到嚴重破壞。坑道壁坍塌，垮在原地，經過千百年的磨蝕成了石礫，「但她並不想殺神。她只是想用她扭曲邪惡的手段，從祂手中解放人類，讓大家得到自由。」

「解放人類？」坦迅頓了一下，又說：「偏激，不是嗎？紋藉由舒緩克羅司的偏激性情，來解放克羅司。柔和下來的克羅司，靈魂有了破口，讓紋有機會注入外來的制約能力，制服了克羅司。」

「傳說都是這麼說的，」瓦回應，「還是需要確認。」

「人類跟克羅司不同，不是血金術的產物。偏激並不能讓人從和諧手中『解放』。」

「當然可以。」瓦說，「至少在索血者眼中可以。如果你狂妄自大，不遵守和諧精心安排的計畫，遲早會失去理智。她野心勃勃地想解放人民，卻會給這座城帶來浩劫。」

「滅絕的！」坦迅低吼著，「我得丟下你先走了，執法者。我必須盡快聯繫上我派出去的手下，讓牠們知道這件事。」

「好，」瓦說，「但我最好還是想辦法趕上你，只要我——」

一聲尖銳的嗥叫在坑道內迴蕩而來，瓦猛地打住，連忙拔出問證，另一隻手舉高提燈。其他嗥叫跟著加入，令人心驚膽跳，雜亂的刺耳長嗥似乎彼此在打架。

坦迅伏低身子，發出防禦性低吼，第一波長嗥逐漸褪去。

「見鬼的什麼叫聲？」瓦說。

「我沒聽過這種叫聲，人類。」

「你不是活了上千年？」

「差不多吧。」坦迅說。

「要命，」瓦說，「有別的路出去嗎？」

坎得拉邁步跑開，帶著他回頭往來路快跑。長嗥再次響起，這次的音量更大更吵雜。狹窄的坑道和起起伏伏的石壁，突然之間變得更封閉。

瓦邁步快跑，雖然剛才才信心滿滿，現在卻發現要想跟上坦迅，實際上有些困難。周遭的石壁內並沒有金屬，起碼沒有純度足夠他鋼推的金屬。更何況，坑道內彎彎曲曲，鋼推直飆也不能飆多遠。

他只好加速快跑，握著提燈的手都汗溼了，而後面那些東西似乎更加激動。這一分心，差點和止步不動的坦迅撞在一起。

「怎麼了？」瓦氣喘吁吁地問。

「前面的氣味不對，」坦迅說，「有東西在等我們。」

「太好了，」瓦說，「那些到底是什麼東西？」

「聞起來好像是人類。」坦迅說。

後面的嗥叫聲更多更密集。

「那些叫聲，」瓦說，「是人類？」

「走。」坦迅轉身開跑，爪子刮擦著石地。

瓦跟了上去。「還有別的出路嗎？」他又問了一次。

坦迅沒有回答，沉默地領著他奮力跑過一個個小山洞，繞過一道道轉角，穿過一條條的坑道，最後在一個叉路口停了下來。在坦迅思索該走哪條路時，瓦緊張地撥弄著手槍。他發誓看見後面的坑道有動靜，坦迅剛才說的那個東西在這裡埋伏，守株待兔。

「坦迅……」他緊張地說。

「走這條。」坎得拉說完就跑。

瓦跟了上去，進入一條比較長的坑道。完美。他稍稍落後，舉高提燈，想看看跟蹤他們的是何方神聖。

黑暗中的眼睛反射著燈光，閃閃發亮。來者趴得低低的，以四隻腳奔跑，那不是人類移動的方式。瓦大汗淋漓，拋出一個彈殼，用腳把它踩進石地上的一個裂縫中，然後一個鋼推，整個人飛彈出去，追上了坦迅，最後在一個轉角前猛地打住落地。

「牠們不是人類，」瓦說，「不完全是。」

「血金術，」坦迅說，「太可怕了。盼舞……比我以為的，更越線。她不只是大開殺戒，她還想要毀滅。」

「牠們快追上來了。」瓦握緊手槍和提燈，「我們怎麼出去？」

「我們不出去。」坦迅說完往旁邊一閃，躲進一個小洞窟，「我們反擊。」

瓦跟著躲進去，舉槍在洞口備戰。剛才好像曾經過這個洞窟，也可能只是另一個相像的洞窟。洞內塞滿了一個個小籃筐——現在仔細一看，才發現籃筐內是一堆骨頭。

追殺他們的東西開始尖叫，不過仍然可以聽得見牠們的爪子在石地上抓擦——也聽得到牠們興奮的喘氣聲，越來越近了。

洞窟內，坦迅變形了。

牠猛地綻開，肌膚從骨頭上蛻掉，像從廚房後面被潑出去的廢水，飛濺在地上。肌肉和化掉的皮膚啪地壓到一個籃筐，籃筐側翻倒地，筐裡的骨頭都灑了出來。

宓蘭說過坦迅變形得很快，但「快」仍不足以形容坦迅瞬間吃掉那些骨頭的神速。兩隻手臂從軀體兩側冒了出來，然後高舉向天，同時下面的雙腳成形，跟摔角選手一樣粗壯。一顆頭顱像糖漿中冒出的泡泡竄了出來，頭骨上逐漸長出肌肉，一副下巴移到了正確的位置上。

沒多久，洞窟內就站著一個短小精幹的生物。牠臉部的皮膚和肌肉都鬆垮下垂，讓瓦想起了克羅司，不過兩隻前臂活像兩支鐵鎚，胸膛也超乎尋常地厚實有力。牠全身光溜溜的，胯部少了可辨別雌雄的生殖器。

瓦回頭望著外面坑道，舉起手槍備戰，全身直冒冷汗。那些東西潛近了，頭顱終於從黑暗中冒了出來，牠們臉上的人類五官扭曲，看起來比較像是犬科動物。他數了數，總共有五頭。牠們不再是兩足動物，不過仍然看得出有人類的血統——譬如那些過長的手指頭和分開的拇指，手肘和膝蓋的關節外翻，而眼睛……眼睛無神，一片漆黑。

「她到底對你們做了什麼？」瓦輕聲驚訝地問。

那些怪物沒有回答。可能是不會思考、不會說話，也可能是根本不想思考、也不想說話。瓦朝上空開了一槍，希望能嚇跑牠們，躲回到黑暗中去。

其實他更希望牠們能留下，讓他親手為這些可憐蟲了結殘命。

槍響在坑道內震耳欲聾，怪物並沒有被嚇跑，反而往前推進，原本的小心翼翼換上了怒火，牠們被激怒了。瓦平舉問證，瞄準前面幾頭的腦袋，開槍。槍枝爆出的火光照亮了坑道，儘管子彈穿透牠們的皮膚，射傷了肌肉，鮮血直流，卻沒有一頭怪物倒下。

瓦潛回洞窟，把問證插回槍套裡，將提燈放在一處外突的石壁上，「牠們的頭殼被加厚了。」他一邊對著坦迅大喊，一邊伸手去拿史特瑞恩。

坎得拉繞過他往外走去，牠的步伐輕盈，但雄壯威武，氣勢十足。瓦幾乎聽到了牠的肌肉在皮膚底下繃緊的聲音。第一頭怪物進來，坦迅一拳揮中牠的側腦，再用一隻手將牠釘在石壁上，然後退開一步，抬腳用力一踹，踹碎牠的頭顱。

其他怪物紛紛朝坦迅飛躍而去，將坦迅撲倒在地，狠狠地圍攻牠一頓。坦迅抓住其中一頭怪物，用力一扯，扯斷了牠的兩隻後腿，再用咆哮嚇退牠。瓦瞄準牠的眉心，開槍。

「牠們是專門為了對付你而創造的，」坦迅一邊在地上嗥叫，一邊和一頭怪物扭打，其餘怪物則合力撕扯牠。「快逃。你的現代武器在這裡派不上用場，執法者！」

放馬過來，瓦丟下史特瑞恩，伸手拔出大腿槍套裡的短筒霰彈槍。他退出一把彈殼，彈殼像雨聲叮叮掉落在地板上。他自信滿滿地拿起霰彈槍用力一揮，擊中第一頭朝他撲來的怪物臉龐。牠痛得一縮，隨即放聲哀嚎，露出歪七扭八的牙齒。

瓦拿著霰彈槍塞進牠嘴巴裡，扣下扳機。

牠的鮮血斑斑點點地汙染了石壁，然後倒地抽搐，還撞翻了另一個籃筐，骨頭灑了一地。這頭怪物的死，驚動了其餘怪物紛紛轉身，丟下滿身鮮血的坦迅，朝瓦撲來。

瓦自己比較喜愛手槍。手槍是一個人專注力的延伸，是精密的武器——就像重塑世界之前一枚被拋出的硬幣。它承載了射幣的靈魂，明白展現出射幣的意志。

霰彈槍則是另外一回事。它不是專注力和意志的延伸，卻能恰當地展現出沸騰的怒火。

瓦大叫一聲，拿著霰彈槍一揮，擊中一頭怪物的臉龐，再順手鋼推槍筒，狠狠補上一記。

怪物被震飛到一旁去，瓦回身開了一槍，擊碎另一頭怪物的腿，再用力一扯，撕下牠一整條手臂，怪物重心一個不穩，臉朝下撲倒在地。

他跟著蹤身一躍，從下一頭朝他撲來的怪物上方飛過，再鋼推一顆往下掉落的子彈，借力一挺，扣下扳機，子彈射進怪物的背部，怪物驚呆了，重重地掉落下去，嘎啦一聲墜地。

牠在瓦的下方扭動抽搐，這時，又一頭怪物躍起，猛然往他的喉嚨咬來。瓦推拉上膛，朝怪物的頭部開了一槍，再在子彈上一個鋼推。他的重量持續增加，金屬急速消耗中，子彈並沒有像其他怪物那般只停留在頭殼上，它摧枯拉朽，粉碎了頭骨，使腦漿迸發。

瓦往旁邊一避，怪物啪地掉落在身旁，他跟著往上一揮霰彈槍，正中朝他撲來的最後一頭怪物腦袋。怪物被打得往後仰飛而去，暴露出肚腹。

瓦連開三槍，用光了子彈。下腹部如他所料的柔軟，那東西倒地不起。

瓦站了起來，氣喘吁吁，剛才的打鬥耗盡了他的力氣。躺在附近的坦迅翻了個身，雙臂和身側的傷口癒合起來。牠已把另一頭東西撕成了兩半，正瞪大了眼睛看著瓦。滿臉鮮血的牠，跟剛才打鬥的那些怪物一樣猛暴凶狠。

坦迅爬起來，掃視四周血肉模糊的屍體。提燈依舊靜靜地燃燒著，照著一地的骨頭，以及曾經——匪夷所思——的人類，現在已扭曲變形的殘軀。瓦一陣反胃，他暗自稱牠們為「東西」，但這些死者曾經都是人類啊。坦迅說得對，索血者在這裡的作為比謀殺更加可怕。

「我得問問和諧，」坦迅說，「現在我可以違反祂的旨意，大開殺戒嗎？」牠的聲音跟變形前的狼犬時期，一樣的粗啞低沉。

「祂怎麼會在乎這個？」瓦依然對剛才發生的事很反感，「祂一直都在利用我去殺人。」

「你是祂的滅絕，」坦迅說，「我是祂的存留。」

蹲在傷亡慘重的變形人之間，瓦靜靜地站起來，放低了霰彈槍，努力壓下一股激湧而上的憤慨。他在和諧心中只是一個殺手？一個毀滅工具？

「不過，」坦迅小心翼翼地穿過洞窟，沒有發現牠的話已經冒犯了瓦，「我認為和諧不會在意我剛才的所作所為。這些可憐人……」牠單膝跪下去，戳了戳被瓦殺掉的一具屍體。

坦迅拿起了一支細細的金屬，銀色的，大約手指頭長。那是紅色反光嗎？或者，單純只是鮮血？瓦啓動鋼眼，發現那支金屬錐所發出的線比銀應該有的光芒更晦暗。是血金術。

「一支金屬錐，」坦迅一邊說，一邊反覆打量它，「再一支，和諧就可能有辦法控制這些怪物。為什麼單單一支金屬錐就能產生如此大的變化？這屬於血金術等級的問題，不是我能理解的，執法者。」

瓦搖搖頭，蹲下去檢視屍體。不是想確認牠們是否還有威脅性，而是想確定牠們是否死絕，不希望還有人受苦等死。他發現有個女人還活著，她的背部被他射中而全身癱瘓。她看著瓦的眼睛，外形跟人類一樣，但眼裡黑漆一片，非常詭異。無論這些人身上發生了什麼變化，至少眼睛是保留了下來。

瓦拿槍指著女人的眼睛，開槍，子彈射入大腦內。隨後他閉上眼睛，獻上……什麼？向和諧的祈禱？和諧並沒有出手拯救這些人。

我出手了……回憶輕輕對他說。是上次與和諧交談時的話，我派你去了。

這次，瓦不再認爲這些話能說服他。

「告訴我，你會親眼看著這些人下葬。」瓦說。

「我會的，」坦迅說。遠方傳來一聲長嘷，「又來了。我們是在這裡反擊，還是逃？」

「你能帶我們出去嗎？」瓦舉起霰彈槍重新上膛。

「或許吧。不是一般方法，但是有路出去。」

「那我們走吧，」瓦說，「牠們是來干擾我們的，坦迅。怪物只在我們離開另一個洞窟時，才來追殺我們。」

坦迅點點頭，趴下去，又開始吃狼犬的骨頭。沒多久，牠就恢復原形，除了毛髮。那些毛髮在坦迅朝洞口走去時，從皮膚上冒出來，一波波地湧出，彷彿是被牠的身體推擠出來。

瓦拿起提燈，跟在坦迅後面快跑。

「他往那裡逃了，天啊！」偉恩指著一片漆黑大叫，「我看到那個卑鄙的傢子，就跑在他前面。你朝那個方向追，我從另一頭包抄，我們一定會逮到他！」

與他聯手追捕兇手的百姓，拿著扳手和掃帚分頭行動，氣勢洶洶，誓言報復。偉恩一邊火上加油，一邊倒退著朝反方向跑去，等到只剩下他一個人時，才放慢下來，搖了搖頭。一群不錯的傢伙，心腸好、可靠又仗義。

偉恩一邊拿著決鬥杖在指間耍弄，一邊繞到後面，穿過小巷，最後來到總督官邸附近。他沒有往前門走去，那裡聚集了越來越多人，很有可能被剛才抗議的民眾認出來。現在他頭上是一頂報僮帽，而原本戴的則被他小心地藏在路上的灌木叢裡。這樣的喬裝手段改變雖小，但效果顯著。更何況，他滿喜歡現在這一頂，只是仍然覺得自己光溜溜的——他耗盡了彎管合金。一滴不剩。

情況不妙，無法再讓時間暫停了，除非瓦有多餘的一瓶給他。那傢伙通常會隨身攜帶一瓶備用。

他輕手輕腳地繞過官邸，打算朝後門走去，但願那裡的守衛會放他進入。他已經浪費太多時間，剛才設法擺脫那群人比他想像的要久。那頭可憐的坎得拉在大眾眼前融解的畫面，在他腦海裡盤繞不去。

鐵鏽的。偉恩其實不清楚自己到底支持哪一邊，但無論他再反對，起碼不會爲了作秀，不會爲了討好觀眾而四處融解別人。更別提，他現在已經決定支持不會殺他的那一邊。

他走著走著，丟了一球口香糖進嘴裡，腳步卻遲疑了。迷霧糾纏著他盤旋繚繞，宏偉的官邸像鑾橫區的一座平頂山，在前方陰森森的，被燈光照得白亮。他聽到一個聲音幽幽地朝他飄過來。

那個口音不對，很微妙的區別，卻至關重要。

突然間，他知道索血者化身成什麼人了。

長嗥距離尙遠，但這次比第一次被追殺時的叫聲更令瓦心驚肉跳，因爲他現在知道那些嗥叫出自哪種生物。若是能逃出生天活下來，他一定要採取行動幫助這些怪物。

坦迅帶領他穿過家鄉內部千迴百繞的坑道，最後來到一面滿是裂縫的石壁前。瓦拿高提燈，檢視牆壁。身旁的狼犬，皮膚上有個區塊，毛髮一片片掉光了。

「接下來？」瓦打量著死巷石壁。

「我們一直在注意這個地方，」坦訊說，「石壁很久以前便龜裂，而且裂縫越來越寬。如果能裂出一條通路，就又多了一些通往家鄉內部的路，因此我們希望能探勘每一條裂縫。」

瓦的手指沿著裂縫探索著。有風透了過來，他好像聞到一絲……腐臭味。這氣味和他知道的那座城市類似，既熟悉，又噁心。

他啓動金屬意識，增加體重，然後用肩膀撞石壁。奧妙的是，他的力氣並沒有增加，但舉手投足更加靈敏，控制增厚肌肉的能力也提升。這給了他一些新能力，不過其中最重要的是，他能恰到好處地凝聚全身力量，與其說是撞牆，不如說他在推牆。

他終於找到正確的發力點，推開了裂掉的石壁，碎石紛紛掉落。他擠進一道狹窄的裂口，那裡就像蠻橫區郊外一個極其窄小的狹谷。石壁上有水流滲下，溼溼滑滑的，同時也跟其他坑道一樣，是一節節的球形疙瘩。

「現在呢？」瓦問。

「現在往上爬，人類。」坦迅說完又融解了，最後將骨頭和毛髮遺棄在地上，變成一團肌肉。在這些狹窄密閉的裂縫內，一團肌肉相當具有優勢。坦迅既可以向兩旁的石壁施力，推著自己向上溜去，又可以用肌肉填滿小洞和縫隙，借力上推。而骨頭四周，一個類似胃的袋子形成，坦迅就拖著袋子往上爬。

眼前的畫面如此匪夷所思，卻又令人拍案叫絕。這才是坎得拉，一坨偶爾會表現得像個人類的爛泥肉團。

*不知道，*瓦心想，動身往上爬去，*哪天我變成一堆血肉，挺直身體，四處走動，不知道會是什麼樣子？*

在這樣的地方攀爬並不容易，尤其是一隻手還拿著提燈，不過後來減輕了體重，就輕鬆多了。沒多久，他就聽到那群怪物在底下咆哮，也往上爬來。瓦的心跳得更快了，但下面的怪物似乎運氣不好，剛好沒有攀爬的能力。他繼續一吋吋地往上爬，結果一個著急，沒拿好提燈，慌張去救，又沒抓到，只能眼看著提燈掉下去。

提燈在石壁上鏗鏗鏘鏘彈跳幾下，最後掉落地上，燈火熄滅。

這時，瓦才明顯感覺到自己被埋在地底，在黑暗中緊抓著石塊。四周的石壁好像步步逼來，扭曲變形的怪物就在底下咆哮，迫不及待想喝乾他的血。他倒抽口氣，不自覺慌亂起來。

一會兒後，眼睛適應了黑暗，一道淡淡的藍光照亮了四周。他並沒有走投無路，出口就在上方。那裡的石壁上長著銅盤狀的藍色菌菇，它們放出的柔和光芒照亮了一切。

「和諧親自確認了它在這裡繁衍茂盛，」坦迅的聲音從上面傳來，「祂不希望再有人被困在這一片漆黑之中。」

瓦強迫自己繼續往上爬。他意識到自己現在身處何地，以前聽說過這裡的故事。石壁上供他抓握的小洞曾經長滿了水晶，而晶洞內則蘊藏著一顆失落的金屬球，也就是傳說中的天金。

他正在攀爬海司辛深坑（Pits of Hathsin）。

「別激動，執法者，」坦迅在上面說，「繼續爬。」

難道牠聽到瓦的呼吸聲加快？他穩住心神，往上爬去。這地方不再是監獄了，不再像當初折磨倖存者的手臂那般尖刺銳利。有了那些小洞，攀爬變得輕鬆起來，底下的咆哮也越來越小聲。

終於，他爬出了裂縫，來到一處人工打造的隧道。仔細一看，竟是都市內的下水道，而背後那道裂縫其實只是石壁上一道窄細的裂口，根本看不出它古老的原貌。瓦打了一個哆嗦，儘管下水道的氣味惡臭，仍然因爲重獲自由而雀躍。坦迅在附近抽搐起來，沒多久，又變成一頭狼犬。「我理解盼舞支開我，是爲了讓我不能阻止我的手下掉入她的陷阱。」坦迅說，「但下面那些怪物不是針對我而來，是你，人類。她爲什麼想支開你？」

瓦沒有回應，卻想到了唯一可能的理由。一旦解決了坎得拉這個障礙，她就能放手進行計畫的最後一步：她要煽動市民變得更瘋狂。從她的角度看，她是在解放他們，把他們變成忿恨的暴民，最後毀掉依藍戴。

總督正打算向市民信心喊話，而索血者到現在還沒成功殺掉他……瓦心想，他知道原因了。

只因爲她下手時，需要有觀眾。

PART III

22

迷霧似乎在夜空中燃燒起來，彷彿是日出前的雲彩。瓦在霧中向下降落，砰地落在總督官邸的門階上，把門衛嚇了一大跳。他定睛一看，制服不對，原來是警察而不是平常的門衛。很好，因爲後者最近的數量持續減少中，因公殉職的人太多了。

瓦挺直身體，轉過去望著聚集在官邸正門前的人民。配備步槍的警察在百姓和官邸之間排成一道防線，氣氛緊張，一觸即發。工人在附近的臺階上搭了一個小講臺，亞拉戴爾在現場監督，不過從表情看來，他似乎寧可得罪總督，反駁長官的計畫。

瓦也同意。現在對抗議群眾發表演說，無疑是正中索血者下懷。他抓住一個警察問：「應該沒有刺客再來暗殺吧？」

「沒有，長官。」警察回答，「他現在人在書房，長官。」

瓦點點頭，逕自進入屋內，絲絲迷霧尾隨他而入。

他朝屋後走去，卻在走廊上被瑪拉席攔住，瑪拉席拉著他的手臂說：「克羅司血。」那是瓦給她的暗號，用以驗證她不是坎得拉的化身。

「夜間夏天，」瓦證明自己的身分，「你們得想辦法管制抗議群眾，瑪拉席。他們就要把這座城市四分五裂了。」

「我們會想辦法的。你有看到偉恩嗎？」

「沒有，怎麼了？」

「必蘭說他出去探查抗議群眾的情況，那已經是半小時前的事了。從那以後，就沒人見過他。」

「他會出現的，」瓦說，「我得去找總督談談。」

瑪拉席點點頭，瓦打算朝書房走去，但瑪拉席仍然抓著他的手臂。「瓦，」瑪拉席輕聲說，「總督貪汙，嚴重貪汙。我找到了證據。」

瓦深呼吸，「我們先過了今晚這關，然後再處理這件事。」

「我也是這麼想。」瑪拉席說，「但我認為索血者想要我們進退兩難——也許她在逼我們放手，讓總督遭到暗殺。」

「絕對不可能。」瓦說，「我們會把他交給法庭處置，而不是那些暴民。知道妳姊姊的狀況嗎？」

「不知道，」瑪拉席說，「但我一直想去看看她。」

「那就去吧，」瓦說，「我一和總督談完，就去探視妳父親。我可不想他們其中一個變成人質，出其不意地在這裡冒出來。」

「只要不是我就好了。換個話題，」瑪拉席一皺臉，「宓蘭現在披著那個掛彩的護衛軀體，總督不讓她和任何人進書房，宓蘭氣炸了。我去找偉恩好了，我確定會在抗議群眾的最前排找到他。」

她放開瓦的手臂，朝出口走去。

「瑪拉席。」瓦在後面叫她。

「唔？」

「那身制服，」他說，「很適合妳。以前都沒機會告訴妳。」

瑪拉席滿臉通紅——她畢竟是瑪拉席——隨即恢復鎮定，朝外走去。瓦轉身走下走廊，朝總督的書房走去，宓蘭和另外三個護衛正在書房門前徘徊。

「誰都不能進去，執法者。」一位護衛的語氣裡帶著一絲惱怒，「他在為午夜前的發言準備演講稿。他不會——」

瓦繞過他們，試了試門把，結果門是鎖住的。他聽到英耐特在裡面練習演講。瓦暗暗增加體重，用藏金術撞開了門板，連門框都被扯裂了。英耐特手裡拿著筆記本站著，一邊說話一邊踱步，房門一被撞開，才剛跨出步伐的他便呆在原地，猛地轉過來看著瓦，隨即鬆了一大口氣。

「你可以先敲門。」總督說。

「而你根本不會應門。」瓦一邊說，一邊走進書房，再砰地關上了門。但門的彈簧鎖失去了作用，在瓦蠻橫地對待它之後，這樣的結果理所當然。「你在幹麼，英耐特？一個人關在房裡，沒有幫手，刺客很可能悄無聲息地取走你的性命。」

「我現在不是好好的嗎？」英耐特把手上的筆記本丟到辦公桌上，然後朝他走來，更小聲地說：「風的低語。」

「酒醉的蒸汽。」瓦也報上最新的暗語。確認英耐特沒問題後，他繼續說：「把護衛隔絕在外面，就是逞能。他們會為你而戰，保護你的安全。我們曾經把她趕走過一次。」

「是你把她趕走的。」英耐特又走回到辦公桌前，拿起筆記本，「其他人根本拿她沒辦法，就連可憐的祖印也是。」他又開始踱步，口裡唸唸有詞，練習著抑揚頓挫。

瓦覺得怒火攻心，總督沒把他們放在眼裡。這就是大家拚了命要保護的人？他朝窗戶走去。窗子居然是敞開的，縷縷迷霧飄了進來，但沒太飄遠就消失無蹤。有些傳說提到被迷霧充滿的房間，但現實中這種情況很少發生。

他斜靠在窗戶上，望著外面的夜空，若有似無地聽著英耐特的演講，內容既澎湃激昂，又帶著不屑。他口口聲聲說自己感同身受，卻又以鄉巴佬來稱呼百姓。

這樣的發言只會讓情況更加惡化。*這就是她要的。她要激怒百姓，好從和諧手中解放他們。*

索血者知道英耐特會說什麼。她當然知道，一直以來，都是她牽著大家的鼻子走。瓦發現的每條線索，都是她事先為他精心安排的。那麼，他該怎麼做？阻止英耐特發言？如果這正中她的下懷，又該怎麼辦？

他輕敲著窗臺，敲啊敲。

嘎吱一聲。

他往下一看，眨眨眼。一團嚼過的口香糖被黏在這裡。瓦抬起手指打量著，眞相漸漸在他心中明朗。他疏忽了一件事，索血者打從一開始，就設下了這個橋段。

瓦會起疑心，是因爲索血者刻意化身成血腥譚來引起他的注意。這是她蓄意安排的計謀，好啓動這一場場好戲，一切按著她的時間表進行。

索血者準備就緒，等著今晚到來。她籌劃這一晚，籌劃了好久，比瓦以爲的更久。

那麼，哪裡會是最佳的藏身處？

鐵鏞的。

瓦一邊伸手去拔槍，一邊轉身。

他發現自己面對著英耐特總督，對方正舉著手槍指向他。「可惡啊，瓦，」總督說，「只要再多幾分鐘，我就成功了。你看得太遠了。你總是看得有點太遠。」

瓦僵在原地，手按在槍上，直視著總督的眼睛，咬牙切齒一個字一個字地說：「妳知道我們的暗語。妳當然會知道。是我給妳的。妳是什麼時候殺了他的？這座城市被一個騙子執掌了多久？」

「夠久了。」

「總督不是妳的目標。妳想要的比這更大——我早該看出來了。但祖印……妳下去時，他就在避難室，所以妳才殺了他？不對，他早就知道妳是冒牌的。」

「他一直都知道，」索血者說，「他是我的人。但今晚，我是因爲你才殺了他。瓦，你朝我開槍……」

「妳在披風下穿了總督的衣服，」瓦說，「鐵鏽的！我射傷了妳，所以妳需要找個理由，說明爲什麼總督身上都是血，需要一個理由讓自己脫下襯衫止血。」

她一動也不動地用槍指著瓦。那把槍不在鎔金術範圍內。是鋁。她當然有備而來，卻又顯得左右爲難。索血者不想殺他。不知道爲了什麼，她一直不想殺他。

於是瓦放聲示警。

這麼做風險很高，但順從拿槍指著你的人，也不會有什麼好下場。如他所料，索血者沒有朝他開槍，這時房門也再次被撞開。瓦拔槍朝索血者射擊，趁敵人分心之際，摸找槍帶裡宓蘭給他的最後一支針筒。

護衛的槍口紛紛轉向瓦，開槍射擊。

白癡，瓦朝辦公桌飛撲而去。他早該想到的。「等等！總督已經死了，別——」

索血者朝護衛開槍。瓦在辦公桌的掩護下翻滾逃命，耳裡仍然清楚聽到護衛的驚呼聲，不敢相信自己的總督——至少他們是這麼想的——會開槍射殺他們。瓦一陣內疚，暗罵自己，他們是被他害死的。

「其他警察很快就會來了，」索血者說，「他們還沒被解放。你也是，儘管我努力……」

瓦探頭偷瞄一眼，隨即又躲回去，避開朝他指來的槍口。總督的臉孔因爲憤怒和挫敗而扭曲。

「你爲什麼不能再多給我一點時間？」索血者問，「眼看著我就要成功了。現在我卻必須殺了你，再對外說你就是那頭坎得拉，當眾怪你射殺了我的護衛。這樣的話，我依然可以向群眾發言，解放他們……」

但她並沒有進一步行動。她似乎仍然下不了手。這個便宜，不佔白不佔。

「宓蘭，動手！」瓦大喊，鋼推地板上的鐵釘，借力一躍而起。

索血者身旁一具屍體，突地暴起抱住她的雙腿。

瓦朝牆壁一個鋼推，朝索血者撲去。索血者低吼一聲，朝迎面而來的瓦的手一揮，針筒脫手而出。鐵鏽的，沒想到她如此強壯有力。她趁瓦朝針筒撲去時，踢開了宓蘭。

只見索血者的身影模糊閃過，在他就要碰到針筒時，她一把抓起針筒，轉身朝宓蘭的肩膀刺下，這一切全在眨眼間完成。

而她卻猛地頓在原地，似乎緩不過氣來。她的金屬意識終於耗盡。

瓦翻身，拔槍，半躺在地上朝她開槍。子彈撕裂她的肌膚，但所造成的傷害也僅此而已。附近的宓蘭融解了——臉龐下垂，肌膚逐漸透明化。

瓦躺在地上，握著沒有子彈的槍指著索血者，對方的傷口已經癒合。兩人對視了一陣子，直到外面走廊傳來護衛踩著靴子快跑而來的腳步聲，索血者咒罵一聲，連忙朝窗戶跑去。瓦拔出另一把槍追了上去，但外面槍聲響起，他立刻趴低躲避子彈。

他在原地等了一會兒，抬眼上望，沒在盤旋的迷霧中瞧見索血者的身影。瓦暗罵一聲，把脫臼的手臂扳回原位。鐵鏽的，稍早的槍傷又開始流血，疼痛無比。他以為吞那麼多止痛藥，足以鎮痛。

「妳沒事吧？」瓦詢問正在努力坐起來的宓蘭。

「沒事。」宓蘭回答，不過她的話因爲臉部肌肉融化而模糊不清，「我讓牠們在我身上試藥過一次，所以幾分鐘後，我就會恢復正常。」

「謝謝妳救了我。」瓦說完趕緊以鋼眼掃視書房一圈，尋找暗室。指向衣櫥內的藍線抖動著。會不會太幸運了？他衝過去，拉開衣櫥門。

被牢牢地五花大綁，嘴巴也被塞住了的偉恩滾出來，砰地掉到地板上。他還活著，感謝和諧。瓦跪下去，吐出一大口氣，拔出塞住偉恩嘴巴的東西。偉恩的腳好像被刺傷，而他的金屬意識被抽走了，因此傷口無法自癒，不過至少活了下來。

「瓦！」偉恩說，「是總督。那個畜生發『ㄚ』音時，跟宓蘭一樣！」

「我知道。」瓦說，「你很幸運，她可能想要以金屬錐汲取你金屬之子的能力，否則早就殺了你。你怎麼沒把眞相告訴別人？」

「本來是要說的，但我必須先確認，結果靠窗戶太近，她突然衝出來逮到我，一拳擊中我的頭頂，抽走我的金屬意識，再把我扛進來，這些全部發生在一眨眼之間。然後她又用藥把我迷昏，關在這裡。眞的把我迷昏得很徹底，我完全不知道外面發生了什麼。你逮到她了嗎？」

「沒有，」瓦一邊說，一邊幫偉恩解開繩索，「她逃掉了。」

外頭響起槍聲。

「你不追下去？」

「我必須先確認你的安全。」

「我沒事，」偉恩說，「你別解繩索了，先看看我的口袋。」

瓦伸進口袋，拿出一個小袋子。

「拉奈特要給你的。」偉恩說。

瓦抽出一個彈藥筒，正打算拿高打量時，一隊神情緊張的警察衝了進來，是瑪拉席帶來的人馬。

新來乍到的警察們大呼小叫地要求瓦給個解釋。瓦把他們丟給偉恩去應付，又走到窗邊，飛入迷霧之中。

23

瓦宛如夜間的一顆子彈，從迷霧裡噴射而過，把霧氣翻攪得七暈八素。他已從獵物變成了獵人，儘管這個轉化過程耗費了太久的時間。他先竄升，以方便掌握全區的概況。總督官邸周圍聚集了越來越多人群，他們聲嘶力竭地怒吼，要求改革，也可能他們要的只是鮮血，以暴制暴。

會不會他拿下索血者時，發現一切都太遲了，她已成功摧毀依藍戴？

此時此刻，不能再胡思亂想，必須專心尋找跡象、線索和一個故事。凡走過，必留下痕跡，即使夜晚也一樣。就算留下的痕跡太過細微，但它依然存在。

那裡。官邸附近有一群人正在退開，而非朝它聚集而去。瓦疾風暴雨似地落地，迷霧外套在身旁翻飛開來。這裡是官邸花園，靠近一座大工棚。他審視著群眾離去的模式。

槍響是幾分鐘前的事，他心想，*所以那不是在射殺，而是驅趕百姓。*索血者已經無法施展藏金術速度，只好落荒而逃，卻引得警方朝夜空開槍，嚇跑了這一區的百姓。瓦仔細聆聽，有

人六神無主地哭喊，有人嚷嚷著警方朝人民開槍，還有人說看到總督跑過去，逃之夭夭。

瓦把拉奈特送來的子彈裝進問證，特別將它塡入隨意一轉即能上膛的彈膛。他一點點慢慢地推開工棚大門，蹲低身子，以免剪影暴露了他的行蹤。今晚門外的迷霧被火把照得亮晃晃的，但火光並沒有透進這座黑暗的工棚內，於是瓦在黑影中搜尋，直到發現某個異樣。

一副骸骨？對，並且被布料覆蓋著。他辨認出一條鬆掉的領結，一件白色襯衫……是總督的衣著。索血者又找了一具屍體換上，再把原來被利用的總督屍體藏在這裡。她變身的動作到底有多快？宓蘭說過索血者比她還快，但最快的依然是坦迅。

只不過知道宓蘭變身需要幾分鐘，而坦迅只需幾秒鐘的幫助並不大。瓦側舉著問證在腦袋旁，溜了進去。如果能撞見正在變身的索血者……

「我還是可以解放你。」黑暗中，有人傳來低語，「這麼做，我也許必須放棄這座城，但我並不是爲他們而來。一開始不是。我是爲你而來的。」

「爲什麼是我？」瓦急切地在黑暗中搜尋著，握著問證的手在冒汗。「該死的，怪物，爲什麼是我？」

「我讓祂變成了聾子，」索血者低語，「割掉祂的舌頭，刺瞎祂的眼睛，但祂仍然可以採取行動。你是祂的雙手，瓦希黎恩．拉德利安。祂也許聾了、瞎了、變啞巴了……但有了你，祂仍然可以伸出魔掌。」

「我是我自己，索血者。」瓦終於發現一個應該是她的剪影，就蹲在滿是灰塵的棚子後面，在鐵鍬架子旁邊，「我是在服侍和諧，但我心甘情願。」

「瓦啊，」她低語，「你知道祂算計你有多久了嗎？牽著你的鼻子耍弄你，又有多久了？祂送你去蠻橫區磨練，造就你堅定的意志。一旦你成熟了，祂就可以把你帶回來這裡，像燻製皮革……」

瓦舉起問證，但工棚的側邊砰地向外炸開，木屑噴濺在草地上。瓦瞄準她，沒有開槍，索血者趁隙溜走了。這一槍，瓦要謹慎再謹慎，畢竟拉奈特只送來了一顆子彈，這也是至關重要的一擊。

索血者逃入黑暗中，接著飛向天際。炸開的牆壁是個暗示，剛才那一幕就是確認。她的金屬意識耗乾了她儲存的速度，現在已經派不上用場，被她丟在總督遺骸旁的地上，她現在變成了射幣。

瓦緊隨而去，鋼推同樣的鐵釘，把自己送上天空。現在他知道為何索血者選擇射幣了，鋼推具有極大的機動性和極快的速度，邏輯上，能帶給她最佳的脫身機會。

不過，再好的計策都有漏洞。

因爲，鋼是瓦的專業領域。

看著棚內地板上的那堆骨頭，偉恩理解到原來今晚有人比他更淒慘。他用腳趾戳了戳骨頭，受傷的那隻腿痛得讓他的臉皺成一團。鐵鏽的，眞是不方便，他還要扶著牆壁才能穩住身子。

他望向瑪拉席，「我不知道，總督被殺是表示我們嚴重失職，還是盡忠職守。」

「什麼！」瑪拉席跪在屍體的旁邊，「你怎麼能將這種事跟盡忠職守聯想在一起？」

「這個嘛，妳想想，他死的時候，我們還沒被派來保護他啊。」偉恩聳聳肩，「大概每次發現屍體，只要確定不是我害死的，我就會鬆一口氣。」

宓蘭走進了棚子，她仍然附身在那個女護衛身上——只不過換回了自己的聲音說話，「外面的局勢越來越緊繃了，我們最好趕快回到官邸去。」

瑪拉席依舊跪在骨骸旁邊，在偉恩的提燈光芒下檢視屍體。他的手腕仍然因為捆綁而灼熱，受傷的腿更是劇痛無比。鐵鏽的坎得拉，出手真是快狠準，先是以迅雷不及掩耳的速度抓住他，綁了他雙腿，堵住他的嘴巴，接著又偷走他的金屬意識——既然已經把他五花大綁，就算他能快速自癒傷口，也沒多大意義。

不過，在把他丟進書房之前，索血者應該先檢查檢查他的雙手，看看有沒有藏著口香糖。

「總督死了。」瑪拉席嘟囔著。

「對，」偉恩說，「去掉骨頭，似乎有以男人為主的傾向。」

「什麼意思？」瑪拉席望著棚子的一側，也就是他們看到瓦離開的那個方向。

「唔，這表示他不能去上踢踏舞課——」

「偉恩？」

「嗯？」

「閉嘴。」

「是，小姐。」

瑪拉席閉上眼睛，偉恩則背靠著牆，望著外面的群眾。人群怒火高漲，等著總督出面，當眾發言。這場即將到來的演講，原本是爲了平息眾怒而舉辦的。

「索血者打算用演講激怒他們，」宓蘭說，「我聽到她在練習，知道部分的演講內容。也許我們可以勸他們先解散回家？」

「不，」瑪拉席一邊說，一邊站起來，「我們要做的事，比解散群眾更好。」她轉向宓蘭，用腳輕輕踢著總督的頭骨，「妳需要多久時間才能化身成他？」

「我沒有吃掉，也沒有消化他的屍體——妳不需要把臉皺成那樣，一副很噁心的模樣。你們人類變成食物，又不是我的錯。你們難吃死了，即使是成熟的人也是，聽我這樣說，心理平衡許多了吧？總之，要我假扮他，很難。坦迅才擅長根據頭骨重塑一個人的臉，而我疏於練習很久了。」

偉恩一個字也沒說。原來他眞的能閉上狗嘴。太好了，原來在需要的時候，他是能閉上嘴的。即使腦袋裡有個玩笑話，千拜託萬拜託他也不會把它說出口。

「妳有我們的協助，不會出錯的。」瑪拉席對宓蘭說，「更何況天色很暗，妳又不是要去騙英耐特的母親，妳要面對的是一群氣瘋了的百姓，他們很少人有機會近距離面對總督。」

宓蘭雙臂交抱，打量著骨骸，「好。如果妳能告訴我該說什麼來安撫群眾，我就答應。」

偉恩動也不動地站著，咬緊牙根，不能開玩笑……不能拿那件事開玩笑。更何況，他才剛意識到另外一件事錯得很離譜，一件嚴肅、不能開玩笑的事。

瑪拉席看著他，皺眉問：「偉恩，怎麼了？」

偉恩坐了下去，搖搖頭。

「偉恩？」瑪拉席的音量提高了，似乎很擔心他，「我不是故意凶你的，只是——」

「我才不介意妳說了什麼。」偉恩說。

「那怎麼回事？」

「唔，」偉恩看著宓蘭，「我一直以爲……妳知道的……人肉嚐起來很美味。」

「才不是。」宓蘭說。

「妳太傷我的自尊心了，」偉恩說，「也許我跟其他人不一樣呢。要不要咬我一口？反正我的肉馬上會長回來，至少我們一發現那怪物到底對我的金屬意識做了什麼……」

瑪拉席大大嘆了一口氣，「宓蘭，動手吧。我去重寫妳的演講稿……」

24

索血者顯然十分精熟於鋼這項金屬。她知道如何藉由鋼推途中遇到的門閂或燈柱，以調整路線。也知道在鋼推一輛靜止汽車、獲得側向橫飛速度之前，必須先壓低身體的重心，而不是一味地把自己往更高的地方推上去。她的表現可圈可點。

但瓦就不只是可圈可點了。他像影子般窮追不捨，永遠保持半個飛躍的距離。索血者移動的節奏越來越慌亂，鋼推自己甩開他的魔掌時，經常爆出火花。

瓦剛開始由著她逃亡，打算等她耗盡鋼後再出手。兩人飛躍過依藍戴，像迷霧中的兩股水流，蹤躍過塞滿怒氣沖沖抗議者的馬路，經過滿是闔上的百葉窗和熄了燈的中產階級住宅區，再竄過豪宅區——保安部隊神情緊繃地在這裡的各個大門站崗，一心等待這個火爆的夜晚結束。

他們一路飛躍而來，瓦一再告訴自己索血者不是神射手。她在沒多久之前，曾經戴上神射手的面具假扮成他——現在似乎又故計重施。瓦在她飛躍過一棟燃燒中的房子時，趁機藉由火光瞥了她一眼——只見她又是驚恐，又是慌張，這更令瓦一頭霧水。神射手逃命時，會想辦法鑽進室內，事先埋伏；而索血者卻一直留在空曠的戶外，似乎害怕進入室內，從沒試著向摩天大樓逃去，也沒尋找擁擠狹隘的貧民窟藏身。她反而筆直地朝總督官邸的東方而去，那個方向是遠離市中心空曠的城郊之地。

那裡的金屬並不多，她會更難成功脫身——不過瓦也會面臨同樣的窘境，所以他不打算讓這種事發生。

他們一個逃一個追地經過了一列夜間火車，瓦猛然加強火力，以雙倍力量追上去。他預測索血者會轉向火車且越過它，朝工業區而去，於是提早橫切而過，爭取幾秒鐘的先機。索血者飛躍過一棟燃燒中的矮房子——沿途的抗議群眾紛紛朝半空中的她丟石頭——這時，瓦在那棟房子和隔壁房子之間輕掠而過，漂亮地轉了一個彎，從另一邊繞過去。他穿過火焰噴出的白煙，猛地現身，舉槍指著剛完成一道優雅弧線，正在降落中的索血者。

索血者一見到他，罵了一聲，連忙整個人扭身往一條街撲去；再利用燈柱鋼推，增加速度。她的應變流暢，一氣呵成，但瓦有個優勢，他趕緊減輕體重，塡補金屬意識。和往常一樣，體重的變化雖然不明顯，卻能加快他的速度。若是在移動中減輕體重，他還能在瞬間暴衝出去，就連他自己也不明白箇中原理。

在這樣的追逐賽中，兩人都會鋼推沿途經過的燈柱，他的這一點點優勢便爲自己加分不少。他們兩個人都會截彎取直、謹愼盤算飛躍的弧度，也都會在落下時利用周遭資源加速，於是瓦越來越接近索血者。眼看就快要出城，索血者回頭一瞥，卻看到瓦就要抓到她的後腳跟。

她驚呼一聲，那是女性受到驚嚇時嬌細的尖叫聲。隨即往旁邊一閃，來到河水的上方，再想辦法降落在東橋的車行道上，手抓著其中一條纜線。

瓦優雅地在她面前降落，舉槍，「妳逃不出我的手掌心，索血者。快束手就擒，讓我拔除妳的金屬錐，送妳進大牢。也許哪一天，會有人找到方法治癒妳的癲狂症。」

「然後再一次變成奴隸？」戴著紅白面具的索血者低語，「你會心甘情願獻上自己的手，讓人戴上手銬？」

「如果我也幹了跟妳一樣喪盡天良的壞事，對，我會。我會束手就擒。」

「那你侍奉的那位神祇呢？和諧什麼時候才會爲自己的過錯受到懲罰？祂放手任由一些人死亡，也曾經造成某些人死亡。」

瓦舉槍，但索血者蹤身上躍。

瓦的槍口追隨著她，而她在巨大的橋柱之間跳來竄去。瓦放棄開槍，一個鋼推，將自己推向天空，迷霧外套獵獵作響，直到竄升至一座懸吊式橋塔的頂端。索血者在小尖塔上守株待兔，一身紅衣紅褲，身上的披肩被吹得翻飛飄揚。

瓦緩緩降落，舉槍瞄準。

索血者拔掉面具。

她戴著蕾希的臉。

瑪拉席並未告訴其他警察，甚至亞拉戴爾，關於英耐特的事。她能怎麼說？「抱歉，我們保護的那個人早就被殺害了」「噢，誰知道那個瘋子坎得拉統治這座城多久了」。等她知道該如何解釋這一切時，她會馬上寫報告呈上去，但現在，她沒時間想額外的事。她必須想辦法拯救依藍戴。

她站在門階前方臨時搭起的講臺附近，看著亞拉戴爾總隊長打從面前走過，依舊感到一絲絲內疚。走過去的警察司令總長，繃緊著一張臉，呈現出內心的煩躁不安。她所提交的總督貪汙憑據，將長官引入進退兩難的困境，深深困擾著他。

宓蘭走上講臺，準備向群眾發言。雖然她對自己並不滿意，但就瑪拉席看來，她的模仿相當到位。

抗議群眾逐漸安靜下來，瑪拉席納悶地蹙起眉頭。難道是亞拉戴爾的手下從中干涉的結果？不對……警察的確肩並肩地站成人牆，擋在群眾和官邸之間，但他們並沒採取讓人民安靜下來的行動。

情況古怪。儘管還是有人嬉笑嘲諷，但大部分的人都安靜了下來。瑪拉席透過似乎越來越薄的迷霧望過去，環視一圈，現在官邸前方廣場四周全都點燃了燈火。擠在前方的抗議者，一個個引項期盼，想聽總督到底要說什麼。唔，他們怎麼可能不想呢？

瑪拉席感受到他們心中又是懷著敵意，又是好奇，同時也感受到現場有一股寧靜的氣氛。宓蘭的發言必定會管用。一切正常。她剛才何必那麼緊張？情況……

鐵鏽的，她被安撫了。

她猛地驚醒，全身緊繃。她瞭解群眾，也曾經研究過暴民的運作模式。這是她的專業——所以輕易就能察覺到事情不對勁。但安撫者是誰？爲什麼？他又是如何做到的？

套裝先生，瓦希黎恩說過「組織」也捲進這個案子。他的叔叔已得到鎔金術能力，並且樂意見到索血者的計畫成長茁壯。無論瑪拉席給宓蘭的演講稿寫得多麼感人肺腑，一旦套裝的人發現「總督」沒有按照他們的稿子演出，他們會立刻煽動群眾造反。

因爲心慌意亂，瑪拉席並沒聽到宓蘭的開場白。她能聯絡上亞拉戴爾嗎？不行，他現在站在鐵鏽的講臺上，就在宓蘭附近。偉恩呢，儘管身上有傷，臉上仍然掛著一副鐵漢的表情，在宓蘭和亞拉戴爾附近待命，準備隨時應付突發狀況。

瑪拉席加快步伐，悄悄地移動，以免驚動「組織」的人。她瞥見瑞迪站在門階底層附近交抱雙臂，注意群眾的動靜。她匆匆地朝瑞迪走去，抓住他的胳臂。

「瑞迪，」她說，「有個安撫者混在人群裡面。」

「什麼？」瑞迪心不在焉地問，瞄了她一眼，「啊？」

「安撫者。」瑪拉席說，「他能抑制我們的情緒，應該還有一個煽動者，只等演講開始，就會煽動人民失控暴動。」

「別傻了，」瑞迪打了一個呵欠，「一切正常，中隊長。」

「瑞迪，」瑪拉席收緊握著他胳臂的手，「你現在有什麼感覺？」

「舒服。」

「對我不反感了？」瑪拉席說，「我空降搶了你的位置，你不生氣了？完全不忌妒？」

瑞迪瞪了她一眼，歪頭想了一想，咬牙切齒低聲說：「該死，妳說得對。我一向討厭妳，但現在只覺得有點反感。有人在耍我，控制我的情緒。」他頓了一下，「我可沒惡意噢。」

「我不覺得被冒犯。」瑪拉席說，「我也感覺不到任何強烈的情緒或焦急。瑞迪，我們必須阻止他們。」

「我去召集人手，」瑞迪說，「但我們如何把他們揪出來？他們可以藏身在任何地方。」

「並非如此。」瑪拉席一邊說，一邊掃視人群，最後發現一輛馬車停在廣場對面的一條小巷子裡。那是很好的藏匿地點，既方便行動，又不容易被發現，「不會是任何地方。他們既然要煽動人民暴動，就不可能躲在人群中，讓自己深入險地。那麼做太危險了。來吧。」

25

看著蕾希的臉，瓦低吼一聲。從喉嚨深處發出的聲音帶著毫不遮掩的原始情緒，那是男人肚腹遭受拳頭猛搥時所發出的吼聲。他舉槍指著索血者，但手無法克制地顫抖起來，視線也變得模糊。

不是她，不是她。

「又是槍。」索血者輕聲細語地說。鐵鏽的！是蕾希的聲音，「你太依賴槍了，瓦。你是射幣，要我提醒你多少次？」

「妳把她的屍體挖出來了？」瓦的聲音透著一股絕望，也沒辦法直視前方，「妳這個怪物。妳挖出了她的屍體？」

「真希望我不必這麼做，」蕾——索血者說，「但只有感到極端的痛苦，我們才能從祂的掌控中解脫，得到自由。瓦，只有這個辦法。」

她不屑地瞪著那把槍。她當然不屑，她是坎得拉啊。瓦必須一再地提醒自己，槍對她來說，根本不算什麼。

蕾希……那是他夢寐以求的聲音？他渴望再一次向她表達愛意，渴望到心痛不已，極端想流淚哭泣。他想告訴她，她死後，他好像破了一個洞，像被霰彈槍擊中炸開的傷口，永遠無法癒合。

他好想跟她道歉。

和諧，我無法再次朝她開槍。

但索血者畢竟能猜透他的心思。

「利用譚的屍體時，我很擔心。」蕾希一邊說，一邊朝他走去，「擔心這樣做，會讓你認出我是誰。」

「妳才不是蕾希。」

索血者臉部扭曲，「對，也許你說得對。我從來就不是蕾希，一直都是盼舞，一頭坎得拉。但我想變成蕾希，聽我這麼說對你有意義嗎？」

鐵鏽的……她模仿蕾希惟妙惟肖。宓蘭說過她很厲害，但這太眞實了，令人無法不相信。

瓦發現自己放下了槍，期待，期待……

和諧？他哀求著。

但他沒戴耳環。

瑪拉席和瑞迪繞過整整一個街區，從後方接近那輛可疑的馬車。他們召集到的人手並沒有她期望的那麼多——不只是因爲擔心動作大會驚動安撫者，瑞迪還考慮到不能留下太少人馬監看抗議者。

宓蘭的聲音透過擴音器放送出來，就連遠在小巷另一頭待命的瑪拉席和十一位組員都聽得見。「組織」會多快發現他們的行蹤？應該要不了多久。瑪拉席的演講稿開頭和原稿差不多，以免差別太大被發現，不過很快就會來個大轉彎了。

瑞迪脫下警察頭盔，朝其他藏身在黑暗中的人點點頭，而瑪拉席的頭盔則緊貼著頭髮，沉重得令人不舒服。一脫下鋁線包邊的頭盔，瑞迪明顯發現安撫者的影響力比他在人群中時更強而有力。那輛馬車的確就是那股魔力的源頭。

他又戴回頭盔。警察廳只有十二頂頭盔，全是瓦希黎恩捐贈的，瑞迪剛好有足夠的權力爲特遣部隊調到這十二頂頭盔。他繫好頭盔，伸手拔出插在身側的粗壯決鬥杖，這很像一端有個球形把手的警棍。其他人也有樣學樣。他們現在如此接近人群，絕對不能引起槍戰。

「我們以最快的速度，悄悄地接近，」瑞迪輕聲說，「希望和諧保佑，他們之中沒有射幣。戴好頭盔，我不希望你們之中有人被安撫者控制。」

瑪拉席挑起一道眉毛，安撫者並不能控制別人的意志，很多人都誤解了。《創始之書》隱約提到鎔金術能控制坎得拉和克羅司的意志，但瑪拉席現在知道那情況只適用於體內有血金術金屬錐的生物。

「科姆斯，」瑞迪依然壓低了音量，「妳待在隊伍後面。妳不是外勤，我不希望妳受傷或者更糟，給我們添亂。」

「遵命。」瑪拉席說。

瑞迪小聲地報數。數到十，一群人悄悄地衝進霧濛濛的小巷子。瑪拉席落在後面，雙手負背地向前走去。前方的隊友幾乎是一衝進小巷，就煞住腳步。原來有一群黑衣人從巷內的一個小門冒出來，擋在小馬車前方。

瑪拉席心跳加速，看著兩組人馬互瞪著對方。由此看來，起碼她對那輛馬車的懷疑是正確的。有些黑衣人配備有武器，但其中一個人喊了一個字，他們就把武器都收起來了。

他們不想讓聽演講的抗議群眾分心，瑪拉席心想，*他們仍然以爲總督的演講是按照計畫進行。*

可見安靜地決鬥符合雙方的需求。兩隊人馬沉默地等待開打，氣氛緊繃。瑞迪終於揮下了決鬥杖。

兩方人馬撲上前去，激烈交手，互相扭打。

迷霧盤繞中，索血者朝瓦走過去。在橋塔頂端高高的平臺上，全世界似乎都消失了，他們彷彿站在大海中的一座鋼鐵小島。四周一片灰濛濛的，上方黑暗的夜空浩瀚無垠，綿延無盡頭。

「或許我應該先來找你，」蕾希的聲音說，「請你幫助我完成計畫。但祂在監督我們，祂一直監督著一切。我很高興你拔掉了耳環，看來，我的話至少對你起了作用。」

「請妳停止，」瓦輕聲細語地說，「拜託。」

「停止什麼？」蕾希距離他只剩幾吋了，「停止走路？停止說話？停止愛你？如果能不再愛你，我的人生會簡單許多。」

瓦空著的手掐住她的脖子，拇指沿著她的下巴線條畫著。她直視瓦的眼睛，瓦在她眼裡看到了憐憫。

「也許，」索血者說，「我沒來找你的原因，根本與和諧無關。我知道眞相會傷了你的心。對不起。」

不要，瓦在心裡吶喊。

「我必須對你做一件事。」索血者說，「是爲了你的安全，但這件事不合常理，也許會傷害到你，瓦。我都是爲了你好。」

不，這不是眞的。

「我還是不知道該如何處置偉恩，」索血者說，「對那個可憐的笨蛋，我就是下不了手。他跟著你來到這座城市，處處幫助你，因此我也愛他。但他仍然是和諧的人，所以死或許對他而言比較好。」

不行！

瓦推開她，再次舉起問證。但那把槍卻從他手上脫落——被索血者鋼推掉了，翻落進迷霧之中。

瓦低吼一聲，用肩膀撞上索血者，想把她撞下橋塔。索血者抱住他，兩人一起失去平衡。

他們往下掉時，索血者舉起鋁槍，朝他的腿開了一槍。

瓦痛得大喊一聲，和她一起在迷霧裡急速往下墜落。瓦在慌張中朝下方橋面一個鋼推，以減緩速度，但落地時，腿受到撞擊，讓他又大叫出聲，單膝跪了下去。

槍，快找槍。

他的槍大約是朝這個方向掉下來的。鐵鏽的。從那麼高的地方掉落，還能正常發射子彈嗎？他並沒有聽到槍落地的聲音，難道是掉進水裡了？

索血者重重地降落在他附近，猛地轉過身來，大橋馬路邊成排的耀眼電燈照著她。馬路上空無一人，沒有馬車也沒有汽車，而她背後有盞更大的燈，懸掛在依藍戴的上空。紅通通的耀眼光芒，彷彿就要把迷霧燒焦了。

城外，一片漆黑和寧靜。而城內，依藍戴陷入一片火光之中。

瑪拉席悄悄沿著戰場外圍，繞了過去。

事實上，這個戰場非常小，但其中的殘暴凶狠嚇壞了她。她生平第一次能想像生活在百年前落灰之戰的人，過的是什麼樣的日子。

但當時是絕不輕易發動戰爭的，除非逼不得已。哪裡像這群烏合之眾，拳打腳踢，又是傷筋挫骨，又是咒罵怒吼的，甚至猛踹已經倒地的對手。看著他們，只令她反感、焦躁。然而那些人是她的同僚，正瘋狂地奮力突破「組織」的防線。他們都被迫站了一整個晚上，看著依藍戴在眼前逐漸瓦解，局勢越來越凶險，卻無能為力。

眼前的這場戰鬥則是他們使得上力的事，於是他們全力以赴，不惜頭破血流，打倒敵人，在這骯髒的黑漆小巷中，使出全力向那輛馬車推進。謝天謝地，這群黑衣人中並沒有射幣或白鑞臂。

她這邊的人數已佔了上風，再加上決心，卻沒有多大的進展。小巷外的抗議群眾越來越焦躁不安。講臺上的坎得拉已經唸到了瑪拉席寫的部分，向人民承諾進行社會改革，立法縮減工時，改善工廠的工作環境。瑪拉席聽著飄過來的回音，卻感到一陣沮喪，聽起來好虛假，好不眞實。

這不是宓蘭的錯。她說過她沒有時間好好練習，而模仿本來就不是她的專長。鐵鏽的，抗議群眾開始大吼大叫，謾罵總督滿嘴謊話。宓蘭的聲音顫抖起來。是煽動者在搞鬼嗎？還是人民太過憤怒，氣勢已經壓過了煽動者的鎔金術？

無論如何，瑪拉席都深感絕望，她的人馬不斷奮鬥，不斷倒下，擁擠的廣場眼看著就要陷入大暴動。她繼續沿著小巷邊緣前進，希望能走到馬車旁，採取一些行動，扭轉局勢。屋漏偏逢連夜雨，小巷太過狹窄，全被扭打在一起的人堵住了。她的人馬已經倒下了一半，那些仍然在奮戰的，看起來如同在迷霧中扭曲的鬼魂，像是一道陰影設法吞噬另一道陰影。

兩方人馬似乎都沒人注意到她的存在。這很正常。她活了大半輩子，父親一直希望她能永遠消失。那些上流社會的名門權貴也相當擅長假裝她不存在，就連瓦希黎恩有時候也會忘記她就在身旁。

算了，就認命吧。她做了一個深呼吸，直接闖進戰場。在靠近兩個扭打在一起的男人時，她低頭朝他們一閃，看似想幫忙——又猛地往後一揚，一副被人打中的樣子。裝得眞像啊。眞是老王賣瓜，自賣自誇。

她聽到瑞迪生氣地叫她的名字，但沒人過來救她。那群人努力不懈地設法殺掉對手，瑪拉席只好用爬的，沿著陰影過去，最後終於靠近了馬車。

有兩個護衛守在那裡。可惡。她必須經過他們，要怎麼做呢？

她回頭望著戰場，他們越打距離馬車越遠，人數減少的警方被打得節節敗退。他們距離太遠，瑪拉席只好鋌而走險。

她施展了鎔金術。

她展開速度圈的時候，不小心把她和那兩個護衛包括進來。她當下就熄滅了金屬，結果圈外的時間才過了幾秒鐘而已。

但仍然造成了影響。周遭盤旋的迷霧似乎猛地加快了一下，打架者的動作也跳了一拍。兩個護衛見狀嚇了一大跳，四下張望。瑪拉席則趕快努力裝死。

隨後，她再次啓動鎔金術。

「滅絕的！」一個護衛罵著，「你有看到嗎？」

「他們有金屬之子。」另一個人說。兩個人的聲音都相當緊張。

瑪拉席又一次撥動時間。兩個護衛壓低聲音慌張地爭論起來，然後敲敲馬車門，透過窗戶對裡面的人說話。瑪拉席在一旁等待，身上開始冒汗，神經緊繃。她的人沒有太多時間……

那兩個護衛離開馬車，跑下巷子，領命去警告其他打手小心金屬之子。瑪拉席爬起來，輕手輕腳地繞到馬車另一邊，沒見到車夫的蹤影，於是逕自拉開車門，溜了進去，不請自來地一屁股坐到椅子上。

車內，一個矮矮胖胖的女人坐在長椅上，身上是三層絲綢的華麗晚禮服。她身旁的那個男人一隻手抓著女人手腕，閉著眼睛，西裝有型又時髦。相較之下，瑪拉席拿來指著他們的槍就相當傳統，但是實用。

女人眨眨眼，原本專注的神情渙散開來，驚恐地看著瑪拉席。她輕戳男人，後者張開眼睛，嚇了一跳。如她所料，一個安撫者，外加一個煽動者。

「我有個想法。」瑪拉席對他們說，「一個淑女應該不需要用如此霸道野蠻的方法，來達到她的目的。你們同意嗎？」

那兩個人點頭如搗蒜。

「更確切地說，」瑪拉席說，「一個眞正的淑女會採用威脅的手段，這樣文明多了。」槍口向上一彈，「先讓巷子裡那些打手住手，別再打我的朋友了。然後我們再來談談如何處理群眾……」

「清醒吧，瓦，」索血者尖叫著，「別再服從祂了！」

那裡。是問證！瓦看到那把槍就在索血者附近，槍的一端從路旁排水溝突出來。

瓦朝問證撲過去，忍著受傷手臂的疼痛一個翻滾，再鋼推向前滑行而去。索血者舉槍瞄準他，卻沒有開槍。也許，在內心深處，那頭怪物承襲了身上那副軀體的部分人性和感覺。也許，眼前的那張臉和腦袋裡的意志已經合而爲一，沒有區別了。

瓦抓起問證。

「拜託，」索血者低語，「聽我的話。」

「妳錯看我了。」瓦旋轉彈膛，試試扳機，暗自期望那把槍仍然正常運作。他抬眼看著索血者，舉槍指著她。

再低頭從瞄準器望出去，他看到了蕾希，胃又翻攪起來。

「我如何錯看你了？」索血者問。

鐵鏽的，她在哭。

「我不是和諧的手，」瓦低語，「我是祂的劍。」

瓦扣下扳機。

索血者並沒有閃躲。她何必閃躲？槍對她根本起不了任何作用。子彈擊中她的右額，她的頭被撞得往後一彈，但人沒有倒下，甚至幾乎動也沒動。

她瞪著瓦，一條細細的血從鼻梁上流下來，再流到嘴唇之間。只見她的眼睛瞪得大大的。

她的槍從顫抖的手指之間，掉落下來。

*我們比其他血金術生物脆弱，宓蘭這樣說過。*瓦掙扎著爬起來，扶著大橋的側牆穩住自己。*只要兩根金屬錐，就能掌控我們。*

「不！」索血者放聲尖叫，雙腿軟軟地跪了下去，「不！」

一根金屬錐讓她變成聰明人。而第二根——以瓦的耳環打造的子彈，射進她的頭殼——讓和諧再次掌控了她。

26

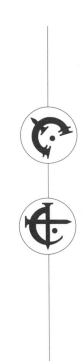

瑪拉席一隻手扯著安撫者女士的領子，拉著她往前走，另一隻手拿著槍。旁邊跟著鼻青臉腫的瑞迪，他不滿地看著情緒激動的群眾。他們把剩下的罪犯交給其他警察去處理，瑪拉席向和諧祈禱，保佑那些警察能鎮得住場面。

「阻止他們。」他們來到群眾外圍時，瑪拉席嘶聲對女人說，抗議的民眾正在朝講臺丟東西。可憐的宓蘭堅守崗位，繼續發言，不過看到大家根本沒在聽，她也越來越煩躁。

「我在試了！」安撫者抱怨，「妳快把我勒死了，放開手，我的安撫效果會比較好。」

「閉嘴，快安撫！」瑞迪舉起決鬥杖說。

「我控制不了他們的意志，蠢蛋！」安撫者說，「打我於事無補。我什麼時候能跟我的律師說話？我又沒犯法，我只是在看熱鬧而已。」

瑪拉席對瑞迪的以暴制暴視而不見，全神貫注地看著群眾。宓蘭站在人群前方，電燈的光芒從後面照射著她，前面則是熊熊篝火。憤怒的群眾、古老的篝火，對抗著新世界的冰冷空洞。

「你們應該要感激的！」宓蘭大喊，「我都親自來跟你們溝通了！」

說錯話了，瑪拉席心想。宓蘭終於因爲煩躁而脫稿演出。

「我在聽啊！」宓蘭對著群眾大喊，「但你們也要聽我說話啊，你們這些流氓！」

她說話的態度簡直跟總督一樣，也許太像了？宓蘭根本不需要刻意模仿，她根本就是總督，與瑪拉席指派給她的角色融爲一體。她似乎讓那具軀殼控制了自己的行爲。鐵鏽的……就模仿英耐特而言，她並沒有搞砸——反而做得很道地。不幸的是，英耐特和人民的溝通，本來就有很大的問題。

「算了，」宓蘭用力揮揮手，「燒吧，把依藍戴全燒光吧！你們明天一早發現沒有房子可住了，就不要呼天搶地啊。」

瑪拉席閉上眼睛，呻吟一聲。鐵鏽的，她累了。現在到底多晚了？

抗議群眾越來越狂暴，是時候抓著宓蘭和偉恩跟她離開這裡了。原本就是孤注一擲，勝算不大，甚至幾乎等於零，現在眞的失敗了。這些抗議者根本就是爲流血暴動而來，而且……

民眾換上新口號，奚落宓蘭。瑪拉席眉頭一皺，張開了眼睛。她正站在人群的南邊，靠近一堆篝火，位置也還算前面，足以認出是亞拉戴爾總隊長站到了宓蘭身旁。他應該是要護送「總督」到安全的地方。

結果，只見亞拉戴爾拔出手槍指著總督。

瑪拉席驚詫不已，趕緊轉身對安撫者說：「安撫他們！現在。用盡所有力氣。妳照我的話做，我就放過妳，不計較妳之前幹的好事。」

女人打量著瑪拉席，然後邪笑一聲，原來她剛才根本沒有盡力。她好像在權衡瑪拉席提出的籌碼。

「我保證，」瑪拉席說，「以倖存者之矛向妳保證。」

女人點點頭，一道無形的波浪盪開，民眾瞬間安靜下來。雖然不是完全寂靜無聲，但亞拉戴爾說話時，聲音清清楚楚地傳送出來。

亞拉戴爾說：「瑞普拉爾．英耐特，我以全體市民的名義，以及警察司令總長的職權逮捕你。你長年貪汙受賄，假公濟私，盜採本市天然資源，已經違背公僕的就職誓詞。」

民眾終於完全安靜下來。

「搞什麼——」宓蘭正要申辯。

「所有人，轉過來，」亞拉戴爾看著下面的警察，「轉過來。」

單薄的人牆勉強轉過去面向他，背對著人群。

「他在幹麼？」瑞迪問。

「高招。」瑪拉席說。

亞拉戴爾望著民眾，手上的槍依然指著總督，「今晚，總督本人已啓動戒嚴令。所以依藍戴城現在以他為首，由警方接管。但沒想到，他居然如此混蛋，滿嘴的謊話，好一個大騙子。」

一些人半疑半信地大聲附和。

「他不再是依藍戴的主人，」亞拉戴爾說，「以我的淺見，你們才是。只要各位願意，今晚，警方站在你們這一邊，支持你們。

「你們原本是來發動暴亂的。但現在聽著！別再大呼小叫。我不會支持暴動和搶劫。一旦你們開始燒城，我會奮戰到底。聽到我說的話了嗎？我們不是暴民。」

「那我們是什麼？」有人大喊，其他少數人跟著附和。

「我們是依藍戴市民，我們厭煩了那幫草包政客，不再接受他們的統治。」亞拉戴爾大喊，「我手上握有至少七名上議院議員貪汙的證據。我打算看他們繩之以法，就在今晚。」亞拉戴爾頓了一下，接著更大聲地吶喊，設置在講臺前方的圓錐體將他的聲音擴大送了出去，「如果你們願意，我需要大批的人力支援。」

民眾高聲歡呼，歡聲雷動。亞拉戴爾把宓蘭推到附近待命的兩位警察手中，那兩人看起來好像嚇傻了。事實上，亞拉戴爾也有些震驚自己居然率先對高官發難。

「存留啊，」瑞迪輕輕罵了一聲，望著興奮的民眾，「他們即將變成動用私刑、處死官員的暴民。」

瑪拉席說：「不，他們不會。」

「妳為什麼這麼有把握？」

「管理一條河流時，疏導永遠比截斷來得簡單許多，瑞迪。」瑪拉席說。他們一定能做到的。對於亞拉戴爾企圖逮捕的議員，她沒有抱太大的成功希望，不過總督本人……有那些信件為證，再加上宓蘭的配合……對，他們一定做得到。

她放走了安撫者，「妳自由了，滾吧。告訴套裝先生，他最好去度個長假，以免遭殃。」

瓦一瘸一拐地走過去。人生經驗教導他，永遠不要低估你的敵人，草率地以爲他們被你制服了。他一隻手扶著流血的腿，另一手拿槍指著在地上抽搐的人，直到把她的槍撥得遠遠的。他用健全的那隻腿跪下去，把索血者翻轉過來，確認她沒有暗藏其他武器。

瓦看到她在流淚，淚水和從彈孔流出的鮮血混和在一起。「祂又在我腦袋裡了，瓦。」索血者輕聲吐露，全身顫抖，「噢，滅絕的。祂又在我腦袋裡。祂控制了我，我絕不會回轉向祂。」

「噓，」瓦拔出她插在身側的第二把槍，丟到一旁去，「沒事的。」

「不，」索血者抓著他的手臂，哭著說：「不，不會沒事的。我絕不會再變成祂的手下！我是我，永遠都是！」

索血者越抖越厲害，身體一拱，抓住了瓦的手臂。瓦皺眉看著她用力抬頭，直視他的眼睛，一邊哭，一邊發抖，最後開始抽搐。

「妳在做什麼？」瓦問。

「結束生命。死亡這件事，我們可以自己作主！我們不再會戰死，於是找到一個辦法解脫。」她不再能看著瓦的眼睛，又倒了回去，全身痙攣。她的瞳孔快速放大，貼著骨頭的皮膚不停顫抖。

瓦驚訝地看著這一切。他握住索血者的手臂，沒有脈搏了。她快死了。了結自己的性命。

他能阻止嗎？

他何必在意？她是窮凶惡極的殺人魔，罪有應得。他其實很同情她。放手讓她自行了結，總好過她認爲在和諧的掌控下受苦。他有個感覺，自己可以爲這個可憐的怪物做點事。他猶豫了一下，才扶起她，抱著她，想讓她死在某人的懷裡。這樣抱著她，瓦其實有些反感，這個怪物做了那麼多壞事。但該死的，這麼做是對的。

索血者轉頭過來，面向他，然後搖搖頭，臉上的表情柔和下來，血紅的嘴唇微微一笑，「你……你跟一頭會跳舞的驢子般……令人刮目相看，領結先生。」

瓦全身發涼，「妳從哪兒聽來的？妳怎麼知道這些話？」

「我想，我就是那天愛上你的，」索血者說，「私家執法者。好蠢，但好……認眞。你沒有試著保護我，卻好像急著討好……一個別有用心的爵爺。」

「這些事是誰告訴妳的，索血者？」瓦問，「誰……」

「去問和諧，」索血者抽搐得越來越厲害，「去問祂，瓦！問祂多年前，爲什麼派一頭坎得拉去照顧你。問祂是否早就知道我會愛上你！」

「不……」

「那個時候，祂就開始操控我們了！」她低語著，「我拒絕祂。我不願意動手腳，設計讓你回歸依藍戴！你愛那個地方。我不要帶你回來這裡，成爲祂的工具……」

「蕾希？」和諧啊，是她。

是她。

「問祂……瓦，」她說，「問祂……爲什麼……如果祂知道……祂會任由你殺了我……」

她的身體逐漸僵硬。

「蕾希？」瓦說，「蕾希！」

她走了。瓦緊盯著躺在自己腿上的她。她的身體沒變，外形依然是蕾希的樣子。瓦用力抓著她，口中溢出從內心深處咆哮而出的痛苦吼聲，在黑夜中迴蕩不已。

那聲淒楚哀嚎似乎連迷霧都嚇退了一步。

他就那樣跪著，抱著那具屍體。一個小時後，有影子從迷霧中竄出，以四條腿快速奔來。坎得拉坦迅，昇華戰士的捍衛者，低著頭，恭敬地停在瓦身旁。

瓦望著盤旋的迷霧，抱著一具屍體，妄想用自己的體熱溫暖它。

「告訴我，」瓦的聲音因爲剛才的咆哮而沙啞，「告訴我，坎得拉。」

「很久以前，她被派出去守護你。」坦迅屈起後腿坐下，「你認識的那個叫蕾希的女人，其實一直都是坎得拉。」

不……

「和諧不放心你一個人待在蠻橫區，執法者。」坦迅說，「祂希望你有個貼身保鑣，而盼舞表現出很大的意願，想打破我們坎得拉一直奉爲聖旨的禁忌。祂希望你們兩個能相互扶持，彼此幫助。」

「爲什麼你不告訴我？」瓦對牠大吼，手抓得更用力。憎恨。他沒想到自己會有這麼強烈的恨意。

「我奉命不能說。」坦迅說，「宓蘭不知道這件事，我也是幾天前才知道的。和諧預見了若是讓你知道你在追捕誰，將是一場災難。」

「現在這樣就不是災難嗎，坎得拉？」

坦迅別開臉。他們就那樣坐在空曠的大橋上，電燈的光輝好像迷霧中的一個個小口袋，瓦懷抱著一個死去的女人。

「我殺了她，」瓦緊閉著雙眼，喃喃低語著，「我又一次殺了她。」

尾聲

瓦獨自坐在一個到處都是人的房間裡，他們拿出一切法寶，只想把他服侍得舒舒服服的。壁爐裡有暖洋洋的爐火，旁邊桌子上雖然有一盞小檯燈，但史特芮絲知道他比較喜歡火光，而非電燈。傳紙原封不動地捲在一杯早已冷掉的茶旁邊。

人們聊天、歡慶，主要是以哈姆司爵爺為中心，聽他笑談自己在整個事件中那一點小事蹟。危機變成轉機。新總督，史上第一位出身自平民的領袖。就連百年前的迷霧之子大人，身上都還流著一半的貴族血統；末代帝王則是血統純正的貴族，倖存者也是半個貴族。大家認同的、被歌頌的每一位偉人，全都有貴族血統。

但克勞德．亞拉戴爾的家世背景則完全不同，他沒有一丁點的貴族血液。宴會上的賓客紛紛以讚賞一位平民出生的人物為榮，還會因此互相稱讚對方思想先進，觀念開放。

瓦凝視爐火，手指摩挲著下巴上的鬍渣。必要的時候他才會開口說點話，不過大部分時候，大家都會退開讓他靜一靜。史特芮絲告訴賓客，瓦現在精疲力盡，因為目睹慘事而身心俱疲。她盡量為瓦擋掉前來攀談的賓客，在必要時回應賓客的關心，告訴他們兩人已決定推遲婚禮，讓瓦度個大假，好好恢復精力。

宴會進行到一半時，偉恩拄著丁形拐杖悠哉地走過來。健康存量不夠，他無法自癒，卻又不能一邊療傷，一邊儲存健康，否則會事倍功半。所以現在他必須像普通人一樣，拖著衰弱的身體，慢慢復元。

仔細想想，其實我們也很脆弱，瓦心想，稍有差錯，就會身受重傷。

「嘿，兄弟，」偉恩在瓦腳旁的腳凳上坐下來，「想聽聽我是如何的天才嗎？」

「要命。」瓦嘟囔著。

偉恩湊過去，雙手誇張地一攤，「我要把所有人灌醉。」

人們繼續低聲交談，其中大部分是警察，還有一些瓦的政治伙伴。瓦向來只跟聲譽良好的人做生意，所以亞拉戴爾針對貴族的掃盪行動對他沒有絲毫影響。這次的行動，被視為政治上的巨大勝利。

「我都計劃好了，」偉恩輕敲著頭，「市民現在遇到一些難題。在工廠工作的工人以為有了空閒時間，日子就能輕鬆一些，但他們必須好好利用多出來的時間啊。所以我想到了一個辦法，一勞永逸。」

「和諧啊，偉恩，」瓦說，「你不會是想毒死依藍戴吧？」

「不是啦，」偉恩說，「至少不是他們的身體。」他嘻嘻一笑，「你等著看，一定會成功的，很精采噢。」他猛地起身，東倒西歪，差點摔倒，低頭吃驚地看著那隻腿，似乎忘了腿上有傷。他搖搖頭，抓起拐杖，站穩了身子。

他遲疑了一下，又彎腰湊過來，「會過去的，兄弟。我老爸跟我說過『兒子，咬緊牙關就挺了過去。』所以不順的時候，就咬緊牙關用臉去撞牆，這樣你會舒服許多。這招對我很管用，至少我是這麼覺得。不過就是因為撞牆撞太多了，傷到腦袋，記憶力會不太好。」

他又是一笑，卻只見瓦仍然盯著爐火瞧。偉恩的臉垮了下來。

「你知道她希望你阻止她。」偉恩輕聲說，「如果她能跟你好好談談，如果她的腦袋夠清楚，她會求你殺了她。如果是我，就會這麼做。如果是你失去了金屬，你也會的。你做了該做的事，兄弟。你做得很好。」

他對著瓦一個握拳，再點點頭，轉身一瘸一拐地走了，朝一個年輕的矮個子女人走去。十幾歲的少女？瓦並不認識她。

「我認識妳，對吧？」偉恩說，「雷明托·塔索的女兒？那個發明電燈泡的傢伙？」

女孩的下巴掉了下去，「你知道他？」她抓著偉恩的手臂，「你知道我爸爸的事？」

「當然！」偉恩說，「坦白說，他的發明被人剽竊了。天啊。不過話說回來，妳跟妳爸一樣聰明。妳三兩下搞出來的那個演講用的裝備，太妙了。」

女孩看著偉恩，湊過去，「那只是剛開始而已。很多人的家裡都裝了，你沒看到嗎？現在到處都是。」

「什麼？」偉恩說。

「電啊，」女孩說，「而我將是第一個用它的人。」

「這，」偉恩說，「要花些錢吧？」

「我……」女孩拉著偉恩穿過賓客，興奮地喋喋不休，她說得太快而瓦完全沒聽懂。

但他不在乎，只想盯著爐火瞧。

賓客客氣有禮，一點也沒埋怨他的冷漠破壞了宴會氣氛。克羅泰德走過來拿走那杯冷掉的茶，換上熱的。而瓦腦子想的是，這張舒服的椅子，原本是不是硬得讓人坐立難安的長椅。他沒有感覺了，沒感覺到爐火的溫暖和勝利的歡愉。

在雷電交加的暴風雨中，怎麼可能聽得見蜂鳴聲？

賓客終於盡興，找了藉口告辭。有人大喊著跟他道別，接下來就是冗長的送客儀式，送到一半時，瑪拉席過來在他的矮凳上坐下。她穿著警察制服。穿制服來參加宴會，有些突兀，不過再想一想，警界人一向如此作風。

瑪拉席拿起他的茶啜了一口，然後把一樣事物放在原本放茶杯的地方。瓦瞥了那事物一眼。是一根小金屬錐，手指一般長，以某種銀色的金屬製成，上面有暗紅色的斑點，看起來好像鏽斑。

「這是她以前用的一根金屬錐，瓦希黎恩。」瑪拉席輕聲說，「宓蘭要我拿給你。」

瓦閉上眼睛。他們以為他會想看這種東西？

「瓦希黎恩，」瑪拉席說，「我們分辨不出那是什麼樣的金屬，大家以前沒見過那種金屬。但絕對不是她一開始就戴在身上的金屬錐。這表示她拔掉了兩支，再換上一根這類的金屬錐。她是從哪裡得到的？又是誰給的？」

「我不在乎。」瓦睜開眼睛低語。

瑪拉席不知道該說什麼，「瓦……」

「她是祂派來的，瑪拉席。祂派一頭坎得拉來誘惑我。」

「不是那樣的。」瑪拉席的語氣堅定，「祂派一個保鑣來保護你在蠻橫區的安全。我跟坦迅談過。誘惑你，是她自己的主意，但你應該也脫不了干係。」

「和諧早就知道會發生什麼事。祂預先看見了。」瓦的聲音嘶啞。

「也許祂沒有。」

「那祂算什麼神啊？像祂這樣的神有什麼用，瑪拉席？妳告訴我。」

瑪拉席不知道該怎麼說，有些坐立不安。她嘆口氣，又拿起那支奇怪的金屬錐，然後站起來，丟了另一樣物件在桌上。是一支小耳環，只是一個從後面倒勾回來的小飾釘，「他們送這個來給你。」

瓦沒有看它，也沒有動它，瑪拉席只好道了晚安，離開了宴會。有些人過來送上可有可無的鼓勵話語，就是那種你會寫在卡片上的客套話。

瓦點點頭，但他根本沒在聽。

瑪拉席離開拉德利安家的宴會，在回家途中，繞到警察局辦公室，打算把鎖在抽屜裡的迷霧之子大人血金書的複印本帶回家。辦公室又黑又靜——和幾天前的那幾個夜晚簡直形成強烈對比。現在除了一些警察在外面巡邏，大部分都已下班回家，只有獄警必須值班。

所以看到辦公大廳後面的燈光時，她吃了一驚。她走過去，靠在門框上，看著裡面的亞拉戴爾在燭光下處理面前的一堆文件。

「我簡直不敢相信。」瑪拉席說，「總督上任第一天，在辦公室裡都沒別的事可做了？您居然還在處理這些設備折舊報告。不是我說您，那些報告您都拖……多久了？」

亞拉戴爾無奈地說：「我不是總督，不算是。」

「『代理總督』這個頭銜裡，有『總督』兩個字，長官。」

「他們下個月會正式投票，另外選個適當人選入閣。」

「坦白說，長官，我才不信。」

他啪地把手上的紙放到那堆文件上，嘆口氣，蓋了章，然後盯著它瞧。一會兒後，才抬手梳過頭髮，「噢，存留啊，我到底做了什麼？你們怎麼不阻止我呢？」

瑪拉席微微一笑，「您根本沒給我們機會啊，長官。」

「我要逃得越遠越好，」他說，「我要拒絕這個任命。我要……」他看著瑪拉席，嘆了口氣，「坐上這個位置，我不會快樂的，科姆斯。」

「長官，能在這個位置上坐得快快樂樂的人，都是把握機會的人。我很看好您的後續發展。您才剛改變了世界呢。」

「我又不是故意的。」

「不重要。」瑪拉席從餘光瞥見有人穿過黑暗的辦公廳，朝他們而來。又一個來趕進度的警察？「噢，不會吧。」

英耐特總督來到門邊，手裡拿著一條腰帶，「你們有人知道這個該怎麼打嗎？」前總督說，但聲音是宓蘭的。

「我們不打腰帶，坎得拉，」亞拉戴爾說，「腰帶是用扣的。」

「不是啦，」宓蘭一邊說，一邊拉直腰帶，「我的意思是，拿它打個結。我經常聽說有人在囚房裡上吊自殺，如果我能搞清楚他們是怎麼做到的，就能脫身了。我整整吊了十分鐘，很確定這個方法連最虛弱的人也吊不死，一定是哪裡出了錯。」

她抬眼望向那兩個人，看到他們一臉震驚，皺眉納悶地問：「怎麼了？」

「上吊自殺？」震驚得說不出話的瑪拉席，終於擠出這個問題，「妳是我們的關鍵證人！」

宓蘭沒好氣地說：「妳眞的以爲和諧會讓我坐在法庭上，做假證人控訴我完全不認識的人？那麼做是侮蔑正義，孩子。」

「才不是，」瑪拉席說，「我們手上有那些信件。我們知道眞相。」

「是嗎？」宓蘭啪地又把腰帶拉直，「你們確定那些信件不是盼舞僞造出來的？不是英耐特生前自己僞造的？你們肯定那些貴族紳士淑女沒有半途退出，一直同流合汙到現在？你們怎麼知道他們不是說說而已？根本還沒開始行動？」

「我們掌握了幾個有力的實證，無相永生者，」亞拉戴爾說，「科姆斯中隊長調查過了。我們確定這個貪汙案確實成立。」

「那就去說服法官和陪審團，」宓蘭聳聳肩說，「我們不做那種事。人類必須信任法律。我怎麼樣都行，但絕對不是開先例，爲了定某人的罪而說謊的坎得拉。即使你們『非常有把握』掌握了有力的證據，也不行。」

瑪拉席雙臂交抱，氣得咬牙切齒。亞拉戴爾丟來一個怎麼辦的目光。

「沒有她，那些人很狡猾，必定能找到門路脫身。」瑪拉席說，「這樣就不能讓他們接受法律制裁，待在牢裡贖罪，只能眼看著他們逍遙法外。」她嘆口氣，「但……算了，她說得也沒錯，長官。是我考慮不周，否則早就發現這個瑕疵了。無論理由多麼正當，我們都不能偽造證據。」

亞拉戴爾點點頭，「反正我們也不可能關他們太久，科姆斯。他們權勢太大，即使現在也是。他們一定有辦法脫罪，讓法官從輕發落。」他坐回椅子裡，「他們必定會再拿回總督這個位置，除非有人出面抗衡。可惡，看來這個人就是我了，對不對？」

「抱歉，長官。」瑪拉席說。

「唔，至少我可以先解決掉桌上這些文書工作，」亞拉戴爾說。他下定了決心，靠過來問：「關於下一任總隊長的人選，妳有什麼建議？」

「瑞迪。」瑪拉席說。

「他討厭妳。」

「那不表示他就是個壞警察，長官。」瑪拉席說，「就像您說的，只要有人隨時提點他一下就好了。這件事我可以勝任，我想他會迎難而上的。」

亞拉戴爾點點頭，一隻手伸向宓蘭。她把腰帶丟過去，亞拉戴爾幫她打了一個結。

「把這個套在脖子上，無相永生者。」亞拉戴爾說，「這會讓妳的脖子有V字形的瘀青。妳應該知道如何讓一個人看起來像吊死吧？」

「很遺憾的，我知道。」宓蘭說。

「我會在十五分鐘內過去割斷腰帶，」亞拉戴爾說，「妳必須想辦法騙過驗屍官。」

「沒問題。」宓蘭說，「我可以不用肺部呼吸，改用氣管系統。幫我安排火葬，給我一個窗戶讓我溜出來，留下骨骸給他們燒。乾淨俐落。」

「好。」亞拉戴爾的表情有些牽強。

宓蘭向他道別後，就朝囚房走回去。瑪拉席趕緊向亞拉戴爾行禮退下，但亞拉戴爾並沒有再看她。她快步趕上宓蘭。

「妳到底是怎麼出來的？」瑪拉席一邊問，一邊趕上了宓蘭。

「把手指插進鎖孔裡，」宓蘭說，「再融解肌膚，往前稍稍一推。當你不被侷限在一副普通的軀殼內，能做的事情超乎想像。」

他們一起走到大樓監獄區的入口。瑪拉席不打算問她是如何避開守衛，只希望那兩個人沒事。

「和諧知道，對不對？」瑪拉席看到宓蘭在門口逗留，於是開口問，「知道那些人有沒有罪？」

「沒錯。」

「那妳直接去問祂啊，應不應該把那些人送入大牢。如果祂說應該，我們就按照原計畫進行。我完全接受神的意見，這樣我的良心比較過得去。」

「這還是違背我們的原則，」宓蘭說，「而且和諧不見得會回答。」

「為什麼不？」瑪拉席說，「妳明白這對瓦希黎恩的影響，對不對？」

「他會熬過去的。」

「他不該經歷這些。」

「那妳希望和諧怎麼做，女人？給我們大家所有答案？牽著我們的鼻子走，像盼舞咒罵的那樣？爲了消遣，把我們變成棋盤上的棋子？」

瑪拉席瑟縮地退開，她從沒聽過宓蘭用這樣的口氣說話。

「或者妳想要的完全相反？」宓蘭忿忿不平地說，「要祂完全丟下我們不管？完全不插手？」

「不是的，我……」

「妳想過那會是什麼樣的人生嗎？知道妳的每一個行動，都能幫助一些人，卻害到另一些人？現在救活一個男人，讓他傳播疾病，卻在未來害死一個孩子。和諧盡力了——盡可能地完美。對，祂是傷了瓦的心，狠狠地傷了他。但祂已經把痛苦減低到瓦能承受的程度。」

瑪拉席羞紅了臉，又突然想到一件事——暗罵自己一聲——趕緊到手提袋裡找出那根奇怪的金屬錐，「這個？」

「這不是我們認得的金屬。」

「坦迅也是這麼說，但和諧……」

「和諧也不認得這種金屬。」宓蘭說。

瑪拉席全身發涼，「那麼……這不是祂的？不是從祂而來的，像傳說中的天金和天鉑那樣？」

「對，」宓蘭說，「它是從別的地方來的。盼舞用這些奇怪的金屬錐來偷取金屬技藝，而不是用我們熟悉的金屬。也許這就是她能運用偷來的鎔金術和藏金術，而別的坎得拉做不到的原因。無論如何，難道妳沒想過爲什麼和諧看不到索血者嗎？既不能追蹤她，也不能預測她的下一步？是何方神聖才能阻止得了一位神，瑪拉席．科姆斯？妳有任何想法嗎？」

「另一位神？」瑪拉席低聲說。

「恭喜，答對了。」宓蘭說完，拉開大門，「妳找到的這個證據，證實了我們最害怕的一件事。在妳四處嚷嚷指控和諧或那頭坎得拉之前，先好好想想『另一位神』這件事吧。現在，如果沒事了，我要去想辦法把自己吊死。」

宓蘭溜了進去，關上門走了。

另一位神，瑪拉席站在黑暗中思考。不是和諧，不是滅絕，也不是存留。

她低頭看著雙手中的小金屬錐，腦中響起一年前，百命邁爾斯被處死前，口中喊的那個名字。那是一位古老的神祇。瑪拉席曾經心不在焉地調查過這個名字，當時她的注意力都在自己和鐵眼的互動上。

然而現在，她決定回去翻查資料，找出答案。

到底誰是特雷？又或者，特雷到底是什麼？

宴會廳可能在瓦終於注意到只剩下他一人之前，早就安靜下來許久。爐火奄奄一息，他應該設法把火燒旺。

但他沒有。

史特芮絲走了過來，添了一根木頭，再撥弄撥弄餘火。所以他並不是一個人。史特芮絲把火鉗放在爐火邊，然後看著他。他則靜靜地等著她開口說話。

但史特芮絲一個字也沒說，只是拉著腳凳到他的椅子旁邊，然後坐下來，雙腿乾淨俐落地交叉，雙手交疊在大腿上。

兩人不發一言地待著。史特芮絲稍後伸過一隻手，放在他的手上。他覺得爐火太小，空氣冰凍起來，但那隻手很溫暖。

瓦終於轉過去，把頭靠在她的肩膀上，啜泣出聲。

（全書完）

【特別收錄】

鎔金賈克與艾塔尼亞深坑

Allomancer Jak and the Pits of Eltania

鎔金賈克冒險傳奇・28-30三期合載特刊！

由賈克忠心不二的泰瑞司管家，

含德維特別校訂和注解

我從睡夢中痛醒，並在頭痛欲裂的情況下，動手書寫本星期的信函。

我的頭眞的很痛，親愛的讀者，這次的頭痛簡直要命，腦袋轟隆作響，就像有上百支步槍在裡面開戰。我在黑漆漆的暗室裡呻吟，痛得翻身跪起，一直把臉貼在冷冰冰的岩石上，試著減低痛楚。眼前的景物總是晃動，要一會兒後才能聚焦。

我是怎麼了？隨即想起那場和克羅司挑戰者的對決，那傢伙簡直就像蒸汽火車的引擎般粗壯有力。我一槍正中他的眉心，打敗了他，不是嗎？難道我沒有成功衛冕，讓整個克羅司族繼續效忠於我？（注1）

我爬起來，輕輕地用手撫摸後腦杓，結果竟然摸到乾涸的血漬。但我不緊張，這跟以前的傷口比起來，眞是小巫見大巫。我可是身經百戰，曾經被人雙手綁在背後，腳上還掛著倖存者的半身像，沉入大海之中。（注2）

乾燥的空氣，咻咻穿過石縫的風聲，在在顯示我仍然在蠻橫區內，於是我放心了。我生來注定離不開這些刺激的險地，這裡是我的棲息地，其中富含的挑戰令我茁壯成長，活力十足。待在依藍戴那種安全舒適又市儈之城太久，恐怕我會枯萎凋亡。

注1 這結果其實出自賈克勇猛——也可以說是有勇無謀——的計策。詳情請見二十六期。而在這三期中，賈克已經是克羅司「王」，並且成功贏得最近一次的衛冕戰，同時也逐漸逼近克羅司誓死保守的，關於倖存者寶藏的祕密。

注2 詳情請見十四期的〈鎔金賈克與世紀面具〉。不過，賈克在那一期中，寫的是迷霧之子大人的半身像。有人好奇賈克在文章刊出後，是否會停筆，讀一讀自己的創作。但他似乎沒這麼做，對我來說，眞是不幸中的大幸。

周遭好像是座天然洞穴，石壁崎嶇，洞頂還懸掛著鐘乳石。然而山洞淺淺的，從我剛才所在的位置到盡頭，還不到幾呎，所以若是有事，我無路可逃。（注3）

爲免洞外有人埋伏，我背貼著洞壁悄悄走到洞口，往外偷瞄一眼。空氣中透著絲絲涼意，因此我應該是在高處。果然，這座山洞就位在小峽谷的山壁上，只有一個出口，而且一出洞口就是筆直陡降的山壁，遠遠的坡底是一堆圓石。

對面的山壁頂上，有一群藍影正看守著我的山洞。那些體格粗壯的克羅司，年紀都不小了，肌膚鬆弛、帶著傷口、身上有刺青，還披掛著人皮，那是牠們殺了人、吃掉內臟後所留下來的皮。（注4）

「幹麼把我關在這裡，死野獸？」我對牠們大吼著，聲音在峽谷內迴蕩，「美麗的愛麗珊卓．達瑪麗呢？你們對她做了什麼？你們膽敢傷她美麗頭皮上的一根頭髮，就等著看一個鎔金術師火山爆發吧！」

那些野人沒有回應，根本不搭理我，只是圍著爛燒中的篝火坐著，甚至連轉身看我一眼也沒有。

也許我的處境並沒有第一眼評估的那麼理想。仔細一看，洞外的山壁像玻璃一樣光滑，像馬爾里小站的威士忌價格一樣高。想爬下去，只有死路一條，就算我腦袋受傷，也不會糊塗到冒險找死。

但我也不能在這裡乾等。達瑪麗貴女，我親愛的愛麗珊卓肯定身陷險境。那女人太驕縱了，她應該遵照指示留在營地才對。我不知道她的現況，也無法得知忠僕含德維的下落。（注5）

克羅司不敢傷害他，因爲牠們曾對泰瑞司人發過誓（注6），但他一定會擔心我的安危。

我不知道自己是如何來到這個高高在上的危險之地。我需要金屬。如今體內的金屬存量已經耗盡；之前決鬥時，我燃光了最後的存量以穩住雙手，鎖定靶心，才能漂亮出擊，一槍正中王位挑戰者的眉心。可惜的是，閃光手槍被克羅司搶走了。儘管牠們四肢發達，頭腦卻不簡單，知道要沒收男人的槍，尤其是在見識過我使用閃光的槍法之後。牠們還拿走了所有的金屬玻璃瓶，也許只是想看看瓶裡裝的是不是威士忌吧。一些蠻橫區的鎔金術師會把金屬片儲存在威士忌內，但我向來不那麼做。一個有品味的冒險家，必須時刻保持清醒。（注7）

沒錯，藏在鞋跟暗洞內的小錫袋，可解燃眉之急。然而不幸的是，鞋跟的暗洞在我和克羅司挑戰者扭打時，不小心撞開了，小袋子已不翼而飛！我記了下來，提醒自己一定要向拉奈特

注3 可能有讀者納悶賈克爲何會覺得有逃跑的必要，畢竟剛醒過來的他根本還搞不清楚自己是否被囚禁，也尚未嘗試走出洞口。若您也有同樣的疑慮，請容我提醒您，賈克曾經在某一期的一開端，有十八次因爲頭痛痛醒的經歷。而且每一次醒來，都有不同的奇異靈感。

注4 賈克對當代關於克羅司的最新研究報告一無所知，他本人也樂於這樣的一無所知。所以不知道克羅司甚少（就算有的話）以人皮當戰利品。關於牠們吃人的傳說，都是誇張不實的傳言。

注5 其實我當時已經睡著了。經過冗長的一天，我精疲力盡，確實很擔心他，只是心有餘而力不足；再加上克羅司安排給我的床，出乎意料地舒服。

注6 詳情請看二十五期，以瞭解我們是如何發現克羅司保證不傷害泰瑞司人的誓言，以及牠們向我表達在與我探險的途中對我產生的敬意。我覺得這件事，滿有意思的。

注7 他不是才剛提過經常在那家酒肆喝的威士忌？也許在那些賊窟中，並不需要清醒的腦袋。

匯報，這個鞋跟暗洞的設計有容易彈開的缺陷。

悲慘啊！一個沒有金屬可用的鎔金術師。看來，現在只能智取了。儘管我還算聰明機智，卻還是有可能無法僅憑小聰明脫困。誰知道美麗的愛麗珊卓會惹上什麼樣的麻煩？

心意已定，我開始在黑暗中探索山洞。想找到金屬的可能性並不大，但我們所處的這塊高地可是因爲蘊藏礦脈而價值不菲呢。果然，倖存者今日恩待於我，我在對面洞壁上找到了一小塊閃閃發亮的金屬物。

用肉眼幾乎看不到，我是用手摸到的（注8）。山洞昏暗，無法辨別金屬的種類，但我已沒有別的辦法。

我甚少去依藍戴城，但在寥寥無幾的進城之行中，我發現自己在城中頗富盛名，被視爲大英雄。我必須先聲明，好讀者們，我只是個努力善盡職守的冒險家，不是偶像，不値得別人過分崇拜。我從不追求名聲（注9），但我是個重視名譽的人。因此，若能在接下來的冒險日誌中移除您記憶中的我的英雄形象，我會非常感激。

然而，我的目標就是忠誠地向您呈獻我在蠻橫區的所見所聞、所思所想。誠實是我最大的優點（注10）。所以我接下來記錄的，都是眞實發生、並且是必須提到的人事物。

我跪了下去，開始舔舐山壁。

我當然不願意在您面前耍白癡，親愛的讀者（注11）。但要想在蠻橫區存活下去，就不能放過每一個機會。於是我抓住了機會——用我的舌頭。

這麼做，只能讓我得到極其少量的錫供應燃燒，卻足夠在短時間內增強感官（注12）。我利用這微量的金屬增強聽力，搜尋能帶我脫困的蛛絲馬跡。

我被錫加持過的耳朵捕捉到了兩件事。第一件，是汩汩的流水聲。我探頭出山洞，瞥見下面的岩石之間有條小溪流，是我之前沒注意到的。我聽到的另一個聲音，是奇怪的刮擦聲，像是有爪子在扒抓樹枝。

我滿懷期待地抬頭仰望，看見一隻烏鴉棲息在山壁上的一叢嫩草中。稀奇吧？

「做得好！」烏鴉大聲呱呱叫，「你就算被監禁，也能找到金屬，賈克。倖存者很欣慰你能臨危不亂、急中生智。」

是她，琳蒂普，是倖存者在我最窮困潦倒、最失意落魄的時候，指派給我的精神導師（注13）。多年來，我一直懷疑她是無相永生者（注14），傳說中，牠們能化身成動物。

注8 對的，那一句他是這麼寫的，他突然在這一行變成了眼睛看不見的狀況。不，他不讓我更改句子。

注9 呃……

注10 嚴格來說，這點還眞不是蓋的。

注11 唔，現在說這個，太遲了吧，特別是在第一期……之後。

注12 對於賈克的舔壁事件，老實說，我必須提出一個善意的質疑。就我個人的瞭解，錫礦不會裸露在山壁外，所以不會有人能在天然山洞中發現暴露出來的錫礦。就算那是錫石（一種此區並未出產的，性質類似的錫礦石），也會因成分不純而無法產生鎔金術法力。但賈克遺失錫袋的事千眞萬確，因爲我在他第二次被抓時，在營地地板上發現了他的錫袋，滿滿的、從未被打開的一袋。

注13 詳情請見第七期，也就是琳蒂普最近一次出現的一期。我在這裡重述當期說的話：我沒有看到，甚至可以說是從沒見過這隻傳說中會說話的大鳥，所以無法證實她是否眞實存在。

「琳蒂普！」我大喊，「達瑪麗貴女沒事吧？克羅司沒傷害她吧？」

「沒有，勇敢的冒險家。」琳蒂普說，「但她的確被牠們抓走、關起來了。你得想辦法盡快脫身，因爲她現在的處境很危險。」

「但我現在這樣，要怎麼脫身啊？」

「我幫不上忙，」琳蒂普說，「我只是精神導師，不能幫助輔導對象解決他的英雄式問題。倖存者認爲人們都必須自己想辦法解決問題。」(注15)

「非常好。」我說，「但請告訴我，導師——爲什麼我又被抓了？難道我沒贏得克羅司族的忠心？我不是牠們的王？我打敗挑戰者了啊！」

失禮了，讓您看到我的沮喪，也請多多包涵我如此不客氣地對導師說話，親愛的讀者。我當時不只擔心愛麗珊卓的安全，也因爲失去克羅司民心而絕望。儘管牠們野蠻凶猛，卻似乎很樂意與我分享祕密，那些可以引領我找到矛頭記號、血足跡和倖存者寶藏的祕密。

「我不是很確定原因，」琳蒂普說，「但我猜可能因爲你是用槍射殺那名挑戰者。你前幾次都是用瞄準器嚇退對手，並沒有動殺機，所以贏得牠們的心。許多克羅司部族把拿槍遠距離射殺視爲懦弱，而非勇猛。」

面對凶暴的猛獸，應該稱牠們爲野人(注16)，槍是最優雅高尚的武器，專屬於紳士的器械。

「我必須逃出去，我要去拯救美麗的愛麗珊卓。」我說，「導師，妳有看見我是怎麼被帶上來這裡的嗎？克羅司有暗道嗎？牠們是經由暗道，把我抓來這裡的嗎？」

「我看到的過程，其實滿驚險的，」琳蒂普說，「你可能會不想聽到眞相：這裡並沒有暗道。你其實——是被牠們從下面丟上來的。」（注17）

「鐵鏽滅絕的！」我大叫。那些猛獸當然害怕我威力強大的槍，又不敢觸犯牠們的神祇，親手殺死我，所以把我丟在這裡，想餓死我。

我必須想辦法逃出去，而且要快。我又往外一探，注意到不遠處有一團烏雲。我靈機一動，低頭望著下方谷底潺潺的流水，又注意到我這邊的山壁特別的平坦，似乎……被風化了。沒錯！我在山壁上看到幾條明顯的溝道，是以前河水湍急時切割出來的流水痕跡。於是我的逃亡路線浮出水面！其實，雨水是下在上游的平原，急流湧入這裡的峽谷後，因河道寬度縮減，河水上漲，經年累月的切割下，在山壁形成一道道的溝渠。

我等待著潛入河流的適當時機，又在等待的同時，無視焦急的心情，抽出時間寫信給你。

注14 無相永生者原是道教的神祇，不屬於倖存者教派。但賈克從不在神學上斤斤計較，對於神祇派別的混淆，他從來都無所謂。

注15 我想這一整段都是賈克的幻覺，是之前頭部受傷的後遺症。在爲他校訂文章時，我好幾次希望能跟他一起承擔痛苦。

注16 我跟賈克提過，我的族人，泰瑞司人曾一度被視爲野人，至少和諧交給我們的史料是如此記載的。賈克則搭著我的肩膀說：「沒關係，有個野人朋友，可以向人炫耀啊。」他說得如此眞誠，我都不知道怎麼告訴他，他的話很難聽。

注17 我覺得就算是賈克的故事，這麼寫應該是爲了製造效果，比較有可能的是，他應該是被克羅司從壁頂垂吊下來的。

我把信封死在粗布褲子的特殊防水口袋中，假如我遇上不測，希望你在發現我的遺體後，能找到它。

峽谷一開始下雨，我就迫不及待地跳入上漲的河水中。(注18)

我的讀者，收信愉快。前情提要，上星期我奮不顧身，蹤身躍進一片惡水中。當時，我眞的以爲死期到了，但現在很高興告訴您，我大難不死活了下來。所謂的「大難不死」，即將在後面向您娓娓道來。若您堅持閱讀下去，請三思，這封信內容血腥，也許會引發您的不適，甚至造成創傷，尤其身心虛弱和年幼的讀者，請斟酌。

我從山洞牢房躍入上漲的河水中（我必須愼重提醒大家除非萬不得已，切勿模仿此危險動作）。這種蠻橫區式的洪災相當可怕，洪流中都是漩渦和致命的石頭。如果有別的辦法，我絕對不會走這條險路。

翻騰的水流像一個大蜂群，困住了我。幸好，我有從這樣的大水安然脫身的經驗。(注19)想在這樣的洪水中浮游的祕訣，就是順勢而爲，隨著水流而動，像小船在大浪中起起伏伏。儘管如此，要想保持浮在水面，仍然需要技巧、運氣和毅力。

我用強而有力的手臂努力划水，設法避開致命的岩石，同時奮力在這條小河匯入藍絲河，此區最大的河流時，讓自己存活下來。一進入大河，水流立刻和緩下來，我奮力向河岸游去，最後費了九牛二虎之力才爬上岸。

這時的我已精疲力竭，癱倒在河岸上。但我還來不及享受重獲自由的快樂，就被一雙強壯的手抓起，拋到空中去。

是克羅司。我又被抓到了。

猛獸將溼漉漉的我拖離澎湃奔騰的河岸，在沙石地上流下一行的水漬。(注20) 我沒有反抗。牠們總共六個，都屬於中型克羅司，全身的藍色肌膚緊繃，嘴巴兩側和大塊肌肉處都繃裂了。

牠們沒有羞辱我，而且我也清楚身上沒有槍，又沒有金屬存量，是不可能以一敵六，只好順服，任由牠們拖著走。也許會被拖回原來的山洞牢房。

結果，牠們把我拖進滿布巨石的小山谷，再拖進隱藏其中莫名其妙長出來的樹林。我從未來過這個地方，克羅司總是刻意讓我繞道，以避開此處，口口聲聲說那只是一塊荒地。既然如

注18 文章寫到這裡，已經來到本期的結尾，同時也是下一期的開端。而我並不知道他把那封信封死在褲子口袋後，是如何寫這最後一段的。無論如何，您應該不會以爲這就是賈克的遺作，畢竟這是包含了三期的合輯，而本篇還只是第一期的內容。然而，他的許多週報讀者真的擔心這會是賈克的遺作。以前他們在另外三百期結束時，也這麼擔心過。就因爲這些杞人憂天，我經常想找到這些讀者，看看他們都把腦袋裡的東西賣給誰了，又賣了多少錢。我個人比較喜歡集結成冊的讀者群，比如這一本。他們相當重視我的注解，這顯示出絕佳的個人品味和學識涵養。

注19 〈鎔金賈克與惡水〉中有更多賈克力戰洶湧波濤和湍急水流的神奇故事。我不禁納悶，爲什麼我就從未遇到過如此驚天動地的災難。

注20 我不清楚上一期在他逃亡時，扮演吃重角色的那場雨結局如何。他後來沒再提起過。

此，這些樹是從哪裡冒出來的？(注21)

樹林中的沙地上，藏著一座小綠洲，其中的湖水是從天然湧泉中流出的。什麼時候冒出這麼一個天然泉洞？我覺得很奇怪，因爲我的地圖上已標記了所有的天然泉洞。

牠們拖著我穿過樹林，繞過泉洞。我特意瞥了一眼，好深的湧泉，深到泉水都呈藍色，而且還看不到底。池壁全是石頭。我驚訝地發現，原來水潭被塑造成類似矛頭的形狀。

會是這裡嗎？倖存者的藏寶地？眞是踏破鐵鞋無覓處，得來全不費工夫？(注22)我四下張望，尋找其他記號，也就是傳說中的血足跡。但直到被拖過最靠近我們的石地時，都沒找到。

如果你在蠻橫區混得夠久，就會明白水有時候能透露出石頭眞正的顏色。這情況在許多親愛的讀者居住的城市中很罕見，因爲城市中的石頭不是附著煤灰，就是塵土。但這裡，山清水秀，我身上的水滴在石頭上，只見岩石上出現一組類似通往綠洲潭水裡的腳印。

就是它！但那些不是眞的腳印，我能想像一個疲憊不堪的旅人來到這裡，很容易將它們誤認爲腳印。在那個虛構的故事中，倖存者被矛刺傷後，帶著流血的傷口來到這裡飲水，還頗爲煞有其事。

這裡的石頭上畫著克羅司刺青圖案，一些樹幹上包裹著皮革，顯然是牠們的聖地。這也說明了我爲何從未聽說過這塊綠洲，爲何人類會在這一區無故失蹤。所有不小心闖入的人，都被殺掉了，因爲牠們撞見了不該撞見的祕境。

那牠們把我帶來這裡，打算如何處置我呢？(注23)

會在這裡看到更多的克羅司，是毫無疑問的事。其中一些相當年邁，皮膚已完全爆開了，用皮革包裹著慢慢滲出血的肉體。您沒見過年邁的克羅司，算您幸運。牠們沒有口鼻，紅臉上兩個凸眼的怪異面貌就必須配上龐大的體形，才不會太過突兀。大部分克羅司在走到這個地步之前，都會死於心臟病。這些上了年紀的克羅司即使皮膚都爆開，依然會繼續成長，直到死神找上門。

在古代，上了年紀的克羅司會被殺掉。然而現今，牠們備受尊重——這只是我從故事聽來的（注24）。我想世上所有部落，都會把耆老安置在如此神聖的地點。

拖我過來的衛士，把我扔在了老克羅司面前。我小心翼翼地跪爬起來。

「你來了。」其中一個說。

「你不是人類。」另一個說。

「你戰勝我們的首領，殺了所有挑戰者。」第三個說。

「你們想幹麼？」

注21 不必要的「從」是賈克最不礙事的贅字，所以我沒更改，保留了下來。不過這一頁，我刪除了十六個多餘的逗號。賈克還有個刻板印象，總覺得克羅司這個詞中加個驚嘆號看起來比較順眼，我到現在都搞不清楚原因。明智如我，決定刪掉這些驚嘆號，但我擔心太遲了。

注22 是的。

注23 賈克對這個地方的描述很虛幻，不過因爲我也曾親眼看見過，所以必須跳出來支持他。那圖案的確很像腳印，水池的外形也像矛頭。克羅司沒跟外人提過這裡。他竟然眞的找到了倖存者的藏寶處。這也證明和諧看顧我們所有人，也只有神才會有如此殘酷的幽默感，不斷讓賈克這樣的人重複歪打正著，達成如此不凡的成就。

注24 關於此事的講述，詳情請見二十五期。

我勉強把自己撐起來。儘管全身溼透，腦袋暈眩，也要正面迎戰命運。（注25）

「可能會殺了你。」一個克羅司說。

「殺不殺你，要由被你射殺的挑戰者女兒來定奪。」另一個說。

「你必須加入我們。」另一個說。

「加入你們？」我問，「如何加入？」

「所有克羅司都曾經是人類。」其中一個年邁的克羅司說。

我以前聽過這類說法。親愛的讀者，我記得我提過這些說法荒誕無稽、毫無根據。現在，我沉重地向您認錯。我錯了，大錯特錯。我終於親眼見識到這個殘忍無比的眞相，古人是對的。

克羅司是人類的一員。

而變化成克羅司的過程，慘不忍睹。爲了把人類納入克羅司族的一員，牠們四下捕捉，再用小金屬尖刺刺入人體，使人產生一種謎樣的轉化，智力和個性被嚴重弱化，最後，變得像克羅司一樣愚鈍且單純。

克羅司不是經由母體分娩出來的，而是被製造出來的。牠們的殘暴性情存在於我們每一個人的身上。這就是親愛的含德維一直努力要我明白的一點。（注26）

牠們說我必須加入，成爲牠們一員。這表示我的末日到了？我將在偏遠的荒村裡，過著失去神智、野獸般的生活？（注27）

「既然你們提到挑戰者的女兒，」我說，「那麼她是誰？」

「就是我。」一個柔和又熟悉的聲音說。

我轉身，看到愛麗珊卓・達瑪麗從附近幾棵大樹後面走了出來。她的連身洋裝不見了，全身只有勉強遮掩住隱私部位的皮革。

若是我在這裡太深入描寫她現在的模樣，恐怕我感性的讀者會驚嚇過度，於是我決定略過不提（注28）。她依然戴著眼鏡，金髮一如往常地紮成馬尾，但她的肌膚……她的肌膚現在泛著藍色色調，我以前從未見過她如此。

愛麗珊卓。美麗的愛麗珊卓，擁有克羅司血統（注29）。

注25 或者說，「我當下逃不了，但必須做好準備，只要一有機會，我會像孩子尖叫一聲，拔腿就跑。於是我站了起來。」

注26 唔，實情並非如此，但我不計較。請注意賈克在這裡提到的事，很不幸的，都是眞實的。我自己親眼看過轉化過程，一些專家也是，所以關於人類轉化成克羅司的描述，都是眞實的。我的確好幾次向賈克解釋過。

注27 我不確定是否眞會失去神智，這就像拿零來做除法。

注28 這當然不會影響傳紙編輯，他們仍然決定在原版連載上加入此場景的插畫。

注29 報紙連載的這一期故事，就結束在此，事後我被告知這差點引起了暴動，進而在隔天產生了一份前所未有的傳紙，包含了本故事的結局。幸好，我們把三期的稿子裝袋，一併交了出去。我一直驚訝讀者對賈克生硬的文筆有如此寬大的包容度，以至於等不及我來校稿，爲他們呈獻出更流暢且條理清晰的文章。如此的大眾閱讀品味，就是當初我離開依藍戴，到蠻橫區流浪的主要原因之一。若不去蠻橫區，我一定會舉槍自盡，而我的管家和平誓言箝制了我傷人害己。

「這不可能！」我大叫，兩眼死死地瞪著我美麗的愛麗珊卓。我滿心愛慕的女人，傾盡所有珍惜的女人，居然從頭到尾都在騙我，對我隱藏了她的眞實本色。

愛麗珊卓擁有克羅司血統。

我眞希望我不必寫下這些句子，我英勇的讀者。但這些都是事實，並且眞實到令我痛心疾首，像這紙張上的墨跡一樣的眞實。

「是化妝。」愛麗珊卓的眼神鎭定平靜。她垂下眼繼續說：「你也看到了，和其他克羅司相比，我的皮膚只泛著微微的藍色，只要善用粉底和手套就能掩蓋過去。」

「但妳有自己的意志！」我朝她走去，「能獨立思考，而且很機智，跟這些猛獸差截然不同！」(注30)

我想碰觸她，卻又不敢。我對她的瞭解原來全是一派謊言。她是怪獸，不是我美麗優雅的女人。她是野蠻的生物，是殺人犯、嗜血者。

「賈克，」她說，「我依然是我。我生來就是克羅司，但從未被轉化過。我的智力跟人類一樣敏銳。拜託，親愛的，請忽略我的膚色，請你看看我的心。」(注31)

我無法抗拒她的哀求。也許她又在騙我，但她依然是我的愛麗珊卓。我投入了她的懷抱，腦袋一團亂的我只感受得到她美妙的體溫。

「你現在的處境相當危險，親愛的。」她在我耳邊低語，「牠們要把你變成克羅司的一員。」

「爲什麼？」

「你嚇走了牠們的族長。」愛麗珊卓低語，「儘管我們不斷刁難，你還是掌管了克羅司族。最後，還射殺了牠們派出去的最出類拔萃的戰士，也就是我母親。」

「那個挑戰者是個女人？」我問。

「當然。你沒發現？」

我瞥了聚集過來的克羅司一眼，牠們都繫著腰布，但大多袒胸露背。若沒有……啊呃……偷看，是分辨不出男女的，所以我還眞沒發現。事實上，我寧願認不出牠們之中有幾位女性。幸好我有風吹日曬打磨出來的厚臉皮，已經不太會臉紅，因爲我看到的景物會傷害您纖弱的神經。但若我還有臉紅的能力，當下一定紅得像著了火。

「抱歉，我殺了她。」我回望仍然抱著我的愛麗珊卓。

「那是她的選擇，」愛麗珊卓說，「她自己要走這條刀口上舔血的路。我不會爲她感到難過，但我爲你難過，你應該會被轉化成克羅司，親愛的。牠們謊稱是我的主意，但絕對不是，我極力反對，牠們根本不聽。」(注32)

注30 研究顯示擁有克羅司血統的人，平均來講，智力並不比人類差，但接受過轉化的道地純種克羅司，就不在此列，大部分冒險者也是。

注31 我拿這一節給愛麗珊卓看，她的反應是放聲大笑。大笑何意，任君解讀。不過我要在注解記錄下我和她談論此事時，她對自己的血統沒有絲毫羞愧，儘管她打從一開始就對我們隱瞞眞相。

注32 愛麗珊卓讀到這裡，笑得更大聲了。若您認識珊卓本人，就會發現她說話總會夾帶粗話，所以任何少於三個字的粗話——以及關於賈克可疑身世的評語——絕不會是她說的話。不過她的確對賈克有好感。這一點，令人費解。

「那之前又幹麼把我丟在山洞裡等死？」我問。

「那只是個考驗，」愛麗珊卓說，「是最後一道挑戰。牠們原本打算三天後就放了你，如果你沒逃走的話。既然你成功逃脫，就證明你有資格成爲牠們的一員，進而擔任牠們的新族長。在此之前，你還必須接受轉化！你會失去自我，變成牠們的同類，只憑本能行動。」(注33)

既然如此，那我肯定要逃了。變成克羅司，失去神智，那不是比死還凄慘。儘管我相當尊敬這些野人(注34)，卻完全沒有成爲牠們一員的意願。

「是妳引我來這裡的。」我恍然大悟，轉過去看著她，「打從我們在蠻橫區發現妳開始，妳就一步步地把我引來這個部落。妳早就知道這處水潭的存在。」

「我是聽了你的描述，才猜測這裡就是你在尋找的藏寶地，」我的美人說，「但我並不確定。我從沒進來過聖池這裡。賈克……一旦牠們把你轉化了，接下來就換我了。牠們要違背我的意願、轉化我。我一輩子都在抗拒這件事。年少時我拒絕牠們剝奪我的神智，現在也一樣！」

「夠了！」一個老克羅司說，「妳一定會被轉化！」

其他克羅司開始動作一致地鼓掌。其中一個伸出一隻顫抖、血淋淋的手，手掌中就握著一把小尖刺。

「不要啊！」我大叫，「不需要這樣！我已經是你們的一員了！」

愛麗珊卓緊抓著我的手臂，「什麼？」她輕聲低語。

「我現在只能想到這個辦法，」我低聲回應，然後提高音量，大聲說，「我是克羅司！」

「不可能。」一個老克羅司說。

「你的膚色不是藍的。」另一個說。

「你不像。」第三個說。

「我殺了你們派出的戰士！」我說，「這就夠了，還要什麼證據！普通人類做得到這點嗎？」

「你用槍，」一個老克羅司說，「用槍，就不需要力氣。」

鐵鏽滅絕的！「那好，」我說，「再給我一次機會，我會證明給你們看。我會找到倖存者寶藏，交給你們！」

克羅司沉默下來，也不再鼓掌了。

年滿十二歲時，牠們才選擇是否接受最後一道轉化的程序。選擇不接受的克羅司，必須離去，加入人類社會。我估計還滿多數選擇離開。但也有許多普通人類，因爲不滿足於都市生活，想方設法進到克羅司部落，加入牠們，並且接受轉化。自此，克羅司族中已分辨不出哪些是由人類轉化而成，哪些又是生來就帶有克羅司血統。

「不可能，」一個老克羅司說，「就連最勇猛精壯的克羅司都失敗了。」

注33 若您被弄糊塗了——這也包括賈克，那確實是把人變成一個實實在在的克羅司的過程。牠們的孩子出生時，膚色介於藍色到麻灰之間，但不是眞正的克羅司那種深藍。在孩童階段的克羅司大多還是人類，不過已具備強壯勇武的天賦。

注34 還是不夠尊敬，仍然稱牠們爲野人。

「若是我成功了，你們就知道我說的是實話。」我說。

我簡直是把自己往死路上逼。我當然希望能告訴您，那天我的嘴唇是在勇氣的驅使下吐出這些豪言壯語的，但其實那全是我在情急之下的胡言亂語。我想到什麼，就說什麼，只要能拖延時間即可。

若傳說是眞實的，那麼寶藏就藏在「天空的對立面，只有生命本身才能抬得起」。天空的對立面，指的必定是水潭的潭底。深不可測，看都看不到底的潭底。我得潛下去搜尋寶藏。

「不可能。」另一個老克羅司說。

「我會向你們證明！」我斬釘截鐵地說。

「賈克！」愛麗珊卓將一隻手搭在我手臂上，「你蠢了啊！」

「也許吧，」我說，「但我絕不任由牠們把我變成克羅司。」

她一把拉我過去，親吻了我。我是個不容易受到驚嚇的人，親愛的讀者，但那個時候，不可能的事發生了，我嚇傻了。她對我總是冷冰冰的，我還以爲落花有意，流水無情。

但這個吻……這個吻！就像身旁的水潭一樣深不可測，像倖存者的教導一樣眞實，像疾射中的子彈一樣威力無窮，像三百碼處的公牛眼一樣嚇人。兩人熱情的擁吻溫暖了我，驅趕走了溼衣服下的涼意，爲一顆顫抖的心克服了恐懼。

她退開時，我體內的金屬瞬間驟燒起來。她並不是鎔金術師，但嘴裡含了一些錫粉，再藉由親吻傳給了我！

我退開，驚呼一聲，「妳太了不起了。」

「該死的，賈克，」她低聲回應，「你終於開竅，說了一次人話。」（注35）克羅司又開始鼓掌了。我撿起抱得動的最大岩石，然後深吸口氣，躍入潭水中，任由岩石將我往下帶去。

好深的潭水，深不可測。（注36）很快地，我就被黑暗吞噬了。親愛的讀者，您必須自行想像這種徹底的漆黑，因爲我無法精確描述它。被漆黑吞下這件事本身就是難得的體驗，但在深水中，當光線逐漸褪去……就爲體驗添加了相當恐怖的成分。連我鋼鐵般的意志也棄械投降，不斷下降中的我，居然開始發抖。

我的耳朵一陣劇痛，知道這不是我頭上的傷口造成的。水中的下墜似乎無窮無盡，沒有終點。我的肺灼痛起來，腦袋遲鈍，差點就放開了岩石。

我無法思考。頭上的傷口彷彿就要爆炸了，雖然我看不見，卻很清楚我的視覺越來越模糊，身體也開始麻木，漸漸陷入昏迷中。我知道我就要葬身在這深不可測的水潭中。就是在這種時刻，我想到愛麗珊卓被轉化成克羅司，失去了令我著迷的機智……這個想法給了我力量，瞬間驟燒起錫。

注35 我相信這整個故事中，這是唯一一句確實按照愛麗珊卓的原話引用的句子。因爲她跟我透露，她威脅過賈克如果不把這句話寫進傳紙連載中，就拿槍射他的……啊呃……男性特徵。

注36 他所謂的深，精確來講是十八點三呎（三十三公尺）深。我回去測量過。

驟燒錫能令我神智清醒，我之前提過這點，從未如此迫切需要它發揮此項功效。這片刻的清醒，驅散了腦袋中的黑影。

我感覺到了潭水的冰冷，以及頭部的劇痛，但我活下來了。

我撞上了潭底。手上仍然緊抱著岩石，不敢放開，只用一隻手慌亂地四下摸找。我的肺像驟燒的金屬般熾熱。在這裡嗎？

對！就在這裡。是個方形的、非天然的物體，一個金屬盒。保險櫃？

我試著搬起盒子，使勁移動它，但它跟我的岩石一樣沉重。

我沮喪地意識到我不可能把它帶到水面上去。我現在很虛弱，沒力氣抱著這麼重的事物游泳。

這樣就認栽了？若是沒把寶藏帶上水面，牠們很可能直接殺了我，也可能把我轉化成克羅司，無論哪個結局，我都玩完了。

我又試著搬起金屬盒，但只能游幾呎而已。沒有空氣，沒有體力，一切都是徒勞！

此時，我又想起那首詩句。立於天空的對立面，就會尋到；它只能被生命本身抬起。（注37）

生命本身。潭底這裡有什麼生命？

空氣。

我摸找著盒子的四邊，發現一個彈簧鎖，彈開它，露出一個物件。皮革手感，像是個皮水袋。我對著它吐氣，把肺裡所有的空氣全吐了進去，雖然我不能呼吸了，但袋內的空氣可以救我（注38）。於是我用力朝潭底一踹，我的金屬存量耗盡，也沒氣了。

漫長的上浮旅程開始了。

我衝出水面，視線又一次模糊起來。光芒一閃而過，我又被抓回到黑暗中，但一雙柔軟的手抓住了我，在我陷入噩運之前，把我拽出了潭水。我聞到愛麗珊卓的香水，視覺也恢復了，只見她一臉擔憂，扶著枕在她大腿上的我的頭。從下仰望她的皮衣並不恰當，卻滿養眼的。

「你這個笨蛋。」她低聲說，我翻身把肺裡的水咳出來。

「他失敗了！」老克羅司們大叫。

就在這緊要關頭，一個物體啵地冒出水面。看起來像是某種充了氣的膀胱。可能是綿羊的。

我伸手到水裡，抓起半浮著的保險櫃。(注39)

四周的克羅司趴了下來，看著我跪在金屬盒旁邊解鎖。愛麗珊卓把我們在梅爾暴風的礦區找到的鑰匙遞給我，我插進鎖頭，果然，鑰匙完全合拍(注40)。我一轉，喀嚓一聲，蓋子打開了。

盒裡全是尖刺。

注37 對，我知道他在連載中，總共引用這首詩六次，而且每次的說法都不太一樣。但他不允許我更改，不要統一的說法。

注38 瞭解浮力和壓力的讀者應該在這裡打住，別再閱讀下去。因爲在這種情況下，肺裡的空氣又能有多少，是顯而易見的事。

注39 如果搬起寶藏只需要一個氣囊，有人就納悶了，爲什麼在各式各樣的氣囊中，他獨獨中意綿羊的膀胱。

注40 唉。

克羅司開始吼叫，讓我擔心了一下，結果，那是牠們的歡呼聲。我困惑地看著愛麗珊卓。

「新尖刺，」她說，「好多的新尖刺。有了它們，部落就能向外擴展。牠們和附近部落打仗時，都吃了敗仗。我的部落是這一區最小的族群，這些尖刺能幫我們增加幾十頭克羅司。對牠們來說，是實實在在的寶藏。」

我往後坐在小腿上。我必須說，親愛的讀者，其實我有些失落。雖然我旅行不是爲了錢財，只爲享受探索，以及和您分享世界的樂趣，但仍然感到失落。這和我想像中的寶藏落差太大了。一把的小尖刺？這就是我日以繼夜、努力找尋的寶藏？這就是傳說中，倖存者親自留下的財寶？

「別臭著臉，親愛的。」愛麗珊卓把尖刺倒出來，讓老克羅司取走。她拉著我退出逐漸聚攏而來的克羅司群。看來，牠們興奮到忘了我們的存在，「我們的性命又回到自己手上了。」

我們逃走時，克羅司追都沒追上來。我們很快就逃出了綠洲山谷，朝那條河衝去，希望能趕上其他商隊。(注41)

我後來發現自己依然很失望。也就是這個時候，我注意到一件事。愛麗珊卓帶著的金屬盒，並沒有因爲在水底待了三百年而黯淡無光。我示意她把盒子給我，擦了擦盒蓋。這一擦，驚得我不停眨眼。

「怎麼？」她在小徑上停了下來。

我嘻嘻一笑，「純鋁，親愛的——値好幾千。我們終究還是找到了自己的寶藏。」

她大笑一聲，鍾愛地靠過來，又吻上了我。

走筆至此，我的讀者，艾塔尼亞深坑的旅程日誌也該結束了。尋寶、死裡逃生，我實現了親愛的亡者密卡夫漸漸淡去的遺願。

這趟旅程是我目前最驚心動魄的冒險。等我稍事休息後，將會整裝再出發。我聽說南方天空會放射出奇特的光芒，裡面必定藏有另一個祕密。

到時，冒險啓動！（注42）

注41 沒錯，他們把我忘了。

注42 就此，又一本書的注解來到了尾聲。我確信品味高超、目光獨到的讀者，會肯定我長期以來，爲了讓賈克存活下去所做的努力，期望這些注解如我所願的，在漫漫冬夜帶給讀者別有特色的樂趣。再會了！賈克已向您保證將有更多的冒險旅程和探索未知的故事，而我只能謙卑地承諾，會設法督促他至少一輩子一次，正確使用標點符號。如此看來，我的工作將比他來得更加辛苦，任重而道遠啊。

含蓄的泰瑞司人，含德維
三四一年，哈姆達月十七日

附錄

這是我爲Crafty Games電玩公司所寫的第二個短篇故事（注1），原本只是《執法鎔金》裡的傳紙報刊連載。

我從不同的視角來創作這些故事。第一個故事比較像是樣品，主要是針對新讀者而寫，至於這一篇的走向則比較深入和風趣，是以忠實的老讀者爲主。文中首次揭露司卡德利亞系列第二紀元期間，克羅司的形成過程和生活狀態，讀者似乎對這類祕史充滿了好奇心。

許多年前，我的兄弟喬丹找我共同創作一齣廣播劇，發布於網際網路上的播客數碼媒體（podcast，由iPod和broadcast組成的字）。他希望我幫忙寫腳本，但當時我實在抽不出時間（播客的Writing Excuses就是在這種情況下誕生的，但我知道他後來找了丹·威爾斯做了幾集廣播劇的腳本）。他將故事鎖定在老一代的冒險家/探險家。儘管我無法承接此案，但多年來，我總是在想若有時間，我會如何創作這類故事。

〈鎔金賈克〉就是多年思考下的產物。這位紳士冒險家的故事，以舊時通俗書刊的風格爲本，卻又別出心裁，試圖突破。然而，單單寫個紳士的冒險故事，又似乎行不通。在瓦和偉恩系列中，我已經採用了優化通俗書刊的寫法來講故事，將創作重點集中在人物性格上，減少了誇張的情節。

如此說來，賈克的故事就必須採取完全相反的手法，以立體化新舊的差別。他是否就如他

「忠誠的管家」所說的是個吹牛大王，亦或是唐吉訶德式的冒險家，有著無可救藥的樂觀。這個角色的設定就是要呈現出某種程度的不可靠，他與瓦在性格上形成鮮明對比，就像你拿蝙蝠俠的幾位新化身與早年亞當・韋斯特[注2]所扮演的蝙蝠俠，放在一起對照（特此聲明，無論早年或近期的蝙蝠俠化身，我都愛）。

順帶一提，創作含德維注解的過程充滿趣味，是作家生涯中最有意思的工作之一。

注1 第一個故事是〈第十一金屬〉，收錄在《布蘭登・山德森精選集：皇帝魂》之中。

注2 Adam West，1928-2017，美國演員，於六〇年代演出蝙蝠俠影集而大受歡迎。

鎔金祕典（ARS ARCANUM）

金屬能力快速對照表（Metals Quick-Reference Chart）

金屬	鎔金術能力	藏金術能力
鐵 Iron	拉引附近的金屬	儲存體重
鋼 Steel	鋼推附近的金屬	儲存速度
錫 Tin	增強感官	儲存感官
白鑞 Pewter	增強肢體力量	儲存力氣
鋅 Zinc	煽動（鼓譟）情緒	儲存心智（思考）速度
黃銅 Brass	安撫（抑制）情緒	儲存溫暖（溫度）
紅銅 Copper	隱藏鎔金脈動	儲存記憶
青銅 Bronze	顯示（聽到）鎔金脈動	儲存清醒
鎘 Cadmium	減緩時間	儲存呼吸
彎管合金 Bendalloy	加快時間	儲存能量
金 Gold	看到自己的過去	儲存健康
電金 Electrum	看到自己的未來	儲存決心
鉻 Chromium	清空其他鎔金術師體內所有金屬存量	儲存運氣
鎳鉻 Nicrosil	燒盡鎔金術師正在使用的金屬	儲存授予
鋁 Aluminum	消除鎔金術師體內所有金屬存量	儲存身分
硬鋁 Duralumin	增強下一個燃燒的金屬能力	儲存聯繫

■名詞解釋

鋁（Aluminum）：燃燒鋁的鎔金術師會立刻消化掉體內所有金屬，毫無其他作用，同時消滅所有存量。可以燃燒鋁的迷霧人被稱爲鋁蟲（Aluminum Gnat），因爲這個能力本身毫不重要。眞我（Trueself）藏金術師可以將他們身分的靈魂意念轉移到鋁的金屬意識中。這個能力鮮少在泰瑞司族群以外被提起，即使是泰瑞司人也不甚了解這個能力。鋁本身跟其中幾樣合金不受鎔金術影響，無法被推或拉，同時也可以用來保護個人不受情緒鎔金術影響。

彎管合金（Bendalloy）：滑行（Slider）迷霧人燃燒彎管合金可以在一定圈子中壓縮周圍的時間，讓圈子裡的時間過得更快。從滑行的角度看來，圈子外的事物會以極爲緩慢的速度進行。吞蝕（Subsumer）藏金術師可以在彎管合金金屬意識中儲存養分與卡路里，在儲存時可以吃下大量的食物，不會感覺到飽或增加體重，而在使用金屬意識時便可以不需要進食。另一種彎管合金金屬意識則可以被用來調節液體需求。

黃銅（Brass）：安撫者（Smoother）迷霧人燃燒黃銅可以安撫（抑制）周遭人的情緒，可以針對單一個體或大範圍使用，同時安撫者可以針對單一情緒調整。火靈（Firesoul）藏金術師可以在黃銅金屬意識中儲存溫暖，在儲存的同時可以降低體溫，之後可以汲取金屬意識中的存量來讓自己溫暖。

青銅（Bronze）：搜尋者（Seeker）迷霧人可以燃燒青銅來「聽到」其他鎔金術師在燃燒金屬時散發的金屬脈動。不同的金屬有不同的脈動。哨兵（Sentry）藏金術師可在青銅金屬意識中儲存清醒，在儲存時會打瞌睡，之後可以汲取金屬意識來減低睡意或增強腦力。

鎘（Cadmium）：脈動（Pulser）迷霧人可以燃燒鎘來延緩自己周圍的時間流逝，讓時間過得比外面還慢。從脈動的角度看起來，外面的事件將會變成一片模糊。喘息（Gasper）藏金術師可以在鎘金屬意識中儲存呼吸。在儲存過程中，他們必須急促呼吸，好讓身體仍能擁有足夠的空氣，之後可以再取出呼吸，讓肺部不需要或減少對空氣的需求，同時也可以大量補充血液中的含氧量。

鉻（Chromium）：燃燒鉻的水蛭（Leecher）迷霧人在碰觸另一名鎔金術師時，可以清空該鎔金術師的所有金屬存量。旋轉（Spinner）藏金術師可在鉻金屬意識中儲存運氣，在一段十分不順的儲存過程後可汲取，增加好運。

紅銅：紅銅雲（Coppercloud，又稱煙陣Smoker）迷霧人可以燃燒紅銅，在自己周圍創造出隱形雲，讓附近的所有鎔金術師不被搜尋者發現，同時也可以讓周圍的人不受情緒鎔金術影響。庫藏（Archivist）藏金術師可以在紅銅金屬意識中儲存記憶，在儲存時，記憶從意識中消失，之後可以被完美地取出。

硬鋁（Duralumin）：燃燒硬鋁的迷霧之子可以立刻燃燒掉其他所有正在同時燃燒的金屬，釋放極大的總體金屬力量。燃燒硬鋁的迷霧人被稱爲硬鋁蟲（Duralumin Gnats）——因爲這個能力對其本身毫無用處。聯繫（Connecter）藏金術師可以在硬鋁金屬意識中儲存靈魂聯繫感，在儲存時降低他人對自我的意識跟友誼，之後取用時可以快速、立即與其他人建立起信任的關係。

電金（Electrum）：預言師（Oracle）迷霧人燃燒電金可以看到他們未來的可能道路，這通常限於幾秒鐘。頂峰（Pinnacle）藏金術師可以在電金金屬意識中儲存決心，在儲存過程中會進入憂鬱狀態，使用時則進入狂熱階段。

金（Gold）：命師（Augur）迷霧人燃燒金時可以看到過去的自己，或是做出不同選擇後的自己。製血者（Bloodmaker）藏金術師可以在金的金屬意識中儲存健康，在儲存時會減低健康狀態，之後使用時可快速癒合，或是超越身體正常癒合能力。

鐵（Iron）：扯手（Lurcher）迷霧人燃燒鐵時可以拉引附近金屬，但拉引必須是朝扯手的重心方向。掠影（Skimmer）藏金術師可以在鐵金屬意識中儲存體重，在儲存當下會減輕體重，使用時可以增強體重。

鎳鉻（Nicrosil）：鎳爆（Nicroburst）迷霧人在燃燒鎳鉻時如果碰觸另一名鎔金術師，將會立刻燒盡該鎔金術師正在使用的金屬，同時在對方體內釋放極大、甚至是出其意料之外的巨量金屬能力。承魂（Soulbearer）藏金術師可在鎳鉻金屬意識中儲存授予（Investiture）。這是少有人知的能力，我確信泰瑞司人在使用這些力量時，並不真正了解他們在做什麼。

白鑞（Pewter）：白鑞臂（Pewterarm，又名打手Thug）迷霧人在燃燒白鑞時可增加力氣、速度、耐力，同時增強身體癒合的能力。蠻力（Brute）藏金術師可以在白鑞金屬意識中儲存肢體力量，在儲存時力氣會變小，之後使用時可增加力氣。

鋼（Steel）：射幣（Coinshot）迷霧人在燃燒鋼時可鋼推附近的金屬，鋼推必須直接推離射幣的重心。鋼奔（Steelrunner）藏金術師可以在鋼的金屬意識中儲存速度，儲存時動作會變得緩慢，之後使用時可增加速度。

錫（Tin）：錫眼（Tineye）迷霧人燃燒錫時會增加五感的敏銳度，並且是五感同時增加。風語（Windwhisperer）藏金術師可將五感之一的敏銳度存在錫金屬意識中，不同的感官必須使用不同的金屬意識來儲存。儲存過程中，該感官的敏銳度會降低，而使用時則會提高。

鋅（Zin）：煽動者（Rioter）迷霧人在燃燒鋅時可煽動（鼓譟）附近的人的情緒，可以針對單一個人或大範圍的人群，煽動者同時可以操控特定的情緒。星火（Sparker）藏金術師可在鋅的金屬意識中儲存心智思考速度，儲存過程中會減緩思考與推理能力，使用時則可增加思考與推理速度。

論三大金屬技藝

在司卡德利亞，「授予」（Investiture）以三種主要方式展現。當地人稱之爲金屬技藝，但同時亦有別名。

三者中，最常見的爲**鎔金術**（Allomancy）。根據我的定義，我稱之爲正値（end-positive），意思是使用者從外在來源汲取力量，然後身體將力量消化成不同的形態——力量實際展現方式非施用者所能選擇，而是刻印於其靈網（Spiritweb）上。汲取力量的關鍵來自於不同金屬，同時必須是特定成分的金屬。雖然在過程中金屬本身會被消化，但力量並非來自於金屬，可以說金屬只是觸媒，啓動授予，同時維持授予的進行。

事實上，這與賽耳（Sel）上以型態爲主的授予並無太大差別，該處的規則是需要依靠特定的形狀，只是這裡的互動更爲受限。然而，鎔金術所帶來的純粹力量是無可否認的，對於施用者而言，可依靠直觀且直覺的方式使用，而賽耳型態爲主的授予則需要經過許多的研究與精準操作。

鎔金術暴力、原始、強大。基本金屬有十六種，但另外兩種金屬，當地稱爲「神金」（God Metals），又可各自製作出十六種不同的合金，但由於神金已經難以取得，因此其他的合金鮮少被使用。

司卡德利亞於此時，**藏金術**（Feruchemy）依舊廣爲人知且廣泛使用，可以說和過去藏金術只出現於遙遠的泰瑞司或被守護者隱藏的情況相比，如今要來得普遍得多。

藏金術屬於平值（end-neutral）的技藝，意思是該力量並非透過從外界得到，亦不會失去。該技藝同樣需要金屬做爲載體，但金屬並非被吞食，而是當作媒介，可將施用者本身的能力進行時空轉移，今天投資，改天取用。該技藝觸及的範圍相當全面，觸角延伸至肢體（Physical）、意識（Cognitive），甚至靈魂（Spiritual）三大層面。最後一方面的能力正由泰瑞司族群進行密集的實驗，且從不對外人提起。

值得一提的是，藏金術師與一般人的混血造成該力量大幅度地被稀釋，如今有更多人僅能使用十六種藏金術之一。有人推論如果能以神金的合金製造出金屬意識，還可以發現不同的能力。

血金術（Hemalurgy）於現代司卡德利亞上幾乎無人知曉，其祕密被度過世界重生的人嚴格守護，目前所知唯一的使用者是坎得拉，該族（大多數）侍奉和諧。

血金術爲負值（end-negative）的技藝，使用過程中會失去某些力量。雖然歷史上許多人都將其誤解爲「邪法」，但其實該授予並不邪惡。血金術的本質是將一個人身上的能力或特質轉移到另一人身上，主要與靈魂界有關，是我最有興趣的技藝。如果要說寰宇（Cosmere）之中的人們對三者有哪一項是特別關注，那必定是血金術。我認爲血金術的使用方式，仍有相當大的開拓空間。

雙技藝合成

在司卡德利亞的世界裡，的確有人天生便有鎔金術和藏金術兩種技藝。這也是近來我特別感興趣的一個主題，想想兩種不同的授予結合在一起，所碰撞出來的奇妙火花，我為此摩拳擦掌，迫不及待。我們只需要看看《颶光典籍》系列的羅沙（Roshar）所看見的兩種力量合成展現的威力，那是一種化學般的反應——兩種元素結合，產出另一種全新的新物質。

在司卡德利亞裡，同時擁有鎔金術和藏金術的人，叫做「雙生師」，只是這裡的雙生師的力量，比起羅沙的兩種封波術的結合稍加遜色一些。但我相信每種獨特的組合都是獨一無二，重點不在兩種技藝的組合，而是兩種技藝……所爆發出來的威力。這需要更多的挖掘和探索。

注：寰宇為作者創作的所有作品之世界所存在的宇宙之名，賽耳為《諸神之城：伊嵐翠》的背景世界之名，司卡德利亞則是「迷霧之子」系列的世界，另尚有「颶光典籍」系列的背景世界羅沙（Roshar）等等。

中英名詞對照表

A

A Sport of Spirits　精神競技
Abrigain　雅布禮更
Adamus Street　亞達莫斯街
Ahlstrom　阿爾斯托
Alendel　阿藍代
Alernath　亞勒納斯
Allomancer Jak / Gentleman Jak　鎔金賈克／紳士賈克
Allomancer Jak and the Mask of Ages〈鎔金賈克與世紀面具〉
Allomancer Jak and the Waters of Dread〈鎔金師賈克與惡水〉
Allomancer　鎔金術師
Allomancy　鎔金術
Allomantic Agreement　鎔金術協議
Allri　亞爾里
Allriandre　歐琳安卓
Allrianne Ladrian　奧瑞安妮・拉德利安
Aluminum　鋁
Aluminum Gnats　鋁蟲
Ambersairs　安博薩
Annarel　安娜芮
Ape Manton　艾普・曼頓
Aramine　亞拉敏
Arbitan　奧比坦
Archivist　庫藏
Armal　愛爾瑪
Article Eighty-Nine　第八十九條款
Ascendant Warrior　昇華戰士
Ashmounts　灰山
Ashweather Carriage and Coach　灰燼之境公共馬車場
Asinthew　亞辛修
Atium　天金
Augur　命師
Augustin Tekiel　奧古司丁・太齊爾
Ausdenec　歐斯丹奈克
Aving Cett　亞凡・塞特

B

Barl　巴爾
Barriangtons　巴靈頓
Bendalloy　彎管合金
Bilming　比爾敏
Bismuth　鉍
Bleeder　索血者
Blessings　祝福
Blome　布洛梅
Bloodmaker　製血者
Bloody Tan　血腥譚
Bonnweather Way　波昂維德路
Bookers　布克斯
Boris Brothers　包里斯兄弟
Bourton District　波頓區
Boxing　抱錢
Brass　黃銅
Breaknaught　防破號
Breeze　微風
Bren　布倫
Brettin　布列廷

Broadsheets　傳紙
Broken Window Theory 破窗理論
Bronze　青銅
Brute　蠻力（長袍）
Buissonomme　比索諾姆
Burlow　老布羅

C

Caberel　卡貝瑞兒
Cadmium Misting　鎘霧
Cadmium　鎘
Callingfale　卡林菲
Calour Publications
卡羅爾出版社
Captain　大隊長
Canton Avenue　肯湯大道
Carlo's Bend　卡羅彎
Carmet　加枚特
Carmine Feltry　卡麥・菲兒曲
Catacendre　落灰之終
Cett　塞特
Chamblis Montreau 328
陳普利斯・蒙徹三二八
Channerel Range　卻納瑞爾山脈
Chapaoau　恰寶
Chapmot Heviers　契莫特・海菲爾斯
Charetel　查瑞特
Chip　齊普
Chip Erikell　祺浦・艾瑞凱
Chromium　鉻
Citizen Migistrates　公僕
Clarvonne's Theater　克萊翁劇院
Claude Aradel
克勞德・亞拉戴爾
Clips　夾錢
Clotide　克羅泰德
Cobblesguilder　圓石會
Cognitive　意識
Coinshot　射幣
Colms　科姆斯
Connecter　聯繫
Constable-General　總隊長
Coolerim　庫樂瑞廳
Coppercloud　紅銅雲
Corbeau Dam　柯爾波水壩
Cosmere　寰宇
Counselor of Gods　神之顧問
Counselor's Cup　顧問的酒杯
Covingtar　柯溫塔
Crasher　撞擊
Crushed Blossoms　壓花

D

Daius　戴尤士
Dampmere Park　丹玫公園
Darm　達姆
Darriance　達里安斯
Daughnin　道夫尼恩
Daughters　道弗特斯
Dawnshot　曉擊
Dazarlomue　答薩落姆
Decan Street　迪坎街
Dechane　迪肯納
Deepness　深闇
Demoux Promenade　德穆大道
Destroyer　毀滅
Dims　迪姆斯
Doctor Murnbru　莫布魯博士
Donal　多拿
Donton　唐同
Doriel　多瑞爾

Dorise Chevalle
朵利絲・切娃兒
Douglas Venture
道格拉斯・文澤
Dowser Maline　道澤・馬林
Doxil　多西爾
Doxonar Brand. Cigar
多克索納牌雪茄
Doxonoar　多克索納
Drim　祖印
Dryport　乾港
Drypost　乾崗
Duralumin　硬鋁
Duralumin Gnat　硬鋁蟲

E

Eastbridge　東橋
Edden Way　伊丹路
Edgard Ladrian
愛德格・拉德利安
Edwarn Ladrian
愛德溫・拉德利安
Ekaboron　鈧
Elder Vwafendal / Grandmother V
弗瓦菲達長老（弗祖母）
Electrum　電金
Elend Venture　依藍德・泛圖爾
Elendel　依藍戴
Elendel Basin　依藍戴盆地
Elendel Daily　《依藍戴日報》
Elizandra Dramali
愛麗珊卓・佐馬力
Elmsdel　艾姆戴
Eltania　艾塔尼亞
End-negative　負値
End-neutral　平値
End-positive　正値
Entrone　恩特隆
Evanotype　埃諾瓦式
Evenstrom Tekiel
伊分史托姆・太齊爾

F

Faceless Immortals　無相永生者
Faleast　法理司特
Faleast Range　法理司特山脈
Fanlike Acacias　扇形洋槐
Far Dorest　遠多瑞斯特
Faradana　法拉達那
Farnsward Dubs
法恩思華德・度柏斯
Father Bin　賓神父
Fear & Ferociousness
《驚心與殘忍》
Feder Tower　菲德塔
Feltrel　費特瑞
Feruchemist　藏金術師
Fetrel　費特瑞
Field of Rebirth　重生之野
Final Ascension　最後昇華時期
First Insurance Bank
第一保險銀行
Firesoul　火靈
Flog　弗洛格
Forgeron　弗吉昂
Fronks Vif　弗朗克・微夫

G

Garmet　加枚特
Gasper　喘息
Gavil's Carriages　加維馬車行
Geormin　吉爾明
Gilles & Gilles　基爾斯&基爾斯

Glint 閃光手槍
God Beyond 遠古神
God Metals 神金
Gold 金
Governor 總督
Granger Model 28 葛藍吉28型
Granite Joe 冷血喬
Great Catacendre 落灰之終
Grimes 葛萊姆
Guardian 捍衛者
Guillem Street 奎爾奈街

H

Halex 哈蕾克
Hammond Promenade 哈姆德人行道
Hammondar 哈姆達
Hammondar Bay 哈姆達灣
Handerwym 含德維
Hanlanaze 漢藍納茲
Harmony 和諧
Harrisel Hard 哈瑞瑟・哈德
Hasting 漢斯汀
Hazekiller Round 殺霧者子彈
Hazekiller 殺霧者
Hemalurgy 血金術
Hero 英雄
Higgens Effect 海根斯效應
High Imperial 上皇族語
High Lord 上主
Hinston Ladrian 辛思頓・拉德利安
Hinston 辛思頓
Hoid 霍德
Homeland 家鄉

I

Idashwy 艾達胥薇
Immerling 艾莫林
Inquisitors 鋼鐵判官
Invarian 因伐利安
Investiture 授予
Iron 鐵
Ironeyes 鐵眼
Irongate River 鐵門河
Ironpuller 鐵拉
Ironspine Building 鐵脊大樓
Isabaline Frellia 伊莎貝琳・弗雷力亞
Isaeuc's Bend 伊撒尤斯灣

J

Jackstom Harms 傑克史東・哈姆司
Jak 賈克
Javies 賈非斯
Jendel 君戴爾
Johast 強斯特
Jon Deadfinger 死手指約恩
Jone 瓊
Joshin 約辛

K

Kaermeron 凱爾麥倫
Kandra 坎得拉
Kell 凱爾
Kelsier 凱西爾
Kip 奇普
Koloss 克羅司
Kredik Shaw 克雷迪克・霄
Krent 克倫特

L

Ladrian Mansion　拉德利安宅邸
Lady Trath　眞相貴女
Larskpur　拉斯克波
Last Emperor　末代帝王
Lavont　拉文特
Lawman For Hire　私家執法者
Lavont　拉文特
Leecher　水蛭
Lekals　勒卡爾
Lemes　勒尼
Lesan Calour　萊山・卡羅爾
Lessie　蕾希
Lestib Square　雷司提波廣場
Lestibournes　雷司提波恩
Lieutenant　中隊長
Limmi　麗米
Linville & Lyons　林非爾&里昂斯
Longard　隆佳德
Longard Street　隆加德街
Long-necked Horse　長頸馬匹
Lord Ruler　統御主
Lord Stanton　史坦敦大人
Lurcher　扯手
Lyndip　琳蒂普

M

Madam Penfor　潘弗女士
Madion Way　麥迪恩大道
Maelstrom　梅爾暴風
Mareweather　馬維瑟
Maindew　邁都
Maksil　馬克西
Marasi Colms　瑪拉席・科姆斯
Marewill Flower　梅兒花
Marksman　神射手
Marlie's Waystop　馬爾里小站
Marsh　沼澤
Marthin　瑪心
Melaan / Milan　宓蘭
Mereline　梅若萊
Metalborn　金屬之子
Metallic Art　金屬技藝
Metallurgy　金屬學
Metalmind　金屬意識
Mi'chelle　蜜雪兒
Mikaff　密卡夫
Miklin　米可林
Miles Dagouter　邁爾斯・達古特
Miles Hundredlives　百命邁爾斯
Mirabell　美拉貝爾
Miss Pink Garter　粉紅吊帶襪小姐
Mistborn　迷霧之子
Mister Cravat　領結先生
Mister Suit　套裝先生
Mistwraith　霧魅
Modicarm　摩迪卡
Morgothian District　瑪歌區
Mulgrave　莫爾葛瑞芙
Mustache　小鬍子
Mycondwel　麥亢朵

N

Nazh　納哲
New Seran　新瑟藍
Nicelle Sauvage　妮索・索維吉
Nicroburst　鎳爆
Nicrosil　鎳鉻
Nikolin　尼克林

Northern Roughs　北蠻橫區
Nouxil　弩西

O

Oaths of a Steward's Pacifism
　管家和平誓言
Octant　捌分區
Old Terris　泰瑞司古國
Oracle　預言師
Origin　初代
Originator Tomb　初代人陵墓
Ostlin　歐思特林
Outer Estates　外城區

P

Paalm　盼舞
Paclo The Dusty　灰兮兮帕可羅
Pars The Deadman　死人帕司
Pashadon Hall　帕夏冬大樓
Path　道
Pathian Gardens　道徒公園
Pectin-ade　果膠ade
Penfor　潘弗
Perchwither　高枯
Peret The Black　黑手派瑞特
Peterus　佩特魯斯
Pewter　白鑞
Pewterarm　白鑞臂
Physical　肢體
Pinnacle　頂峰
Pits of Hathsin　海司辛深坑
Preservation　存留
Preservers　存留使徒
Preservation's Wings
　存留的翅膀
Pull　鐵拉
Pulser　脈動
Push　鋼推

R

Rame Maldor　瑞姆・莫德
Rancid　藍絲河
Ranette　拉奈特
Rashekin　拉剎青
Razal　拉薩爾
Red　紅赤
Reddi　瑞迪
Remin　蕾明
Remmingtel Tarcsel
　雷明托・塔索
Reu　雷恩
Replar Innate
　瑞普拉爾・英耐特
Rian　屢安
Rick Stranger　里克・史徹吉
Rioter　煽動者
Riotiug Parlor　煽動店
Roseweather　玫瑰之境
Roughs　蠻橫區
Rousseau　魯索
Ruin　滅絕
Ruin　廢墟
Ruman　魯曼街
Rusko　魯斯柯
Rust　鐵鏽

S

Sablerfils　賽柏兒菲兒絲
Saze / Sazed　沙賽德（阿沙）
Scadrial　司卡德利亞
Sea of Lennes　勒尼海
Sea of Yomend　尤門海

Sel　賽耳
Selvest Vif　賽兒費特・微夫
Senate　參議院
Senate　議會
Sentry　哨兵
Seran　瑟藍
Seran Range　瑟藍山脈
Set　組織
Shan wan　杉旺
Shayna　賽娜
Shewrman　修爾曼
Silverism　碎刺教
Skimmer　掠影
Skimming　輕掠
Slider　滑行
Smoother　安撫者
Smoothing Parlor　安撫店
Sons　松斯
Soonie Cubs　史舒尼玩偶
Sophi Tarcsel　蘇菲・塔索
Soulbearer　承魂
Southern Roughs　南蠻橫區
Sparker　星火
Spiritual　靈魂
Spiritweb　靈網
Stagin　史塔金
Stanton Way　史坦敦路
Steel　鋼
Steelrunner　鋼奔
Steelsight　鋼視
Steel Bubble　鋼圈
Steinel　斯坦奈
Stenet　史丹奈特
Steris Harms　史特芮絲・哈姆司
Sterrion　史特瑞恩
Stranat Place　史徹納特廣場
Subsumer　吞蝕
Surefires　準頭幫
Survivor　倖存者
Survivor's Deadly Name
倖存者的致命之名
Survivor's Treasure
倖存者寶藏
Synod　席諾德

T

Tage Street　塔吉街
Taraco　塔拉克
Tarier　塔瑞爾
Tarson　塔森
Tathingdwel　塔辛朵
Taudr　陶德兒
Tekiel Tower　太齊爾塔
Telsin　黛兒欣
Tensoon　坦迅
Terri　泰里
Terringul 27　太林谷27型
Terris　泰瑞司
The Argien-ohr Financial Circle
阿爾金—歐爾金融中心
The Ascendant Warrior
昇華戰士
The Breakouts　突圍區
The Canton of Cartography
製圖部
The Cobblers　補鞋匠幫派
The Dashir Boys　達許男孩
The Docksithium
〈多克森筆錄〉
The First Union　第一工會
The Horribles　《魂飛魄散》
The House Record　瑞克家族

The House　議院
The Hub　圓環中心
The Last Emperor　末代帝王
The Set　組織
The Tyrant　暴君
The University　大學
The Village　村莊
The Weeping Bull　哭泣公牛
Thermoli　瑟莫里
Thug　打手
Tillaume　提勞莫
Tim Vashin　提姆・瓦希
Tin　錫
Tindwyl Promenade　廷朵步道
Tineye　錫眼
Tinningdar　錫褡
Trell　特雷
Troncheau Way　徹丘路
True Madil　眞馬迪
Trueself　眞我
Twinborn　雙生師
Twofie　二鄉人
Tyrain　特瑞安
Tyrian Sea　特瑞安海

V

Vanishers　消賊
VenDell　文德爾
Vif Sparkle　微夫氣泡
Vin　紋
Vindication　問證
Vindiel-Cameux　紋迪爾卡穆
Vinuarch　紋努亞期

W

Wax　瓦
War of Ash　落灰之戰
Waxillium Dawnshot
瓦希黎恩・曉擊
Waxillium Ladrian
瓦希黎恩・拉德利安
Wayne　偉恩
Weathering　耐抗鎮
Well of Ascension
昇華之井
Wells　威爾斯
Windwhisperer　風語
Winsting Innate
溫斯汀・英耐特
Wombs of Stone
地下胞宮
Words of Founding
《創始之書》
World of Ash　灰燼世界
Wyllion　委黎恩

Y

Yomen　尤門
Yomen Street　尤門街

Z

Zin　鋅
Zobell　宙貝兒
Zobell Tower　宙貝兒塔

奇幻基地書籍目錄

http://www.ffoundation.com.tw/

BEST 嚴選

書　號	書　　　名	作　　　者	定價
1HB004C	諸神之城：伊嵐翠（十周年紀念典藏限量精裝版）	布蘭登．山德森	520
1HB004Y	諸神之城：伊嵐翠（十周年紀念全新修訂版）	布蘭登．山德森	520
1HB009	最後理論	馬克．艾伯特	320
1HB013	刺客正傳 1：刺客學徒（經典紀念版）	羅蘋．荷布	299
1HB014	刺客正傳 2：皇家刺客（上）（經典紀念版）	羅蘋．荷布	320
1HB015	刺客正傳 2：皇家刺客（下）（經典紀念版）	羅蘋．荷布	320
1HB016	刺客正傳 3：刺客任務（上）（經典紀念版）	羅蘋．荷布	360
1HB017	刺客正傳 3：刺客任務（下）（經典紀念版）	羅蘋．荷布	360
1HB018	2012：失落的預言	麥利歐．瑞汀	320
1HB019	迷霧之子首部曲：最後帝國	布蘭登．山德森	380
1HB020	迷霧之子二部曲：昇華之井	布蘭登．山德森	399
1HB021	迷霧之子終部曲：永世英雄	布蘭登．山德森	399
1HB025	方舟浩劫	伯伊德．莫理森	320
1HB027	血色塔羅	尼克．史東	380
1HB028	最後理論 2：科學之子	馬克．艾伯特	320
1HB029	星期一．我不殺人	尚—巴提斯特．德斯特摩	320
1HB030	懸案密碼：籠裡的女人	猶希．阿德勒．歐爾森	320
1HB031	迷霧之子番外篇：執法鎔金	布蘭登．山德森	320
1HB032	2012：降世的預言	麥利歐．瑞汀	320
1HB034	颶光典籍首部曲：王者之路（上）	布蘭登．山德森	499
1HB035	颶光典籍首部曲：王者之路（下）	布蘭登．山德森	499
1HB036	懸案密碼 2：雉雞殺手	猶希．阿德勒．歐爾森	320
1HB037	末日之旅．上冊	加斯汀．柯羅寧	399
1HB038	末日之旅．下冊	加斯汀．柯羅寧	399
1HB039	懸案密碼 3：瓶中信	猶希．阿德勒．歐爾森	380
1HB040	刀光錢影：戰龍之途	丹尼爾．艾伯罕	380
1HB041	懸案密碼 4：第 64 號病歷	猶希．阿德勒．歐爾森	380
1HB042	皇帝魂：布蘭登．山德森精選集	布蘭登．山德森	320
1HB043	第一法則首部曲：劍刃自身	喬．艾伯康比	380
1HB044	第一法則二部曲：絞刑之前	喬．艾伯康比	380
1HB045	第一法則終部曲：最後手段	喬．艾伯康比	450
1HB046	刀光錢影 2：國王之血	丹尼爾．艾伯罕	380
1HB047	末日之旅 2：十二魔．上冊	加斯汀．柯羅寧	380
1HB048	末日之旅 2：十二魔．下冊	加斯汀．柯羅寧	380

書　號	書　　　名	作　　　者	定價
1HB049	陣學師：亞米帝斯學院	布蘭登．山德森	320
1HB050	太和計畫	馬克．艾伯特	360
1HB051	刀光錢影 3：暴君諭令	丹尼爾．艾伯罕	380
1HB052	血戰英雄	喬．艾伯康比	420
1HB053	審判者傳奇：鋼鐵心	布蘭登．山德森	320
1HB054	懸案密碼 5：尋人啟事	猶希．阿德勒．歐爾森	380
1HB055	北方大道．上冊	彼德．漢彌頓	420
1HB056	北方大道．下冊	彼德．漢彌頓	420
1HB057	刺客後傳 1：弄臣任務（上）(經典紀念版）	羅蘋．荷布	360
1HB058	刺客後傳 1：弄臣任務（下）(經典紀念版）	羅蘋．荷布	360
1HB059	刺客後傳 2：黃金弄臣（上）(經典紀念版）	羅蘋．荷布	360
1HB060	刺客後傳 2：黃金弄臣（下）(經典紀念版）	羅蘋．荷布	360
1HB061	刺客後傳 3：弄臣命運（上）(經典紀念版）	羅蘋．荷布	450
1HB062	刺客後傳 3：弄臣命運（下）(經典紀念版）	羅蘋．荷布	450
1HB063	血歌首部曲：黯影之子．上	安東尼．雷恩	特價 199
1HB064	血歌首部曲：黯影之子．下	安東尼．雷恩	380
1HB065	貝爾曼的幽靈	黛安．賽特菲爾德	350
1HB066C	無盡之劍（限量精裝版）	布蘭登．山德森	360
1HB067	刀光錢影 4：寡婦之翼	丹尼爾．艾伯罕	380
1HB068	異星記	休豪伊	340
1HB069	血歌二部曲：高塔領主（上）	安東尼．雷恩	380
1HB070	血歌二部曲：高塔領主（下）	安東尼．雷恩	380
1HB071	亞特蘭提斯．基因(亞特蘭提斯進化首部曲）	傑瑞．李鐸	399
1HB072	亞特蘭提斯．瘟疫(亞特蘭提斯進化二部曲）	傑瑞．李鐸	399
1HB073	亞特蘭提斯．新世界(亞特蘭提斯進化終部曲）	傑瑞．李鐸	399
1HB074	審判者傳奇 2 熾焰	布蘭登．山德森	360
1HB075	血歌終部曲：火焰女王（上）	安東尼．雷恩	420
1HB076	血歌終部曲：火焰女王（下）	安東尼．雷恩	420
1HB077	永恆守望	大衛．拉米瑞茲	399
1HB078	EPIC 史詩奇幻：英雄之心	約翰．喬瑟夫．亞當斯	480
1HB079	颶光典籍二部曲：燦軍箴言（上）	布蘭登．山德森	550
1HB080	颶光典籍二部曲：燦軍箴言（下）	布蘭登．山德森	550
1HB081	變態療法	道格拉斯．理查茲	360
1HB082	字母之家	猶希．阿德勒．歐爾森	450
1HB083	刺客系列〈蜚滋與弄臣 1〉弄臣刺客（上）	羅蘋．荷布	499
1HB084	刺客系列〈蜚滋與弄臣 1〉弄臣刺客（下）	羅蘋．荷布	499
1HB085	懸案密碼 6：血色獻祭	猶希．阿德勒．歐爾森	450
1HB086	妹妹的墳墓	羅伯．杜格尼	380
1HB087	刀光錢影 5：蜘蛛戰爭（完結篇）	丹尼爾．艾伯罕	450
1HB088	審判者傳奇 3 禍星（完結篇）	布蘭登．山德森	360
1HB089	刺客系列〈蜚滋與弄臣 2〉弄臣遠征（上）	羅蘋．荷布	550

書號	書名	作者	定價
1HB090	刺客系列〈蜚滋與弄臣 2〉弄臣遠征（下）	羅蘋．荷布	550
1HB091	末日之旅 3 鏡之城．上	加斯汀．克羅寧	450
1HB092	末日之旅 3 鏡之城．下（完結篇）	加斯汀．克羅寧	450
1HB093	軍團（布蘭登．山德森短篇精選集 II）	布蘭登．山德森	380
1HB097	被遺忘的男孩	伊莎．西格朵蒂	380
1HB098	失蹤	卡洛琳．艾瑞克森	380

幻想藏書閣

書號	書名	作者	定價
1HI007	南方吸血鬼 1：夜訪良辰鎮	莎蓮．哈里斯	280
1HI010	南方吸血鬼 2：達拉斯夜未眠	莎蓮．哈里斯	280
1HI012	南方吸血鬼 3：亡者俱樂部	莎蓮．哈里斯	280
1HI029	南方吸血鬼 4：意外的訪客	莎蓮．哈里斯	280
1HI032	南方吸血鬼 5：與狼人共舞	莎蓮．哈里斯	280
1HI033	南方吸血鬼 6：惡夜追琪令	莎蓮．哈里斯	280
1HI034	南方吸血鬼 7：找死高峰會	莎蓮．哈里斯	280
1HI035	南方吸血鬼 8：攻琪不備	莎蓮．哈里斯	280
1HI037	南方吸血鬼 9：全面琪動	莎蓮．哈里斯	280
1HI044	南方吸血鬼 11：精靈的聖物	莎蓮．哈里斯	280
1HI047	地底王國 1：光明戰士	蘇珊．柯林斯	250
1HI048	地底王國 2：災難預言	蘇珊．柯林斯	250
1HI049	地底王國 3：熱血之禍	蘇珊．柯林斯	250
1HI050	地底王國 4：神祕印記	蘇珊．柯林斯	250
1HI057	靈視者哈珀康納莉 I：觸墓驚心	莎蓮．哈里斯	280
1HI058	靈視者哈珀康納莉 II：移花接墓	莎蓮．哈里斯	280
1HI059	靈視者哈珀康納莉 III：草墓皆冰	莎蓮．哈里斯	280
1HI060	靈視者哈珀康納莉 IV：不堪入墓	莎蓮．哈里斯	280
1HI061	地底王國 5：最終戰役	蘇珊．柯林斯	250
1HI062	死亡之門 1：龍之翼（全新封面）	崔西．西克曼&瑪格麗特．魏絲	360
1HI063	死亡之門 2：精靈之星（全新封面）	崔西．西克曼&瑪格麗特．魏絲	360
1HI064	死亡之門 3：火之海（全新封面）	崔西．西克曼&瑪格麗特．魏絲	360
1HI065	死亡之門 4：魔蛟法師（全新封面）	崔西．西克曼&瑪格麗特．魏絲	360
1HI066	死亡之門 5：混沌之手（全新封面）	崔西．西克曼&瑪格麗特．魏絲	420
1HI067	死亡之門 6：迷宮歷險（全新封面）	崔西．西克曼&瑪格麗特．魏絲	420
1HI068	死亡之門 7：第七之門（完）（全新封面）	崔西．西克曼&瑪格麗特．魏絲	360
1HI069	南方吸血鬼 12：神祕的魔法鎖	莎蓮．哈里斯	280
1HI070	滅世天使	蘇珊．易	280
1HI071	天使禁區	麗諾．艾普漢絲	250
1HI072	南方吸血鬼噬血真愛全方位導覽特典	莎蓮．哈里斯	650
1HI073	御劍士傳奇 1：鍍金鎖鍊（全新封面）	大衛．鄧肯	360
1HI074	御劍士傳奇 2：火地之王（全新封面）	大衛．鄧肯	420
1HI075	御劍士傳奇 3：劍空(完)（全新封面）	大衛．鄧肯	420
1HI076	幸運賊	史考特．G．布朗	320
1HI077	歷史檔案館	薇多莉亞．舒瓦	320
1HI078	歷史檔案館 2：惡夢	薇多莉亞．舒瓦	320
1HI079	流浪者系列：傷痕者	賽爾基＆瑪麗娜．狄亞錢科	380
1HI080	南方吸血鬼完結篇：吸血鬼童話	莎蓮．哈里斯	280
1HI081	尼爾女巫	薇多莉亞．舒瓦	300
1HI082	流浪者系列．前傳：守門者	賽爾基＆瑪麗娜．狄亞錢科	360

書　號	書　　名	作　　者	定價
1HI083	是誰在說謊	卡莉雅．芮德	320
1HI084	超能冒險 1 太陽神巨像	彼得．勒朗吉斯	300
1HI085	超能冒險 2 失落的巴比倫	彼得．勒朗吉斯	300
1HI086	超能冒險 3 暗影之墓	彼得．勒朗吉斯	300
1HI087	滅世天使 2：抉擇	蘇珊．易	320
1HI088	滅世天使 3：重生	蘇珊．易	320
1HI089	蟲林鎮：精綴師(上)	大衛．鮑爾達奇	320
1HI090	蟲林鎮：精綴師(下)	大衛．鮑爾達奇	320
1HI091	混血之裔：宿命	妮琦．凱利	320
1HI092	流浪者系列 2：繼任者	賽爾基&瑪麗娜．狄亞錢科	480
1HI093	超能冒險 4 宙斯的詛咒	彼得．勒朗吉斯	320
1HI094	蟲林鎮 2：守護者(上)	大衛．鮑爾達奇	320
1HI095	蟲林鎮 2：守護者(下)	大衛．鮑爾達奇	320
1HI096	流浪者系列 3 (完結篇)：冒險者	賽爾基&瑪麗娜．狄亞錢科	480
1HI097	超能冒險 5 時空裂縫	彼得．勒朗吉斯	320
1HI098	混血之裔 2：熾愛	妮琦．凱利	320
1HI099	戰龍旅：暗影奇襲	瑪格麗特．魏絲&勞勃‧奎姆斯	550
1HI100	戰龍旅 2：暴風騎士	瑪格麗特．魏絲&勞勃‧奎姆斯	550
1HI101	戰龍旅 3：第七印記（完結篇）	瑪格麗特．魏絲&勞勃‧奎姆斯	550
1HI102	血修會系列：聖血福音書	詹姆士‧羅林斯&蕾貝卡‧坎翠爾	399
1HI103	混血之裔 3：永恆(完結篇)	妮琦．凱利	320
1HI104	灰燼餘火	莎芭．塔伊兒	380
1HI105	灰燼餘火 2：血夜	莎芭．塔伊兒	380
1HI106	沉默的情人	拉斐爾．蒙特斯	350
1HI107	血修會系列 2：無罪之血	詹姆士‧羅林斯&蕾貝卡‧坎翠爾	420
1HI108	血修會系列 3：煉獄之血(完結篇)	詹姆士‧羅林斯&蕾貝卡‧坎翠爾	420
1HI109	千年之咒：誓約(上)	丹妮爾．詹森	250
1HI110	千年之咒：誓約(下)	丹妮爾．詹森	250

謎幻之城

書　號	書　　名	作　　者	定價
1HS005Y	基地（紀念書衣版）	以撒．艾西莫夫	280
1HS007Y	基地與帝國（紀念書衣版）	以撒．艾西莫夫	280
1HS010Y	第二基地（紀念書衣版）	以撒．艾西莫夫	280
1HS010Z	基地三部曲（紀念書衣版）	以撒．艾西莫夫	840
1HS000U	基地三部曲（經典書盒版）	以撒．艾西莫夫	840
1HS011Y	基地前奏（紀念書衣版）	以撒．艾西莫夫	420

1HS012Y	基地締造者（紀念書衣版）	以撒・艾西莫夫	420
1HS012Z	基地前傳（紀念書衣版）	以撒・艾西莫夫	840
1HS000V	基地前傳（經典書盒版）	以撒・艾西莫夫	840
1HS013Y	基地邊緣（紀念書衣版）	以撒・艾西莫夫	420
1HS014Y	基地與地球（紀念書衣版）	以撒・艾西莫夫	450
1HS014Z	基地後傳（紀念書衣版）	以撒・艾西莫夫	870
1HS000W	基地後傳（經典書盒版）	以撒・艾西莫夫	870
1HS000Z	基地全系列套書 7 本（紀念書衣版）	以撒・艾西莫夫	2550

魔幻之城

書號	書名	作者	定價
1HF012	時光之輪 2：大狩獵（上）	羅伯特．喬丹	300
1HF013	時光之輪 2：大狩獵（下）	羅伯特．喬丹	320
1HF025	時光之輪 3：真龍轉生（上）	羅伯特．喬丹	320
1HF026	時光之輪 3：真龍轉生（下）	羅伯特．喬丹	320
1HF030	時光之輪 4：闇影漸起（上）	羅伯特．喬丹	320
1HF031	時光之輪 4：闇影漸起（中）	羅伯特．喬丹	320
1HF038	時光之輪 4：闇影漸起（下）	羅伯特．喬丹	320
1HF044	時光之輪 5：天空之火（上）	羅伯特．喬丹	320
1HF045	時光之輪 5：天空之火（中）	羅伯特．喬丹	320
1HF046	時光之輪 5：天空之火（下）	羅伯特．喬丹	320
1HF050	時光之輪 6：混沌之王（上）	羅伯特．喬丹	320
1HF051	時光之輪 6：混沌之王（中）	羅伯特．喬丹	320
1HF052	時光之輪 6：混沌之王（下）	羅伯特．喬丹	320
1HF068	時光之輪 7：劍之王冠（上）	羅伯特．喬丹	320
1HF069	時光之輪 7：劍之王冠（下）	羅伯特．喬丹	320
1HF080	時光之輪 1：世界之眼（上）	羅伯特．喬丹	360
1HF081	時光之輪 1：世界之眼（下）	羅伯特．喬丹	360
1HF085	時光之輪 8：匕之道 （上）	羅伯特．喬丹	380
1HF086	時光之輪 8：匕之道 （下）	羅伯特．喬丹	380
1HF087	時光之輪 9：寒冬之心（上）	羅伯特．喬丹	380
1HF088	時光之輪 9：寒冬之心（上）	羅伯特．喬丹	380
1HF089	時光之輪 10：光影歧路（上）	羅伯特．喬丹	400
1HF090	時光之輪 10：光影歧路（下）	羅伯特．喬丹	400
1HF091	時光之輪 11：迷夢之刃（上）	羅伯特．喬丹	480
1HF092	時光之輪 11：迷夢之刃（下）	羅伯特．喬丹	480
1HF093	時光之輪 12：末日風暴（上）	羅伯特．喬丹&布蘭登.山德森	499
1HF094	時光之輪 12：末日風暴（下）	羅伯特．喬丹&布蘭登.山德森	499
1HF095	時光之輪 13：闇夜之塔（上）	羅伯特．喬丹&布蘭登.山德森	520
1HF096	時光之輪 13：闇夜之塔（下）	羅伯特．喬丹&布蘭登.山德森	520
1HF097	時光之輪 14 最終部：光明回憶（上）	羅伯特．喬丹&布蘭登.山德森	560
1HF098	時光之輪 14 最終部：光明回憶（下）	羅伯特．喬丹&布蘭登.山德森	560

聖典

書　號	書　　名	作　　者	定價
1HR009X	武器屋（全新封面）	Truth in Fantasy 編輯部	420
1HR014X	武器事典（全新封面）	市川定春	420
1HR026C	惡魔事典（精裝典藏版）	山北篤等	480
1HR028C	怪物大全（精裝）	健部伸明	特價 999
1HR031	幻獸事典（精裝）	草野巧	特價 499
1HR032	圖解稱霸世界的戰術——歷史上的 17 個天才戰術分析	中里融司	320
1HR033C	地獄事典（精裝）	草野巧	420
1HR034C	幻想地名事典（精裝）	山北篤	750
1HR035C	城堡事典（精裝）	池上正太	399
1HR036C	三國志戰役事典（精裝）	藤井勝彥	420
1HR037C	歐洲中世紀武術大全（精裝）	長田龍太	750
1HR038C	戰士事典（精裝）	市川定春、怪兵隊	420
1HR039C	凱爾特神話（精裝）	池上正太	540
1HR040	日本超人氣繪師×魔女·魔法少女圖鑑	Sideranch	450
1HR041C	暢銷奇幻大師的英雄寫作指導課（精裝）	布蘭登·山德森等人	399

城邦文化奇幻基地出版社
Fantasy Foundation Publications
http://www.ffoundation.com.tw；https://www.facebook.com/ffoundation/
TEL：02-25007008 FAX：02-25027676

BEST嚴選 098

迷霧之子─執法鎔金：自影

原著書名／Mistborn: Shadows of Self
作　　者／布蘭登・山德森（Brandon Sanderson）
譯　　者／李玉蘭
企劃選書人／王雪莉
責任編輯／王雪莉

資深行銷企劃／周丹蘋
業務主任／范光杰
行銷業務經理／李振東
副總編輯／王雪莉
發　行　人／何飛鵬
法律顧問／元禾法律事務所　王子文律師
出版／奇幻基地出版
城邦文化事業股份有限公司
台北市104民生東路二段141號8樓
電話：(02)25007008　傳眞：(02)25027676
網址：www.ffoundation.com.tw
e-mail：ffoundation@cite.com.tw
發行／英屬蓋曼群島商家庭傳媒股份有限公司城邦分公司
台北市104民生東路二段141號11樓
書虫客服服務專線：(02)25007718・(02)25007719
24小時傳眞服務：(02)25170999・(02)25001991
服務時間：週一至週五 09:30-12:00・13:30-17:00
郵撥帳號：19863813　戶名：書虫股份有限公司
讀者服務信箱 e-mail：service@readingclub.com.tw
歡迎光臨城邦讀書花園　網址：www.cite.com.tw
香港發行所／城邦（香港）出版集團有限公司
香港灣仔駱克道193號東超商業中心1樓
電話：(852) 2508-6231　傳眞：(852) 2578-9337
e-mail：hkcite@biznetvigator.com
馬新發行所／城邦（馬新）出版集團
【Cite(M)Sdn. Bhd】
41, Jalan Radin Anum, Bandar Baru Sri Petaling,
57000 Kuala Lumpur, Malaysia.
Tel: (603) 90578822　Fax:(603) 90576622
email:cite@cite.com.my

封面設計／捌子
文字編輯／李律
排　　版／極翔企業有限公司
印　　刷／高典印刷有限公司
■ 2017年（民106）11月2日初版
■ 2024年（民113）3月15日初版10.8刷

售價／450元

國家圖書館出版品預行編目資料

迷務之子─執法鎔金：自影／布蘭登・山德森（Brandon Sanderson）作；李玉蘭譯 - 初版 - 臺北市：奇幻基地，城邦文化出版：家庭傳媒城邦分公司發行；民106.11
面：公分. -（BEST嚴選：098）
譯自：Shadows of Self
ISBN 978-986-95007-8-4（平裝）

874.57　　106017122

ISBN　978-986-95007-8-4

Printed in Taiwan.

城邦讀書花園
www.cite.com.tw

廣　告　回　函
北區郵政管理登記證
台北廣字第000791號
郵資已付，免貼郵票

104台北市民生東路二段141號11樓

英屬蓋曼群島商家庭傳媒股份有限公司城邦分公司 收

請沿虛線對摺，謝謝

奇幻基地

每個人都有一本奇幻文學的啟蒙書

奇幻基地官網：http://www.ffoundation.com.tw

奇幻基地粉絲團：http://www.facebook.com/ffoundation

書號：1HB098　　書名：迷霧之子—執法鎔金：自影

請於此處用膠水黏貼

奇幻基地

讀者回函卡

謝謝您購買我們出版的書籍！請費心填寫此回函卡，我們將不定期寄上城邦集團最新的出版訊息。

「迷霧之子」認證　獨家回函抽獎活動

即日起至2017年12月20日止（郵戳為憑），只要將《迷霧之子—執法鎔金：自影》回函卡填妥寄回，即有機會成為官方唯一認證的「迷霧之子」！奇幻基地將贈送珍藏錶框的「奇幻基地獨家．作者親簽金屬之子認證卡」全套16張！全球唯一名額！行動要快哦！

得獎名單將於2017年12月25日公布於奇幻基地粉絲團，敬請鎖定最新的資訊更新。

奇幻基地獨家．作者親簽金屬之子認證卡

詳情請見奇幻基地粉絲團

備註：
1. 本活動限台、澎、金、馬地區讀者。
2. 奇幻基地保留活動修改變更權利。

姓名：　　　　性別：☐女　☐男　E-mail：

生日：西元　　　　年　　　　月　　　　日

收件地址：

聯絡電話：　　　手機號碼：　　　傳真號碼：

學歷：☐1.小學　☐2.國中　☐3.高中　☐4.大專　☐5.研究所以上

職業：☐1.學生　☐2.軍公教☐3.服務業☐4.大傳業 ☐5.製造業　☐6.金融業　☐7.自由業
☐8.農漁牧☐9.資訊業☐10.家管 ☐11.退休　☐12.其他

您從何種方式得知本書消息？

☐1.書店　☐2.網路 ☐3.報紙 ☐4.雜誌 ☐5.親友推薦 ☐6.其他

您通常以何種方式購書？

☐1.書店　☐2.網路 ☐3.傳真訂購 ☐4.郵局劃撥 ☐5.超商 ☐6.其他

您購買本書的原因是？（單選）

☐1.封面吸引人　☐2.內容好看 ☐3.價格合理 ☐4.抽獎活動　☐5.其他

對我們的建議：

請於此處用膠水黏貼

Brandon Sanderson

布蘭登・山德森

Brandon Sanderson

布蘭登・山德森